诗词格律简说

申忠信　著

中国文史出版社
CHINA CULTURAL AND HISTORICAL PRESS

图书在版编目(CIP)数据

诗词格律简说 / 申忠信著. —北京：中国文史出版社，2024.1

ISBN 978-7-5205-4425-2

Ⅰ.①诗… Ⅱ.①申… Ⅲ.①诗词格律-基本知识-中国 Ⅳ.①I207.21

中国国家版本馆 CIP 数据核字(2023)第 211073 号

责任编辑：詹红旗

出版发行：**中国文史出版社**

社　　址：北京市海淀区西八里庄路 69 号　　邮编：100142

电　　话：010-81136606　81136602　81136603（发行部）

印　　装：廊坊市海涛印刷有限公司

经　　销：全国新华书店

开　　本：787 毫米×960 毫米　1/16

印　　张：28

字　　数：260 千字

版　　次：2024 年 1 月北京第 1 版

印　　次：2024 年 1 月第 1 次印刷

定　　价：78.00 元

前　言

　　本书主要是面对诗词初学者的一部普及型读物。之所以叫作"简说"，就是从初学者便于接受出发，既要做到简洁明了、通俗易懂，又要保证格律诗格律和唐宋词格律知识的完整表达。使初学者更好地理解和掌握诗词格律方面的知识。从而使我们的这一国粹得到更好地传承和发扬。

　　从便于初学者学习和使用出发，本书重点突出了以下特点：

　　一是突出了内容和表达的通俗性。无论是在格律诗格律、唐宋词格律的知识点的选择和安排上，还是在语言表达上，都突出了简洁清晰、通俗易懂的原则。把一些内容采取了格式或公式，以及用符号标注的办法，以与其他格律知识书籍截然不同的面貌展现给读者。在格律知识的讲解中，做到格律知识完整，结构脉络清晰，使读者更容易接受，更方便记忆，更方便使用。

　　二是把学过的格律诗格律中的基本句型，以及标有粘对、对仗以及可平可仄位置的各种格式，集中在一起，作为一章，即第九章"格律诗句型、格式一览"，以方便读者的查找和使用。

　　三是兼具知识性与工具书的结合。本书在讲解格律知识的同时，分别通过附录收录了《诗韵精选》《词林今韵（十七部）》《常用词谱精选》等。以方便读者在需要的时候进行查找。《诗韵精选》《词林今韵（十七部）》《常用词谱精选》不是把原有的现成的老版本拿来收录书中，而是笔者重新拣选、整理、编撰的更为实用的新版本。其中《诗韵精选》是笔者依据《诗韵合璧》《集韵》《古今韵会举要》等典籍去其生僻字，精选常用字编撰而成。依据平水韵 106 韵排列。收入常用字 6333 个，是当前收入常用字最多的一个普及型版本。而它的另一个特点就是首创将两韵或两韵以上兼收的字称为双韵字，加方括号单独排列，以示区别。其中《词林今韵（十七部）》是依据《词林正韵》重新拣选，编撰而成。本编把《词林正韵》未收入的常用字，依据其他典籍酌加增补。与其他各典不一致处则视具体情况，或依《词林正韵》收入，或依各典加以补正。本编最大的贡献是将分部改为十七部。将原第十三部合入第六部，原第十四部合入第七部。改为十七部之理由主要基于两点：一是所合并韵部内之各韵，在《词林正韵》十九部出现之前的宋人词中就已通用；二是所合并韵部内之各韵的韵母基本相同或相近，合并后更切合现今实际。相关内容，可参阅笔者所著《诗词格律新讲》中"词韵的通押"与《诗韵词韵速查手册》附录"关于《词韵》的说明"。其中《常用词谱精选》精选了常用词谱供读者参考选用。

　　本书是依据本人几十年来学习、研究诗词格律的体会所形成的笔记、讲座稿及著作重新整理而成。其中个别处难免有与本人原有著作相同之段落。不足之处，请广大读者给予批评指正。

申忠信
2023 年 7 月 23 日于牡丹江戏墨斋

目　录

格律诗格律篇

唐宋词格律篇

格律诗格律篇

第一章　古典诗歌分类

　　中国的古典诗歌，不管是从内容上还是形式上，都以其丰富多彩和美轮美奂的魅力博得人们的喜爱。如果把它们分类的话，从不同的角度，可以有不同的分类。比如从内容上可以划分为抒情诗和叙事诗，从题材上可以分为田园诗、山水诗。从体裁形式上可以分为诗、词、曲等，从风格特点上还可以分为现实主义和浪漫主义等等。当然，细分还会分出好多不同的类型。我们要讲的就是诗、词、曲中的诗的部分，也就是这部分诗的格律。因为要讲的是格律，所以我们从其发展和格律特点的角度，对它进行分类。这样可以把它分为两大类，即古体诗和近体诗。这是因为中国古典诗歌发展到唐代，格律诗开始发展成熟。于是，人们把唐代格律诗形成以前的诗歌称为古体诗。把唐代及其以后遵循一定格律的诗称为近体诗。但是，人们把唐代以后不按照一定格律写的诗也称为古体诗。也就是符合一定格律的诗是近体诗，不符合一定格律的诗就是古体诗。不过，也有人把《楚辞》排除在外。这里不采取这种观点。近体诗因为要遵循一定的格律，所以近体诗又称为格律诗。那么，它们之间的区别与特点都有哪些呢？古体诗与近体诗的区别与特点主要体现在字数、句式、平仄、押韵、对仗等方面。古体诗在这些方面没有严格的要求，而近体诗则不同，它有着严格的格律限制。下面分别来看一下它们各自的特点。

一、古体诗的特点

古体诗在**篇幅上没有要求**，字句可多可少，既可以是几句，也可以是多句，更可以是鸿篇巨制。通篇的句数既可以是偶数，也可以是单数。在句式上也没有要求，既可以是三言、四言，也可以是五言、六言、七言等多种。通篇三言的，称为三言诗；通篇四言的，称为四言诗。以此类推。不同句式混杂的，称为杂言。比如《大风歌》，只有短短的三句，而且第一句是七言句，第二、三句都是八言句。

> 大风起兮云飞扬，
> 威加海内兮归故乡，
> 安得猛士兮守四方！
>
> ——刘邦《大风歌》

而下面的古诗十九首之《涉江采芙蓉》，虽然全诗并不长，但它句式整齐，每句都是五言，属通篇五言的。

> 涉江采芙蓉，兰泽多芳草。
> 采之欲遗谁，所思在远道。
> 还顾望旧乡，长路漫浩浩。
> 同心而离居，忧伤以终老。
>
> ——古诗十九首之《涉江采芙蓉》

描写刘兰芝与焦仲卿坚贞不渝的爱情故事的《焦仲卿妻》（即《孔雀东南飞》），则多达三百五十七句，共一千七百八十五字。这里就不列出了。

在古体诗中，每首只有四句的称为绝句。为了与近体诗中的律绝相区别，不把它直接称为绝句，而是把它叫作古绝。五言的叫作五言古绝；七言的叫作七言古绝。每首不是四句的，为古风，也称古诗。

古体诗在**平仄和押韵上没有限制**，但是有一定规律可循。平仄上多以拗句为主。特别是唐代以后的一些古体诗，常常故用拗句以与格律诗区别。在押韵上，古体诗也是必须要押韵的，因为押韵是诗歌的一个必备条件，所以古体诗也不例外。但是古体诗押韵的特点是灵活多样。既可以隔句押韵，也可以句句押韵，还可以换韵。它以押仄声韵为多，但也可以押平声韵。

古体诗在**对仗的使用上也没有限制**。古体诗中的对仗，可以用，也可以不用，其位置也不固定。也就是说，它不是古体诗的必须要求，而是修辞的需要。

二、近体诗的特点

近体诗又称今体诗，也称格律诗。我们所讲的诗的格律，主要就是针对近体诗即格律诗来说的。

近体诗与古体诗的最大不同，就是它有严格的格律限制，所以它又叫格律诗。格律诗格律的核心是它的五个基本要素，即篇幅（包括句数、字数与句式）、平仄、粘对、押韵、对仗等五个方面。具体说来，就是：

> 诗有定句，
> 句有定式，
> 平仄有规，
> 押韵有位，
> 对仗有别。

诗有定句，就是在格律诗当中，都有固定的句数。格律诗主要包括绝句、律诗和排律。每首只有四句的为绝句，也称律绝；每首八句的为律诗；每首超过八句的为长律，也叫排律。长律虽然没有句数的要求，但它的句数必须是双数。

句有定式，就是在一首诗中，每一句的字数都是相同的。这一点是固定的，不能变的。比如，五言诗，每句都是五言；七言诗，每句都是七言。这体现了格律诗的整齐美。格律诗以五言、七言为主，也有六言的，但比较少。

平仄有规，就是每句诗的平仄都要在一定的规则、规律范围内变化。这样的变化，产生了格律诗的句型、粘对关系和格式，也使格律诗在声律、节奏上达到更加和谐、更加美妙的境界。

押韵有位，就是格律诗的押韵有固定的位置。不管是绝句，律诗，还是排律，都是要押平声韵，要一韵到底，而且还要隔句押韵。隔句押韵也就是只能在偶数句的韵脚位置押韵。但是，首句例外。首句可以押韵，也可以不押韵。这是由不同格式所决定的。

对仗有别，是指格律诗中的绝句、律诗、长律在对仗的使用上有不同的要求。绝句是不要求对仗的。所以，在绝句中，对仗可用可不用。律诗和排律则要求使用对仗。对仗的位置是除首联和尾联外，中间各联都要使用对仗。首联和尾联没有必须使用对仗的要求，属于可用可不用。

以上就是古体诗和近体诗各自的基本特点。我们通过这些特点的区别对比，对古体诗和近体诗就有了一个大体的了解。具体的格律要求，将在后面的章节中详细地加以介绍。

第二章 格律诗之篇幅

格律诗的篇幅主要体现在诗有定句和句有定式上。诗有定句，就是在格律诗当中，都有固定的句数。句有定式，就是在一首诗中，每一个句式的字数都是相同的。

格律诗主要包括绝句、律诗和排律。每首只有四句的为绝句，也称律绝。五言的称五言绝句，简称五绝。如果超过了四句或不足四句，则不能称为绝句；四句中每句的句型都必须是五言，否则就不能称为五言绝句。七言的称七言绝句，简称七绝。同样，句数也必须是四句，每句的句式必须是七言。

每首八句的为律诗。五言的称五言律诗，简称五律；七言的称七言律诗，简称七律。其句数和句式也都是固定的。

每首超过八句的为长律，也叫排律。长律虽然没有句数的要求，但它的句数必须是双数。它的句式也是固定的。五言排律中的每一句都必须是五言，七言排律中的每一句都必须是七言。如果夹杂了不同的句式则不能叫作长律或排律了。它就变成了古体诗中的杂言体。

下面看几首格律诗的例子。

强欲登高去，无人送酒来。

遥怜故园菊，应傍战场开。

——岑参《行军九日思长安故园》

毕竟西湖六月中，风光不与四时同。

接天莲叶无穷碧，映日荷花别样红。

——杨万里《晓出净慈寺送林子方》

上面两首都是绝句。它们都是四句。岑参的《行军九日思长安故园》是五言绝句，所以每句都是五言句式。杨万里的《晓出净慈寺送林子方》是七言绝句，所以每句都是七言句式。

寒山转苍翠，秋水日潺湲。

倚杖柴门外，临风听暮蝉。

渡头馀落日，墟里上孤烟。

复值接舆醉，狂歌五柳前。

——王维《辋川闲居赠裴秀才迪》

相见时难别亦难，东风无力百花残。

春蚕到死丝方尽，蜡炬成灰泪始干。

晓镜但愁云鬓改，夜吟应觉月光寒。

蓬山此去无多路，青鸟殷勤为探看。

——李商隐《无题》

这两首都是律诗。它们都是八句。王维的《辋川闲居赠裴秀才迪》是五律，所以每句都是五言句式。李商隐的《无题》是七律，所以每句都是七言句式。

白帝空祠庙，孤云自往来。

江山城宛转，栋宇客裴回。

勇略今何在，当年亦壮哉。

后人将酒肉，虚殿日尘埃。
谷鸟鸣还过，林花落又开。
多惭病无力，骑马入青苔。

——杜甫《上白帝城二首》之一

穹庐杂种乱金方，武将神兵下玉堂。
天子旌旗过细柳，匈奴运数尽枯杨。
关头落月横西岭，塞下凝云断北荒。
漠漠边尘飞众鸟，昏昏朔气聚群羊。
依稀蜀杖迷新竹，仿佛胡床识故桑。
临海旧来闻骠骑，寻河本自有中郎。
坐看战壁为平土，近待军营作破羌。

——崔融《从军行》

　　这是两首排律。排律的句数是不固定的，但它的句式必须是偶数。这两首排律都比较短，杜甫的《上白帝城二首》之一只有十二句。崔融的《从军行》只有十四句。它们句数的多少，是根据需要表现的内容决定的。前一首是五言排律，所以它的每一句都是五言句式。后一首是七言排律，所以它的每一句都是七言句式。

　　在格律诗中，绝句和律诗固定的句数和句式，以及排律固定的句式和双数的句数都在外在形式上体现了它们的整齐美。

第三章　格律诗之平仄

　　格律诗的每个诗句的平仄都要在一定的规则、规律范围内变化，这就是平仄有规。要学习和掌握格律诗中的平仄变化规则与规律，我们需要从四声与平仄、平仄与句型、句型之间的关系（即对与粘）等方面着手。

一、四声

　　四声是语音声调的分类。在格律诗中，它与平仄、韵都有着密切的关系。

　　在现代汉语和古代汉语中都把语音声调划分为四声，但现代汉语和古代汉语中的四声略有不同。

　　在现代汉语中，把语音声调划分为阴平、阳平、上声、去声四种，是为四声。这四声也叫第一声、第二声、第三声、第四声。

　　在古代汉语中，把语音声调划分为平声、上声、去声、入声四种，是为四声。而平声又分为上平声与下平声。

　　在现代汉语中已经没有了入声。那是因为随着社会的发展，语言发生了变化，语音声调也发生了变化的结果。虽然现在一些方言中还有入声的存在，但在普通话中已经不存在了。它们已经分别分化成了现代汉语中的阴平、阳平、上声、去声。比如："屋、忽、息、悉、黑"等现已归入阴平；"竹、福、学、白、别"等现已归入阳平；"邈、雪、乙、法、尺"等现已归入上声；"木、月、入、猎、恰"等已归入去声。虽然现代汉语中已经没有了入声，但是，我们学习格律诗，还是要学习和掌握它。因为我们在学习和欣赏古人的作品时，或者用旧韵创作格律诗时，就会经常遇到这样的字。

二、平仄

平仄是对四声的分类。

在古代汉语和现代汉语中，都是把四声划分为两个部分。一部分是平，即平声；一部分是仄，即仄声。仄声与平声相对，它是指平声以外的其他声调。

在古代汉语中，平声包括了上平声和下平声；仄声包括了上声、去声和入声。

在现代汉语中，平声包括阴平和阳平，也就是第一声和第二声；仄声包括了上声和去声，也就是第三声和第四声。

格律诗的诗句都是以平仄为语音格律单位的。诗句都是依靠字词语音声调的平仄搭配和变换，使诗句在韵律上产生一种抑扬顿挫的节奏，从而使诗句吟诵起来更加朗朗上口，更具有音乐美感，更好地表达诗句所包含的内容。所以掌握好平仄是学习格律诗必不可少的一环。

下面我们举几个例子来看一下四声与平仄在格律诗中的重要作用。

> 夏日红相照，
> ｜｜－－｜
> 天晴坞自开。
> －－｜｜－

襄阳多稚子，
－－－｜｜

摘赠故人来。
｜｜｜－－

————杨　蟠《杨梅坞》

未会牵牛意若何，
｜｜－－｜｜－

须邀织女弄金梭。
－－｜｜｜－－

年年乞与人间巧，
－－｜｜－－｜

不道人间巧几多。
｜｜－－｜｜－

————杨　朴《七夕》

（诗句下面标注的"－"代表平声，"｜"代表仄声。下同。后面还会用到"＋"，代表可平可仄。）

从以上所列举的例子中可以看到，其中诗句中的语音变化，都是以平仄为单位并按照一定规律进行变化的。但是，什么事情都会有特殊情况的出现。比如：

向晚意不适，
｜｜｜｜｜

————李商隐《乐游原》句

谁知林栖者，
－－－－｜

————张九龄《感遇·其一》句

草木有本心，

｜｜｜｜一

————张九龄《感遇·其一》句

上面这些诗句，它们的平仄排列都是连续多个平声或连续多个仄声。但是，我们读一读就会发现，即便是连续多个相同的平声或仄声的诗句，其声调也不是平淡没有起伏的。因为在这些多个连续相同的平声或仄声中，虽然平仄相同，但是它们的声调并不完全相同。因为平声中包括了上平声和下平声；仄声中包括了上声、去声和入声。它们的声调是有着起伏变化的。如：

"谁知林栖者"的声调是：

阳平阴平｜阳平阴平｜上声

"草木有本心"的声调是：

上声｜入声｜上声上声｜阴平"

当然，这种情况多出现在古体诗或词中。但是，这样的声调交替构成了音调的起伏变化，从而弥补了平仄变化少，容易流于平淡的弊病。仍然可以使诗句产生抑扬顿挫和回环往复的节奏和旋律，从而生成了诗句所特有的音乐美感。从以上这些例子中不难看出掌握四声与平仄的重要性了。

三、平仄与句型

诗句中的平仄都是按照一定规律排列的。这种规律造就了诗句的基本句型。我们来看看下面的诗句。

花枝出建章，

—　—　|　|　—

凤管发昭阳。

|　|　|　—　—

借问承恩者，

|　|　—　—　|

双蛾几许长。

—　—　|　|　—

————皇甫冉《婕妤怨》

爆竹声中一岁除，

|　|　—　—　|　|　—

春风送暖入屠苏。

—　—　|　|　|　—　—

千门万户曈曈日，

—　—　|　|　—　—　|

总把新桃换旧符。

|　|　—　—　|　|　—

————王安石《元日》

上面这两首诗的诗句都是合乎格律的。我们从这些诗句中不难看出，它们的平仄都是按照一定规律排列的。每个诗句中都是两个或者三个相同的平声或仄声相连，然后再转换到两个或者三个相对的仄声或者平声。由于这些诗句的句式都是单数的五言或七言，所以，如果前面都是两两转换，那么最后就只能剩下一个单独的平声或仄声。如果前面有一组三个相同的平声或仄声，那么最后就要剩下两个相同的平声或者仄声了。也就是说，只有结尾处有时是单独的一个平声或仄声。除了结尾处，前面和中间都没有单独一个平声或单独一个仄声的情况。这是诗句平仄排列的最基本的规律。但是，在特殊情况下，有些位置的平仄是可以改变的。这是后面要讲的内容。这里我们只从基本规律着手，来看它所构成的基本句型。

诗句中的平仄排列，只要遵循了这种基本规律，那它就只能排列出四种不同形态。也就是五言的"仄仄平平仄、平平仄仄平、平平平仄仄、仄仄仄平平"，七言的"平平仄仄平平仄、仄仄平平仄仄平、仄仄平平平仄仄、平平仄仄仄平平"。我们把这四种形态叫作格律诗的四种基本句型。每个句型以开头两字和结尾两字的平仄来命名。开头两字为平声的叫作"平起"，开头两字为仄声的叫作"仄起"；结尾一字为平声的叫作"平收"，结尾一字为仄声的叫作"仄收"。

下面是五言格律诗的四种基本句型：

　a. 仄仄平平仄（仄起仄收式）
　b. 平平仄仄平（平起平收式）
　c. 平平平仄仄（平起仄收式）
　d. 仄仄仄平平（仄起平收式）

这是五言格律诗的四种基础句型。但是，仅仅掌握了这四种基本句型还不够，我们还要把它们按照后面要讲的粘对、押韵等要求进行不同的搭配，这样就可以得到五言绝句、五言律诗和五言排律的各种不同的平仄格式了。

下面是七言格律诗的四种基本句型：

　A. 平平仄仄平平仄（平起仄收式）
　B. 仄仄平平仄仄平（仄起平收式）
　C. 仄仄平平平仄仄（仄起仄收式）
　D. 平平仄仄仄平平（平起平收式）

这是七言格律诗的四种基础句型。同样，仅仅掌握了这四种基本句型还不够，我们还要把它们按照后面要讲的粘对、押韵等要求进行不同的搭配，这样就可以得到七言绝句、七言律诗和七言排律的各种不同的平仄格式了。

如果把七言格律诗的四种基本句型与五言格律诗的四种基本句型加以比较的话，也可以把它看成是在五言基本句型的基础上，把五言的每一个句型前面加上两个与五言开头两字平仄相反的字，就构成了七言格律诗的四种基本句型。

我们还看到，在五言的四个句型的前面加上两个与五言开头两字平仄相反的字变成七言的四个基本句型以后，它们结尾的"平收""仄收"都没有改变，与五言的四个基本句型依然相同。但是，它们开头的"平起""仄起"则有了变化。原来五言的"仄起"在七言中变成了"平起"；五言的"平起"，在七言中变成了"仄起"。

四、句型间关系

句型间的关系主要是指两个相邻句型之间的关系。也就是粘对关系。粘对是指粘和对，是两句诗中在相同位置的字的平仄关系。相同位置的字平仄相反，就是"对"；相同位置的字平仄相同，就是"粘"。虽然它们是指两个相邻句型之间的关系，但是，粘对规则中的"对"，是指一联内，出句与对句之间相同位置上的字的平仄关系；粘是指两联之间，即后一联的出句与前一联的对句在相同位置上的字的平仄关系。所以，我们还是先了解一下什么是"联"吧。

1. 关于"联"

我们知道，格律诗的句数都是双数。每个单数句和它后面的双数句合起来就叫作一联。一联中的前一句（单数句，也叫奇数句）叫作出句，也叫上联；后一句（双数句，也叫偶数句）叫作对句，也叫下联。下面这两首诗都做了标注，其中单数句、双数句，出句、对句，上联、下联一目了然。

国破山河在，（单数句）——出句（上联）

城春草木深。（双数句）——对句（下联）

感时花溅泪，（单数句）——出句（上联）

恨别鸟惊心。（双数句）——对句（下联）

烽火连三月，（单数句）——出句（上联）

家书抵万金。（双数句）——对句（下联）

白头搔更短，（单数句）——出句（上联）

浑欲不胜簪。（双数句）——对句（下联）

——杜甫《春望》

天街小雨润如酥，（单数句）——出句（上联）

草色遥看近却无。（双数句）——对句（下联）

最是一年春好处，（单数句）——出句（上联）

绝胜烟柳满皇都。（双数句）——对句（下联）

——韩愈《早春呈水部张十八员外》

杜甫的《春望》是一首五言律诗。它由八句组成，每两句为一联，一共四联。

韩愈的《早春呈水部张十八员外》是一首七言绝句。它由四句组成，每两句为一联，即前两句为一联，后两句为一联，一共两联。

2. "对"的规则

"对"，是指一联内，出句与对句之间相同位置上的字的平仄关系。如果出句是平声，对句的同一位置就要用仄声来与之相对；如果出句是仄声，对句同一位置就要用平声来与之相对。

但是，我们把四种基本句型按照格律搭配组成联的话，并不是都能符合这一点。四种基本句型按照格律搭配可以组成四种不同的联。这四种不同的联可以分成两类。一类是完全平仄相对的，即对句的每个字都与出句相同位置的字相对；另一类是不完全平仄相对的。

第一类：完全平仄相对

五言：第一种 出句 a. 仄仄平平仄
　　　　　　　对句 b. 平平仄仄平

　　　　第二种 出句 c. 平平平仄仄
　　　　　　　对句 d. 仄仄仄平平

七言：第一种 出句 A. 平平仄仄平平仄
　　　　　　　对句 B. 仄仄平平仄仄平

　　　　第二种 出句 C. 仄仄平平平仄仄
　　　　　　　对句 D. 平平仄仄仄平平

第二类：不完全平仄相对

五言：第三种 出句　b. 平平仄仄平
　　　　　　　对句　d. 仄仄仄平平

　　　　第四种 出句　d. 仄仄仄平平
　　　　　　　对句　b. 平平仄仄平

七言：第三种 出句　B. 仄仄平平仄仄平
　　　　　　　对句　D. 平平仄仄仄平平

第四种　出句　D. 平平仄仄仄平平
　　　　对句　B. 仄仄平平仄仄平

　　从上面归纳出来的两类四种联的平仄搭配，我们可以看出，出句仄收，对句平收则完全相对；出句和对句都是平收的，则不完全相对。

　　结合这些特点，人们发现了在格律诗的诗句中，五言的第二、第四字，七言的第二、四、六字是节奏点。因为这个位置在节奏点上，所以它的平仄是不能改变的。也就是必须相对。通过不同的排列我们还发现，不管五言还是七言，都可以把第二个字作为"粘对"的标志。那么，"对"的规则就是：**对句的第二个字必须与出句的第二个字平仄相对。**

　　第二个字确定下来，我们就可以依此选用与其相适应的搭配进行排列了。第二个字符合了这个标准，那么这个句型就没有问题了。

　　如果一联中的两句诗出现了节奏点上不相对，我们把它叫作"失对"。出现了"失对"以后，不管是平仄多数相同，还是平仄完全相同，诗句的平仄就会因为多数相同或完全相同而缺少了变化。而有规律的平仄变化是构成格律诗诗句音律的节奏美感的关键。可以说，失去了平仄变化，就等于失去了诗句应有的节奏美感。所以，一首好的格律诗是不可以"失对"的。

　　有了"对"的规则，加上用韵等要求，把四种基本句型作为出句、对句进行排列搭配，五言和七言诗句只能各自组成下面这四种出句和对句的基本组合形式。

　　五言：
　　　　第一种：
　　　　　　出句 a. 仄仄平平仄
　　　　　　对句 b. 平平仄仄平

第二种：

出句 c. 平平平仄仄

对句 d. 仄仄仄平平

第三种：

出句 b. 平平仄仄平

对句 d. 仄仄仄平平

第四种：

出句 d. 仄仄仄平平

对句 b. 平平仄仄平

七言：

第一种：

出句 A. 平平仄仄平平仄

对句 B. 仄仄平平仄仄平

第二种：

出句 C. 仄仄平平平仄仄

对句 D. 平平仄仄仄平平

第三种：

出句 B. 仄仄平平仄仄平

对句 D. 平平仄仄仄平平

第四种：

出句 D. 平平仄仄仄平平

对句 B. 仄仄平平仄仄平

3. "粘" 的规则

"对" 是在一联当中，出句与对句相同位置的字的平仄关系。

"粘"则不同。"粘"是在两联之间，后一联的出句与前一联的对句相同位置的字的平仄关系。与"对"的基本规则同样的道理，"粘"的规则中也是以句中第二个字作为"粘"的标志。即：

两联之间，后一联出句的第二个字必须与前一联对句的第二个字平仄相粘。

平仄相粘，就是平仄相同。平与平粘，仄与仄粘。

第二个字符合了这个标准，那么这个句型就没有问题了。

假如仅仅符合了"对"的要求，两联之间不按照"粘"的规则去排列搭配，就叫作失"粘"。如果失"粘"的话，就会出现要么第二联是第一联的重复，即两联平仄完全相同。要么两联的出句平仄多数相同，两联的对句平仄完全相同。造成诗中联与联缺乏平仄变化，同样，使诗的音律也失去了活泼灵动的节奏美，而变得重复。

在格律诗初步形成的阶段，粘对还没有引起人们的足够重视，那时的格律诗中还不同程度地存在着一些不粘不对的现象。随着格律诗的进一步发展和完善，粘对规则已经成为格律诗必须遵守的一项规则。格律诗中的"失对"和"失粘"现象也就很少见了。

依据"对"的规则把四种基本句型排列搭配成联，只能组成前面说过的那四种组合。两联或两联以上按照"粘"的规则再组合在一起，就可以组成一首诗的平仄格式。按照"对"和"粘"的规则要求把五言的四种平仄基本句型进行组合，可以组成下列五言的四种合乎格律的组合。

第一种：

第一联　a. 仄仄平平仄

　　　　b. 平平仄仄平

第二联　c.　平平平仄仄
　　　　d.　仄仄仄平平

第二种：
　　　第三联　b.　平平仄仄平
　　　　　　　d.　仄仄仄平平
　　　第一联　a.　仄仄平平仄
　　　　　　　b.　平平仄仄平

第三种：
　　　第二联　c.　平平平仄仄
　　　　　　　d.　仄仄仄平平
　　　第一联　a.　仄仄平平仄
　　　　　　　b.　平平仄仄平

第四种：
　　　第四联　d.　仄仄仄平平
　　　　　　　b.　平平仄仄平
　　　第二联　c.　平平平仄仄
　　　　　　　d.　仄仄仄平平

　　按照"对"和"粘"的规则要求把七言的四种平仄基本句型进行组合，可以组成下列七言的四种合乎格律的组合。

第一种：
　　　第一联　A.　平平仄仄平平仄
　　　　　　　B.　仄仄平平仄仄平
　　　第二联　C.　仄仄平平平仄仄
　　　　　　　D.　平平仄仄仄平平

第二种：
　　第三联　B. 仄仄平平仄仄平
　　　　　　D. 平平仄仄仄平平
　　　　　　　　　·
　　第一联　A. 平平仄仄平平仄
　　　　　　　　·
　　　　　　B. 仄仄平平仄仄平

第三种：
　　第二联　C. 仄仄平平平仄仄
　　　　　　D. 平平仄仄仄平平
　　　　　　　　·
　　第一联　A、平平仄仄平平仄
　　　　　　　　·
　　　　　　B. 仄仄平平仄仄平

第四种：
　　第四联　D. 平平仄仄仄平平
　　　　　　B. 仄仄平平仄仄平
　　　　　　　　·
　　第二联　C. 仄仄平平平仄仄
　　　　　　D. 平平仄仄仄平平
　　　　　　　　·

　　上面五言的四种两联组合和七言的四种两联组合中，每联内
的对句与出句都符合"对"的要求。两联之间都符合"粘"的要
求（带点的字）。这每一种组合都是四句，这也正是一首符合格
律的绝句的基本格式。

五、非格律搭配

　　这里所说的非格律搭配，是指平仄的非格律搭配。也就是在
基本句型之外的平仄搭配。具体说就是指这些位置的字本该用平
声而用了仄声，或者本该用仄声而用了平声。因为我们在实际应
用当中是不可能只局限于这四种基本句型的。在格律诗中非格律

搭配有两种，一种是允许使用的；一种是不允许使用的。不允许使用的非格律搭配，是因为它影响到平仄的韵律；而可以使用的非格律搭配，则丰富了诗句的平仄变化。

下面，是几种平仄的非格律搭配。

1. 孤平

在一个诗句中，如果改变了句中一个字的平仄后，除了韵脚是平声外，只剩了一个平声，这就叫作孤平。在四种基本句型中，能够造成孤平的只有五言和七言的各一个句型。就是韵脚平收的五言 b 句型"平平仄仄平"和七言的 B 句型"仄仄平平仄仄平"。如果把 b 句型的第一字改用仄声字，则变成了"仄平仄仄平"，句中除了韵脚是平声外，就只剩下第二字一个平声了。这就变成了孤平。如果把七言的 B 句型的第三字改用了仄声，则变成了"仄仄仄平仄仄平"。这样一改的结果是，句中除了韵脚是平声外，就只剩下第四字一个平声了。这也是犯了孤平。格律诗是最忌犯孤平的。所以这种句型中，五言的第一字、七言的第三字是不可改变的。如果改变了，那这个诗句就变成了孤平。也就违反了格律的要求。犯孤平是格律所不允许的。

另外，在四种基本句型中，d 句型"仄仄仄平平"是一个较为特殊的句型。这个句型原本就是除了韵脚之外只有一个平声字，而且加上韵脚是两个平声字相连。它与我们所说的孤平的概念有所不同。所以，这个句型不在此列。

2. 三平调

如果韵脚处出现了三个相连的平声字，我们就把它叫作三平调。在四种基本句型中并没有三平调。可是，如果改变了句中一个字的平仄后，在韵脚处形成了三个平声字相连，这就造成了三平调。有可能造成三平调的，只有韵脚平收的五言 d 句型"仄仄仄平平"和七言 D 句型"平平仄仄仄平平"。如果把五言的 d 句型的第三字改用了平声字，那就变成了"仄仄平平平"，这就变成了三个平声字相连，就造成了三平调；如果把七言的 D 句型的第五字改用了平声字，那就变成了"平平仄仄平平平"，这也变成了最后三个字都是平声，这也造成了三平调。格律诗是忌用三平调的，所以，d 句型的第三字，D 句型的第五字是不可改变的。如果改变了，那就变成了三平调，也就违反了格律的要求。在古体诗中我们常常会看到这种三平调。但是在格律诗中是不能用的。

　　另外，在四种基本句型中，五言 c 句型"平平平仄仄"和七言 C 句型"仄仄平平平仄仄"中都有三个相连的平声。但是，它们与我们说的三平调是有区别的。因为这个句型原本就是三个平声字相连，同时它们又不在韵脚的位置，所以不能把它们叫作三平调。

3. 三仄脚

　　假如改变了诗句中一个字的平仄后，句尾变成了三个仄声字相连。这种句尾相连的三个仄声字，就叫作三仄脚。能够造成三仄脚的只有仄收的五言 c 句型"平平平仄仄"和七言 C 句型"仄仄平平平仄仄"。如果把五言的 c 句型的第三字改为仄声字，就变成了"平平仄仄仄"；如果把七言的 C 句型的第五字改为仄声字，就变成了"仄仄平平仄仄仄"。这样一来，这两个句型的句尾就都变成了三仄脚。三仄脚在古体诗中是常见的，而格律诗中有时也用到。有人不提倡在格律诗中使用三仄脚，但我的观点是可以用。因为一是出现三仄脚是五言的第三字、七言的第五字的改变，五言的第四字、七言的第六字并没有改变。也就是它们的节奏点没有改变，所以并不影响句中的平仄音律；二是格律诗中使用三仄脚在前人优秀作品中也不乏其例。也就是说，五言 c 句型的第三字和七言 C 句型的第五字的平仄是可以改变的，即这个位置的字，原本是平声，也可以压作仄声。改用了仄声后，变成了三仄脚也没有关系。下面可以看一下前人的例子，如：

　　清晨入古寺，初日照高林。
　　— — ｜ ｜ ｜
　　曲径通幽处，禅房花木深。
　　山光悦鸟性，潭影空人心。
　　— — ｜ ｜ ｜
　　万籁此俱寂，惟闻钟磬音。
　　　　　　　——常建《题破山寺后禅院》

　　常建的《题破山寺后禅院》是一首五言律诗。诗中不止一处用了三仄脚。其中第三句"清晨入古寺"和"山光悦鸟性"原本都是 c 句型"平平平仄仄"，由于第三字平声用了仄声字"入"和"悦"，于是变成了"平平仄仄仄"。末尾三个仄声字相连，成为三仄脚。

　　江月去人只数尺，风灯照夜欲三更。
　　— ｜ ｜ — ｜ ｜ ｜
　　沙头宿鹭联拳静，船尾跳鱼拨剌鸣。
　　　　　　　——杜甫《漫成一首》

　　杜甫的《漫成一首》是一首七言绝句。诗中第一联的出句原平仄句型是"仄仄平平平仄仄"。第一个字是可平可仄的，用了平声"江"，第三个字也是可平可仄，用了仄声"去"，第五字平声用了仄声"只"，就变成了三仄脚。
　　从上面的例子可以看出，三仄脚并不仅仅是在古体诗中可以使用，在格律诗中也同样不用避忌。

4. 仄平仄和平仄平

　　这里说的是五言的 a 句型"仄仄平平仄"和 b 句型"平平仄仄平"，七言的 A 句型"平平仄仄平平仄"和 B 句型"仄仄平平仄仄平"的改变。如果五言的 a 句型和 b 句型的第三字改变了平仄，则 a 句型"仄仄平平仄"变成了"仄仄仄平仄"，b 句型"平平仄仄平"句型变成了"平平平仄平"；七言的 A 句型和 B 句型的第五字改变了平仄，则 A 句型"平平仄仄平平仄"变成了"平平仄仄仄平仄"，B 句型"仄仄平平仄仄平"变成了"仄仄平平平仄平"。它们的末尾三字 a 句型和 A 句型都变成了"仄平仄"；b 句型和 B 句型都变成了"平仄平"。这种"仄平仄"和"平仄平"的结尾，也是一种非格律搭配。这种非格律搭配，在古体诗中会常常用到。但是，在格律诗中，不管是绝句还是律诗中也都同样会用到它。比如：

> 青山横北郭，白水绕东城。
> 此地一为别，孤蓬万里征。
> 浮云游子意，落日故人情。
> 挥手自兹去，萧萧班马鸣。
> 　—｜｜—｜　　———｜—
>
> 　　　　　　　　——李白《送友人》

　　李白的《送友人》是一首平起仄收的五言律诗。最后一联的出句"挥手自兹去"原平仄句型是"仄仄平平仄"，第一字可平可仄，用了平声"挥"字；第三字平声用了仄声字"自"，则变成了"平仄仄平仄"。末尾三个字就成了"仄平仄"。对句原平仄句型应是"平平仄仄平"，由于第三字仄声用了平声"班"字，所以，末尾三个字就变成了"平仄平"。

> 竹外桃花三两枝，春江水暖鸭先知。
> ｜｜———｜—
> 蒌蒿满地芦芽短，正是河豚欲上时。
> 　　　　　　——苏轼《惠崇春江晚景》

苏轼《惠崇春江晚景》是一首七言绝句。首句原本是"仄仄平平仄仄平"句型，由于第五字仄声用了平声"三"字，所以末尾三字变成了"平仄平"。

我们可以把以上讲到的非格律搭配分为两类。一类是格律诗中忌用的，如孤平、三平调；另一类是格律诗中可用的，如三仄脚、仄平仄、平仄平。

对于第一类，孤平和三平调是格律诗的大忌，不可用于格律诗的观点是没有争议的。

对于第二类，三仄脚、仄平仄和平仄平则有人主张也同样不能用于格律诗。这里不赞同这种观点。因为仄平仄和平仄平可以在格律诗中使用的理由，与前面说过的三仄脚可以在格律诗中使用的理由一样，它们改变的字都不在节奏点上。而节奏点上的平仄都没有改变。所以就不会影响句子的平仄音律。何况从前面我们列举的诗例中可以看到的，在前人的优秀篇什中，我们常常会发现这一类非格律搭配的存在。所以，结论是：格律诗对这一类非格律搭配是没有限制的。

但是，还有一个句型"平平仄平仄"。有人把它看作是一个单独的句型；也有人把它看作是由"平平平仄仄"变成的，就是把"平平平仄仄"第三字和第四字的平仄同时做了改变。虽然是第四字（节奏点）做了改变，但是它的第三字也做了改变（这是一种拗救，后面要讲），所以在音律上没有问题。当然，如果把它看作是一个固定的句型，那就更没有问题了。

六、可平可仄

在格律诗诗句中，有些特定位置的平仄是可以改变的。这个位置的平仄，在基本句型中是平声，在实际运用时也可以用仄声；在基本句型中是仄声，在实际运用时也可以用平声。这个位置的平仄就属于可平可仄。正是因为有了可平可仄，才使格律诗在音律节奏上产生了更加丰富的变化。

一直以来，有一个"一三五不论，二四六分明"的说法。人们把它作为写诗的一个口诀。意思是说，五言的第一、三字，七言的第一、三、五字，因为不在节奏点上，所以它的平仄可以不必拘泥。也就是可平可仄。而五言的第二、四字，七言的第二、四、六字，因为在节奏点上，所以平仄不可随意改变。末尾一字，因为是韵脚的位置，它的平仄当然是不能改变了。

对"一三五不论，二四六分明"的说法，一直以来都有不同的理解。其实，这句话基本上是符合格律诗的基本规律的。我们在运用它的时候，必须首先领会它的使用原则和适用范围。只有这样，才能真正理解"一三五不论，二四六分明"这句话的实际意义。

实际上可平可仄的使用原则，就是"一三五不论"的使用原则。它是以不会造成孤平和三平调为前提。**在不会造成孤平和三平调的前提下，五言皆可"一三不论"，七言皆可"一三五不论"**。如果改变了五言"一、三"、七言"一、三、五"位置上的原有平仄，会造成孤平或三平调，那么，这个位置的平仄就不能够随意改变。除此之外，都可以"一三五"不论了。

以下这四种情况中的"一三五"的平仄是不可不论的：

五言 b 句型（平平仄仄平）中的第一字不可不论（否则造成孤平）；

五言 d 句型（仄仄仄平平）中的第三字不可不论（否则造成三平调）；

七言 B 句型（仄仄平平仄仄平）中的第三字不可不论（否则造成孤平）；

七言 D 句型（平平仄仄仄平平）中的第五字不可不论（否则造成三平调）；

这样一来，我们前面讲过的五言和七言的四种基本句型，就可以加入可平可仄的内容来表示了。括号中的字表示可平可仄。

五言格律诗包括可平可仄的四种基本句型：

a.（仄）仄（平）平仄
b. 平 平（仄）仄平
c.（平）平（平）仄仄
d.（仄）仄 仄 平平

七言格律诗包括可平可仄的四种基本句型：

A.（平）平（仄）仄（平）平仄
B.（仄）仄 平 平（仄）仄平
C.（仄）仄（平）平（平）仄仄
D.（平）平（仄）仄 仄 平平

"一三五不论"的下半句是"二四六分明"。五言的第二、四字，七言的第二、四、六字，因为它们都在节奏点上，所以，其平仄是不能随意改变的。但是，在特殊情况下，经过拗救的改变属于例外，后面要具体讲到。

七、关于拗救

如果诗句中某一位置上的字的平仄，不符合该位置上应有的平仄，即该平声的地方用了仄声，该仄声的地方用了平声，那么，这种情况是不符合平仄格律的。这种不符合平仄格律的诗句就是拗句。如果出现了拗句，那就要进行补救。对拗句的补救就是拗救。如果某一位置上的字的平仄，虽然不符合该位置上应有的平仄，但是，却符合可平可仄的原则，那就按照"一三五不论"可救可不救了。

　　拗救主要包括以下几个方面，"孤平"的拗救，节奏点的拗救，还有可救可不救。如果诗句中出现了三平调，那是没有办法拗救的，所以只能采取规避的办法。

　　拗救的方法一般有本句自救、对句相救，或者既本句自救又对句相救等。

1. "孤平"的拗救

　　孤平是格律诗的大忌。诗句中如果出现了孤平，就必须进行拗救。也就是通过拗救，把孤平解决掉。

　　在四种基本句型中，可能出现孤平的，只有五言 b 句型"平平仄仄平"和七言的 B 句型"仄仄平平仄仄平"。如果五言的第一字、七言的第三字改用了仄声，则五言 b 句型就变成了"仄平仄仄平"，七言的 B 句型就变成了"仄仄仄平仄仄平"。它们除了韵脚之外，只剩下了一个平声。这就是犯了孤平。那么，怎样通过拗救来解决它呢？

　　因为在这两个句型中，五言的第三字、七言的第五字都是可平可仄的，所以，我们可以同时把五言 b 句型的第三字的仄声改成平声，使之变成"仄平平仄平"；七言 B 句型的第五字的仄声改成平声，使之变成了"仄仄仄平平仄平"。这样，诗句中就不只是一个平声了。这就是针对孤平的拗救。

　　　　　十年曾一别，征路此相逢。

　　　　　马首向何处，夕阳千万峰。

　　　　　　　| —— | —

　　　　　　　　——权德舆《岭上逢久别者又别》

　　　　东风知我欲山行，吹断檐间积雨声。

　　　　岭上晴云披絮帽，树头初日挂铜钲。

　　　　野桃含笑竹篱短，溪柳自摇沙水清。

　　　　　－｜｜－－｜－

　　　　西崦人家应最乐，煮葵烧笋饷春耕。

　　　　　　　　　　——苏　轼《新城道中》

　　权德舆的《岭上逢久别者又别》中，最后一句原本是"平平仄仄平"的句型，但句中第一字用了仄声"夕"字，如果第三字不改用平声，那么除了韵脚"峰"字外，就只剩下"阳"字一个平声。这样，这句就变成孤平了。把第三字改用了平声"千"字，孤平的问题就解决了。

　　苏轼的《新城道中》诗，第三联的对句原本是"仄仄平平仄仄平"的句型，第一字可平可仄用了"溪"字，我们不去管它（因为七言的孤平，主要是针对后五个字而言）。但第三字用了仄声"自"，如果不进行补救，这句诗也变成了孤平。所以把第五字改用平声"沙"字来补救。这样，孤平的问题也得到了解决。

　　这种拗救方法属本句自救。即五言的一字拗，三字救；七言的三字拗，五字救。

　　2. 节奏点的拗救

　　五言的第二、四字，七言的第二、四、六字的位置，我们把它叫作节奏点。一般情况下，节奏点的平仄是不能改变的。但是有两种特殊情况，五言的第四字，七言的第六字也是可以改变的。因为这两个节奏点的平仄改变后，我们可以通过拗救来解决。

　　（1）a、A 句型节奏点的拗救。

　　a、A 句型节奏点的拗救是指，五言的 a 句型"仄仄平平仄"的第四字和七言的 A 句型"平平仄仄平平仄"的第六字平声改用了仄声后的拗救。

出现了这种情况，就要把五言的对句第三字、七言的对句第五字的仄声改用平声。使五言的"仄仄平平仄，平平仄仄平"变成了"仄仄平仄仄，平平平仄平"；七言的"平平仄仄平平仄，仄仄平平仄仄平"变成了"平平仄仄平仄仄，仄仄平平平仄平"。如：

> 公府想无事，西池秋水清。
> 去年为狎客，永日奉高情。
> 况有台上月，如闻云外笙。
> ｜｜－｜｜　　－－－｜－
> 不知桑落酒，今岁与谁倾。

> ——刘禹锡《秋日书怀寄河南王尹》

> 向吴亭东千里秋，放歌曾作昔年游。
> 青苔寺里无马迹，绿水桥边多酒楼。
> －－｜｜－｜｜　　｜｜－－－｜－
> 大抵南朝皆旷达，可怜东晋最风流。
> 月明更想桓伊在，一笛闻吹出塞愁。

> ——杜牧《润州》

刘禹锡的这首《秋日书怀寄河南王尹》诗中，"况有台上月，如闻云外笙"一联的平仄句型原本是"仄仄平平仄，平平仄仄平"。但是，出句第四字用了仄声"上"字，于是把对句第三字改用了平声"云"字进行拗救，就变成了"仄仄平仄仄，平平平仄平"。

杜牧的《润州》诗中，"青苔寺里无马迹，绿水桥边多酒楼"一联的平仄句型原本是"平平仄仄平平仄，仄仄平平仄仄平"。出句第六字用了仄声"马"字，于是把对句第五字改用了平声"多"字进行拗救，就变成了"平平仄仄平仄仄，仄仄平平平仄平"。

这种对五言第四字、七言第六字的拗救，属对句相救。

（2）c、C 句型节奏点的拗救

c 句型节奏点的拗救是指，五言的 c 句型的第四字和七言 C 句型的第六字改用了平声的拗救。这种拗救就是把五言"平平平仄仄"的第四字和七言"仄仄平平平仄仄"的第六字改用了平声后，把五言的第三字、七言的第五字改为仄声，使它们的末尾三字变成"仄平仄"。即五言的变为"平平仄平仄"，七言的变为"仄仄平平仄平仄"。简单一点说，也可以把它看作是五言 c 句型第三、四字的平仄互换，七言 C 句型第五、六字的平仄互换，如：

何处秋风至，萧萧送雁群。
朝来入庭树，孤客最先闻。
——｜—｜

——刘禹锡《秋风引》

马穿山径菊初黄，信马悠悠野兴长。
万壑有声含晚籁，数峰无语立斜阳。
棠梨叶落胭脂色，荞麦花开白雪香。
何事吟余忽惆怅，村桥原树似吾乡。
＋｜——｜—｜

——王禹偁《村行》

刘禹锡的《秋风引》中，第二联的出句原本是 c 句型"平平平仄仄"。因为句中第四字用了平声字"庭"，所以第三字改用仄声字"入"进行拗救，于是就变成了"平平仄平仄"。

王禹偁的《村行》中，最后一联的出句原本是 C 句型"仄仄平平平仄仄"。因为句中第六字用了平声字"惆",所以第五字改用入声字"忽"进行拗救,拗救后变成了"(仄)仄平平仄平仄"。(第一字属可平可仄,用了平声字"何")

这种对五言第四字、七言第六字的拗救,属于本句自救。

这里讲的这个经过拗救后的句型,在前人的作品中经常会用到,所以有人也把它当作一个基本句型来看待。如果把它当作一个基本句型的话,那么,前面讲过的四个基本句型就变成了五个基本句型。第五个基本句型就是五言的"e平平仄平仄"和七言的"E仄仄平平仄平仄"。

> 强欲登高去,无人送酒来。
> 遥怜故园菊,应傍战场开。
> ——｜—｜
>
> ——岑参《行军九日思长安故园》

> 江汉曾为客,相逢每醉还。
> 浮云一别后,流水十年间。
> 欢笑情如旧,萧疏鬓已斑。
> 何因北归去,淮上对秋山。
> ——｜—｜
>
> ——韦应物《淮上喜会梁州故人》

岑参《行军九日思长安故园》诗中第二联的出句,韦应物《淮上喜会梁州故人》诗中最后一联的出句都是采用这个句型。

3. 可救可不救

顾名思义,可救可不救,就是指出现了拗句后,可以进行拗救,也可以不作拗救。对这样的诗句进行拗救,是为了使它的平仄节奏更加和谐、更加完美。不作拗救,是因为这样的拗句所拗的位置既不能造成孤平和三平调，也不影响诗句平仄节奏的和谐和完美。同时，它们又能够令人满意地表达出需要表达的思想内容，那就没有必要进行拗救。它们属于在"一三五不论"允许范围内的可平可仄。

第一种可救可不救是在"平平平仄仄，仄仄仄平平"这一联中。假如出句第一字用了仄声，如果需要拗救，则把对句相同位置的字改为平声就可以了。这样，出句和对句的这个位置仍然平仄相对。拗救之后这一联就变成了"仄平平仄仄，平仄仄平平"。

白发三千丈，缘愁似个长。
不知明镜里，何处得秋霜。
｜ — — ｜ ｜　 — ｜ ｜ — —
　　　　　　　　——李白《秋浦歌》

江汉思归客，乾坤一腐儒。
片云天共远，永夜月同孤。
｜ — — ｜ ｜　 ｜ ｜ ｜ — —
落日心犹壮，秋风病欲苏。
古来存老马，不必取长途。
｜ — — ｜ ｜　 ｜ ｜ ｜ — —
　　　　　　　　——杜甫《江汉》

这两首诗中标注平仄的诗句原本都是"— — — ｜ ｜，｜ ｜ ｜ — —"的句型。在李白的《秋浦歌》中，"不知明镜里，何处得秋霜"的出句第一字用了仄声"不"字，所以对句第一字用了平声"何"字进行了拗救。而杜甫的《江汉》诗中颔联和尾联，也都是出句第一字该用平声用了仄声，但是对句都没有进行拗救。

　　第二种可救可不救是在"仄仄平平仄，平平仄仄平"这一联中。假如出句第三字用了仄声，如果需要拗救的话，则把对句相同位置的字改为平声就可以了。这样，出句和对句的这个位置也仍然平仄相对。拗救之后这一联就变成了"仄仄仄平仄，平平平仄平"。

　　　　　候吏立沙际，田家连竹溪。
　　　　　｜｜｜—｜　——｜—
　　　　　枫林社日鼓，茅屋午时鸡。
　　　　　鹊噪晚禾地，蝶飞秋草畦。
　　　　　｜｜｜—｜　｜—｜—
　　　　　驿楼宫树近，疲马再三嘶。
　　　　　　　　——刘禹锡《秋日送客至潜水驿》

　　　　　日日望乡国，空歌白纻词。
　　　　　｜｜｜—｜　——｜｜—
　　　　　长因送人处，忆得别家时。
　　　　　失意还独语，多愁只自知。
　　　　　客亭门外柳，折尽向南枝。
　　　　　　　　——张籍《蓟北旅思》

　　刘禹锡的《秋日送客至潜水驿》诗中，首联和颈联原本都是"仄仄平平仄，平平仄仄平"句型。首联出句第三字用了仄声"立"，颈联第三字用了仄声"晚"。它们的对句第三句分别用平声字"连"和"秋"进行了拗救。（颈联对句第一字属可平可仄，用了入声字"蝶"）

　　张籍的这首《蓟北旅思》首联原本是"｜｜｜——，——

｜｜—"的句型。出句第三字用了仄声"望",变成了"｜｜｜—｜"。而对句并没有进行拗救。

第三种可救可不救仍然是在"仄仄平平仄,平平仄仄平"一联中。在这一联中,如果出句第一字和第三字各自都改变了平仄(这是本句自救),那就要把对句相同位置的字也作相应的改变。这样,既保证了出句和对句仍然平仄相对,同时又不犯孤平。拗救之后则变成了"平仄仄平仄,仄平平仄平"。但是,这种情况,不救是可以的。如果拗救,就必须要把对句第一字和第三字的平仄同时都改变(这也是本句自救)。假如只改变第一字而不改变第三字,那么,这个对句就造成孤平了。

> 晨起动征铎,客行悲故乡。
> —｜｜—｜　｜——｜—
> 鸡声茅店月,人迹板桥霜。
> 槲叶落山路,枳花明驿墙。
> 因思杜陵梦,凫雁满回塘。
>
> ——温庭筠《商山早行》

> 今夜鄜州月,闺中只独看。
> —｜—｜｜　——｜｜—
> 遥怜小儿女,未解忆长安。
> 香雾云鬟湿,清辉玉臂寒。
> 何时倚虚幌,双照泪痕干。
>
> ——杜甫《月夜》

温庭筠《商山早行》的首联,原本是"｜｜——｜,——｜｜—"的句型。因为出句第一字和第三字都改变了平仄,这是本句自救。而对句的第一字和第三字也都改变了平仄,进行对句相救。拗救后达到了对句和出句平仄完全相对。

　　在杜甫的《月夜》中，首联原本也是"｜｜——｜，——｜｜—"的句型。出句第一字和第三字也都改变了平仄，这是本句自救。但是对句的第一字和第三字并没有改变平仄。也就是没有采取对句相救。所以这一联的对句和出句的平仄并不完全相对。

　　以上可救可不救的内容都是以五言为例。七言以此类推。如在同类句型中，五言的第一字，在七言中则为第三字。这里不再举例。

　　拗救的使用扩大了字词的选用范围。同时，也可以不同程度地避免出现因律害义的情况。所以掌握拗救的方法，并在格律的范围内加以灵活地运用，是很有必要的。

第四章　格律诗之用韵

一、押韵要求

格律诗都是要押韵的，如果不押韵，就不能称其为格律诗。押韵也是格律诗的基本特征之一。由于韵的应用，诗才有了那种和谐、流畅、回环的旋律美。可以说平仄造就了诗的节奏，韵成就了诗的旋律。

所谓押韵有位，就是指格律诗的押韵有固定的位置和固定的要求。押韵就是两个诗句中最后一个字的韵母相同或相近。这里说的两个诗句，是指两个相邻的诗句或者两个隔位的诗句。因为押韵的位置都在一个诗句的末尾，所以就把这里叫作"韵脚"。格律诗中，不管是绝句，律诗，还是排律，都是要押平声韵，要一韵到底，而且还要隔句押韵。

格律诗只能押平声韵，不能押仄声韵。押平声韵也是格律诗的特点之一。如果押了仄声韵，那就不能叫作格律诗了。不管诗的长短，韵的多少，只要是绝句、律诗和排律，它们都要押平声韵。

在押平声韵的同时，格律诗还要一韵到底。也就是从第一个韵脚的韵字到最后一个韵脚的韵字，都是同一韵部中的韵字。中间是不能换韵的。

　　隔句押韵也是格律诗的特点之一。隔句押韵也就是只能在偶数句的韵脚位置押韵。但是，只有首句例外。首句可以押韵，也可以不押韵。这是由不同格式所决定的。首句押韵的，我们也称作首句"入韵"；首句不押韵的，我们也称作首句"不入韵"。

　　下面我们看几个例子：

　　　　人闲桂花落，夜静春山空。

　　　　　　　　　　◎

　　　　月出惊山鸟，时鸣春涧中。

　　　　　　　　　　◎

　　　　　　　　　　──王维《鸟鸣涧》

　　　　去年花里逢君别，今日花开又一年。

　　　　　　　　　　　　　◎

　　　　世事茫茫难自料，春愁黯黯独成眠。

　　　　　　　　　　　　　◎

　　　　身多疾病思田里，邑有流亡愧俸钱。

　　　　　　　　　　　　　◎

　　　　闻道欲来相问讯，西楼望月几回圆。

　　　　　　　　　　　　　◎

　　　　　　　　　　──韦应物《寄李儋、元锡》

　　　　黄鹤西楼月，长江万里情。

　　　　　　　　　　◎

　　　　春风三十度，空忆武昌城。

　　　　　　　　　　◎

　　　　送尔难为别，衔杯惜未倾。

　　　　　　　　　　◎

湖连张乐地，山逐泛舟行。

◎

诺为楚人重，诗传谢朓清。

◎

沧浪吾有曲，寄入棹歌声。

◎

————李白《送储邕之武昌》

（◎表示它上面的字是押平声韵的字，下同。）

上面三首诗，第一首是五言绝句，第二首是七言律诗，第三首是五言排律。它们都是押平声韵，首句不入韵的隔句押韵。王维的《鸟鸣涧》是一首五言绝句。诗中的"空"和"中"都是上平声一东的韵。因为是绝句，首句又不入韵，全诗只有两处押韵。所以谈不上一韵到底。

韦应物《寄李儋、元锡》是一首七言律诗。诗中的"年、眠、钱、圆"都是下平声一先的韵。属一韵到底。

李白的《送储邕之武昌》是一首较短的排律，诗中"情、城、倾、行、清、声"都是下平声八庚的韵。它们都是平声韵，所以也是一韵到底。

金炉香尽漏声残，剪剪轻风阵阵寒。

◎   ◎

春色恼人眠不得，月移花影上栏干。

◎

————王安石《春夜》

孤山寺北贾亭西，水面初平云脚低。

◎   ◎

几处早莺争暖树，谁家新燕啄春泥。

◎

乱花渐欲迷人眼，浅草才能没马蹄。

◎

最爱湖东行不足，绿杨阴里白沙堤。

◎

——白居易《钱塘湖春行》

这两首诗的第一首是七言绝句，第二首是七言律诗。这两首诗都是首句入韵的隔句押韵。同时押的也都是平声韵。王安石的《春夜》中"残、寒、干"，白居易的《钱塘湖春行》中"西、低、泥、蹄、堤"各自都是同一韵部的韵字，所以都是一韵到底。

二、旧诗韵与新诗韵

诗韵，是指自古传承下来作诗用韵的依据。随着社会生活的发展变化，我们的语音和语音声调也产生了相应的变化。这就使得我们一直使用的诗韵与当代的语音声调产生了距离，有的甚至已经不能完全适应当今的需要。于是，很多人就提出了改用现代汉语读音作为诗韵。人们把它称为新诗韵。这就是新韵旧韵说法的由来。

1. 旧诗韵

旧诗韵是指新诗韵提出之前诗人一直使用的诗韵。在千百年来的使用中，旧诗韵也是在不断地发展和变化着，并逐步走向完善的。其中大体上经过了"切韵""唐韵""广韵""韵略""集韵"至"平水韵"。在平水韵出现之前的韵书，都较为繁杂，收字多，设韵目也多。大多为193韵至206韵。在写诗应用上很受限制。至南宋金国人刘渊编撰了《壬子新刊礼部韵略》将韵部改并为 107 韵。后又有人将上声拯韵合并于迥韵，即 106 韵的"平水韵"。由于平水韵改并为 106 韵后，分部少，检韵方便，所以深受之后历代诗家的欢迎，一直通行至今。平水韵出现以后，很多韵书中的诗韵都是以平水韵为依据的。比如《古今韵会举要》《诗韵合璧》《诗韵全璧》等等。

平水韵分上平声、下平声、上声、去声、入声。上平声含 15 韵，下平声 15 韵，上声 29 韵，去声 30 韵，入声 17 韵，合计 106 个韵部。

平水韵把在那之前的 200 多个韵部归并为 106 个，这在当时也是一个很大的进步。但是，这 106 个韵部也是以当时人们的语音特点来划分的。它距离我们现在已经年代久远了。随着社会的发展变化和不断进步，语言、语音和语言环境也都发生了很大变化。所以在平水韵的使用上，自然会感到有些方面已经不能适应现实的需要。比如入声字问题，现代汉语中已经没有入声字了；比如相同韵母不在同一韵的问题，如"东"与"冬"，"寒"与"覃"等，虽然韵母相同，却不属于同一韵部；还有韵母不同的韵字却在同一韵部，如四支、十灰等韵部。这些字在一起押韵，用现代汉语读起来，有的会感到很别扭。所以，我们在使用平水韵的时候，要特别注意这些特殊情况的辨别和应用。

本书附录中的《诗韵精选》，为笔者近年以《诗韵合璧》为蓝本，去其生僻字，《诗韵合璧》未收入的常用字，依据《集韵》《古今韵会举要》等典籍酌加增补而成的。这部《诗韵精选》收入韵字 6300 多个。其中与其他各典不一致处，则视具体情况，或依《诗韵合璧》收入，或依各典加以补正。两韵或两韵以上兼收的字称为双韵字，加方括号单列于单韵字之后。韵部仍依 106 韵不变。可以说这部《诗韵精选》是当前收入常用韵字较多、双韵字与单韵字划分更为清晰，排列也更为科学的一个版本。笔者近年编著的《诗韵词韵速查手册》收入时名为《寺韵》，后为与其他诗韵版本区别，改为《诗韵精选》。本书作为附录收入以备读者查阅使用。

2. 新诗韵

新诗韵是相对于旧诗韵而言的。它是以现代汉语读音作为诗韵。从新诗韵的提出至今，已有多种版本问世。比如十三辙、十八韵、二十韵、十四韵等。2005 年中华诗词学会颁布了最新版本的《中华新韵》。《中华新韵》的出现也正是在诗词用韵方面随着社会发展和语言进步而产生的。它的出现是社会发展的必然，是语言进步的体现。

这部《中华新韵》是以现代汉语拼音为依据，按照现代汉语拼音的韵母来划分韵部的。它将汉语拼音的韵母共分十四个韵部。其中每个韵部中的韵母都属相近韵母。只有十三支的－i 和十四姑的 u 为一个韵母独用。《中华新韵》中把十三支的－i 标为零韵母。这个零韵母也是韵母。在《汉语拼音方案》中，它被称为 zhi、chi、shi、ri、zi、ci、si 七个音节的韵母，只是也用 i 来表示。它与十二齐里的 i 不同，使用时要加以区别。

《中华新韵》的韵部划分更加清晰明了。每个韵部都以平声字为名称，如一麻、二波、三皆等。每一个韵部中分列阴平、阳平、上声、去声。它的韵部减少到 14 个，这样可以减少查找使用的难度。把相近的韵母列为同一韵部，就不存在邻韵和通押的问题了。这也降低了它的复杂程度，使人们在使用中减少了限制，更加便于掌握。提倡新韵的重要内容之一，就是不提倡使用入声字。但是，在欣赏和借鉴历代优秀作品的时候，又离不开入声字。在《中华新韵》中，对旧韵中的入声字虽然不单列，但也不是弃之不顾，而是把入声字，按照现代汉语的读音和声调分别列于各个韵部的阴平、阳平、上声、去声之后，以便于与旧诗韵对比和查找使用。这就体现了在新韵和旧韵的使用上"倡今知古、今不妨古、双轨并行"的原则。《中华新韵》的颁布，使新诗韵更贴近我们当代人的生活，也更适应当代人的语言习惯，更能满足当代人在作诗填词以及其他用韵方面的需求。它的颁布，得到了广大爱好者的肯定和欢迎。

三、新旧诗韵的使用

目前，就新旧诗韵来说，我们正处在一个变革的时期。虽然很多人在积极提倡使用新韵，但是，提倡使用新诗韵，并不等于用新诗韵去代替旧诗韵。因为旧的诗韵还没有完成它的使命。所以它不可能一下子就退出历史舞台。一方面目前还有很大一部分诗人在使用着旧韵。他们已经习惯于旧韵。让他们完全放弃旧诗韵改用新诗韵，是不切实际的。另一方面历代优秀诗人创作出来的大量的优秀作品，都是使用我们现在所说的"旧诗韵"。对我们来说，在从事格律诗写作的同时，必然要涉及到对前人优秀作品的欣赏、学习和研究。其中必然要学习他们的用韵方法和技巧。这些都是离不开旧诗韵的。也就是说，旧诗韵还没有完成它的历史使命。目前只是一个由旧韵向新韵过渡的时期，新旧韵的并存还会持续一个很长的阶段。所以，《中华新韵》在颁布时就提出了"双轨并行"的原则。

在当前新旧韵并行的阶段，我们的格律诗写作，不管是使用旧韵，还是使用新韵，都要特别注意以下几个方面：

一是使用新韵的同时，也要对旧韵有所了解和掌握。因为.在欣赏前人佳作的同时，也可以学习前人的用韵方法和技巧。这对自己格律诗写作水平的提高会有所帮助的。

二是在创作的同一作品中，新韵旧韵不要混用。或用新韵，或用旧韵，选择一种即可。

三是用旧韵写诗时，也要考虑到古今语言的差别。要避免把同一韵部中那些现代语音差别很大的字放在一起押韵。有些字虽然同属一个韵部,但现在的读音已经相距甚远。如果现在还把它们再用在同一首诗中押韵,读起来会很别扭的。比如十灰中的"灰、回、枚"与"才、开、来"等,六麻中的"麻、花、家"与"耶、椰、爷"等。看下面的例子:

天门中断楚江开,碧水东流至此回。
　　　◎　　　　　　　　　　◎
两岸青山相对出,孤帆一片日边来。
　　　　　　　　　　　　　　　◎
　　　　　　　　　　——李白《望天门山》

朝回日日典春衣,每日江头尽醉归。
　　　◎　　　　　　　　　　◎
酒债寻常行处有,人生七十古来稀。
　　　　　　　　　　　　　　　◎
穿花蛱蝶深深见,点水蜻蜓款款飞。
　　　　　　　　　　　　　　　◎
传语风光共流转,暂时相赏莫相违。
　　　　　　　　　　　　　　　◎
　　　　　　　　　——杜甫《曲江二首》其二

　　李白的这首《望天门山》是首句入韵的七言绝句。诗中"开、回、来"都是十灰韵。按照现代汉语读音,"开、来"韵母相同。但"回"的韵母与它们既不相同也不相近。如果我们现在写诗还把它们放在一起押韵,虽然仍属同一个韵部,不违反格律,但用现代汉语读音读起来是不是很别扭。
　　杜甫《曲江二首》其二是首句入韵的七律。用的是上平声五微韵。诗中"衣""归""稀""飞"放到一起押韵没有问题，在当时读起来也不会有问题。如果现在写诗还把它们放在一起押韵，虽然符合押韵要求，但用现代汉语读音去读它，就太别扭了。

因为，有些字古时候的读音与我们现在的读音是不同的，所以，即便是使用旧韵，这样的韵字最好还是不要放在一起押韵为好。

第五章 格律诗之对仗

之所以说对仗有别，就是它主要用于律诗、排律中。绝句则没有必须使用对仗的要求。但是，我们可以看到，在许多优秀的绝句作品中也都使用了对仗。也就是说，对仗对于绝句来说，可用可不用。

一、对仗的规则

对仗就是诗词一联中的出句和对句形成对偶。对偶本是一种修辞手段。它以类排比，字面音节，两两相对。用字数相等的句式、句法相似的语句表现相反或相关的意思就可以了。而格律诗中的对仗，除了要求形成对偶之外，还有自己的特定规则。比如句式、平仄、词性、结构等方面的基本规则和一些特殊要求。

对仗的规则主要包括句式、平仄、词性、结构等。

1. 句式相同、平仄相对

格律诗的一个基本特点就是，在一首诗中，每一句的字数都是相同的。而格律诗的对仗就是在这些相同句式的诗句中产生的。对仗是以"联"为单位的。每两句为一联。每一联对仗中的出句和对句，它们的句式也必然都是相同的，这一点是固定的，不能变的。比如，五言诗，每句都是五言；七言诗，每句都是七言。如果出现了不同句式，不但无法构成对仗，也不能称其为格律诗了。

　　对仗的平仄相对，就是对句与出句相同位置的字要平仄相反。即出句用平声的位置，对句的相同位置要用仄声；出句用仄声的位置，对句相同位置要用平声。但是，特殊情况下是可以例外的。一是首联中如果出句是平收，那么出句和对句的末一字就都是平声。这一联如果用了对仗，它们的最后一字就不能平仄相对了。二是如果出现了个别字平仄不相对的情况，就要看它是否符合"一三五不论"的可平可仄原则，如果符合，则是允许的。如果是处在节奏点位置上的字，则必须平仄相对。这些与我们前面讲到的"粘对"中的"对"的要求是相同的。

見说蚕丛路，
崎岖不易行。
山从人面起，
——｜｜
云傍马头生。
—｜｜——
芳树笼秦栈，
—｜｜—｜
春流绕蜀城。
——｜｜—
升沉应已定，
不必问君平。

　　　　　　　　　　　　——李白《送友人入蜀》

　　在这首诗中，中间两联用了对仗。其中"云傍马头生"句，的平仄句型原本是"｜｜｜——"；"芳树笼秦栈"的平仄句型原本是"｜｜——｜"。但是，因为颔联对句中用了"云"，与出句

的"山"都是平声，它们不相对；颈联出句用了"芳""笼"，它
们分别改变了原有位置的平仄，与相对应位置的"春""绕"平
仄也不相对了，但它们都不在节奏点上，符合"一三五不论"的
可平可仄原则，所以是允许的。（"笼"在此处读仄声）

2. 词性对应、结构一致

词性对应、结构一致，就是对句与出句相同位置上的字之词
性和结构都是相同或者相近的，使其在词性上相互对应，在语法
结构上保持一致。词性对应，也就是在词性上要名词对名词、动
词对动词、形容词对形容词。结构一致，也就是在结构上要单字
对单字、双字对双字、词组对词组，主语对主语、谓语对谓语、
宾语对宾语等。这种相同位置上的词性和结构的相同或相近的对
应关系，构成了对仗的严谨整齐的相对特点。比如：

> 两个｜黄鹂｜鸣｜翠柳，
> 一行｜白鹭｜上｜青天。
> ——杜　甫《绝句》句

这一联对仗我们可以把它分成四段。第一段数量词对数量
词，第二段名词对名词，第三段动词对动词，第四段亦是名词对
名词。联中对句与出句的词性相互对应，在结构上也都是一致
的，双字对双字，单字对单字。

> 野火｜烧｜不｜尽，
> 春风｜吹｜又｜生。
> ——白居易《赋得古原草送别》句

这是白居易《赋得古原草送别》诗中的一联。其中"春风"
对"野火"，"吹"对"烧"，"又"对"不"，"生"对"尽"。分
别是名词与名词相对，动词与动词相对，副词与副词相对，动词

与动词相对。它们在词性、结构上也都是一致的。

我们说对仗中的对句与出句相同位置上的字，词性和结构都是相同或者相近的，也就是说，不完全相同，相近也可以。看下面这一联：

星｜垂｜平野｜阔，
月｜涌｜大江｜流。

——杜甫《旅夜书怀》句

这一联对仗也可以分成四段。前三段是名词对名词，动词对动词，名词对名词。而最后一段，出句的"阔"字是形容词，对句的"流"是动词。但是"平野"与"阔"连起来表现了"平野"宽阔的状态；"大江"与"流"连起来表现了"大江"流动的状态。所以，它们在意思上仍然相对。

二、对仗的宜忌

格律诗的对仗中，虽然我们遵循了上述的一些基本规则，但是，有时还会出现一些特殊状态。比如合掌和重字。这些状态有的是需要避忌的，有的是允许的。

1. 合掌

合掌就是一联内的两句或两联之间太相似了。合掌是对仗中的大忌，所以在对仗中一定要避免合掌。严格来讲，合掌有两种类型，一是联内合掌；二是两联合掌。两联合掌是相邻两联的结构相同。从结构上看，后一联完全就是前一联的复制。也就是前一联的上下联是以"名词｜动词｜名词"结构相对，而相邻的后一联也是以"名词｜动词｜名词"结构相对。这种结构给诗句的音节节奏造成了重复，使诗句吟诵起来容易产生单调和乏味。但是，如果对仗用得好，照样可以收到好的效果。而且，在前人的作品中也不乏其例。所以，这里对两联合掌就不作讲解了。这里所讲的合掌就是联内合掌。它在对仗中是要避忌的。

　　一联中的对句与出句用表示相同事物的同义词表达了同一内容，这就是合掌。也就是上下联在字面内容上重复也说了同一个意思。而对仗的规则是对句与出句在字面内容上要求是相关或相反，而不是相同。比如：上联写雨，下联还写雨。只是换了个同义词，用"甘霖"对"春雨"，或者用"青山"对"碧岭"、"幽篁"对"细竹"、"赤驹"对"红马"等都属这一类。合掌把表现的内容变窄了。这种重复表现一个意思的诗句，欣赏起来让人感到单调和乏味。

　　　　无边落木萧萧下，
　　　　不尽长江滚滚来。
　　　　　　　　——杜甫《登高》句

　　　　晓战随金鼓，
　　　　宵眠抱玉鞍。
　　　　　　　　——李白《塞下曲》句

　　杜甫《登高》中这一联对仗，"不尽"对"无边"，"长江"对"落木"，"滚滚来"对"萧萧下"。李白《塞下曲》中的这一联对仗，"宵眠"对"晓战"，"抱"对"随"，"玉鞍"对"金鼓"。它们在平仄、词性、结构上，都合乎规则的要求。在表现内容上，前者的上联写的是木叶萧萧飘落，下联写的是长江滚滚而来。更巧妙的是上联是仰望木叶飘落，下联是俯视长江远来。一仰一俯，生动形象，又形成对比。后者一晨一昏，一动一静，同样生动形象，又形成对比。这两个对仗的上下联都是写了不同的事物。所以，它们都是非常工整的佳对。

假如前者上联写了木叶萧萧飘落，下联还写木叶飘落的样子；后者上联写了晓战，下联再用"晨击"之类的词语去对"晓战"，那么，它们各自的上下联都变成了同一事物。这就造成了合掌。

2. 重字

诗句中用了两个相同的字，叫作重字。对仗中的重字包括对句与出句重字和句内重字。对仗中的重字有忌有宜，要区别对待。

在一联对仗中，对句与出句在同一位置上用了相同的字，称为重字，也叫同字相对。同字相对是格律所不允许的，所以要避忌。出现这种情况其平仄必然不相对。这就违背了格律诗中对仗要平仄相对的最基本要求。比如一联对仗中的上联是"春蚕到死丝方尽"，那么下联就不能再用上联这七个字中的任何一个字。如果用了，就变成了同字相对，就违反了对仗的基本规则。李商隐《无题》诗中的这一联的下联是"蜡炬成灰泪始干"，句中没有上联中的任何一个字。而且对仗工整，寓意深邃，成为千古流传的佳联。

句内重字是指在对仗中的一个诗句内出现重字。因为它不涉及平仄不相对的问题，也不违背对仗的基本要求，所以这种句内重字可以大胆使用。但是，在出句中使用了句内重字时，必须在对句相同位置上也使用句内重字来与出句相对。这样才能保证上下联在结构上的一致。这种重字不但可以用，如果用得好，用得巧，则会收到特别好的效果。

> 桃花细逐杨花落，
> 黄鸟时兼白鸟飞。
>
> ——杜甫《曲江对酒》句

埭长埭短逢官马，
山北山南闻鹧鸪。

　　　　　　——殷尧藩《旅行》

惶恐滩头说惶恐，
零丁洋里叹零丁。

　　　　　　——文天祥《过零丁洋》句

　　以上几联对仗中，都是出句句内用了重字，对句也在相同位置上用了重字，以与之相对。句中的重字，既有一个字重，也有两个字重。这些没有要求，只是表达内容的需要所决定的。

　　还有一种句内重字是叠字。出句用了叠字，对句必须在相同的位置也用叠字相对。比如：

漠漠帆来重，
冥冥鸟去迟。

　　　——韦应物《赋得暮雨送李胄》句

晴川历历汉阳树，
芳草萋萋鹦鹉洲。

　　　　　　——崔颢《黄鹤楼》句

穿花蛱蝶深深见，
点水蜻蜓款款飞。

　　　　　　——杜甫《曲江》其二句

小院回廊春寂寂，
浴凫飞鹭晚悠悠。

　　　——杜甫《涪城县香积寺官阁》句

　　上面这几联对仗都是出句用了叠字，对句也用了叠字与之相对。叠字的位置比较随意，既有用在句首的，也有用在中间的，还有用在句尾的。

三、对仗的常用类型

　　格律诗的对仗，根据它们的不同特点可以划分为不同的类型。下面分别介绍几种较为常用的类型。

（一）正对与反对

　　对仗除了在字数、平仄、词性上的要求外，还要求用句法相似的语句表现相关或相反的意思。相关或者叫相对，就是正对；相反就是反对。

1. 正对

　　正对的特点是，对句与出句用句法相似的语句表现相关的意思，它们或互相联系、互为补充；或互为映衬、互为举托。但是对句和出句所表现的必须是两件事。如果对句和出句说了同一件事，那就会造成"合掌"。

> 明月隐高树，
> 长河没晓天。
> 　　　　　　——陈子昂《春夜别友人》句

> 野桃含笑竹篱短，
> 溪柳自摇沙水清。
> 　　　　　　——苏轼《新城道中》句

> 梨花院落溶溶月，
> 柳絮池塘淡淡风。
> 　　　　　　——晏殊《寓意》句

上面的几联对仗都属正对。它们的对句与出句的内容都是互为映衬，相互联系的。上下联各自表述了各自的内容，没有重复。所以，也没有造成合掌。

2. 反对

反对的特点是，对仗中的对句和出句用反义词相对，使字面和整句内容都相反。这样，使对句和出句形成对比和反差，给人一种鲜明、强烈的感受。

> 年年岁岁花相似，
> 岁岁年年人不同。
> ——刘希夷《代悲白头翁》句

> 南檐纳日冬天暖，
> 北户迎风夏月凉。
> ——白居易《香炉峰……偶题东壁》句

> 荷尽已无擎雨盖，
> 菊残犹有傲霜枝。
> ——苏　轼《赠刘景文》句

刘希夷《代悲白头翁》中的这一联，以"不同"和"相似"相对，构成了反对；白居易诗中的这一联，"北、南""夏、冬""凉、暖"等都是反义词相对，构成了反对；苏轼《赠刘景文》中的这一联，是"有"和"无"反义词相对，使上下联的内容构成了反义相对。

以上这几联都是以反义词相对构成了内容上相反的鲜明对比，从而使这些对仗达到了绝佳的层次。

（二）工对、宽对、邻对

从符合规则程度的角度，可以把对仗划分为工对、宽对与邻对。工对较为规范、严整；宽对较为灵活、宽松；邻对则介于工对与宽对之间。

1. 工对

工对就是对偶工整的对仗。除要完全符合规则，对句与出句相同位置的词性要相同外，还要在相同位置使用同一类别的词，进行关联。古人把每一种词性划分为若干类。如名词就可以分为天文、地理、时令、居室、器物、文具、植物、动物、专有名词等等。而地理类又分为山、河、湖、泉等等。专有名词也可以分为地名、人名、药名等等。再往下还可以分得更细。这些分类，越分越细，用于对仗就显得越工整。但是，我们在创作实践中是没有必要过于追求这种小类别工整的。这样只能给自己造成束缚。同时，还容易造成合掌。

> 芳树笼秦栈，
> 春流绕蜀城。
> ——李白《送友人入蜀》句

> 明月松间照，
> 清泉石上流。
> ——王维《山居秋暝》句

> 楼船夜雪瓜洲渡，
> 铁马秋风大散关。
> ——陆游《书愤》句

上面这些例子有的是词性的小分类相对，有的是大分类相对。但都符合规则要求，都是上好的工对。

以陆游《书愤》中的对仗为例。联中"铁马"对"楼船"，都是战争工具；"秋风"对"夜雪"，都是天文类；"大散关"对

"瓜洲渡"，都是专有名词中的地名相对。

工对有不同程度的工对，只要不超出规则范围，按大的分类、小的分类都可以收到好的效果。所以，不要过于拘泥于这种分类，还是要顺其自然，以适应内容需要为好。

2. 宽对

宽对是与工对比较，相对比较宽松的对仗。虽然宽对在词性上做到了名词对名词、动词对动词、形容词对形容词、副词对副词等，但它们相对的类别，既不是同一类别，也不是相邻的类别。宽对包括了把不同类别的名词用于对仗，也包括了不够严谨、不够工整的对仗。

> 饮马鱼惊水，
> 穿花露滴衣。
>
> ——元稹《早归》句

> 几度听鸡歌白日，
> 亦曾骑马咏红裙。
>
> ——白居易《寄殷协律》句

> 塞上长城空自许，
> 镜中衰鬓已先斑。
>
> ——陆游《书愤》句

这几个例子都属于宽对。元稹的《早归》中的这一联，"穿花"对"饮马"，"露滴衣"对"鱼惊水"。陆游《书愤》诗中的这一联中的"镜中"对"塞上"，"衰鬓"对"长城"，"已先斑"对"空自许"。它们各自都不在同一个类别中，但照样受到人们的喜爱。

3. 邻对

邻对是一种介于工对与宽对之间的对仗。它不像工对那样严格，也不像宽对那样宽松。它是以相邻近的事物为对仗。如时令与天文相对，居室与地理相对，器物与文具相对等等。如：

> 鹊辞穿线月，
> 花入曝衣楼。
>
> ——李贺《七夕》句

> 晓来江气连城白，
> 雨后山光满郭青。
>
> ——张籍《寄和州刘使君》句

李贺《七夕》诗中"花"对"鹊"，"楼"对"月"；张籍《寄和州刘使君》诗中"雨"对"晓"等，都是以相邻近的事物为对仗。所以，把它们称为邻对。

（三）其他类型对仗

1. 流水对

流水对与其他对仗的不同，主要就是出句和对句的关系。一般对仗的对句与出句大多都是并列关系。它们之间没有主次、没有前因后果、没有前后之分。单看其中一句，意思也是完整的。出句和对句的前后位置是由用韵决定的。如果不考虑韵脚的话，它们的位置完全可以前后互换，而不影响意思的表达。

但是，流水对正好与此相反。流水对除了符合平仄、词性等对仗的基本要求外，它在语气上把出句与对句当作一句，使之一以贯之，其特点是语气连贯、一气呵成、势如流水，所以叫作流水对。流水对的出句与对句谁前谁后是固定的。前后之分或为因果、或为意思的顺序要求。流水对的出句与对句互为依存，单独看其中的一句，则意思不完整。

即从巴峡穿巫峡，
便下襄阳向洛阳。
　　　　——杜甫《闻官军收河南河北》句

　　这是杜甫《闻官军收河南河北》诗中的尾联。这一联写了诗人还乡的路线。从巴峡穿过巫峡（至襄阳），是水路；由襄阳再向洛阳进发，是陆路。由水路到陆路，有顺序的先后。由水路到陆路的这种转换，自然而连贯。从音律上的跳动和流畅，到内容上所表现的诗人喜悦心情都跃然而出。可以说这是最经典、也最具代表性的一联流水对。

忽逢青鸟使，
邀入赤松家。
　　　　——孟浩然《清明日宴梅道士房》句

莫愁前路无知己，
天下谁人不识君。
　　　　　——高适《别董大》句

劝君更尽一杯酒，
西出阳关无故人。
　　　　　——王维《送元二使安西》句

唯将终夜长开眼，
报答平生未展眉。
　　　　——元稹《遣悲怀三首·其三》句

山重水复疑无路，
柳暗花明又一村。
　　　　　——陆游《游山西村》句

上面这几联也都是著名的流水对。流水对是深受人们喜爱的一种对仗形式。所以，前人的作品中，著名的流水对很多。

2. 局部对

局部对属于宽对的一种。它是一部分相对，一部分不相对。所以也有人把它叫作"半对半不对"。它的特点就是，要么前半句相对，后半句不对（或不工）；要么后半句相对，前半句不对（或不工）。

> 鸿雁几时到，
> 江湖秋水多。
>
> ——杜甫《天末怀李白》句

> 岂有蛟龙长失水，
> 更无鹰隼与高秋。
>
> ——李商隐《重有感》句

这几联对仗都是半句对半句不对的局部对。第一联中的"江湖"与"鸿雁"，第二联中的"更无鹰隼"与"岂有蛟龙"都相对。其余部分则基本不对。所以是局部对。

3. 借对

借对是借用其字义或谐音来形成对仗。所以它有借义和借音两种。这种对仗也有叫作假对的。这种对仗，如果从字面的本意上看，你会感觉它并不工整或构不成对仗。但是你从它的借义、谐音中去仔细体会一下，就会理解到它的妙处了。

> 根非生下土，
> 叶不坠秋风。
>
> ——张乔《试月中桂》

这一联中借"下"之音与"夏"同，所以与"秋"相对。属借音对。

> 清江无限好，
> 白鸟不胜闲。
> ——王安石《江亭晚眺》句

这一联中借"清"之音与"青"同，所以与"白"相对。属借音对。

> 云舟望秋月，
> 空忆谢将军。
> ——李白《夜泊牛渚怀古》句

李白《夜泊牛渚怀古》的这一联中的"谢"字，原是姓氏，名词。所以不能与"望"字相对。但这里借"谢"字另有"感谢"之义，动词。所以与"望"字相对，中规中矩。属借义对。

> 回日楼台非甲帐，
> 去时冠剑是丁年。
> ——温庭筠《苏武庙》句

这一联中，借"甲"另有天干之义与"丁"相对。属借义对。

4. 犄角对

犄角对是把对句和出句相对的词错开位置来对，形成一种交叉相对的状态。所以也叫错综对。它是对句后边的部分与出句前边的部分相对；对句前边的部分与出句后边的部分相对。

　　　　　昔看黄菊与君别，
　　　　　今听玄蝉我却回。
　　　　　　　　——刘禹锡《始闻秋风》

　　这一联对句的"我"与出句的"君"相对；对句的"却"与出句的"与"相对。它们的位置错开了，形成了错综对。

　　　　　众水会涪万，
　　　　　瞿塘争一门。
　　　　　　　　——杜甫《长江二首之一》句

　　这一联的对句后二字"一门"与出句的前二字"众水"相对；对句的前二字地名"瞿塘"与出句的后二字地名"涪万"相对。形成了位置交错的错综对。

　　　　　裙拖六幅湘江水，
　　　　　鬓耸巫山一段云。
　　　　　　　　——李群玉《同郑相并歌姬小饮戏赠》句

　　这一联对句的"巫山"对出句的"湘江"，对句的"一段"对出句的"六幅"。它们相对的位置也是错开了。

　　5. 四柱对

　　四柱对，是句中不同位置的词语自相对偶，同时，对句与出句仍然相对。所以，也叫自对、当句对。

　　　　　江流天地外，
　　　　　山色有无中。
　　　　　　　　——王维《汉江临泛》

风急天高猿啸哀，
渚清沙白鸟飞回。

——杜甫《登高》

花须柳眼各无赖，
紫蝶黄蜂俱有情。

——李商隐《二月二日》

上面王维《汉江临泛》中的一联，出句的"天地"自对，对句的"有无"自对；对句的"山色""天地外"与对句的"江流""有无中"分别相对。它们都是在一句之内自相对偶，对句与出句又相对。

杜甫《登高》中的一联，出句的"风急"与"天高"相对，对句的"渚清"与"沙白"相对。对句与出句又相对。

李商隐《二月二日》中的一联，出句的"花须"与"柳眼"相对；对句的"紫蝶"与"黄蜂"相对。它们也都是在一句之内自相对偶，对句与出句又相对。

密迩平阳接上兰，秦楼鸳瓦汉宫盘。
池光不定花光乱，日气初涵露气干。
但觉游蜂饶舞蝶，岂知孤凤忆离鸾。
三星自转三山远，紫府程遥碧落宽。

——李商隐《当句有对》

这是李商隐的《当句有对》。这首诗中多处使用了四柱对。

6. 扇面对

扇面对，需四句两联，属两联相对。它的后一联的出句对前一联的出句，后一联的对句对前一联的对句。也就是在两联中，出句与出句对，对句与对句对。所以，也叫隔句对。

　　　　缥缈巫山女，归来七八年。
　　　　殷勤湘水曲，留在十三弦。
　　　　　　——白居易《夜闻筝中弹潇湘送神曲感归》句

　　这两联的后一联的出句"殷勤湘水曲"与前一联的出句"缥缈巫山女"相对；后一联的"留在十三弦"与前一联的"归来七八年"相对。这就形成了扇面对。

　　　　得罪台州去，时危弃硕儒。
　　　　移官蓬阁后，谷贵没潜夫。
　　　　　　——杜甫《哭台州郑司户苏少监》句

　　杜甫的这四句诗，后一联的出句"移官蓬阁后"与前一联的出句"得罪台州去"形成对仗；后一联的对句"谷贵没潜夫"与前一联的对句"时危弃硕儒"形成对仗。

　　　　我随鹓鹭入烟云，谬上丹墀为近臣。
　　　　君同鸾凤栖荆棘，犹著青袍作选人。
　　　　　　——白居易《醉后走笔酬刘五主簿长句之赠
　　　　　　　　兼简张大贾二十四先辈昆季》句

　　白居易的这四句诗也是扇面对。后一联的出句"君同鸾凤栖荆棘"与前一联的出句"我随鹓鹭入烟云"形成对仗；后一联的对句"犹著青袍作选人"与前一联的对句"谬上丹墀为近臣"形成对仗。

　　对仗的种类还有很多。这里只介绍以上几种常用的类型，供读者学习参考。

第六章　格律诗之绝句

前面说过，绝句有古绝和律绝之分。古绝属古体诗范畴，律绝属格律诗范畴。律绝包括五言和七言。五言的叫五言绝句，可以简称五绝；七言的叫七言绝句，可以简称七绝。另外还有六言绝句。六言绝句虽然不乏名篇，但相对数量比较少。前面已经简单提到，所以略去不讲。这里只讲五言绝句和七言绝句。

绝句在篇幅、平仄、粘对、押韵上都有严格的要求，只有对仗是可用可不用的。

一、绝句的篇幅

绝句的篇幅就是指它的句数、字数和句式。绝句在句数、字数和句式上都是有固定要求的。无论五言还是七言，只要是绝句，就都是每首四句。不足四句，或者超过四句，都不能叫绝句。五言绝句就是每句的句式是五个字，七言绝句就是每句的句式是七个字。综合起来说，就是：

五言绝句是每首四句，每句五个字，共计二十个字。简称五绝。

七言绝句是每首四句，每句七个字，共计二十八个字。简称七绝。

二、绝句的平仄格式

把五言和七言格律诗的基本句型，按照粘对、用韵等规则要求分别进行排列，选取四句作为一组，各自可以得到四种符合格律的搭配。这四个搭配就是五言绝句和七言绝句各自的四种平仄格式。在这四个格式中，我们都以首句句型的"起"和"收"来命名。首句第一个字是"平"，则称为"平起"；是"仄"则为"仄起"。首句最后一个字是"平"，则称为"平收"；是"仄"则为"仄收"。

这四种平仄格式并没有主次之分。有人把这四种格式分为正格和变格，这里不采用这种划分方法。下面在基本格式之后将所含的可平可仄也同时列出，并附一首例诗，以方便理解和应用。

1. 五言绝句的平仄格式

格式一　仄起仄收式
　　基本格式：
　　　　　　a. 仄仄平平仄
　　　　　　b. 平平仄仄平
　　　　　　c. 平平平仄仄
　　　　　　d. 仄仄仄平平

　　　　含可平可仄：
　　　　　　a.（仄）仄（平）平仄
　　　　　　b. 平　平（仄）仄平
　　　　　　c.（平）平（平）仄仄
　　　　　　d.（仄）仄　仄　平平

日暮苍山远，（仄起仄收）

天寒白屋贫。

柴门闻犬吠，

风雪夜归人。

　　　　　　——刘长卿《逢雪宿芙蓉山主人》

　　格式一是以 a 句型作首句。a、b、c、d 四个句型按顺序排列的。a 句型和 b 句型组成了第一联，c 句型和 c 句型组成了第二联。因为这种格式的首句句型是仄起仄收，所以把这种格式叫作仄起仄收式。

　　格式二　平起平收式
　　基本格式：

　　　　b. 平平仄仄平

　　　　d. 仄仄仄平平

　　　　a. 仄仄平平仄

　　　　b. 平平仄仄平

　　含可平可仄：

　　　　b. 平　平（仄）仄平

　　　　d.（仄）仄　仄　平平

　　　　a.（仄）仄（平）平仄

　　　　b. 平　平（仄）仄平

花枝出建章，（平起平收）

凤管发昭阳。

借问承恩者，

双蛾几许长。

　　　　　　——皇甫冉《婕妤怨》

格式二是 b 句型作首句。c 句型没有排进去。因为这一格式的首句是平收，所以，平收句型就占了三句，仄收句型只有一句。b、d 句型组成第一联，a、b 句型组成第二联。同样道理，因为这种格式的首句句型是平起平收，所以把这种格式叫作平起平收式。

格式三　平起仄收式
基本格式：
c. 平平平仄仄
d. 仄仄仄平平
a. 仄仄平平仄
b. 平平仄仄平

含可平可仄：
c.（平）平（平）仄仄
d.（仄）仄　仄　平平
a.（仄）仄（平）平仄
b. 平　平（仄）仄平

山中春已晚，（平起仄收）
处处见花稀。
明日来应尽，
林间宿不归。

——张籍《惜花》

格式三是 c 句型作首句。c、d 句型组成第一联，a、b 句型组成第二联。两联的位置正好与格式一两联的位置相反，即第一联与格式一的第二联相同，第二联与格式一的第一联相同。同样道理，因为这种格式的首句句型是平起仄收，所以把这种格式叫作平起仄收式。

格式四　仄起平收式
基本格式：
d. 仄仄仄平平
b. 平平仄仄平
c. 平平平仄仄
d. 仄仄仄平平

含可平可仄：
d.（仄）仄　仄　平平
b. 平　平（仄）仄平
c.（平）平（平）仄仄
d.（仄）仄　仄　平平

墙角数枝梅，（仄起平收）
凌寒独自开。
遥知不是雪，
为有暗香来。

——王安石《梅花》

格式四是 d 句型作首句。因为这一格式的首句是平收，所以，平收句型就占了三句，仄收句型只有一句。这一格式没有排入 a 句型，而是用了两个 d 句型。同样道理，因为这种格式的首句句型是仄起平收，所以把这种格式叫作仄起平收式。

2. 七言绝句的平仄格式

七言绝句的平仄格式也是把四个基本句型，按照粘对、用韵等规则要求分别进行排列搭配构成的。就像前面讲七言基本句型时说过的一样，我们还可以简单地把七言绝句看作是在五言绝句

每句的前面，加上了两个与后面两字平仄相反的字。每句加上这
两个字，就是七言绝句的一个格式；去掉这两个字，后面就是五
言绝句的一个格式。因为平仄交替的需要，所以这两个字一定要
与后面的两个字平仄相反。当然，这两个字中的第一个字是可平
可仄的，所以，以第二个字为准。

格式一　平起仄收
基本格式：
A. 平平仄仄平平仄
B. 仄仄平平仄仄平
C. 仄仄平平平仄仄
D. 平平仄仄仄平平

含可平可仄：
A.（平）平（仄）仄（平）平仄
B.（仄）仄　平　平（仄）仄平
C.（仄）仄（平）平（平）仄仄
D.（平）平（仄）仄　仄　平平

黄梅时节家家雨，（平起仄收）
青草池塘处处蛙。
有约不来过夜半，
闲敲棋子落灯花。

——赵师秀《有约》

七言绝句格式一，也可以看成是在五言绝句格式一每句的前
面，加上了两个与后面两字平仄相反的字。而五言绝句格式一的
仄起仄收在七言绝句格式一中变成了平起仄收。也就是"起"的
平仄改变了，"收"的平仄不变。

格式二 仄起平收
基本格式：
B. 仄仄平平仄仄平
D. 平平仄仄仄平平
A. 平平仄仄平平仄
B. 仄仄平平仄仄平

含可平可仄：
B.（仄）仄 平 平（仄）仄平
D.（平）平（仄）仄 仄 平平
A.（平）平（仄）仄（平）平仄
B.（仄）仄 平 平（仄）仄平

京口瓜洲一水间，
钟山只隔数重山。
春风又绿江南岸，
明月何时照我还。

——王安石《泊船瓜洲》

七言绝句格式二，也可以看成是在五言绝句格式二每句的前面，加上了两个与后面两字平仄相反的字。而五言绝句格式二的平起平收在七言绝句格式二中变成了仄起平收。同样，"起"的平仄改变了，"收"的平仄不变。

格式三 仄起仄收
基本格式：
C. 仄仄平平平仄仄
D. 平平仄仄仄平平

A. 平平仄仄平平仄
B. 仄仄平平仄仄平

含可平可仄：
C.（仄）仄（平）平（平）仄仄
D.（平）平（仄）仄　仄　平平
A.（平）平（仄）仄（平）平仄
B.（仄）仄　平　平（仄）仄平

独在异乡为异客，（仄起仄收）
每逢佳节倍思亲。
遥知兄弟登高处，
遍插茱萸少一人。
　　——王维《九月九日忆山东兄弟》

七言绝句格式三，也可以看成是在五言绝句格式三每句的前面，加上了两个与后面两字平仄相反的字。而五言绝句格式三的平起仄收在七言绝句格式三中变成了仄起仄收。同样，"起"的平仄改变了，"收"的平仄不变。

格式四　平起平收
基本格式：
D. 平平仄仄仄平平
B. 仄仄平平仄仄平
C. 仄仄平平平仄仄
D. 平平仄仄仄平平

含可平可仄：
D.（平）平（仄）仄　仄　平平
B.（仄）仄　平　平（仄）仄平

C.（仄）仄（平）平（平）仄仄
D.（平）平（仄）仄　仄　平平

烟波不动影沉沉，（平起平收）
碧色全无翠色深。
疑是水仙梳洗处，
一螺青黛镜中心。

——雍陶《题君山》

　　七言绝句格式四，也可以看成是在五言绝句各式四每句的前面，加上了两个与后面两字平仄相反的字。而五言绝句格式四的仄起平收在七言绝句格式四中变成了平起平收。同样，"起"的平仄改变了，"收"的平仄不变。

三、绝句的粘对公式

　　粘对是格律诗必须遵守的特定要求之一。所以，绝句也不例外。绝句也是要遵守格律诗的粘对基本规则的："**一联内，对句的第二个字必须与出句的第二个字平仄相对。两联之间，后一联的出句第二个字必须与前一联对句的第二个字平仄相粘。**"在绝句中，一共四句，两联。第二句与第一句的平仄要"对"，即一联内的对句与出句的平仄要相反；第三句与第二句平仄要"粘"，即后一联的出句与前一联的对句平仄要相司；第四句与第三句平仄要"对"，也是一联内的对句与出句的平仄要相反。因为我们是以每句的第二字为标志，也就是说，"对"还是"粘"，只看第二个字就可以了。因为第二个字符合了粘对的规则，那就没有问题了。

　　下面就是五言绝句和七言绝句各自的四种平仄格式中粘对位

置与排列情况。带点的字就是"对"和"粘"的位置。例诗中，个别可平可仄的字未作标注。

五言绝句四种平仄格式粘对的位置与排列：

格式一

　　a. 仄仄平平仄
　　b. 平平仄仄平
　　c. 平平平仄仄
　　d. 仄仄仄平平

　　　　大漠沙如雪，
　　　　　|
　　　　燕山月似钩。
　　　　　—
　　　　何当金络脑，
　　　　　—
　　　　快走踏清秋。
　　　　　|

　　　　　　——李贺《马诗二十三首》其五

在这一格式中，每句的第二个字连起来，组成的粘对平仄形态是"仄——平平——仄"（不同平仄之间用"——"隔开，表示"对"；相同平仄之间不隔开，表示"粘"。下同）。"漠"与"山"对，"山"与"当"粘，"当"与"走"对。它的粘对关系形态是"对——粘——对"。

格式二

　　b. 平平仄仄平
　　d. 仄仄仄平平

a. 仄仄平平仄
b. 平平仄仄平

北风吹白云，
　——
万里渡河汾。
　｜
心绪逢摇落，
　｜
秋声不可闻。
　——

——苏颋《汾上惊秋》

在这一格式中，每句的第二个字连起来，组成的粘对平仄形态是"平——仄仄——平"。它的粘对关系形态也是"对——粘——对"。

格式三

c. 平平平仄仄
d. 仄仄仄平平
a. 仄仄平平仄
b. 平平仄仄平

沅湘流不尽，
　——
屈子怨何深。
　｜
日暮秋烟起，
　｜

萧萧枫树林。

—

——戴叔伦《三闾庙》

在这一格式中，每句的第二个字连起来，组成的粘对平仄形态是"平——仄仄——平"。它的粘对关系形态也是"对——粘——对"。

格式四

    d. 仄仄仄平平
    b. 平平仄仄平
    c. 平平平仄仄
    d. 仄仄仄平平

武帝爱神仙，

|

烧金得紫烟。

—

厩中皆肉马，

—

不解上青天。

|

——李贺《马诗》其二十三

在这一格式中，每句的第二个字连起来，组成的粘对平仄形态是"仄——平平——仄"。它的粘对关系形态也是"对——粘——对"。

从上面五言绝句的粘对位置与排列中可以看到，把每句第二个字的平仄连起来，组成的粘对平仄形态有两种，一是格式

一和格式四的"仄——平平——仄";二是格式二和格式三的
"平——仄仄——平"。但它们的粘对关系形态都是符合"对
——粘——对"这一公式的。

七言绝句四种平仄格式粘对的位置与排列:

格式一

　　A. 平平仄仄平平仄

　　B. 仄仄平平仄仄平

　　C. 仄仄平平平仄仄

　　D. 平平仄仄仄平平

　　　　飞来山上千寻塔,

　　　　　　—

　　　　闻说鸡鸣见日升。

　　　　　　|

　　　　不畏浮云遮望眼,

　　　　　　|

　　　　自缘身在最高层。

　　　　　　—

　　　　　　　　　——王安石《登飞来峰》

格式二

　　B. 仄仄平平仄仄平

　　D. 平平仄仄仄平平

　　A. 平平仄仄平平仄

　　B. 仄仄平平仄仄平

　　　　朱雀桥边野草花,

　　　　　　|

乌衣巷口夕阳斜。

—

旧时王谢堂前燕，

—

飞入寻常百姓家。

|

——刘禹锡《乌衣巷》

格式三

    C. 仄仄平平平仄仄
    D. 平平仄仄仄平平
    A. 平平仄仄平平仄
    B. 仄仄平平仄仄平

荷尽已无擎雨盖，

|

菊残犹有傲霜枝。

—

一年好景君须记，

—

正是橙黄橘绿时。

|

——苏轼《赠刘景文》

格式四

    D. 平平仄仄仄平平
    B. 仄仄平平仄仄平
    C. 仄仄平平平仄仄
    D. 平平仄仄仄平平

朝辞白帝彩云间，
——

千里江陵一日还。
∣

两岸猿声啼不住，
∣

轻舟已过万重山。
——

——李白《早发白帝城》

　　七言绝句四种平仄格式的粘对排列，与五言绝句的粘对排列一样，都是每句第二个字的平仄连起来，组成了粘对平仄形态和粘对关系形态。不过，七言绝句与五言绝句在同一格式中的粘对平仄形态是相反的。如在五言绝句格式一的"仄——平平——仄"，在七言绝句中就变成了"平——仄仄——平"。但是，它们的粘对关系形态则不变，仍然是"对——粘——对"。

　　在绝句中，不管是五言绝句，还是七言绝句，也不管是哪一种格式，它的粘对标志在四个诗句中，从第一句到第四句的排列顺序，都是按照"对——粘——对"这一公式间隔排列的。它们的粘对关系都是以"对——粘——对"的形态存在的。这是绝句固定的粘对关系形态。所以，我把这种"对——粘——对"的形态叫作粘对关系形态公式，简称粘对公式。

四、绝句的用韵

　　绝句的用韵包括押平声韵和隔句押韵。由于绝句只有四句两韵，所以，也不涉及一韵到底的问题。首句是否入韵，是要看它属于哪一种格式来决定的。

1. 押平声韵

格律诗只能押平声韵，绝句也不例外。而能够押平声韵的句型，必须是韵脚平收的句型。在五言绝句和七言绝句各自的四种平仄句型中，抛开首句，只有第二句和第四句的韵脚是平收的，所以只能在这两个偶数句押韵。比如：

> 白日依山尽，
> 黄河入海流。　　b. 平平仄仄平◎
> 欲穷千里目，
> 更上一层楼。　　d. 仄仄仄平平◎
>
> ——王之涣《登鹳雀楼》

> 梅雪争春未肯降，
> 骚人阁笔费评章。　　D. 平平仄仄仄平平◎
> 梅须逊雪三分白，
> 雪却输梅一段香。　　B. 仄仄平平仄仄平◎
>
> ——卢梅坡《雪梅》

这两首例诗中，第二句和第四句都是押韵句。它们的韵脚都是平声。王之涣《登鹳雀楼》中的"流"和"楼"都是下平声十一尤韵。卢梅坡《雪梅》中的"章"和"香"都是下平声七阳韵。

2. 隔句押韵

绝句要求隔句押韵。所谓隔句押韵，就是奇数句不押韵，只有偶数句押韵。因为绝句只有四句，首句是否押韵又是由格式决定的，所以，绝句的隔句押韵只体现在隔着第三句押韵。也就是，第三句是不能押韵的。第四句和第二句必须押韵，中间隔去了仄收的第三句。

映门淮水绿，留骑主人心。

◎

明月随良掾，春潮夜夜深。

◎

——王昌龄《送郭司仓》

三万里河东入海，五千仞岳上摩天。

◎

遗民泪尽胡尘里，南望王师又一年。

◎

——陆游《秋夜将晓出篱门迎凉有感》

　　从以上两首诗和前边的例子可以看出，绝句的第二句和第四句都是中间隔着第三句押韵的，所以叫隔句押韵。

3. 首句入韵看格式

　　绝句的第三句因为只能用仄收的句型，所以是不能押韵的。但是，首句则不同。因为有的格式中首句是平收，有的格式的首句是仄收。所以，绝句的首句就不可能必须入韵。它既可以入韵也可以不入韵。是否入韵，是由不同格式来决定的。我们把四种格式分为两类，一类是首句仄收句型；一类是首句平收句型。首句是仄收句型的不能入韵；首句是平收句型的要入韵。

　　下面是首句不入韵和首句入韵的例子。

　　首句不入韵的：

鸣筝金粟柱，素手玉房前。

◎

欲得周郎顾，时时误拂弦。

◎

——李　端《听筝》

人间四月芳菲尽，山寺桃花始盛开。

◎

长恨春归无觅处，不知转入此中来。

◎

——白居易《大林寺桃花》

李端的《听筝》，首句末一字"柱"是仄声；白居易的《大林寺桃花》，首句末字"尽"也是仄声。这两首诗的首句都是仄收，所以不能入韵。

首句入韵的：

帷飘白玉堂，簟卷碧牙床。

◎　　　　◎

楚女当时意，萧萧发彩凉。

◎

——李商隐《细雨》

秦时明月汉时关，万里长征人未还。

◎　　　　◎

但使龙城飞将在，不教胡马度阴山。

◎

——王昌龄《出塞》

上面李商隐的《细雨》，首句平收，要入韵。"堂"字与"床、凉"同为下平声七阳韵。王昌龄的《出塞》，首句也是平收，也要入韵。"关"字与"还、山"同为上平声十五删韵。

绝句的首句如果是平收就要入韵。需说明的是，它的用韵一般比较宽松。它既可以用与后面相同的韵，也可以用邻韵。比如：

清明时节雨纷纷，路上行人欲断魂。
◎　　　　　　◎

借问酒家何处有，牧童遥指杏花村。
◎

——杜　牧《清明》

无花无酒过清明，兴味萧然似野僧。
◎　　　　　　◎

昨日邻家乞新火，晓窗分与读书灯。
◎

——王禹偁《清明》

上面这两首诗都是写清明的。它们的首句都是平收，所以要入韵。杜牧的诗中"魂""村"都是上平声十三元的韵。而首句的"纷"则是上平声十二文韵，属于押邻韵。王禹偁的诗中"僧""灯"都是下平声十蒸韵，而首句的"明"则是下平声八庚韵，也属于押邻韵。这是允许的。

五、绝句的对仗

绝句并不要求必须使用对仗。这里之所以要谈对仗，是因为历代的一些优秀绝句作品中，都不同程度地使用了对仗。这些虽然不是格律的要求，但它是表现作品内容和修辞方法的需要。因此，我们有必要对这部分内容进行研究和学习，并在创作实践中加以借鉴。

　　绝句中使用对仗可以分为三种情况，一是首联对仗；二是尾联对仗；三是两联都对仗。

1. 首联对仗

> 林中观易罢，
> 溪上对鸥闲。
> 楚俗饶辞客，
> 何人最往还。
>
> 　　　　　——韦应物《答李浣》

> 朝曦迎客艳重冈，
> 晚雨留人入醉乡。
> 此意自佳君不会，
> 一杯当属水仙王。
>
> 　　　　　——苏轼《饮湖上初晴后雨》

　　这两首诗都是在首联用了对仗。韦应物的《答李浣》是首句不入韵，苏轼的《饮湖上初晴后雨》是首句入韵。这里需要提示的一点是，首句入韵与否，并不影响在首联使用对仗。首句入韵的首联对仗，其出句和对句最后一字均为平声，这是由平仄格式所决定，是允许的。

2. 尾联对仗

> 移舟泊烟渚，
> 日暮客愁新。
> 野旷天低树，
> 江清月近人。
>
> 　　　　　——孟浩然《宿建德江》

重重叠叠上瑶台，
几度呼童扫不开。
刚被太阳收拾去，
又教明月送将来。

——谢枋得《花影》

孟浩然的这首《宿建德江》和谢枋得的《花影》都是在尾联
用了对仗。

3. 两联皆对仗

白日依山尽，
黄河入海流。
欲穷千里目，
更上一层楼。

——王之涣《登鹳雀楼》

江月去人只数尺，
风灯照夜欲三更。
沙头宿鹭联拳静，
船尾跳鱼拨剌鸣。

——杜甫《漫成一首》

两个黄鹂鸣翠柳，
一行白鹭上青天。
窗含西岭千秋雪，
门泊东吴万里船。

——杜 甫《绝句》

　　王之涣的《登鹳雀楼》和杜甫的《漫成一首》《绝句》均是两联都用了对仗的。诗句形象生动、情景交融，读来脍炙人口，都是千古传唱的名篇。

　　虽然绝句没有必须使用对仗的要求，但是，从上面的例诗中我们也看到，如果是内容或者修辞的需要，恰当地使用，将会收到特别好的效果。

第七章　格律诗之律诗

律诗包括五言律诗、七言律诗和长律。但是，长律在格律上与五言、七言律诗略有不同。所以这里讲的律诗只包括五言律诗和七言律诗。排律（长律）的内容后面单独讲。

律诗在篇幅、平仄、粘对、押韵和对仗上都有严格的要求。

一、律诗的篇幅

律诗的篇幅是指它的句数、字数和句式。它们的句数、字数和句式与绝句一样，也都是固定的。

不管五言律诗还是七言律诗，每首都是八句。这八句共分为四联。

第一联叫作首联，也叫起联；

第二联叫作颔联；

第三联叫作颈联；

第四联叫作尾联，也叫结联。

其中五言律诗的句式就是每句五个字；七言律诗的句式就是每句七个字。

综合起来就是：

五言律诗每句五个字，每首八句，四联，共四十个字。简称五律。

七言律诗每句七个字，每首八句，四联，共五十六个字。简称七律。

二、律诗的平仄格式

五言律诗和七言律诗各有四种平仄格式。这些平仄格式也是来源于把这四个平仄基本句型按照律诗的规则，即句数、粘对、押韵等要求，进行不同顺序的排列得来的。这四种平仄格式，就是律诗的平仄基本格式。律诗的每一个格式也都是以首句句型的"起"和"收"来命名的。

1. 五言律诗的平仄格式

格式一　仄起仄收式
　基本格式：
　　　a. 仄仄平平仄
　　　b. 平平仄仄平
　　　c. 平平平仄仄
　　　d. 仄仄仄平平
　　　a. 仄仄平平仄
　　　b. 平平仄仄平
　　　c. 平平平仄仄
　　　d. 仄仄仄平平

　含可平可仄：
　　　a.（仄）仄（平）平仄
　　　b. 平　平（仄）仄平
　　　c.（平）平（平）仄仄
　　　d.（仄）仄　仄　平平

a. （仄）仄（平）平仄

b. 平　平（仄）仄平

c. （平）平（平）仄仄

d. （仄）仄　仄　平平

见说蚕丛路，

崎岖不易行。

山从人面起，

云傍马头生。

芳树笼秦栈，

春流绕蜀城。

升沉应已定，

不必问君平。

——李白《送友人入蜀》

五言律诗格式一的句型，是按照 a、b、c、d、a、b、c、d
顺序排列的。后四句正好是前四句的重复。也就是说，五言律诗
格式一是两首五言绝句格式一的组合。

格式二　平起平收式
基本格式：

b. 平平仄仄平

d. 仄仄仄平平

a. 仄仄平平仄

b. 平平仄仄平

c. 平平平仄仄

d. 仄仄仄平平

a. 仄仄平平仄

b. 平平仄仄平

含可平可仄：

b. 平　平（仄）仄平

d.（仄）仄　仄　平平

a.（仄）仄（平）平仄

b. 平　平（仄）仄平

c.（平）平（平）仄仄

d.（仄）仄　仄　平平

a.（仄）仄（平）平仄

b. 平　平（仄）仄平

青山横北郭，

白水绕东城。

此地一为别，

孤蓬万里征。

浮云游子意，

落日故人情。

挥手自兹去，

萧萧班马鸣。

——李白《送友人》

五言律诗格式二的前四句和后四句中，只有第一句是不同句型，后三句的句型分别都是相同的。它们的句型排列顺序是 b、d、a、b、c、d、a、b。可以说，这一格式是五言绝句的格式二加上格式三的组合。

格式三　平起仄收式

基本格式：

c. 平平平仄仄

d. 仄仄仄平平

a. 仄仄平平仄
b. 平平仄仄平
c. 平平平仄仄
d. 仄仄仄平平
a. 仄仄平平仄
b. 平平仄仄平

含可平可仄：

c. （平）平（平）仄仄
d. （仄）仄　仄　平平
a. （仄）仄（平）平仄
b. 平　平（仄）仄平
c. （平）平（平）仄仄
d. （仄）仄　仄　平平
a. （仄）仄（平）平仄
b. 平　平（仄）仄平

> 君王行出将，
> 书记远从征。
> 祖帐连河阙，
> 军麾动洛城。
> 旌旆朝朔气，
> 笳吹夜边声。
> 坐觉烟尘扫，
> 秋风古北平。

——杜审言《送崔融》

　　五言律诗格式三也是前四句和后四句完全相同。即后四句是前四句的重复。但它们的排列是 c、d、a、b、c、d、a、b。可以说它们是两首五言绝句格式三的组合。

格式四　仄起平收式
基本格式：

d. 仄仄仄平平
b. 平平仄仄平
c. 平平平仄仄
d. 仄仄仄平平
a. 仄仄平平仄
b. 平平仄仄平
c. 平平平仄仄
d. 仄仄仄平平

含可平可仄：

d. （仄）仄　仄　平平
b. 平　平　（仄）仄平
c. （平）平　（平）仄仄
d. （仄）仄　仄　平平
a. （仄）仄　（平）平仄
b. 平　平　（仄）仄平
c. （平）平　（平）仄仄
d. （仄）仄　仄　平平

银烛吐青烟，
金樽对绮筵。
离堂思琴瑟，
别路绕山川。
明月隐高树，
长河没晓天。

悠悠洛阳道，

此会在何年。

——陈子昂《春夜别友人》其一

五言律诗格式四的句型排列顺序是 d、b、c、d、a、b、c、d。与五言律诗格式一相比，它们只有首句不同。它相当于把格式一的首句 a 句型换成了 d 句型。它的前四句中没有 a 句型，却有两个 d 句型。可以说，它是五言绝句中的格式四和格式一的组合。

2. 七言律诗的平仄格式

格式一　平起仄收式

基本格式：

A. 平平仄仄平平仄

B. 仄仄平平仄仄平

C. 仄仄平平平仄仄

D. 平平仄仄仄平平

A. 平平仄仄平平仄

B. 仄仄平平仄仄平

C. 仄仄平平平仄仄

D. 平平仄仄仄平平

含可平可仄：

A.（平）平（仄）仄（平）平仄

B.（仄）仄　平　平（仄）仄平

C.（仄）仄（平）平（平）仄仄

D.（平）平（仄）仄　仄　平平

A.（平）平（仄）仄（平）平仄

B.（仄）仄　平　平（仄）仄平

C. （仄）仄（平）平（平）仄仄

D. （平）平（仄）仄　仄　平平

去年花里逢君别，

今日花开又一年。

世事茫茫难自料，

春愁黯黯独成眠。

身多疾病思田里，

邑有流亡愧俸钱。

闻道欲来相问讯，

西楼望月几回圆。

　　　　　　——韦应物《寄李儋元锡》

　　七言律诗格式一和五言律诗格式一相同，前两联的四句和后两联的四句，分别是按照 A、B、C、D 四个基本句型顺序排列的。也就是，后四句正好是前四句的重复。它是两首七言绝句格式一的组合。

　　格式二　仄起平收式

　　基本格式：

B. 仄仄平平仄仄平

D. 平平仄仄仄平平

A. 平平仄仄平平仄

B. 仄仄平平仄仄平

C. 仄仄平平平仄仄

D. 平平仄仄仄平平

A. 平平仄仄平平仄

B. 仄仄平平仄仄平

含可平可仄：

> B.（仄）仄　平　平（仄）仄平
> D.（平）平（仄）仄　仄　平平
> A.（平）平（仄）仄（平）平仄
> B.（仄）仄　平　平（仄）仄平
> C.（仄）仄（平）平（平）仄仄
> D.（平）平（仄）仄　仄　平平
> A.（平）平（仄）仄（平）平仄
> B.（仄）仄　平　平（仄）仄平

> 相见时难别亦难，
> 东风无力百花残。
> 春蚕到死丝方尽，
> 蜡炬成灰泪始干。
> 晓镜但愁云鬓改，
> 夜吟应觉月光寒。
> 蓬山此去无多路，
> 青鸟殷勤为探看。

> ——李商隐《无题》

　　七言律诗格式二是前四句的第一句和后四句的第一句不同，其他位置的句型分别相同。前两联中没有 C 句型，而有两个 B 句型。这一格式是七言绝句的格式二和格式三的组合。

　　格式三　仄起仄收式
　　基本格式：

> C. 仄仄平平平仄仄
> D. 平平仄仄仄平平
> A. 平平仄仄平平仄

B. 仄仄平平仄仄平
C. 仄仄平平平仄仄
D. 平平仄仄仄平平
A. 平平仄仄平平仄
B. 仄仄平平仄仄平

含可平可仄：
C. (仄) 仄 (平) 平 (平) 仄仄
D. (平) 平 (仄) 仄　仄　平平
A. (平) 平 (仄) 仄 (平) 平仄
B. (仄) 仄　平　平 (仄) 仄平
C. (仄) 仄 (平) 平 (平) 仄仄
D. (平) 平 (仄) 仄　仄　平平
A. (平) 平 (仄) 仄 (平) 平仄
B. (仄) 仄　平　平 (仄) 仄平

元载相公曾借箸，
宪宗皇帝亦留神。
旋见衣冠就东市，
忽遗弓剑不西巡。
牧羊驱马虽戎服，
白发丹心尽汉臣。
唯有凉州歌舞曲，
流传天下乐闲人。

——杜　牧《河湟》

七言律诗格式三也是前四句和后四句的句型顺序完全相同。可以说，它们是两首七言绝句格式三的组合。

格式四 平起平收式

基本格式：

D. 平平仄仄仄平平

B. 仄仄平平仄仄平

C. 仄仄平平平仄仄

D. 平平仄仄仄平平

A. 平平仄仄平平仄

B. 仄仄平平仄仄平

C. 仄仄平平平仄仄

D. 平平仄仄仄平平

含可平可仄：

D. （平）平（仄）仄 仄 平平

B. （仄）仄 平 平 （仄）仄平

C. （仄）仄（平）平 （平）仄仄

D. （平）平（仄）仄 仄 平平

A. （平）平（仄）仄 （平）平仄

B. （仄）仄 平 平 （仄）仄平

C. （仄）仄（平）平 （平）仄仄

D. （平）平（仄）仄 仄 平平

　　　　春风疑不到天涯，
　　　　二月山城未见花。
　　　　残雪压枝犹有橘，
　　　　冻雷惊笋欲抽芽。
　　　　夜闻啼雁生乡思，
　　　　病入新年感物华。
　　　　曾是洛阳花下客，

野芳虽晚不须嗟。

——欧阳修《答丁元珍》

七言律诗格式四的句型排列顺序是 D、B、C、D、A、B、C、D。与七言律诗格式一相比，只有首句不同。它相当于把格式一的首句 A 句型换成了 D 句型。它的前四句中没有 A 句型，却有两个 D 句型。可以说，它是七言绝句格式四和格式一的组合。

三、律诗的粘对公式

五言律诗和七言律诗的粘对规则与绝句是一样的。不管是哪一种平仄格式，它们的粘对也都是以每句的第二个字为标志。它的粘对关系的表现形式都是交替的排列。因为律诗的句数与绝句不同，所以它的粘对平仄形态和粘对关系形态公式（即粘对公式）也略有不同。

五言律诗四种平仄格式中的粘对位置与排列：

格式一

    a. 仄仄平平仄

    b. 平平仄仄平

    c. 平平平仄仄

    d. 仄仄仄平平

    a. 仄仄平平仄

    b. 平平仄仄平

    c. 平平平仄仄

    d. 仄仄仄平平

格式二

  b. 平平仄仄平

  d. 仄仄仄平平

  a. 仄仄平平仄

  b. 平平仄仄平

  c. 平平平仄仄

  d. 仄仄仄平平

  a. 仄仄平平仄

  b. 平平仄仄平

格式三

  c. 平平平仄仄

  d. 仄仄仄平平

  a. 仄仄平平仄

  b. 平平仄仄平

  c. 平平平仄仄

  d. 仄仄仄平平

  a. 仄仄平平仄

  b. 平平仄仄平

格式四

  d. 仄仄仄平平

  b. 平平仄仄平

  c. 平平平仄仄

  d. 仄仄仄平平

  a. 仄仄平平仄

  b. 平平仄仄平

c. 平平平仄仄

d. 仄仄仄平平

上面是五言律诗四种格式中的粘对位置与排列情况。它们每句第二字的平仄连起来，组成的粘对平仄形态有两种形式，一是格式一和格式四的"仄——平平——仄仄——平平——仄"；二是格式二和格式三的"平——仄仄——平平——仄仄——平"。它们的粘对关系形态公式都是"对——粘——对——粘——对——粘——对"。

何年顾虎头，

满壁画沧洲。

赤日石林气，

青天江海流。

锡飞常近鹤，

杯渡不惊鸥。

似得庐山路，

真随惠远游。

——李白《题玄武禅师屋壁》

好雨知时节，

当春乃发生。

随风潜入夜，

润物细无声。

野径云俱黑，

江船火独明。

晓看红湿处，

花重锦官城。

——杜 甫《春夜喜雨》

李白《题玄武禅师屋壁》诗中，第一句与第二句（首联）的第二字"年"与"壁"是平仄相对；第二句与第三句（首联与颔联之间）的第二字"壁"与"日"是仄仄相粘；第三句与第四句（颔联）的第二字"日"与"江"是仄平相对。接下去第四句、第五句……直至第八句，它的粘对平仄形态是"平——仄仄——平平——仄仄——平"，粘对公式是"对——粘——对——粘——对——粘——对"。

杜甫的《春夜喜雨》诗中，每句第二字连起来是"雨、春、风、物、径、船、看、重"。它的粘对平仄形态与李白《题玄武禅师屋壁》诗相反，是"仄——平平——仄仄——平平——仄"；但是，它们的粘对公式都是一样的："对——粘——对——粘——对——粘——对"。

七言律诗四种平仄格式中粘对位置与排列：

格式一

    A. 平平仄仄平平仄

    B. 仄仄平平仄仄平

    C. 仄仄平平平仄仄

    D. 平平仄仄仄平平

    A. 平平仄仄平平仄

    B. 仄仄平平仄仄平

    C. 仄仄平平平仄仄

    D. 平平仄仄仄平平

格式二

　　B. 仄仄平平仄仄平
　　D. 平平仄仄仄平平
　　A. 平平仄仄平平仄
　　B. 仄仄平平仄仄平
　　C. 仄仄平平平仄仄
　　D. 平平仄仄仄平平
　　A. 平平仄仄平平仄
　　B. 仄仄平平仄仄平

格式三

　　C. 仄仄平平平仄仄
　　D. 平平仄仄仄平平
　　A. 平平仄仄平平仄
　　B. 仄仄平平仄仄平
　　C. 仄仄平平平仄仄
　　D. 平平仄仄仄平平
　　A. 平平仄仄平平仄
　　B. 仄仄平平仄仄平

格式四

　　D. 平平仄仄仄平平
　　B. 仄仄平平仄仄平
　　C. 仄仄平平平仄仄
　　D. 平平仄仄仄平平
　　A. 平平仄仄平平仄
　　B. 仄仄平平仄仄平

C. 仄仄平平平仄仄

D. 平平仄仄仄平平

　　七言律诗四种格式中的粘对位置和排列与五言律诗的粘对位置和排列是一样的。它们每句第二字的平仄连起来，组成的粘对平仄形态也有两种，一是格式一和格式四的"平——仄仄——平平——仄仄——平"；二是格式二和格式三的"仄——平平——仄仄——平平——仄"。不过，它们每句第二字的平仄与同一格式的五言律诗每句第二字的平仄是相反的。如七言律诗格式一和格式四是"平——仄仄——平平——仄仄——平"，而五言律诗格式一和格式四则是"仄——平平——仄仄——平平——仄"。但是，它们的粘对关系形态是一样的，都是符合"对——粘——对——粘——对——粘——对"的这一粘对公式。

　　　孤山寺北贾亭西，

　　　水面初平云脚低。

　　　几处早莺争暖树，

　　　谁家新燕啄春泥？

　　　乱花渐欲迷人眼，

　　　浅草才能没马蹄。

　　　最爱湖东行不足，

　　　绿杨阴里白沙堤。

　　　　　——白居易《钱塘湖春行》

　　　迢递高城百尺楼，

　　　绿杨枝外尽汀洲。

　　　贾生年少虚垂涕，

王粲春来更远游。

永忆江湖归白发，

欲回天地入扁舟。

不知腐鼠成滋味，

猜意鹓雏竟未休。

——李商隐《安定城楼》

　　上面白居易的《钱塘湖春行》诗中，每句第二字连起来是"山、面、处、家、花、草、爱、杨"。它的粘对平仄形态是"平——仄仄——平平——仄仄——平"。粘对公式是"对——粘——对——粘——对——粘——对"。

　　李商隐的《安定城楼》诗中，每句第二字连起来是"递、杨、生、粲、忆、回、知、意"。它的粘对平仄形态与白居易的《钱塘湖春行》诗中正好相反，是"仄——平平——仄仄——平平——仄"。但它们的粘对公式都是一样的："对——粘——对——粘——对——粘——对"。

　　律诗的句数是绝句的延长，那么，它们的平仄粘对交替排列，也是绝句的延长。如绝句的粘对排列形态公式是"对——粘——对"，而五言律诗和七言律诗的粘对公式则是"对——粘——对——粘——对——粘——对"。

　　绝句一首是四句两联，每联内的对句与出句要"对"，所以共两个"对"的关系。两个联之间要"粘"，所以只有一个"粘"。律诗一首是八句四联，每联内的对句与出句要"对"，所以共四个"对"的关系。四个联之间要"粘"，共三个"粘"的关系。即一联与二联之间要"粘"，二联与三联之间要"粘"，三联与四联之间要"粘"。

四、律诗的用韵

律诗的用韵包括押平声韵、一韵到底和隔句押韵。

律诗的首句是否入韵和绝句一样没有要求。它的入韵与否，也是要由格式来决定的。

1. 押平声韵与一韵到底

五言律诗、七言律诗和其他格律诗一样，也只能押平声韵。所以律诗中仄收的句型是不能押韵的，只有平收的句型才能押韵。

> 细草微风岸，
>
> 危樯独夜舟。　　b. 平平仄仄平◎
>
> 星垂平野阔，
>
> 月涌大江流。　　d. 仄仄仄平平◎
>
> 名岂文章著，
>
> 官应老病休。　　b. 平平仄仄平◎
>
> 飘飘何所似，
>
> 天地一沙鸥。　　d. 仄仄仄平平◎
>
> 　　　　　——杜甫《旅夜书怀》

（可平可仄处未作标注，下同。）

杜甫的《旅夜书怀》这首五言律诗中第二、四、六、八句都是平收句型，所以是押韵句。这四个押韵句中，四个韵脚的"舟、流、休、鸥"都是下平声十一尤韵。押的都是平声韵。

> 寒城猎猎戍旗风，　　D. 平平仄仄仄平平◎

独倚危楼怅望中。　　B. 仄仄平平仄仄平◎

万里山河唐土地，

千年魂魄晋英雄。　　D. 平平仄仄仄平平◎

离心不忍听边马，

往事应须问塞鸿。　　B. 仄仄平平仄仄平◎

好脱儒冠从校尉，

一枝长戟六钧弓。　　D. 平平仄仄仄平平◎

　　　　　　——罗　隐《登夏州城楼》

　　罗隐的这首《登夏州城楼》是首句入韵的七言律诗。诗中除第二、四、六、八句押韵外，首句也入韵。因为首句也是平收的句型。在五个押韵句中，韵脚的"风、中、雄、鸿、弓"都是上平声一东韵。押的都是平声韵。

　　一韵到底，就是在一首诗中从头到尾只用同一部韵，中间不能换韵。律诗是要求一韵到底的，如果中间掺杂或变换成其他韵部的韵字，那就不能称为律诗了。

世上漫相识，此翁殊不然。

◎

兴来书自圣，醉后语尤颠。

◎

白发老闲事，青云在目前。

◎

床头一壶酒，能更几回眠。

◎

　　　　　　——高适《醉后赠张旭》

高适的《醉后赠张旭》是首句不入韵的五言律诗。诗中的"然、颠、前、眠"都是下平声一先的韵。属一韵到底。

绿杨著水草如烟，旧是胡儿饮马泉。

◎　　　　　　　◎

几处吹笳明月夜，何人倚剑白云天。

◎

从来冻合关山路，今日分流汉使前。

◎

莫遣行人照容鬓，恐惊憔悴入新年。

◎

——李益《盐州过胡儿饮马泉》

李益的《盐州过胡儿饮马泉》是首句入韵的七言律诗。诗中的"烟、泉、天、前、年"都是下平声一先的韵，都属于同一韵部。也是一韵到底。

2. 隔句押韵与首句入韵

隔句押韵就是偶数句押韵，奇数句不押韵（首句除外）。五言律诗、七言律诗中的奇数句都是仄收的，所以不能押韵；偶数句都是平收的，所以要押韵。这就形成了隔句押韵，即每隔一句的偶数句都要押韵。

清晨入古寺，初日照高林。

◎

曲径通幽处，禅房花木深。

◎

山光悦鸟性，潭影空人心。

◎

万籁此俱寂，惟余钟磬音。

◎

——常建《题破山寺后禅院》

莫笑农家腊酒浑，丰年留客足鸡豚。

◎　　　　　　　　◎

山重水复疑无路，柳暗花明又一村。

◎

箫鼓追随春社近，衣冠简朴古风存。

◎

从今若许闲乘月，拄杖无时夜叩门。

◎

——陆游《游山西村》

从前面举过的这些诗例可以看出，不管是五言律诗还是七言律诗，除首句外，其他都是每隔一句的偶数句押韵的。也就是隔句押韵。

律诗的首句是否入韵，也是由格式决定的。也就是要看这一格式的首句是平收还是仄收。如果首句是仄收，就不能入韵；如果首句是平收，就可以入韵。在四种平仄格式中，格式一和格式三首句是仄收，属不能入韵的；格式二和格式四首句是平收，就是可以入韵的。

下面是首句不入韵和首句入韵的例子。

首句不入韵的：

江城如画里，山晚望晴空。

◎

两水夹明镜，双桥落彩虹。

◎

人烟寒橘柚，秋色老梧桐。

◎

谁念北楼上，临风怀谢公。

◎

——李白《秋登宣城谢朓北楼》

舍南舍北皆春水，但见群鸥日日来。

◎

花径不曾缘客扫，蓬门今始为君开。

◎

盘飧市远无兼味，樽酒家贫只旧醅。

肯与邻翁相对饮，隔篱呼取尽余杯。

◎

——杜甫《客至》

上面这两首律诗都是首句不入韵的。李白的《秋登宣城谢朓北楼》，是五言律诗的格式三。这一格式的首句末一字是仄声字，属仄收，所以不能入韵。

杜甫的《客至》是七言律诗的格式一。这一格式的首句末一字也是仄声字，属仄收，所以也不能入韵。

首句入韵的：

风劲角弓鸣，将军猎渭城。

◎　　　　◎

草枯鹰眼疾，雪尽马蹄轻。
◎

忽过新丰市，还归细柳营。
◎

回看射雕处，千里暮云平。
◎

——王　维《观猎》

漠漠秦云淡淡天，新年景象入中年。
◎　　　　　　　◎

情多最恨花无语，愁破方知酒有权。
◎

苔色满墙寻故第，雨声一夜忆春田。
◎

衰迟自喜添诗学，更把前题改数联。
◎

——郑　谷《中年》

　　王维的《观猎》是五言律诗格式四。诗中首句末一字是平声字"鸣"，与后面各偶数句末一字"城、轻、营、平"同为下平声八庚韵，为首句入韵。

　　郑谷的《中年》是七言律诗格式二。诗中首句末一字是平声字"天"，与后面各偶数句末一字"年、权、田、联"同为下平声一先韵。也是首句入韵。

　　律诗的首句入韵和绝句的首句入韵一样，其用韵也是比较宽松的。它既可以用与后面同部的韵，也可以用邻韵。这里不再举例。

五、律诗的对仗

律诗的颔联和颈联必须采用对仗的形式。这是律诗的一大特色，也是律诗在对仗方面的特定要求。律诗的首联和尾联则不同。首联和尾联可以用对仗，也可以不用对仗。首联与尾联是否使用对仗，取决于作者的喜好和内容表现的需要，而不是格律的要求。所以说，一首律诗至少要有两联对仗。当然也可以三联对仗，或四联都对仗。我们把律诗使用对仗分为两种情况：一是标准对仗，即中间的颔联和颈联采用对仗。这是必须遵守的规则。二是在颔联和颈联对仗的基础上，或者首联也对仗，或者尾联也对仗，或者四联都对仗的。另外，我们偶尔也会看到仅一联用了对仗的，但这属个别现象，不是格律的要求。这种情况也比较少见。

1. 标准对仗

只在律诗的颔联和颈联使用对仗，而首联和尾联均不使用对仗，我们把这种形式称为律诗的标准对仗形式。在前人众多的律诗作品中，绝大部分都是采用这种对仗形式。

> 十年离乱后，长大一相逢。
> 问姓惊初见，称名忆旧容。（颔联对仗）
> 别来沧海事，语罢暮天钟。（颈联对仗）
> 明日巴陵道，秋山又几重。
>
> ——李益《喜见外弟又言别》

> 油壁香车不再逢，峡云无迹任西东。
> 梨花院落溶溶月，柳絮池塘淡淡风。（颔联对仗）

几日寂寥伤酒后，一番萧索禁烟中。（颈联对仗）

鱼书欲寄何由达，水远山长处处同。

——晏殊《寓意》

这两首诗都是标准对仗形式，也就是按格律的要求只在中间的颔联和颈联使用了对仗。

2. 首联、尾联也对仗

虽然律诗的首联和尾联没有必须使用对仗的要求，但是，在前人很多律诗作品中，首联或者尾联也使用了对仗，甚至首联、尾联与颔联、颈联同时都用了对仗。也就是四联皆对仗。这不是格律的要求，而是表现内容的需要。当然，也不排除作者的偏爱。下面分别看几首例诗。

首联也对仗的：

昔闻洞庭水，今上岳阳楼。（首联对仗）

吴楚东南坼，乾坤日夜浮。（颔联对仗）

亲朋无一字，老病有孤舟。（颈联对仗）

戎马关山北，凭轩涕泗流。

——杜甫《登岳阳楼》

朝真暮伪何人辨，古往今来底事无。（首联对仗）

但爱臧生能诈圣，可知宁子解佯愚。（颔联对仗）

草萤有耀终非火，荷露虽团岂是珠。（颈联对仗）

不取燔柴兼照乘，可怜光彩亦何殊。

——白居易《放言五首》（其一）

以上的五律和七律中，除了颔联和颈联用了对仗外，它们的首联也都用了对仗。也就是在一首律诗中，有三联对仗。

尾联也对仗的：

> 不知香积寺，数里入云峰。
> 古木无人径，深山何处钟。（颔联对仗）
> 泉声咽危石，日色冷青松。（颈联对仗）
> 薄暮空潭曲，安禅制毒龙。（尾联对仗）

> ——王 维《过香积寺》

> 昆明池水汉时功，武帝旌旗在眼中。
> 织女机丝虚夜月，石鲸鳞甲动秋风。（颔联对仗）
> 波漂菰米沉云黑，露冷莲房坠粉红。（颈联对仗）
> 关塞极天惟鸟道，江湖满地一渔翁。（尾联对仗）

> ——杜甫《秋兴》其七

上面这两首律诗中，颔联和颈联用了对仗，尾联也都用了对仗。所以，一首律诗中，有三联对仗。

四联皆对仗的：

> 客路青山外，行舟绿水前。（首联对仗）
> 潮平两岸阔，风正一帆悬。（颔联对仗）
> 海日生残夜，江春入旧年。（颈联对仗）
> 乡书何处达？归雁洛阳边。（尾联对仗）

> ——王湾《次北固山下》

> 风急天高猿啸哀，渚清沙白鸟飞回。（首联对仗）
> 无边落木萧萧下，不尽长江滚滚来。（颔联对仗）

万里悲秋常作客，百年多病独登台。（颈联对仗）
艰难苦恨繁霜鬓，潦倒新停浊酒杯。（尾联对仗）

——杜　甫《登高》

　　王湾和杜甫的这两首律诗都是颔联和颈联使用对仗的同时，首联、尾联也都用了对仗。也就是一首律诗中，有四联对仗。在前人的律诗作品中，这种四联皆对仗的作品并不是很多。

第八章　格律诗之排律

　　排律也叫长律。因为它的规则要求与律诗大体一样，只是它的篇幅比律诗长，所以又叫长律。它是把中间各联像律诗中间两联一样，按照律诗的押韵、粘对、对仗规则不限多少地排列下去，所以叫排律。我们也可以把它说成是长篇的律诗。

一、排律的篇幅

　　排律的篇幅有两个特点，第一，它的篇幅是不固定的，句数可多可少。但是最少也要超过律诗的句数。也就是不能少于五韵十句。多则没有上限。比如二十韵、四十韵甚至上百韵。第二，排律是以韵为单位，每两句为一韵，所以排律的句数也只能是双数。

　　前人的排律作品中，有的以整数韵为篇，比如，杜甫的《寄李十二白二十韵》《上韦左相二十韵》《寄刘峡州伯华使君四十韵》，白居易的《代书诗一百韵寄微之》等。也有许多不以整数韵为篇的，如杜甫的《送李校书二十六韵》、齐己的《咏茶十二韵》、白居易的《余思未尽加为六韵重寄微之》等。排律篇幅的长短，是由要表现的内容决定的。

　　排律的句式有五言和七言。五言的称五言排律，或五言长律；七言的称七言排律，或七言长律。前人的作品中，以五言排律为多，七言排律比较少。

二、排律的平仄格式

　　因为排律的篇幅是不固定的，所以，它的平仄格式也无法完全固定。排律与绝句、律诗一样，也是把这四种平仄基本句型按照粘对、用韵等要求进行排列的。只不过绝句排四句，律诗排八句。而排律至少要排十句（五韵）以上，而且没有上限。也就是说，排律没有一个固定的平仄格式。这也就是为什么把排律从律诗中拿出来单讲的原因。由于排律的特殊性，我们发现可以以排律的首句所用的平仄基本句型，来作为它的平仄格式。即：

　　五言排律的平仄格式：

　　第一种平仄格式
　　　　仄起仄收式　以"a. 仄仄平平仄"句型为首句

　　第二种平仄格式
　　　　平起平收式　以"b. 平平仄仄平"句型为首句

　　第三种平仄格式
　　　　平起仄收式　以"c. 平平平仄仄"句型为首句

　　第四种平仄格式
　　　　仄起平收式　以"d. 仄仄仄平平"句型为首句

　　七言排律的平仄格式：

　　第一种平仄格式
　　　　平起仄收式　以"A. 平平仄仄平平仄"句型为首句

　　第二种平仄格式
　　　　仄起平收式　以"B. 仄仄平平仄仄平"句型为首句

第三种平仄格式

　　仄起仄收式　以"C. 仄仄平平平仄仄"句型为首句

第四种平仄格式

　　平起平收式　以"D. 平平仄仄仄平平"句型为首句

　　这种格式确定后，也就是确定了它的首句的平仄句型。我们以这个首句句型为基础，按照粘对、用韵等规则，就可以排出第二句、第三句、第四句等等，一直排列到内容所需要的位置。

文章千古事，得失寸心知。
作者皆殊列，名声岂浪垂。
骚人嗟不见，汉道盛于斯。
前辈飞腾入，馀波绮丽为。
后贤兼旧列，历代各清规。
法自儒家有，心从弱岁疲。
永怀江左逸，多病邺中奇。
骡骥皆良马，骐驎带好儿。
车轮徒已斫，堂构惜仍亏。
漫作潜夫论，虚传幼妇碑。
缘情慰漂荡，抱疾屡迁移。
经济惭长策，飞栖假一枝。
尘沙傍蜂虿，江峡绕蛟螭。
萧瑟唐虞远，联翩楚汉危。
圣朝兼盗贼，异俗更喧卑。
郁郁星辰剑，苍苍云雨池。

> 两都开幕府，万宇插军麾。
>
> 南海残铜柱，东风避月支。
>
> 音书恨乌鹊，号怒怪熊黑。
>
> 稼穑分诗兴，柴荆学土宜。
>
> 故山迷白阁，秋水隐黄陂。
>
> 不敢要佳句，愁来赋别离。
>
> ——杜甫《偶题》

杜甫的这首五言排律共二十二韵，四十四句。首句"文章千古事"的句型是"c. 平平平仄仄"句型。属首句不入韵。所以，它是五言排律的第三种平仄格式，属平起仄收式。按照平仄、粘对、用韵的要求，接下来的第二句必然是"仄仄仄平平"，第三句则是"仄仄平平仄"，第四句则是"平平仄仄平"。其他各句也都是这样排下来的。

> 台州地阔海冥冥，云水长和岛屿青。
>
> 乱后故人双别泪，春深逐客一浮萍。
>
> 酒酣懒舞谁相拽，诗罢能吟不复听。
>
> 第五桥东流恨水，皇陂岸北结愁亭。
>
> 贾生对鹏伤王傅，苏武看羊陷贼庭。
>
> 可念此翁怀直道，也沾新国用轻刑。
>
> 祢衡实恐遭江夏，方朔虚传是岁星。
>
> 穷巷悄然车马绝，案头干死读书萤。
>
> ——杜甫《题郑十八著作虔》

杜甫的这首七言排律并不长。它的首句"台州地阔海冥冥"的句型是"D. 平平仄仄仄平平"。属首句入韵。所以，它是七言排律的第四种平仄格式，即平起平收式。按照平仄、粘对、用韵

的要求，接下来的第二句必然是"仄仄平平仄仄平"，第三句
则是"仄仄平平平仄仄"，第四句则是"平平仄仄仄平平"。其他
各句也都是这样排下来的。（可平可仄未标注）

三、排律的粘对公式

排律的粘对关系表现形式与绝句、律诗相同。只不过由于它
篇幅长，所以它们的"粘对"数量不像绝句和律诗那样是固定
的，而是随着篇幅的加长有所增加。

排律每句第二字的平仄连起来，组成的粘对平仄形态也有两
种。一种是"仄——平平——仄仄——平平——仄仄……"；
一种是"平——仄仄——平平——仄仄——平平……"。所以，
它的粘对公式就是"对——粘——对——粘——对——粘——
对……"这样一种有规律的，不固定的循环形态。循环多少是
依篇幅的长短来确定的。而篇幅的长短是由内容的需要所决定
的。如：

闻道稽山去，
偏宜谢客才。
千岩泉洒落，
万壑树萦回。
东海横秦望，
西陵绕越台。
湖清霜镜晓，
涛白雪山来。
八月枚乘笔，
三吴张翰杯。

此中多逸兴，

早晚向天台。

　　　　　——李白《送友人寻越中山水》

此身飘泊苦西东，

右臂偏枯半耳聋。

寂寂系舟双下泪，

悠悠伏枕左书空。

十年蹴踏将雏远，

万里秋千习俗同。

旅雁上云归紫塞，

家人钻火用青枫。

秦城楼阁烟花里，

汉主山河锦绣中。

春水春来洞庭阔，

白苹愁杀白头翁。

　　　　　——杜甫《清明二首》其二

上面李白《送友人寻越中山水》诗的粘对平仄排列是"仄——平平——仄仄——平平——仄仄……"。杜甫的《清明二首》其二诗中的粘对平仄排列正好相反，是"平——仄仄——平平——仄仄——平平……"。但是，它们的粘对关系形态都是按照"对——粘——对——粘——对——粘——对……"这样一个公式排列的。

四、排律的用韵

排律的用韵与五律、七律相同，也是限用平声韵、一韵到底和隔句押韵。因为排律的篇幅较长，有的十几韵、几十韵甚至上百韵，需要选用的韵字就多。所以在用韵上就要尽量避免使用含韵字比较少的窄韵。可以优先考虑使用含韵字比较多的宽韵，其选择的余地就会大一些。这样，做到用平声韵、隔句押韵、特别是一韵到底，就会轻松得多。

　　排律的首句与五律、七律一样，可以入韵，也可以不入韵。这也是由它的格式来决定的。

　　下面看两首排律。

> 亦知世是休明世，自想身非富贵身◎。
> 但恐人间为长物，不如林下作遗民◎。
> 游依二室成三友，住近双林当四邻◎。
> 性海澄淳平少浪，心田洒扫净无尘◎。
> 香山闲宿一千夜，梓泽连游十六春◎。
> 是客相逢皆故旧，无僧每见不殷勤◎。
> 药停有喜闲销疾，金尽无忧醉忘贫◎。
> 补绽衣裳愧妻女，支持酒肉赖交亲◎。
> 俸随日计钱盈贯，禄逐年支粟满囷◎。
> 洛堰鱼鲜供取足，游村果熟馈争新◎。
> 诗章人与传千首，寿命天教过七旬◎。
> 点检一生侥幸事，东都除我更无人◎。
>
> ——白居易《狂吟七言十四韵》

　　白居易的这首《狂吟七言十四韵》是首句不入韵的七言排律。全诗共十四韵，二十八句。这首诗中所押的韵字都是平声字，也就是押平声韵。整首诗中都是偶数句押韵，即隔句押韵。从第二句韵脚的"身"到最后一句韵脚的"人"字，共十四个韵字，用的都是上平声十一真的韵。中间没有换韵，属一韵到底。十一真韵属宽韵。由于使用了宽韵，选择的余地就比较大。二十个韵字中没有一个重复的韵字。

> 百草让为灵◎，功先百草成◎。
> 甘传天下口，贵占火前名◎。
> 出处春无雁，收时谷有莺◎。
> 封题从泽国，贡献入秦京◎。
> 嗅觉精新极，尝知骨自轻◎。
> 研通天柱响，摘绕蜀山明◎。
> 赋客秋吟起，禅师昼卧惊◎。
> 角开香满室，炉动绿凝铛◎。
> 晚忆凉泉对，闲思异果平◎。
> 松黄干旋泛，云母滑随倾◎。
> 颇贵高人寄，尤宜别柜盛◎。
> 曾寻修事法，妙尽陆先生◎。
> ——齐己《咏茶十二韵》

齐己的这首《咏茶十二韵》是首句入韵的五言排律。这首诗中所押的韵字都是平声字，也就是押平声韵。整首诗中除首句外，都是偶数句押韵，即隔句押韵。从第二句的韵脚到最后一句韵脚的韵字都是下平声八庚韵。首句韵脚的"灵"字是下平声九青韵，属邻韵。也就是首句用了邻韵。八庚韵所含的韵字比较多，也属宽韵。可以看出，它除了是首句入韵外，也是押平声韵、隔句押韵和一韵到底。它的首句的平仄句型是"仄仄仄平平"，也就是仄起平收式。因为首句是平收，所以必然要入韵。

五、排律的对仗

排律的对仗规则是，除首联和尾联外，中间各联都要对仗。

五律、七律也是中间各联都要对仗。但五律、七律中间只两联，而排律中间的联数是不固定的。排律的首联和尾联的对仗也是没有固定要求，可以用，也可以不用。排律的尾联一般很少使用对仗。有的人主张尾联不要使用对仗。这种观点认为，排律的尾联如果用了对仗，会产生一种这首诗还没有结束的感觉。这只是一家之言，我们把它作为参考就可以了。李白、杜甫等人都有在排律尾联中使用对仗的例子。杜甫在他的《寄刘峡州伯华使君四十韵》的尾联使用的对仗是"江湖多白鸟，天地有青蝇"。李白在《春日归山寄孟浩然》中尾联使用的对仗是"愧非流水韵，叩入伯牙弦"（见下面的李白例诗）。

下面看几个例子。

首联、尾联不用对仗的：

> 昔年有狂客，号尔谪仙人。
> 笔落惊风雨，诗成泣鬼神。
> 声名从此大，汩没一朝伸。
> 文彩承殊渥，流传必绝伦。
> 龙舟移棹晚，兽锦夺袍新。
> 白日来深殿，青云满后尘。
> 乞归优诏许，遇我宿心亲。
> 未负幽栖志，兼全宠辱身。
> 剧谈怜野逸，嗜酒见天真。
> 醉舞梁园夜，行歌泗水春。
> 才高心不展，道屈善无邻。
> 处士祢衡俊，诸生原宪贫。
> 稻粱求未足，薏苡谤何频。
> 五岭炎蒸地，三危放逐臣。
> 几年遭鹏鸟，独泣向麒麟。

苏武先还汉，黄公岂事秦。

楚筵辞醴日，梁狱上书辰。

已用当时法，谁将此义陈。

老吟秋月下，病起暮江滨。

莫怪恩波隔，乘槎与问津。

——杜甫《寄李十二白二十韵》

杜甫的《寄李十二白二十韵》是一首五言排律，共二十韵、四十句。诗中中间各联都使用了对仗，只有首联和尾联没有使用对仗。

首联也使用对仗的：

纨绔不饿死，儒冠多误身。

丈人试静听，贱子请具陈。

甫昔少年日，早充观国宾。

读书破万卷，下笔如有神。

赋料扬雄敌，诗看子建亲。

李邕求识面，王翰愿卜邻。

自谓颇挺出，立登要路津。

致君尧舜上，再使风俗淳。

此意竟萧条，行歌非隐沦。

骑驴三十载，旅食京华春。

朝扣富儿门，暮随肥马尘。

残杯与冷炙，到处潜悲辛。

主上顷见征，欻然欲求伸。

青冥却垂翅，蹭蹬无纵鳞。

甚愧丈人厚，甚知丈人真。

每于百僚上，猥诵佳句新。

窃效贡公喜，难甘原宪贫。

焉能心怏怏，只是走踆踆。

今欲东入海，即将西去秦。

尚怜终南山，回首清渭滨。

常拟报一饭，况怀辞大臣。

白鸥没浩荡，万里谁能驯。

——杜甫《奉赠韦左丞丈二十二韵》

杜甫的《奉赠韦左丞丈二十二韵》是一首五言排律，共二十二韵、四十四句。诗中除了中间各联都用了对仗外，首联也用了对仗，只有尾联没有用对仗。

首联、尾联都用对仗的：

微月透帘栊，萤光度碧空。

遥天初缥缈，低树渐葱茏。

龙吹过庭竹，鸾歌拂井桐。

罗绡垂薄雾，环佩响轻风。

绛节随金母，云心捧玉童。

更深人悄悄，晨会雨濛濛。

珠莹光文履，花明隐绣栊。

宝钗行彩凤，罗帔掩丹虹。

言自瑶华浦，将朝碧帝宫。

因游李城北，偶向宋家东。

戏调初微拒，柔情已暗通。

低鬟蝉影动，回步玉尘蒙。

转面流花雪，登床抱绮丛。

鸳鸯交颈舞，翡翠合欢笼。

眉黛羞频聚，朱唇暖更融。

气清兰蕊馥，肤润玉肌丰。

无力慵移腕，多娇爱敛躬。

汗光珠点点，发乱绿松松。

方喜千年会，俄闻五夜穷。

留连时有限，缱绻意难终。

慢脸含愁态，芳词誓素衷。

赠环明运合，留结表心同。

啼粉流清镜，残灯绕暗虫。

华光犹冉冉，旭日渐瞳瞳。

警乘还归洛，吹箫亦上嵩。

衣香犹染麝，枕腻尚残红。

幂幂临塘草，飘飘思渚蓬。

素琴鸣怨鹤，清汉望归鸿。

海阔诚难度，天高不易冲。

行云无处所，萧史在楼中。

——元稹《会真诗三十韵》

　　元稹的《会真诗三十韵》是一首五言排律，共三十韵、六十句。诗中除了中间各联都用了对仗外，首联和尾联也都用了对仗，属通篇对仗。

第九章　格律诗句型、格式一览

　　这里把我们前面学过的格律诗的平仄基本句型和格式集中在一起，以便于爱好者和初学者查找和对比。符号"◎"代表它前边的字押韵；字下有点者为"对"或"粘"的位置；括号中的"平"字或"仄"字，都代表可平可仄；带有下划线处为使用对仗的位置。

一、基本句型

1. 五言

五言格律诗的四种平仄基本句型：

　　a. 仄仄平平仄（仄起仄收式）

　　b. 平平仄仄平（平起平收式）

　　c. 平平平仄仄（平起仄收式）

　　d. 仄仄仄平平（仄起平收式）

五言格律诗包括可平可仄的四种平仄基本句型：

　　a.（仄）仄（平）平仄

　　b.　平　平（仄）仄平

　　c.（平）平（平）仄仄

　　d.（仄）仄　仄　平平

2. 七言

七言格律诗的四种平仄基本句型：

A. 平平仄仄平平仄（平起仄收式）

B. 仄仄平平仄仄平（仄起平收式）

C. 仄仄平平平仄仄（仄起仄收式）

D. 平平仄仄仄平平（平起平收式）

七言格律诗包括可平可仄的四种平仄基本句型：

A.（平）平（仄）仄（平）平仄

B.（仄）仄　平　平（仄）仄平

C.（仄）仄（平）平（平）仄仄

D.（平）平（仄）仄　仄　平平

二、五言绝句的四种平仄格式

格式一　仄起仄收式

　　基本格式：

　　　　a. 仄仄平平仄

　　　　b. 平平仄仄平◎

　　　　c. 平平平仄仄

　　　　d. 仄仄仄平平◎

　　含可平可仄：

　　　　a.（仄）仄（平）平仄

　　　　b. 平　平（仄）仄平◎

　　　　c.（平）平（平）仄仄

　　　　d.（仄）仄　仄　平平◎

格式二　平起平收式

　　基本格式：

　　　　b. 平平仄仄平◎

　　　　d. 仄仄仄平平◎

　　　　a. 仄仄平平仄

　　　　b. 平平仄仄平◎

　　含可平可仄：

　　　　b. 平　平（仄）仄平◎

　　　　d.（仄）仄　仄　平平◎

　　　　a.（仄）仄（平）平仄

　　　　b. 平　平（仄）仄平◎

格式三　平起仄收式

　　基本格式：

　　　　c. 平平平仄仄

　　　　d. 仄仄仄平平◎

　　　　a. 仄仄平平仄

　　　　b. 平平仄仄平◎

　　含可平可仄：

　　　　c.（平）平（平）仄仄

　　　　d.（仄）仄　仄　平平◎

　　　　a.（仄）仄（平）平仄

　　　　b. 平　平（仄）仄平◎

格式四　仄起平收式

　　基本格式：

　　　　d. 仄仄仄平平◎

    b. 平平仄仄平◎

    c. 平平平仄仄

    d. 仄仄仄平平◎

含可平可仄：

    d.（仄）仄　仄　平平◎

    b. 平　平（仄）仄平◎

    c.（平）平（平）仄仄

    d.（仄）仄　仄　平平◎

三、七言绝句的四种平仄格式

格式一　平起仄收

  基本格式：

    A. 平平仄仄平平仄

    B. 仄仄平平仄仄平◎

    C. 仄仄平平平仄仄

    D. 平平仄仄仄平平◎

  含可平可仄：

    A.（平）平（仄）仄（平）平仄

    B.（仄）仄　平　平（仄）仄平◎

    C.（仄）仄（平）平（平）仄仄

    D.（平）平（仄）仄　仄　平平◎

格式二　仄起平收

  基本格式：

    B. 仄仄平平仄仄平◎

    D. 平平仄仄仄平平◎

A. 平平仄仄平平仄

B. 仄仄平平仄仄平◎

含可平可仄：

B.（仄）仄　平　平（仄）仄平◎

D.（平）平（仄）仄　仄　平平◎

A.（平）平（仄）仄（平）平仄

B.（仄）仄　平　平（仄）仄平◎

格式三　仄起仄收

基本格式：

C. 仄仄平平平仄仄

D. 平平仄仄仄平平◎

A. 平平仄仄平平仄

B. 仄仄平平仄仄平◎

含可平可仄：

C.（仄）仄（平）平（平）仄仄

D.（平）平（仄）仄　仄　平平◎

A.（平）平（仄）仄（平）平仄

B.（仄）仄　平　平（仄）仄平◎

格式四　平起平收

基本格式：

D. 平平仄仄仄平平◎

B. 仄仄平平仄仄平◎

C. 仄仄平平平仄仄

D. 平平仄仄仄平平◎

含可平可仄：

D. （平）平（仄）仄　仄　平平◎

B. （仄）仄　平　平（仄）仄平◎

C. （仄）仄（平）平（平）仄仄

D. （平）平（仄）仄　仄　平平◎

四、五言律诗的四种平仄格式

格式一　仄起仄收式

基本格式：

a. 仄仄平平仄

b. 平平仄仄平◎

c. 平平平仄仄

d. 仄仄仄平平◎

a. 仄仄平平仄

b. 平平仄仄平◎

c. 平平平仄仄

d. 仄仄仄平平◎

含可平可仄：

a. （仄）仄（平）平仄

b. 平　平（仄）仄平◎

c. （平）平（平）仄仄

d. （仄）仄仄　平平◎

a. （仄）仄（平）平仄

b. 平　平（仄）仄平◎

c. （平）平（平）仄仄

d. （仄）仄仄　平平◎

格式二　平起平收式

基本格式：

b. 平平仄仄平◎

d. 仄仄仄平平◎

a. 仄仄平平仄

b. 平平仄仄平◎

c. 平平平仄仄

d. 仄仄仄平平◎

a. 仄仄平平仄

b. 平平仄仄平◎

含可平可仄：

b. 平　平（仄）仄平◎

d.（仄）仄　仄　平平◎

a.（仄）仄（平）平仄

b.　平平（仄）　平平◎

c.（平）平（平）仄仄

d.（仄）仄　仄　平平◎

a.（仄）仄（平）平仄

b. 平　平（仄）仄平◎

格式三　平起仄收式

基本格式：

c. 平平平仄仄

d. 仄仄仄平平◎

a. 仄仄平平仄

b. 平平仄仄平◎

c. 平平平仄仄

d. 仄仄仄平平◎

a. 仄仄平平仄

b. 平平仄仄平◎

含可平可仄：

c.（平）平（平）仄仄

d.（仄）仄 仄 平平◎

a.（仄）仄（平）平仄

b. 平 平（仄）仄平◎

c.（平）平（平）仄仄

d.（仄）仄 仄 平平◎

a.（仄）仄（平）平仄

b. 平 平（仄）仄平◎

格式四 仄起平收式

基本格式：

d. 仄仄仄平平◎

b. 平平仄仄平◎

c. 平平平仄仄

d. 仄仄仄平平◎

a. 仄仄平平仄

b. 平平仄仄平◎

c. 平平平仄仄

d. 仄仄仄平平◎

含可平可仄：

    d.（仄）仄　仄　平平◎

    b.　平　平（仄）仄平◎

    c.（平）平（平）仄仄

    d.（仄）仄　仄　平平◎

    a.（仄）仄（平）平仄

    b.　平　平（仄）仄平◎

    c.（平）平（平）仄仄

    d.（仄）仄　仄　平平◎

五、七言律诗的四种平仄格式

格式一　平起仄收式

基本格式：

    A. 平平仄仄平平仄

    B. 仄仄平平仄仄平◎

    C. 仄仄平平平仄仄

    D. 平平仄仄仄平平◎

    A. 平平仄仄平平仄

    B. 仄仄平平仄仄平◎

    C. 仄仄平平平仄仄

    D. 平平仄仄仄平平◎

含可平可仄：

    A.（平）平（仄）仄（平）平仄

    B.（仄）仄　平　平（仄）仄平◎

    C.（仄）仄（平）平（平）仄仄

    D.（平）平（仄）仄　仄　平平◎

  A. （平）平（仄）仄（平）平仄
  B. （仄）仄__平__平（仄）仄平◎
  C. （仄）仄（平）平（平）仄仄
  D. （平）平（仄）仄 仄 平平◎

格式二　仄起平收式
 基本格式：
  B. 仄仄平平仄仄平◎
  D. 平平仄仄仄平平◎
  A. 平平仄仄平平仄
  B. 仄仄平平仄仄平◎
  C. 仄仄平平平仄仄
  D. 平平仄仄仄平平◎
  A. 平平仄仄平平仄
  B. 仄仄平平仄仄平◎

 含可平可仄：
  B. （仄）仄 平 平（仄）仄平◎
  D. （平）平（仄）仄 仄 平平◎
  A. （平）平（仄）仄（平）平仄
  B. （仄）仄__平__平（仄）仄平◎
  C. （仄）仄（平）平（平）仄仄
  D. （平）平（仄）仄 仄__平平◎
  A. （平）平（仄）仄（平）平仄
  B. （仄）仄 平 平（仄）仄平◎

格式三　仄起仄收式
 基本格式：
  C. 仄仄平平平仄仄

　　　　　D. 平平仄仄仄平平◎

　　　　　A. 平平仄仄平平仄

　　　　　B. 仄仄平平仄仄平◎

　　　　　C. 仄仄平平平仄仄

　　　　　D. 平平仄仄仄平平◎

　　　　　A. 平平仄仄平平仄

　　　　　B. 仄仄平平仄仄平◎

　　含可平可仄：

　　　　　C. （仄）仄（平）平（平）仄仄

　　　　　D. （平）平（仄）仄　仄　平平◎

　　　　　A. （平）平（仄）仄（平）平仄

　　　　　B. （仄）仄　平　平（仄）仄平◎

　　　　　C. （仄）仄（平）平（平）仄仄

　　　　　D. （平）平（仄）仄　仄　平平◎

　　　　　A. （平）平（仄）仄（平）平仄

　　　　　B. （仄）仄　平　平（仄）仄平◎

格式四　平起平收式

　　基本格式：

　　　　　D. 平平仄仄仄平平◎

　　　　　B. 仄仄平平仄仄平◎

　　　　　C. 仄仄平平平仄仄

　　　　　D. 平平仄仄仄平平◎

　　　　　A. 平平仄仄平平仄

　　　　　B. 仄仄平平仄仄平◎

　　　　　C. 仄仄平平平仄仄

　　　　　D. 平平仄仄仄平平◎

含可平可仄：

D. （平）平 （仄）仄 仄 平平◎

B. （仄）仄 平 平 （仄）仄平◎

C. （仄）仄 （平）平 （平）仄仄

D. （平）平 （仄）仄 仄 平平◎

A. （平）平 （仄）仄 （平）平仄

B. （仄）仄 平 平 （仄）仄平◎

C. （仄）仄 （平）平 （平）仄仄

D. （平）平 （仄）仄 仄 平平◎

六、五言排律的四种平仄格式

第一种格式

　　仄起仄收式　　以"a. 仄仄平平仄"句型为首句

第二种格式

　　平起平收式　　以"b. 平平仄仄平"句型为首句

第三种平仄格式

　　平起仄收式　　以"c. 平平平仄仄"句型为首句

第四种平仄格式

　　仄起平收式　　以"d. 仄仄仄平平"句型为首句

七、七言排律的四种平仄格式

第一种平仄格式

　　平起仄收式　　以"A. 平平仄仄平平仄"句型为首句

第二种平仄格式

　　仄起平收式　以"B. 仄仄平平仄仄平"句型为首句

第三种平仄格式

　　仄起仄收式　以"C. 仄仄平平平仄仄"句型为首句

第四种平仄格式

　　平起平收式　以"D. 平平仄仄仄平平"句型为首句

　　排律的格式，在确定了首句句型后，从第二句开始按照粘对、押韵、对仗的要求依次排列下去即可。排列的数量依据内容所需来确定。

　　排律的粘对、押韵、对仗的位置，可参照五言律诗和七言律诗。或参照"排律"一讲。

　　我们通过了解和掌握这些固定的句型和格式，就能够掌握其中的规律，就可以不必死记硬背或去查阅书本，随时根据需要快捷地排列出不同的平仄格式来。或者用其指导我们的格律诗创作，或者用其检查我们创作的格律诗是否符合格律。

第十章　兼说古绝

　　绝句分为律绝和古绝。古绝是相对于律绝而言的。古绝分为五言古绝和七言古绝。

　　古绝与律绝之间既有相同之处，也有不同之处。古绝在句数、句式和字数上与律绝都是一样的。

　　五言古绝的每首四句，每句五个字，共二十个字。

　　七言古绝的每首四句，每句七个字，共二十八个字。

　　古绝和律绝的不同主要在律绝要受格律的限制；古绝除了句数、句式和字数外，其他都不受格律的限制。

　　古绝不受格律的限制，具体体现在三个方面：

　　1. 古绝在平仄上不受限制。

　　2. 古绝在粘对上不受限制。

　　3. 古绝在用韵上不受限制。

一、古绝在平仄上不受限制

　　平仄不受限制是古绝的主要特征之一。因为它平仄不受限制，所以，它既没有固定的平仄句型，也没有固定的平仄格式。在一首古绝中，常常是拗句和律句同时存在。而律句的存在，不是古绝平仄的要求，只是诗句的巧合，是诗句用来表现内容决定的。

夜宿峰顶寺，举手扪星辰。

｜｜－｜｜　｜｜－－－

不敢高声语，恐惊天上人。

｜｜－－｜　｜－－｜－

——李白《题峰顶寺》

李白《题峰顶寺》诗是一首仄韵的五言古绝。它的平仄就是很随意的。既有平仄并不合律的"｜｜－｜｜""｜｜－－－"，也有律句"｜｜－－｜"。诗中拗句和律句同时存在。

春种一粒粟，秋收万颗子。

－｜｜｜｜　－－｜｜｜

四海无闲田，农夫犹饿死。

｜｜－－－　－－－｜｜

——李绅《悯农》

李绅的《悯农》也是一首仄韵的五言古绝。它的平仄也是很随意的。既有律句，也有拗句如"－｜｜｜｜""｜｜－－－"。也是拗句和律句同时存在。

二、古绝在粘对上不受限制

不讲究粘对也是古绝的主要特征之一。由于古绝不受平仄的限制，没有固定的平仄句型和平仄格式，所以也就不可能要求粘对。

在古绝中，常常会出现不粘不对的现象。有时也会出现有"粘"无"对"，或者有"对"无"粘"的。

君自故乡来，应知故乡事。

—||—— ——|—|

来日绮窗前，寒梅著花未。

—||—— ——|—|

——王　维《杂诗》

王维的这首《杂诗》中，第一联中的"自"与"知"平仄相对；第二联的"日"与"梅"也是平仄相对。第一联的"知"与第二联的"日"是平仄相对，而不是相粘。

运锄耕劚侵晨起，陇亩丰盈满家喜。

|——|——| ||——|—|

到头禾黍属他人，不知何处抛妻子。

|—|||—— |——|——|

——张　碧《农父》

张碧的这首《农父》，第一联出句与对句的第二字平仄相对了；第二联出句与对句的第二字"头"与"知"都是平声，则不相对。第二联的出句与第一联的对句第二字一个是平声"头"，一个是仄声"亩"，所以也并不相"粘"。

有时巧合第二字相"对"或相"粘"了，但五言的第四字，七言的第四、六字也不一定能相"对"或相"粘"。上述的例子中就有这种情况。

三、古绝在用韵上不受限制

在用韵上不受限制也是古绝的主要特征之一。古绝在用韵上既可以押平声韵，也可以押仄声韵。而且以押仄声韵的作品为

多。因为格律诗都是押平声韵的，所以，如果一首绝句用了仄声
韵，那么，就可以肯定它是古绝了。

> 春眠不觉晓，处处闻啼鸟。
> ——｜｜｜　｜｜——｜
> 夜来风雨声，花落知多少。
> ｜——｜—　—｜——｜

——孟浩然《春晓》

孟浩然的这首《春晓》诗，可以说是家喻户晓。诗中每一句
单看，也都合律。第一联的出句与对句的第二字平仄相对，第二
联出句与对句的第二字平仄也相对。但是，第二联的出句第二字
与第一联的对句第二字却并不相"粘"。同时，它的韵脚都是仄
声。"晓""鸟""少"都是上声十七篠的韵。它所押的是仄声韵，
所以它只能说是一首古绝，而不是律绝。

> 江上往来人，但爱鲈鱼美。
> ——｜——　｜｜——｜
> 君看一叶舟，出没风波里。
> ——｜｜—　｜｜——｜

——范仲淹《江上渔者》

范仲淹《江上渔者》这首诗韵脚都是仄声。"美""里"都是
上声四纸韵。所以，押的都是仄声韵。

> 荆溪白石出，天寒红叶稀。
> ——｜｜｜　———｜—

◎

山路元无雨，空翠湿人衣。

　－｜－－｜　　－｜｜－－

　　　　　　　　　　　◎

　　　　　　　　——王　　维《山中》

　　王维的《山中》诗，每一句单看，也都合律。句型没有按照固定格式进行排列，所以，既不"对"也不"粘"。虽然押平声韵，但仍然是一首古绝，而不是律绝。

　　因为古绝在押韵上不受限制，所以既可以押仄声韵，也可以用平声韵。一首绝句如果押的是平声韵，那就不能轻易地说它是律绝还是古绝。这时就要看它是否合乎律绝的其他规则。如果除了押平声韵外，还合乎律绝的平仄句型和粘对等要求的，那就是律绝，否则就是古绝。

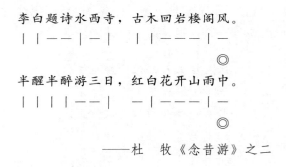

李白题诗水西寺，古木回岩楼阁风。

｜｜－－｜－｜　｜｜－｜－－－

　　　　　　　　　　　　　　◎

半醒半醉游三日，红白花开山雨中。

｜｜｜｜－－｜　－｜－－－｜－

　　　　　　　　　　　　　◎

　　　　　　　　——杜　牧《念昔游》之二

　　杜牧的这首《念昔游》之二，押的是平声韵。如果单看每一句，大多合律，但也有不合律的；虽然符合"粘"的要求，但不符合"对"的要求。所以，即使是押平声韵，也是一首古绝，而不是律绝。

第十一章　兼说古风

古风又叫古诗。它是古绝以外的古体诗。有人只把五言古诗叫作古风；也有人只把歌行体叫作古风。这里不采取这些说法。

古风与律诗比较，它的主要特点就是没有格律的限制；与古绝比较，它的篇幅也不受限制。所以，有人称它为古代诗歌中的自由诗。

古风与律诗的区别主要有以下几个方面：

1. 篇幅、句式不受限制。

2. 平仄、粘对不受限制。

3. 用韵不受限制。

4. 对仗不受限制。

一、篇幅、句式不受限制

古风的篇幅、句式不受限制，也就是它的句式可长可短，句数可多可少，双数单数都行。所以，字数也不是固定的。它的字数是由句式和句数的多少来确定的。

古风分为五言古风和七言古风。

五言古风也称五古。五言古风每句五个字，这是固定的。但五言古风中如果杂有非五言的句子，不管占多大比例，都不能叫五言古风，也只能归于七言古风。

　　七言古风也称七古。七言古风除了七言句式外，还可以含有非七言的句子，也就是长短句可以混用。三言、五言、七言混杂的，称为杂言诗。不过，传统上一般把杂言或含有杂言的都列为七言古风，而不单列。

　　古风的篇幅可长可短，句数可多可少。少者三五句，多者几十句上百句不限。前人作品中有的甚至以字数或韵数为题的。如李白的《……留别金陵崔侍御十九韵》、杜甫的《自京赴奉先县咏怀五百字》等。

> 楼前流水江陵道，鲤鱼风起芙蓉老。
> 晓钗催鬓语南风，抽帆归来一日功。
> 鼍吟浦口飞梅雨，竿头酒旗换青苎。
> 萧骚浪白云差池，黄粉油衫寄郎主。
> 新槽酒声苦无力，南湖一顷菱花白。
> 眼前便有千里愁，小玉开屏见山色。
>
> ——李　贺《江楼曲》

　　李贺《江楼曲》是一首较短的古风。全诗只有十二句，八十四个字。诗中通篇七言，句式整齐。

> 噫吁戏，危乎高哉！
> 蜀道之难，难于上青天！
> 蚕丛及鱼凫，开国何茫然。
> 尔来四万八千岁，不与秦塞通人烟。
> 西当太白有鸟道，可以横绝峨眉巅。
> 地崩山摧壮士死，然后天梯石栈相钩连。
> 上有六龙回日之高标，下有冲波逆折之回川。
> 黄鹤之飞尚不得过，猿猱欲度愁攀援。

青泥何盘盘，百步九折萦岩峦。

扪参历井仰胁息，以手抚膺坐长叹。

问君西游何时还，畏途巉岩不可攀。

但见悲鸟号古木，雄飞雌从绕林间。

又闻子规啼夜月，愁空山。

蜀道之难，难于上青天！

使人听此凋朱颜。

连峰去天不盈尺，枯松倒挂倚绝壁。

飞湍瀑流争喧豗，砯崖转石万壑雷。

其险也如此，嗟尔远道之人胡为乎来哉！

剑阁峥嵘而崔嵬，一夫当关，万夫莫开。

所守或匪亲，化为狼与豺。

朝避猛虎，夕避长蛇，

磨牙吮血，杀人如麻。

锦城虽云乐，不如早还家。

蜀道之难，难于上青天！

侧身西望长咨嗟。

——李 白《蜀道难》

  李白的这首《蜀道难》，全诗二百九十四字。诗中句式长短不一，错落交替，既有三言、四言、五言、七言，还有九言、十一言等。诗人以其流畅的语言，磅礴的气势，表现了山川之险，蜀道之难。读来令人荡气回肠。

  古风的句数既可以是双数，还可以是单数。如果句数是单数，篇中就会出现一个构不成一联的单独句子。这个单独的句子就叫畸零句。畸零句的位置没有固定的要求。既可以在篇中任何位置，也可以在篇尾。但以在篇尾者居多。

> 阴山健儿鞭鞡急，走势能追北风及。
> 逶迤一虎出马前，白羽横穿更人立。
> 回旗倒戟四边动，抽矢当前放蹄入。
> 爪牙蹭蹬不得施，碛上流丹看来湿。
> 胡天朔漠杀气高，烟云万里埋弓刀。
> 穹庐无工可貌此，汉使自解丹青包。
> 堂上绢素开欲裂，一见犹能动毛发。
> 低徊使我思古人，此地抟兵走戎羯。
> 禽逃兽遁亦萧然，岂若封疆今晏眠。
> 契丹弋猎汉耕作，飞将自老南山边，
> 还能射虎随少年。
>
> ——王安石《阴山画虎图》

这是王安石的《阴山画虎图》。诗中最后一句是个单句，也就是畸零句。所以，这是一首带有畸零句的古风。

二、平仄、粘对不受限制

古风对平仄、粘对是没有限制的。所以，古风中既没有什么孤平、三平调之类的避忌，更没有其他非格律搭配的限制。一些非格律搭配反倒成了古风的一大特色。

由于粘对的规则来源于平仄的规律性搭配，所以古风平仄的搭配没有限制，也就无法构成规律性的粘对。

由于古风对平仄、粘对没有限制，所以，既有平仄的非格律搭配和不符合粘对的特点，同时也会遇到一些合乎平仄搭配的句型和符合粘对规则的情况。这些只是一种诗句语言的巧合，而不是刻意地追求。所以，古风在平仄搭配上，常常是律句与拗句并存。

大雅久不作，吾衰竟谁陈。
| | | | |
王风委蔓草，战国多荆榛。
　　　　 | | — —
龙虎相啖食，兵戈逮狂秦。
正声何微茫，哀怨起骚人。
　　| — — —
扬马激颓波，开流荡无垠。
废兴虽万变，宪章亦已沦。
自从建安来，绮丽不足珍。
　　　　 | | | —
圣代复元古，垂衣贵清真。
群才属休明，乘运共跃鳞。
文质相炳焕，众星罗秋旻。
　　| — — —
我志在删述，垂辉映千春。
希圣如有立，绝笔于获麟。

　　　　　　　——李白《古风五十九首》其一

　　李白的《古风五十九首》其一是五言古风。诗中第一句用了
五个连续的仄声字；后面一处用了连续的四个仄声字；两处分别
用了四个连续的平声字。几个连续的平声字都构成了三平调。虽
然也有符合粘对的地方，也有一些标准律句，但从整体上看，它
的平仄随意，不完全符合粘对规则。所以它是一首律句与拗句并
存的五言古风。

茂陵刘郎秋风客，夜闻马嘶晓无迹。
　　·
画栏桂树悬秋香，三十六宫土花碧。
　·

魏官牵车指千里，东关酸风射眸子。

空将汉月出宫门，忆君清泪如铅水。

衰兰送客咸阳道，天若有情天亦老。

携盘独出月荒凉，渭城已远波声小。

——李贺《金铜仙人辞汉歌》

李贺的这首《金铜仙人辞汉歌》中，一共六联，其中多处不"对"，只有一、二联的"闻"与"栏"，四、五联的"君"与"兰"两处相"粘"，其他处都不相"粘"。所以，这是一首七言古风。

三、用韵不受限制

古风的用韵也没有限制。古风既可以押平声韵，也可以押仄声韵；既可以隔句押韵，也可以句句押韵；既可以一韵到底，也可以中间换韵，甚至平仄韵交替使用。

1. 可押平声韵也可押仄声韵

古风既可以押仄声韵，也可以押平声韵。仄韵古风和平韵古风在历史上优秀的作品中，都占有一定地位。例如李白的《古风五十九首》中就既有仄韵古风，也有平韵古风。其中《大雅久不作》《秦皇扫六合》《一百四十年》《代马不思越》《西上莲花山》等篇章都是平韵古风。

古风既可以押仄声韵，也可以押平声韵，这是古风的一大特色。但是古风在押仄声韵的时候，一般都是上声、去声、入声要分开，单独使用。

下马古战场，四顾但茫然。

◎

风悲浮云去，黄叶坠我前。
◎

朽骨穴蝼蚁，又为蔓草缠。
◎

故老行叹息，今人尚开边。
◎

汉虏互胜负，封疆不常全。
◎

安得廉颇将，三军同晏眠。
◎

——杜　甫《遣兴三首》之一

杜甫的这首古风，是押平声韵的古风。诗中韵脚的"然、前、缠、边、全、眠"六韵都是下平声一先的韵。

山光忽西落，池月渐东上。
△

散发乘夕凉，开轩卧闲敞。
△

荷风送香气，竹露滴清响。
△

欲取鸣琴弹，恨无知音赏。
△

感此怀故人，中宵劳梦想。
△

——孟浩然《夏日南亭怀辛大》

孟浩然《夏日南亭怀辛大》是一首仄声韵古风。一共六韵，"上、敞、响、赏、想"用的都是上声二十二养的韵。（△符号

代表它上面的字是仄声韵)

> 何处闻秋声，翛翛北窗竹。
> △
>
> 回薄万古心，揽之不盈掬。
> △
>
> 静来观众妙，浩然媚幽独。
> △
>
> 白云南山来，就我檐下宿。
> △
>
> 懒从唐生决，羞访季主卜。
> △
>
> 四十九年非，一往不可复。
> △
>
> 野情转萧散，世道有翻覆。
> △
>
> 陶令归去来，田家酒应熟。
> △

——李　白《寻阳紫极宫感秋作》

李白的这首诗，是押仄声韵的古风。从头至尾韵脚的"竹、掬、独、宿、卜、复、覆、熟"都是入声一屋韵，没有例外。

2. 可隔句押韵也可句句押韵

隔句押韵，就是每逢双数句押韵，单数句不押韵。然而，它的首句例外。首句虽然也是单数句，但它是否入韵没有固定要求。也就是说，它既可以入韵，也可以不入韵。

前面的三首例诗，除了押平声韵、仄声韵外，也都是隔句押韵的。

古风除了可以隔句押韵外，还可以句句押韵。句句押韵也是古风的一大特色。但是，句句押韵主要是针对七言古风而说的。因为五言古风每句只有五个字。如果句句押韵，那押韵的间隔距离就太近了。读起来给人一种急促的感觉。

句句押韵的七言古风源于"柏梁体"。相传汉武帝建柏梁台，与群臣联句。要求每人一句七言诗，句句用平韵，后人称为"柏梁体"。柏梁体的特点除了必须七言、句句用平声韵之外，还可以总的句数是单数，即可以有畸零句的存在。

咸阳二三月，宫柳黄金枝。
◎

绿帻谁家子，卖珠轻薄儿。
◎

日暮醉酒归，白马骄且驰。
◎

意气人所仰，冶游方及时。
◎

子云不晓事，晚献长杨辞。
◎

赋达身已老，草玄鬓若丝。
◎

投阁良可叹，但为此辈嗤。
◎

——李　白《古风五十九首》其八

上面李白的这首古风，是押平声韵的古风。它首句不入韵。诗中韵脚的韵字"枝、儿、驰、时、辞、丝、嗤"都是上平声四支韵，属同一韵部。它们都是隔着单数句押韵的。

知章骑马似乘船，眼花落井水底眠。

汝阳三斗始朝天，道逢麴车口流涎，

恨不移封向酒泉。左相日兴费万钱，

饮如长鲸吸百川，衔杯乐圣称世贤。

宗之潇洒美少年，举觞白眼望青天，

皎如玉树临风前。苏晋长斋绣佛前，

醉中往往爱逃禅。李白一斗诗百篇，

长安市上酒家眠，天子呼来不上船，

自称臣是酒中仙。张旭三杯草圣传，

脱帽露顶王公前，挥毫落纸如云烟。

焦遂五斗方卓然，高谈雄辩惊四筵。

——杜甫《饮中八仙歌》

杜甫的《饮中八仙歌》是一首句句押韵的古风。从首句韵脚的"船"到末句韵脚的"筵"句句押韵，所押的都是下平声一先韵。诗中还多次重复使用相同的韵字。如"船""眠""天""前"等。

3. 可一韵到底也可中间换韵

一韵到底，是指一首诗中从头至尾只用同一个韵部的韵。换韵就是在一首诗中间转换为另一部韵，也叫转韵。律诗的一韵到底，是格律的要求。古风则不同。古风既可以一韵到底，也可以中间换韵，不一韵到底。古风可以中间换韵，也是它用韵方面的一大特色。

古风的这种换韵既可以换一次，也可以换多次；既可以一韵一换，也可以多韵一换；既可以同声调之间不同韵的转换，也可以不同声调之间不同韵的转换。一般情况下，换韵时先将前面的单数句（即出句）的最后一字入韵，入后面要换的那个韵。就像首句入韵那样。这样使韵的转换平和、自然，不突兀。这个单数句入韵也和首句入韵一样，既可以入同部韵，也可以入邻韵。

平韵古风和仄韵古风一样，它们都是既可以一韵到底，也可以中间换韵。

前面列举的那些例子，不管是平韵古风，还是仄韵古风，它们都是一韵到底的。这里不再重复举例了。下面看一下中间换韵的例子。

西岳峥嵘何壮哉，（首句入韵）
黄河如丝天际来。（押上平声十灰韵）
黄河万里触山动，
盘涡毂转秦地雷。（押前韵）
荣光休气纷五彩，（入后韵）
千年一清圣人在。（换上声十贿韵）
巨灵咆哮擘两山，
洪波喷箭射东海。（押前韵）
三峰却立如欲摧，（入后韵）
翠崖丹谷高掌开。（换上平声十灰韵）
白帝金精运元气，
石作莲花云作台。（押前韵）
云台阁道连窈冥，（入后韵，用邻韵）
中有不死丹丘生。（换下平声八庚韵）
明星玉女备洒扫，
麻姑搔背指爪轻。（押前韵）
我皇手把天地户，（入后韵，用邻韵）
丹丘谈天与天语。（换上声六语韵）
九重出入生光辉，（入后韵）
东来蓬莱复西归。（换上平声五微韵）

> 玉浆倘惠故人饮，
> 骑二茅龙上天飞。（押前韵）
>
> ——李白《西岳云台歌送丹丘子》

李白这首《西岳云台歌送丹丘子》属于平仄韵互换。换韵前，前面的单数句（即出句）的最后一字都入后面要换的那个韵。而且有的入了同部韵，有的入了邻韵。

> 汉家三十六将军，（首句入韵）
> 东方雷动横阵云。（押上平声十二文韵）
> 鸡鸣函谷客如雾，（入后韵）
> 貌同心异不可数。（换去声七遇韵）
> 赤丸夜语飞电光，（入后韵）
> 徼巡司隶眠如羊。（换下平声七阳韵）
> 当街一叱百吏走，（入后韵）
> 冯敬胸中函匕首。（换上声廿五有韵）
> 凶徒侧耳潜愬心，
> 悍臣破胆皆杜口。（押前韵）
> 魏王卧内藏兵符，（入后韵）
> 子西掩袂真无辜。（换上平声七虞韵）
> 羌胡毂下一朝起，（入后韵）
> 敌国舟中非所拟。（换上声四纸韵）
> 安陵谁辨削砺功，
> 韩国诇明深井里。（押前韵）
> 绝胭断骨那下补，（入后韵）
> 万金宠赠不如土。（换上声七麌韵）
>
> ——柳宗元《古东门行》

柳宗元的这首《古东门行》除中间两处是两韵一换外，其他

都是一韵一换。诗中平仄韵互换。首句和换韵前的单数句也都
入韵。

中间换韵没有固定的模式。这只是一种表现形式。具体几韵
一换，什么位置换韵，都是由表现内容的需要来确定的。换韵前
面的单数句入韵也是比较宽松的。一般以入韵为好，但不入韵也
可；入韵的话，入本韵也可，入邻韵也行。

四、对仗不受限制

在古风中，对对仗的使用没有明确要求。古风中对仗的使用
只是一种修辞手段。它的使用，是内容的需要。它可有可无，可
多可少，可宽可严。如果使用了对仗，无论是对仗的位置，对仗
的数量，还是对仗的工整程度都没有统一要求。也就是说，古风
在对仗的使用上比较宽松。

中原初逐鹿，投笔事戎轩。
纵横计不就，慷慨志犹存。
杖策谒天子，驱马出关门。
请缨系南越，凭轼下东藩。
郁纡陟高岫，出没望平原。
古木鸣寒鸟，空山啼夜猿。
既伤千里目，还惊九逝魂。
岂不惮艰险，深怀国士恩。
季布无二诺，侯赢重一言。
人生感意气，功名谁复论。

——魏　征《述怀》

魏征的《述怀》，中间各联绝大多数都用了对仗。

北风卷地白草折，胡天八月即飞雪。
忽如一夜春风来，千树万树梨花开。
散入珠帘湿罗幕，狐裘不暖锦衾薄。
将军角弓不得控，都护铁衣冷犹著。
瀚海阑干百丈冰，愁云惨淡万里凝。
中军置酒饮归客，胡琴琵琶与羌笛。
纷纷暮雪下辕门，风掣红旗冻不翻。
轮台东门送君去，去时雪满天山路。
山回路转不见君，雪上空留马行处。

——岑参《白雪歌送武判官归京》

岑参的《白雪歌送武判官归京》中，不但首联与尾联没有使用对仗，中间各联也大多数都未使用对仗。

西登香炉峰，南见瀑布水。
挂流三百丈，喷壑数十里。
欻如飞电来，隐若白虹起。
初惊河汉落，半洒云天里。
仰观势转雄，壮哉造化功。
海风吹不断，江月照还空。
空中乱潈射，左右洗青壁。
飞珠散轻霞，流沫沸穹石。
而我乐名山，对之心益闲。
无论漱琼液，还得洗尘颜。
且谐宿所好，永愿辞人间。

——李白《望庐山瀑布》其一

李白这首《望庐山瀑布》，中间大多数联都用了对仗，而且首联也用了对仗。

第十二章　兼说乐府诗

　　乐府原指古代掌管音乐的官署。它的任务之一就是采集诗歌、制定乐谱。人们把这类诗歌称为乐府或乐府诗。古乐府诗多用歌、行、曲、引、吟、谣等来命名。后来才有了文人模仿乐府古题的作品。

　　早期的乐府诗以民歌为主。所以在形式上、句式上都没有统一、固定的要求。篇幅上有长有短，句式上既有三言、四言、五言、七言，也有多种句式混杂的杂言。完整的五言体和杂言比较多见，完整的七言体并不多。乐府诗所表现的内容、题材都很广泛。它通过叙事、抒情直接反映当时的社会生活，具有浓厚的现实主义色彩。

　　早期的乐府诗本来是能够入乐（也叫合乐）的，随着文人诗歌的增多，乐府诗就逐渐地脱离了音乐。近体诗出现之后，格律渐渐发展成熟，诗人开始采用一些新的体裁形式写乐府诗。乐府诗的内容和形式也变得越来越丰富。到了唐代，杜甫弃乐府古题，自创题目，写出了"三吏""三别"等优秀诗篇。后来白居易又倡导"新乐府运动"，使乐府诗又有了进一步发展。

　　古乐府诗本来在形式上就是多种多样的。唐以后的乐府诗在形式体裁上则越来越丰富多彩。它除了民歌外，还包含了古体诗与近体诗的多种形式与体裁。明代胡应麟在《诗薮》中说："余历考汉、魏、六朝、唐人诗，有三言、四言、五言、六言、七言、杂言、近体、排律、绝句，乐府皆备有之。"所以我们所列举的一些诗例中，既有古绝、古风，也有律绝、律诗，同时它们也都是乐府诗。

为了更好地学习和理解乐府诗，这里把乐府诗从不同角度划分为早期的乐府民歌、用乐府旧题的乐府诗和不用乐府旧题的乐府诗等三类。另外，以叙事为主的乐府诗在乐府诗中占有相当的地位，这里把它作为单独一类，放在前三类之后。

一、早期的乐府民歌

早期的乐府民歌在形式上比较随意和自由。在篇幅上有长有短，句数上既有双数也有单数；在句式上有通篇句式相等的，也有句式不等的。

江南可采莲，莲叶何田田。
鱼戏莲叶间，鱼戏莲叶东，
鱼戏莲叶西，鱼戏莲叶南，
鱼戏莲叶北。

——《江南》

新裂齐纨素，鲜洁如霜雪。
裁为合欢扇，团团似明月。
出入君怀袖，动摇微风发。
常恐秋节至，凉飙夺炎热。
弃捐箧笥中，恩情中道绝。

——《怨歌行》

天上何所有，历历种白榆。
桂树夹道生，青龙对道隅。

凤凰鸣啾啾，一母将九雏。

顾视世间人，为乐甚独殊。

好妇出迎客，颜色正敷愉。

伸腰再拜跪，问客平安不。

请客北堂上，坐客毡氍毹。

清白各异樽，酒上正华疏。

酌酒持与客，客言主人持。

却略再拜跪，然后持一杯。

谈笑未及竟，左顾敕中厨。

促令办粗饭，慎莫使稽留。

废礼送客出，盈盈府中趋。

送客亦不远，足不过门枢。

娶妇得如此，齐姜亦不如。

健妇持门户，一胜一丈夫。

——《陇西行》

　　上面列举的例子都是早期的乐府民歌。它们的篇幅有的稍
长些，有的稍短些，但均为五言句式，体现了句式上的整齐
美。《江南》的整篇句数为单数。《怨歌行》《陇西行》两首则
为双数。

上邪！

我欲与君相知，

长命无绝衰。

山无陵，

江水为竭，

冬雷震震，

夏雨雪，

> 天地合，
>
> 乃敢与君绝！
>
> ——《上邪》

这一首《上邪》是句式不相等的。诗中句数是单数。诗中二字句、三字句、四字句、五字句、六字句都有，句式显得自由、灵活。

二、用乐府旧题的乐府诗

古乐府题多用歌、行、曲、引、吟、谣等来命名。诗人们就常常用这些乐府的旧题来写诗。如《塞下曲》《燕歌行》《从军行》等等。虽然用的是旧题，但他们抒写了崭新的思想内容和社会内容，给后人留下了大量的不朽篇章。他们还以五言、七言、杂言等不同句式，古风、绝句、律诗等不同体裁入诗，使乐府诗在形式上也得以更加丰富起来。

> 君不见黄河之水天上来，奔流到海不复回。
>
> 君不见高堂明镜悲白发，朝如青丝暮成雪。
>
> 人生得意须尽欢，莫使金樽空对月。
>
> 天生我材必有用，千金散尽还复来。
>
> 烹羊宰牛且为乐，会须一饮三百杯。
>
> 岑夫子，丹丘生，将进酒，杯莫停。
>
> 与君歌一曲，请君为我侧耳听。
>
> 钟鼓馔玉不足贵，但愿长醉不复醒。
>
> 古来圣贤皆寂寞，惟有饮者留其名。
>
> 陈王昔时宴平乐，斗酒十千恣欢谑。
>
> 主人何为言少钱，径须沽取对君酌。

五花马，千金裘，呼儿将出换美酒，与尔同销万古愁。

——李白《将进酒》

烽火照西京，心中自不平。
牙璋辞凤阙，铁骑绕龙城。
雪暗凋旗画，风多杂鼓声。
宁为百夫长，胜作一书生。

——杨炯《从军行》

秦时明月汉时关，万里长征人未还。
但使龙城飞将在，不教胡马度阴山。

——王昌龄《出塞》

《将进酒》《从军行》《出塞》都是乐府旧题。后面两首诗，都是在平仄节奏、粘对、用韵等方面完全合律的格律诗。杨炯的《从军行》是五言律诗，王昌龄的《出塞》是七言绝句。

三、不用乐府旧题的乐府诗

到了唐代，乐府诗发展到了一个崭新的阶段。自杜甫弃乐府古题，到白居易倡导的"新乐府运动"，乐府诗从内容到形式上都发生了重大变化。自此以后的乐府诗，无论是内容还是形式上都更加丰富多彩。

寂寞天宝后，园庐但蒿藜。
我里百余家，世乱各东西。
存者无消息，死者为尘泥。
贱子因阵败，归来寻旧蹊。
久行见空巷，日瘦气惨凄。

但对狐与狸，竖毛怒我啼。
四邻何所有，一二老寡妻。
宿鸟恋本枝，安辞且穷栖。
方春独荷锄，日暮还灌畦。
县吏知我至，召令习鼓鞞。
虽从本州役，内顾无所携。
近行止一身，远去终转迷。
家乡既荡尽，远近理亦齐。
永痛长病母，五年委沟溪。
生我不得力，终身两酸嘶。
人生无家别，何以为蒸黎。

　　　　　　　　　　——杜　甫《无家别》

　　这首《无家别》是杜甫著名的新题乐府诗"三别"之一。诗中描写了一位军人，战败后回到家乡又被征召，以及他所看到的战后家乡离乱破败、人们无家可归的凄惨景象。这首诗没有采用乐府的旧题，但它仍然是一首杰出的现实主义作品。

缭绫缭绫何所似，不似罗绡与纨绮。
应似天台山上月明前，四十五尺瀑布泉。
中有文章又奇绝，地铺白烟花簇雪。
织者何人衣者谁，越溪寒女汉宫姬。
去年中使宣口敕，天上取样人间织。
织为云外秋雁行，染作江南春水色。
广裁衫袖长制裙，金斗熨波刀剪纹。
异彩奇文相隐映，转侧看花花不定。
昭阳舞人恩正深，春衣一对直千金。
汗沾粉污不再著，曳土踏泥无惜心。

缭绫织成费功绩，莫比寻常缯与帛。

丝细缲多女手疼，扎扎千声不盈尺。

昭阳殿里歌舞人，若见织时应也惜。

——白居易《缭绫》

　　这是白居易仿照乐府体制创作的"新乐府"中的一首。他已经不用乐府旧题，而是以诗的内容为题。诗中通过缭绫的生产过程、缭绫的精美反映了纺织女工的辛劳困苦，以及宫廷嫔妃的奢侈生活。诗中以七言为主，杂以少量的非七言句式。

四、以叙事为主的乐府诗

　　在乐府诗中，不管是早期的乐府民歌，还是后来用乐府旧题的乐府诗，或者不用乐府旧题的乐府诗，都有相当一部分作品是以叙事为主的。这些叙事诗直接反映了当时的现实生活和平民疾苦，具有浓厚的生活气息和现实主义色彩。如《陌上桑》《焦仲卿妻》《木兰诗》，杜甫的"三吏""三别"，以及白居易的一些新乐府诗等。这些乐府叙事诗的优秀篇章，至今为人们所喜爱。

唧唧复唧唧，木兰当户织。

不闻机杼声，惟闻女叹息。

问女何所思，问女何所忆？

女亦无所思，女亦无所忆。

昨夜见军帖，可汗大点兵，

军书十二卷，卷卷有爷名。

阿爷无大儿，木兰无长兄，

愿为市鞍马，从此替爷征。

东市买骏马，西市买鞍鞯，
南市买辔头，北市买长鞭。
旦辞爷娘去，暮宿黄河边；
不闻爷娘唤女声，但闻黄河流水鸣溅溅。
旦辞黄河去，暮至黑山头；
不闻爷娘唤女声，但闻燕山胡骑鸣啾啾。

万里赴戎机，关山度若飞。
朔气传金柝，寒光照铁衣。
将军百战死，壮士十年归。

归来见天子，天子坐明堂。
策勋十二转，赏赐百千强。
可汗问所欲，木兰不用尚书郎。
愿驰千里足，送儿还故乡。

爷娘闻女来，出郭相扶将；
阿姊闻妹来，当户理红妆；
小弟闻姊来，磨刀霍霍向猪羊。
开我东阁门，坐我西阁床。
脱我战时袍，著我旧时裳，
当窗理云鬓，对镜帖花黄。
出门看伙伴，伙伴皆惊惶：
同行十二年，不知木兰是女郎！

雄兔脚扑朔，雌兔眼迷离；
双兔傍地走，安能辨我是雄雌？

————《木兰诗》

　　这首《木兰诗》以五言为主，杂以少量的非五言句式。诗中讲的是木兰替父从军的故事。这个故事直到现在仍然家喻户晓，可见其影响之大。

> 日出东南隅，照我秦氏楼。
> 秦氏有好女，自名为罗敷。
> 罗敷喜蚕桑，采桑城南隅。
> 青丝为笼系，桂枝为笼钩。
> 头上倭堕髻，耳中明月珠。
> 缃绮为下裙，紫绮为上襦。
> 行者见罗敷，下担捋髭须。
> 少年见罗敷，脱帽著帩头。
> 耕者忘其犁，锄者忘其锄。
> 来归相怨怒，但坐观罗敷。
>
> 使君从南来，五马立踟蹰。
> 使君遣吏往，问是谁家姝？
> "秦氏有好女，自名为罗敷。"
> "罗敷年几何？"
> "二十尚不足，十五颇有余"。
> 使君谢罗敷："宁可共载不？"
> 罗敷前置辞："使君一何愚！
> 使君自有妇，罗敷自有夫。"
>
> "东方千余骑，夫婿居上头。
> 何用识夫婿？白马从骊驹；
> 青丝系马尾，黄金络马头；
> 腰中鹿卢剑，可值千万余。

> 十五府小吏，二十朝大夫，
> 三十侍中郎，四十专城居。
> 为人洁白皙，鬑鬑颇有须。
> 盈盈公府步，冉冉府中趋。
> 坐中数千人，皆言夫婿殊。"

——《陌上桑》

《陌上桑》通篇都是五言句式。诗中叙述了罗敷的美丽，使君的无耻以及罗敷严词拒绝使君的故事。

> 杜陵叟，杜陵居，岁种薄田一顷余。
> 三月无雨旱风起，麦苗不秀多黄死。
> 九月降霜秋早寒，禾穗未熟皆青干。
> 长吏明知不申破，急敛暴征求考课。
> 典桑卖地纳官租，明年衣食将何如。
> 剥我身上帛，夺我口中粟。
> 虐人害物即豺狼，何必钩爪锯牙食人肉。
> 不知何人奏皇帝，帝心恻隐知人弊。
> 白麻纸上书德音，京畿尽放今年税。
> 昨日里胥方到门，手持尺牒榜乡村。
> 十家租税九家毕，虚受吾君蠲免恩。

——白居易《杜陵叟》

这是白居易仿照乐府体制创作的"新乐府"中的一首。他已经不用乐府旧题，而是以诗的内容为题。诗中讲述了在官吏急敛暴征下，农民的苦难生活。诗中以七言为主，杂以少量的非七言句式。

唐宋词格律篇

第一章　词的基本知识

　　词起源于乐府民歌，萌芽于南朝，形成于唐代，盛行于两宋。宋代已成为词的巅峰时代，无论是数量还是质量都达到了一个崭新的高度。所以，人们提到词的时候，首先想到的是唐宋词。唐宋词已经成为词这种诗歌形式的代表。词是有格律的。在讲词的格律时，人们也往往以唐宋词为例。

　　词的早期是配音乐的。它既有曲调，又有文词，所以又称曲子词。后来，随着词的发展变化，渐渐地脱离了音乐，形成了现在我们看到的这种独立的诗歌体裁。由于词与诗歌的渊源，一般都认为它是由诗歌发展而来，是诗的别体，所以又称其为诗余。因为词在句式上不要求整齐划一，所以它既有长句，又有短句，因此人们又称其为长短句。

　　词的特点是在其发展变化中形成的。与诗相比，它们既有明显的历史渊源，也有着显著的不同。从格律的角度看，它的特点主要体现在格式、句式、平仄、用韵等方面。

一、词调各有格式

　　词并没有一个统一、固定的格式。每一个词调都有自己的格式。它们的句式长短、平仄排列、用韵变化都是不同的。每个词调自己的这个格式，我们称它为正格。正格之外还有变格（也称又一体）。无论正格还是变格，它们的这种格式是与其他任何词调不相同的，也就是说，它们的这种格式是每个词调自己所特有的。

二、句式有长有短

词的句式长短不一，不像格律诗那么整齐。最短的句子可以少到一个字一句，两个字一句；字数多的可以七字以上。

三、平仄限制严格

词有严格的平仄限制。在一个词调中，每一个句子都有自己的平仄格式。不管每句是几个字，它们的平仄搭配都是固定的。除了可平可仄处之外，其他平仄是不能改变的。在同一个词调中，相同句式的平仄搭配也有可能不同。词调中的词句，既有律句，也有拗句。使用律句还是拗句，是格式确定好的。有些词调不但限制平仄，甚至对某一句韵脚的声调也要作出限定。后人填词，对这些限定都是要遵守的。

四、押韵形式多样

词调用韵的形式是多种多样的。既有连续押韵的，也有隔句押韵或隔多句押韵的；既有押平声韵的，也有押仄声韵的；既有一韵到底，也有中间换韵的；既有平仄通押，还有平仄错落押韵的。词的押韵形式虽然很多，但是，每个词调的押韵形式都是固定的，不能改变的。

第二章　词的分类

词从不同的角度有不同的分类。

一、按篇幅划分

如果把词按照字数的多少来划分，可以分为小令、中调和长调。

1. 小令

小令就是篇幅比较短小的词调。比如《忆江南》。

> 江南好，
> 风景旧曾谙。
> 日出江花红胜火，
> 春来江水绿如蓝。
> 能不忆江南？
>
> ——白居易《忆江南》

《忆江南》篇幅短小，只有五句，二十七字。所以被称为小令。

2. 中调

中调就是篇幅长短比较适中的词调。比如《青玉案》。

东风夜放花千树。
更吹落、星如雨。
宝马雕车香满路。
凤箫声动，
玉壶光转，
一夜鱼龙舞。

蛾儿雪柳黄金缕。
笑语盈盈暗香去。
众里寻他千百度。
蓦然回首，
那人却在，
灯火阑珊处。

——辛弃疾《青玉案》

《青玉案》共十二句，六十七字。长短比较适中，所以被称
为中调。

3. 长调

长调就是篇幅较长的词调。比如《念奴娇》。

大江东去，
浪淘尽、千古风流人物。
故垒西边，
人道是、三国周郎赤壁。
乱石穿空，
惊涛拍岸，
卷起千堆雪。
江山如画，

一时多少豪杰。

遥想公瑾当年，
小乔初嫁了，
雄姿英发。
羽扇纶巾，
谈笑处、樯橹灰飞烟灭。
故国神游，
多情应笑我，
早生华发。
人间如梦，
一尊还酹江月。

——苏　轼《念奴娇》

《念奴娇》共十九句，一百字，篇幅较长，所以被称为长调。

这种划分是明朝顾从敬编选的《类编草堂诗余》中首次提出的。后人又按照这种划分方法，明确了小令、中调、长调的具体字数。五十八字以内为小令，五十九字至九十字为中调，九十一字以上为长调。但有人提出，以一个具体数字把小令、中调、长调之间截然分开，如五十八字为小令，五十九字则为中调；九十字为中调，九十一字则为长调。以此来作为小令还是中调，中调还是长调的区别过于勉强。对此，一直以来都有一些不同看法。这些，我们有所了解就可以了。

二、按结构划分

如果把词按照结构划分，它可以分为单调、双调、三叠和四叠。

1. 单调

　　一首词只有一段的，叫作单调。单调的词没有太长的篇幅，都属小令。从句式上看，它很像一首杂言的短诗。但是我们吟诵它的时候，则会明显地体会到，它的韵味和杂言古诗是大不相同的，这是由于词的平仄句式和用韵的独特性形成的。

> 归。
> 猎猎薰风飐绣旗。
> 拦教住，
> 重举送行杯。
> 　　　　——张孝祥《苍梧谣》

> 常记溪亭日暮。
> 沉醉不知归路。
> 兴尽晚回舟，
> 误入藕花深处。
> 争渡。
> 争渡。
> 惊起一滩鸥鹭。
> 　　　　——李清照《如梦令》

　　《苍梧谣》又名《十六字令》《归字谣》，是单调小令。它只有一段，十六字，四句，三平韵。

　　《如梦令》又名《忆仙姿》《如意令》，也是单调小令。只有一段，三十三字，七句，五仄韵，一叠韵。

　　常见的单调词有《十六字令》《渔歌子》《潇湘神》《捣练子》《江南春》《忆王孙》《如梦令》等。

　　有的单调词，除了本格之外还有变格。它的本格是单调，它的变格却是双调。如《江城子》《忆江南》《天仙子》等。

2. 双调

一首词分为两段的，叫作双调。词的段也叫阕或片。第一段叫上阕或上片，第二段叫下阕或下片。也有叫前片后片或前段后段的。双调的上下片在句式、平仄和押韵等方面有的完全相同，有的则不同。双调中既有小令，也有中调，还有长调。双调词的数量相对较多，是词的主体。

> 醉里挑灯看剑，
> 梦回吹角连营。
> 八百里分麾下炙，
> 五十弦翻塞外声。
> 沙场秋点兵。
>
> 马作的卢飞快，
> 弓如霹雳弦惊。
> 了却君王天下事，
> 赢得生前身后名。
> 可怜白发生。

> ——辛弃疾《破阵子》

这首《破阵子》是双调。上片和下片在句数、句式、平仄、押韵等方面完全相同。

> 玉壶清漏起微凉。
> 好秋光。
> 金杯重叠满琼浆。
> 会仙乡。
>
> 新曲词丝管，

新声更飐霓裳。

博山炉暖泛浓香。

泛浓香。

为寿百千长。

————晏殊《望仙门》

这首《望仙门》也是双调。它的上下片完全不同。它的前片
四句，四平韵；后片五句，三平韵，一叠韵。上下两段句式、押
韵各不相同。

3. 三叠、四叠

一首词分为三段的叫三叠；一首词分为四段的叫四叠。三
叠、四叠的词调都不多。三叠的有《兰陵王》《宝鼎现》《夜半
乐》《戚氏》等。四叠的有《莺啼序》。下面三叠、四叠各选一
首，以供参考。

嚣尘尽扫，碧落辉腾，元宵三五。更漏永、迟迟停
鼓。天上人间当此遇。正年少、尽香车宝马，次第追随
士女。看往来、巷陌连甍，簇起星球无数。

政简物阜清闲处。听笙歌、鼎沸频举。灯焰暖、庭
帏高下，红影相交知几户。恣欢笑、道今宵景色，胜前
时几度。细算来、皇都此夕，消得喧传今古。

排备绮席成行，炉喷爇、沈檀轻缕。睹遨游彩仗，
疑是神仙伴侣。欲飞去、恨难留住。渐到蓬瀛步。愿永
逢、恁时恁节，且与风光为主。

————赵长卿《宝鼎现·上元》

金陵故都最好，有朱楼迢递。嗟倦客、又此凭高，
槛外已少佳致。更落尽梨花，飞尽杨花，春也成憔悴。
问青山、三国英雄，六朝奇伟。

　　麦甸葵丘，荒台败垒。鹿豕衔枯荠。正潮打孤城，寂寞斜阳影里。听楼头、哀筋怨角，未把酒、愁心先醉。渐夜深，月满秦淮，烟笼寒水。

　　凄凄惨惨，冷冷清清，灯火渡头市。慨商女不知兴废。隔江犹唱庭花，馀音亹亹。伤心千古，泪痕如洗。乌衣巷口青芜路，认依稀、王谢旧邻里。临春结绮。可怜红粉成灰，萧索白杨风起。

　　因思畴昔，铁索千寻，谩沉江底。挥羽扇、障西尘；便好角巾私第。清谈到底成何事。回首新亭，风景今如此。楚囚对泣何时已。叹人间、今古真儿戏。东风岁岁还来，吹入钟山，几重苍翠。

　　　　　　　　——汪元量《莺啼序·重过金陵》

第三章　关于词牌

　　词牌是词调格式的名称。每个词牌都有自己的格式。这里所说的格式，就是这一词牌的句式、句数、平仄、用韵等。有的词牌只有一个格式；有的除一个正格之外，还有一个或多个变格。词人就是按照这些格式填词的。比如，我们选择了《忆秦娥》这一词牌，也就是要用《忆秦娥》的格式所确定的句式、句数、平仄、用韵等要求去填词。

　　这里需要强调一下的是，词牌不等同于词的标题。标题是内容的题目，是内容的概括。词牌则不同，词牌是词调格式的名称，它只代表了它的格式。它与所填词的内容无关。比如，选择了词牌《蝶恋花》，那就是要用《蝶恋花》的格式去填词，而不一定要涉及花、蝶之类的内容。

　　词牌是怎样形成的呢？主要有以下两个方面。

　　一是来源于乐曲的名称。它们原本是乐曲的名称，后来演变为仅用于限定字数、句式、平仄、用韵规则的格式名称，也就是词牌。后人在使用这个词牌填词的时候继续使用了这个名称。而这个名称就代表了它原有的格式。如《菩萨蛮》《蝶恋花》《风入松》等。

　　二是来源于这个词牌最初的第一首词的标题。最初第一个使用这个词牌的作者或后人，根据这首词的内容从中概括出一个标题，或者从这首词中有选择地摘出几个字、词或词组，甚至句子，来做标题。后人按照他的这首词的格式填词的时候，就以最初的这个标题作为词牌。如《渔歌子》《更漏子》以及《秦楼月》《如梦令》等。

词牌有两个突出特点，一是一词多格，二是一牌多名。

1. 一词多格

前面说过，每个词牌都有一个或多个格式，这是它的特点之一。词人就是按照这些格式填词的。在众多的词牌之中，有些词牌只有一个格式；有些词牌则不止一个格式。多个格式的，其中有一个格式叫作本体，或本格、正格、定格。另外的一个或多个格式则叫作别体、又一体、变格、别格等。别体与本体的差别有大有小。有的字数、句式相同，只是用韵不同；有的只差几个字；有的则完全不同。还有的本体是单调，而别体却是双调。下面就以《霜天晓角》为例，看一下它们的区别。（符号"◎"代表押平声韵，符号"△"代表押仄声韵。）

> 少年豪纵。△
> 袍锦团花凤。△
> 曾是京城游子，
> 驰宝马、飞金鞚。△
>
> 旧游浑似梦。△
> 鬓点吴霜重。△
> 多少燕情莺意，
> 都泻入、玻璃瓮。△
>
> ——范成大《霜天晓角》
>
> 晚晴风歇。△
> 一夜春威折。△

脉脉花疏天淡，
云来去、数枝雪。△

胜绝。△
愁亦绝。△
此情谁共说。△
惟有两行低雁，
知人倚、画楼月。△

　　　　　——范成大《霜天晓角》

小雨濛濛。◎
轻烟舞曳风。◎
林樾高低疏密，
依浅濑、媚遥峰。◎

浴鹭水溶溶。◎
晴霞映晚红。◎
拟向玉堂举似，
摹写入、画图中。◎

　　　　——曹冠《霜天晓角·清高堂看山》

　　上面前两首词都是范成大的《霜天晓角》。第一首是正格，第二首是变格。它们都是双调，四十三字。两首的前段句式相同。后段稍有变化。在用韵上，一首是去声韵，一首是入声韵。它们都属于仄声韵。第三首是曹冠的《霜天晓角》。它与第一首句式相同，但它押的是平声韵，是平韵格。

2. 一牌多名

一牌多名就是一个词牌有多个名称，这是它的又一特点。在众多的词牌中，有的词牌只有一个名称，也有一些词牌有好几个名称。一个词牌除了最初的那个名称之外，其他的可以叫作别名。比如《卜算子》，又叫《缺月挂疏桐》《百尺楼》。《如梦令》又叫《忆仙姿》《无梦令》等。词牌的一词多名的形成大体上有两个方面。一是有些词牌的别名是人们根据这个词牌在格式上特点来取的。比如《归字谣》，因为只有十六个字，所以又叫它《十六字令》。《念奴娇》，因全首共一百字，所以又叫《百字令》。

二是有些词由于受到人们的特别喜爱，产生的影响较大，于是人们就把这首词中的一个词，或者一个词组拿出来作为它的别名。如《念奴娇》，因为苏轼《念奴娇·赤壁怀古》词中有"大江东去""一尊还酹江月"句，所以又名《大江东去》《酹江月》。《齐天乐》因为周邦彦的一首《齐天乐·秋思》中有"绿芜凋尽台城路"句，所以又名《台城路》。有的别名甚至逐渐地被约定俗成地变成了这个词牌的常用名称。比如《忆江南》，最初它的本名叫《谢秋娘》，出自晚唐。后白居易作《忆江南》三首，遂以《忆江南》为名。

　　　　　　　箫声咽。
　　　　　　　秦娥梦断秦楼月。
　　　　　　　秦楼月。
　　　　　　　年年柳色，
　　　　　　　霸陵伤别。

　　　　　　　乐游原上清秋节。
　　　　　　　咸阳古道音尘绝。

音尘绝。
西风残照，
汉家陵阙。

———李　白《忆秦娥》

楼阴缺。
栏干影卧东厢月。
东厢月。
一天风露，
杏花如雪。

隔烟催漏金虬咽。
罗帏暗淡灯花结。
灯花结。
片时春梦，
江南天阔。

———范成大《秦楼月》

　　上面这两首词是同一个词牌。最初李白写了这首词，因词中有"秦娥梦断秦楼月"句，所以叫《忆秦娥》，又叫《秦楼月》。《忆秦娥》和《秦楼月》，就是同一个词牌的两个不同的名称。后来，人们按这个词牌填词的时候，有的署词牌名为《忆秦娥》，有的署为《秦楼月》。宋代范成大填的这首词就署了《秦楼月》。

第四章　关于词谱

词谱是指每个词牌的具体格式。每一个词牌都有自己的格式,这个格式就是这个词牌在字数、句式、平仄、用韵等方面的规则。这个格式,或者说这个规则,就是这个词牌的词谱。词谱包含了一个词牌在格律方面的所有信息。词人就是按照词谱所提供的信息来填词的。所以说,它是词人填词的依据。比如:

鹊　桥　仙

又名《鹊桥仙令》《忆人人》《金风玉露相逢曲》《广寒秋》等。

双调,五十六字。前后段各五句,两仄韵。

+－+｜,+－+｜,+｜+－+｜(韵)+－+｜｜
－－,｜+｜、－－+｜(韵)

+－+｜,+－+｜,+｜+－+｜(韵)+－+｜｜
－－,｜+｜、－－+｜(韵)

纤云弄巧,飞星传恨,银汉迢迢暗度。金风玉露一相逢,便胜却、人间无数。

柔情似水,佳期如梦,忍顾鹊桥归路。两情若是久长时,又岂在、朝朝暮暮。

　　　　　　　　　　　　　　　——秦　观

　　这是《鹊桥仙》的词谱。在这个词谱中，我们可以看到，它的词牌名后面标有别名是《鹊桥仙令》《忆人人》《金风玉露相逢曲》《广寒秋》等。接下来标注的它是双调，五十六字。前后段各五句，两仄韵。再接下来是用符号标出每一句的平仄和押韵的位置。最后附一首例词，与前面的每一句的平仄及押韵位置进行对照。有的词谱书上还标出别名的来历。有的还标有一些特殊的要求。如哪一处须用叠韵，哪一处须用去声韵或入声韵，哪一处宜用对仗等等。

　　在每一个词牌中，它的句式的长短和不同句式的数量都是固定的，所以它的字数也是固定的。一个词牌共有多少句，分几段、在什么位置分段等，都在词谱中做了明确标注。比如《江城子》是单调，三十五字。八句，五平韵；《蝶恋花》是双调，六十字，前后段各五句；《水调歌头》双调，九十五字，前段九句，后段十句等等。

江 城 子

　　又名《江神子》《村意远》。

　　单调，三十五字。八句，五平韵。

　　＋－＋｜｜－－（韵）｜－－（韵）｜－－（韵）＋－＋｜，＋｜｜－－（韵）＋｜＋－－｜｜，－｜｜，｜－－（韵）

　　从这个词谱中我们可以看到，这个词牌叫作《江城子》，是单调，也就是一段。一共三十五个字。共八句，其中四个三言句，一个四言句，一个五言句，两个七言句。这些都被词谱固定下来。词人填《江城子》词的时候就要按照这个谱里确定下来的句式、平仄以及押韵位置填。

　　各家词谱书所标的平仄、押韵等符号各不相同。如《钦定词谱》用白圈表示平声，用黑圈表示仄声，用半黑半白表示可平可仄。《词律》则只在例词的可平可仄处标注可平，或者可仄。未标注处均按例词中字的平仄为准。本书附录中的《常用词谱》及举例时涉及的词谱需标注平仄、押韵时，则采用符号进行标注。"－"代表平声；"｜"代表仄声；"＋"代表可平可仄。句末标"（韵）"字处，表示此句末一字要押韵。"叠"代表叠韵。书中讲解例词需标注韵脚时，以符号"◎"代表押平声韵，符号"△"代表押仄声韵。

第五章　词的平仄

词的平仄特点，与格律诗的平仄特点大体相同。它重点体现在两个方面。一是固定的平仄格式；二是可以灵活运用的可平可仄。

一、平仄格式

词没有一个统一固定的平仄格式，而是每一个词牌有每一个词牌自己的固定格式。也就是说，具体到每一个词牌中，它的每一句的平仄都是固定的。在词中，虽然是相同的句型，如果放在同一词牌的不同位置，或者放在不同的词牌中，那么，它们的平仄就有可能相同，也有可能不同。不管什么样的句型，它们都是按照不同的格式要求，被确定在词牌中的不同位置上。比如，一字句，在这一句中被确定为平声，那么填词的时候就只能填平声字。而在另一句或另一个词牌中被确定为仄声，那么填词的时候就只能填仄声字。同样是三字句，在这个词牌中的某一句是"平平仄"，而在另一句或另一个词牌中就可能不是"平平仄"，而是"仄仄平"或者"仄平仄""平仄平"。五言、七言等其他句式也是一样。

由于受到律诗的影响，词的平仄句式多以律句为主，特别是五字句和七字句。这也是词的平仄句式的特点之一。

词中五字句、七字句使用律句的例子是比较多的。如《十六字令》《忆江南》《渔家傲》中的五字句、七字句，就多是规范的基本律句。

词的平仄格式的另一个突出特点是词中拗句的使用。词中拗句的使用，也是词牌格式即具体某一词谱所确定下来的。也就是说，同样的一个句式，在这个位置上是律句，而在另一个位置上就有可能是拗句。这就要看词谱中是怎样确定的。如果词谱中确定了某一句为律句，那就要按照律句去填；如果词谱中确定了某一句为拗句，那就只能按照拗句去填。词中出现的拗句，是不需要拗救的，因为词的格律中没有拗救一说。

词中拗句的使用也是很常见的。如《声声慢》《黄莺儿》《寿楼春》等词牌中就有许多拗句的例子。如"仄仄仄""仄仄仄仄""平平仄仄仄仄""平平平平""平平平平平"等。

二、可平可仄

相对于格律诗中固定位置上的可平可仄，词中的可平可仄就显得灵活得多。这种灵活是指在词的一个句式中，可平可仄既可以在一、三、五的位置，也可以在二、四、六的位置。但是，总体上看，词中的可平可仄一般是在一、三、五位置上的较多，在其他位置上的可平可仄也有，但是比较少一些。如"＋－＋｜""＋－＋｜－－""＋－＋｜｜－－""＋｜－－＋｜－"，这些都是在一、三、五的位置的可平可仄。个别在第二字的位置上的，一般多是三字句，如"－＋｜"之类。当然，特殊情况下，其他位置也是有的。甚至在个别词牌中的个别句式，整句都是可平可仄。

在词的各种句式中的可平可仄的位置，只是限定在某一词牌的某一句式中。同样的一个句型，换了一个位置，或者在另一个词牌中，它使用的可平可仄的位置就会不同。如三字句，《忆江南》中的"－＋｜"，第二字就用了可平可仄。而《十六字令》中的"－－｜"，《江南春》的"－｜｜"，则都不用可平可仄。《阮郎归》中，后片第一句的"＋＋｜"则用了两个可平可仄。就是在同一词牌的相同句式，也有不同。如《忆秦娥》中，第一句"－＋｜"用了可平可仄；而下片第三句和第四句叠韵的"－－｜"则都不能用可平可仄。

在可平可仄的处理上，我们现在大多是依靠词谱书。可是我们所常用的那些词谱书中，所载词谱的可平可仄并不完全相同。词谱书所载的词谱，大多是以最早的那首词为标准，适当参酌一些名家作品把同一位置平仄不一致的，都作为可平可仄。由于参酌的作品不同，参酌的作品数量也不同，所以最后确定的可平可仄也就不同。甚至造成有的句子全句都是可平可仄。下面以《生查子》的词谱为例，看一看它在《词律》《钦定词谱》和《白香词谱》中所标注的可平可仄有多大的区别。

生 查 子

又名《楚云深》《梅和柳》《晴色如青山》等。

双调，四十字。前后段各四句，两仄韵。

《词律》注："作者平仄多有参差"。

 ＋｜｜－－，＋｜｜－－｜（韵）＋｜｜－－，＋｜－－｜（韵）

 ＋｜｜－－，＋｜－－｜（韵）＋｜｜－－，＋｜－－｜（韵）

  烟雨晚晴天，零落花无语。难话此时情，梁燕双来去。琴韵对薰风，有恨和情抚。肠断断弦频，泪滴黄金缕。

          ——魏承班

《钦定词谱》注："此调以此词为正体，因此调创自韩偓，故以韩词作谱。"

　　＋＋＋＋＋，＋｜－－｜（韵）＋＋｜＋－，＋｜－－｜（韵）

　　＋＋＋＋－，＋｜－－｜（韵）＋｜｜－－，＋＋＋－｜（韵）

　　侍女动妆奁，故故惊人睡。那知本未眠，背面偷垂泪。
　　懒卸凤凰钗，羞入鸳鸯被。时复见残灯，和烟坠金穗。

　　　　　　　　　　　　　　　　　　——韩　偓

《白香词谱》：

　　＋－＋｜－，＋｜－－｜（韵）＋｜｜－－，＋｜－－｜（韵）

　　＋－＋｜－，＋｜－－｜（韵）＋｜｜－－，＋｜－－｜（韵）

　　去年元夜时，花市灯如昼。月上柳梢头，人约黄昏后。
　　今年元夜时，月与灯依旧。不见去年人，泪湿春衫袖。

　　　　　　　　　　　　　　　　——欧阳修《元夕》

　　同一个词牌在不同的词谱书中，有的句子可平可仄的标注差别很大。比如这个《生查子》的词牌中，它的起句在有的词谱书中，只标了一个可平可仄；有的则标了两个可平可仄；而有的词谱书把一整句都标为可平可仄。这是所参考的词例多少造成的。虽然有的句子可平可仄比较多，有的甚至整句都是可平可仄，但是我们在实际运用中，一般是不会把这一整句中的每个字，全都用作仄声，或者全都用作平声的。

第六章　关于词韵

　　词韵源于诗韵，但与诗韵又略有不同。词的用韵不像格律诗的用韵那么严格，相对格律诗来说就宽松得多。清代中叶，戈载编的《词林正韵》问世。自此，这部韵书即成为词界通用的词韵。戈载的《词林正韵》"以《集韵》为本"（引自《词林正韵》发凡），韵目按二百〇六韵，列平上去十四部，入声为五部，共十九部。张珍怀先生所辑《词韵简编》将《词林正韵》删去生僻字，改为一百零六韵的平水韵标目。这部《词韵简编》，由于简洁方便的特点，一直深受广大词家和爱好者的喜爱。笔者近年所编《诗韵词韵速查手册》中的《词韵》，是依据《词林正韵》重新拣选。除对生僻字删去不录外，对《词林正韵》未收之常用字，依据其他典籍酌加增补。在韵部划分上，将原来的十九部改为十七部，即把原第十三部合入第六部，把原第十四部合入第七部。平上去声共十二部。入声五部不变，但序号改为第十三部至第十七部。之所以将其改为十七部，主要理由是：一、所合并韵部内之各韵，在《词林正韵》十九部出现之前的宋人词中就已经通用，所以没有必要把这些韵目划分到不同的韵部中去；二、所合并韵部内之各韵的韵母基本相近或相同，合并后既不影响对前人优秀词篇的欣赏，也更符合现今实际，更适应当前实际需要。《诗韵词韵速查手册》中的《词韵》后定名为《词林今韵（十七部）》。

　　下面是《词林今韵（十七部）》的分部目录。分部是按平上去十二部，入声五部，共十七部。其中韵目则依一百零六韵之平水韵。

　　前十二部为平声、上声、去声：

	平声	上声	去声
第 一 部	东冬	董肿	送宋
第 二 部	江阳	讲养	绛漾
第 三 部	支微齐灰半	纸尾荠贿半	寘未霁泰半队半
第 四 部	鱼虞	语麌	御遇
第 五 部	佳半灰半	蟹贿半	泰半卦半队半
第 六 部	真文元半侵	轸吻阮半寝	震问愿半沁
第 七 部	元半寒删先覃盐咸	阮半旱潸铣感俭豏	愿半翰谏霰勘艳陷
第 八 部	萧肴豪	篠巧皓	啸效号
第 九 部	歌	哿	箇
第 十 部	佳半麻	马	卦半祃
第十一部	庚青蒸	梗迥	敬径
第十二部	尤	有	宥

　　以下五部为入声：

第十三部	屋沃
第十四部	觉药
第十五部	质陌锡职缉
第十六部	物月曷黠屑叶
第十七部	合洽

　　本书将《词林今韵（十七部）》与《诗韵精选》一同作为附录附于书后，以方便参考和使用。

第七章　词的押韵格式

词的押韵位置不像诗的押韵位置是固定的。词是不同的词牌有不同的押韵要求。这里把词的押韵方式分为五种，我们称其为押韵格式：平韵到底式、仄韵到底式、平仄转换式、平仄互押式、隔韵相押式。

一、平韵到底式

在一首词中，从头至尾只押一个平声韵的，叫作平韵到底式。押韵的位置，没有固定的统一要求，不同的词牌有不同的规则。它既可以是句句押，也可以是隔几句押。这要由具体词牌决定。

平韵到底式的押韵形态是："平韵——押平——押平————……"。即第一个韵脚，可以是首句，也可以不是首句要用平声韵。然后是第二句，或隔一句或几句为第二个韵脚，要押前面的平声韵。再后是相邻一句，或隔一句或几句为第三个韵脚，仍押前面的平声韵。后面以此类推，直到最后一个需押韵的韵脚都用同一个平声韵部。比如：

> 古庙依青嶂，
> 行宫枕碧流。◎

水声山色锁妆楼。◎
往事思悠悠。◎

云雨朝还暮，
烟花春复秋。◎
啼猿何必近孤舟。◎
行客自多愁。◎

　　　　　　　——李　珣《巫山一段云》

　　这首《巫山一段云》是双调，四十四字。前后段各四句、三平韵。词中从头到尾所用的"流、楼、悠、秋、舟、愁"共六韵，都是同一部的平声韵。所以，是平韵的一韵到底式。这个词牌的上下片的句式、押韵的位置都完全相同。还有很多词牌中的上下片的句式、押韵位置是不同的。但是，都是押同一部的平声韵这一点上是相同的。比如：

去年相送，
余杭门外，
飞雪似杨花。◎
今年春尽，
杨花似雪，
犹不见还家。◎

对酒卷帘邀明月，
风露透窗纱。◎
恰似姮娥怜双燕，
分明照、画梁斜。◎

　　　　　　　——苏　轼《少年游》

苏轼的这首《少年游》，它的上下片的句式是不同的，它的上下片的押韵位置也是不同的。它的上片是第三句、第六句押韵；下片则是第二句、第四句押韵。但是，它们押的都是同一韵部的韵。也就是"花、家、纱、斜"都是词韵的第十部六麻韵。

常见的平韵到底式有：

《浪淘沙》《一剪梅》《渔歌子》《忆江南》《捣练子》《长相思》《浣溪沙》《采桑子》《江城子》《阮郎归》《破阵子》《临江仙》《鹧鸪天》《满庭芳》《沁园春》《水调歌头》《十六字令》《巫山一段云》等。

二、仄韵到底式

在一首词中，从头至尾只押一个仄声韵的，叫作仄韵到底式。它的押韵位置和方式，与平韵到底式一样，没有固定的统一要求，也是不同的词牌有不同的规则。它也是既可以句句押，也可以隔几句押。这同样要由具体词牌决定。

仄韵到底式的押韵形态是："仄韵——押仄——押仄———……"。它的押韵方式与平韵到底式是一样的，只不过是把平声韵换成了仄声韵。即第一个韵脚，可以是首句，也可以不是首句要用仄声韵。然后是第二句，或隔一句或几句为第二个韵脚，要押前面的仄声韵。再后是相邻一句，或隔一句或几句为第三个韵脚，仍押前面的仄声韵。后面以此类推，直到最后一个需要押韵的韵脚都用同一个仄声韵部。比如：

候馆梅残，
溪桥柳细。△
草薰风暖摇征辔。△
离愁渐远渐无穷，

迢迢不断如春水。△

寸寸柔肠，
盈盈粉泪。△
楼高莫近危阑倚。△
平芜尽处是春山，
行人更在春山外。△

——欧阳修《踏莎行》

这首《踏莎行》是双调，五十八字。前后段各五句、三仄韵。词中从头到尾所用的"细、辔、水、泪、倚、外"共六韵，都是同一韵部的仄声韵。所以，是仄声韵的一韵到底。这首词上下片的句式和押韵位置也是相同的。上下片的句式和押韵位置不相同的，也是要押同一韵部的仄声韵。这里不再举例。

常见的仄韵到底式有：

《踏莎行》《如梦令》《卜算子》《天仙子》《生查子》《点绛唇》《忆秦娥》《醉花阴》《鹊桥仙》《渔家傲》《蝶恋花》《满江红》《声声慢》《念奴娇》《水龙吟》《齐天乐》《雨霖铃》《永遇乐》《贺新郎》《祝英台近》等。

三、平仄转换式

平仄转换式是指，一首词中，先押平声韵之后又转换为押仄声韵；或者先押仄声韵之后又转换为押平声韵。这种平仄转换既可以换韵一次，也可以交替多次换韵。这取决于这首词篇幅的长短和词谱确定的押韵位置。但是，在平仄转换式中，平仄并不互押。

它的押韵形态是："平韵——押平——换仄韵——押仄——

换平韵——押平——换仄韵——押仄……"。如果第一步是仄韵，后几步的形态则相反。比如：

> 春花秋月何时了。△
>
> 往事知多少。△
>
> 小楼昨夜又东风。◎（换平）
>
> 故国不堪回首月明中。◎
>
> 雕栏玉砌应犹在。△（换仄）
>
> 只是朱颜改。△
>
> 问君能有几多愁。◎（换平）
>
> 恰似一江春水向东流。◎
>
> ——李　煜《虞美人》

李煜的这首《虞美人》是首句入韵的。上片前两句是第八部篆韵，押仄声韵，后两句是第一部东韵，即转换为平声韵。下片前两句是第五部贿韵，又换为仄声韵，后两句是第十二部尤韵，再换为平声韵。

常见的平仄转换式有：

《菩萨蛮》《清平乐》《南乡子》《调笑令》、蕃女怨、喜迁莺、昭君怨、《更漏子》《忆余杭》《河渎神》《虞美人》等。

四、平仄互押式

在一首词中，同一韵部的平声韵和仄声韵通押，叫作平仄互押式。平仄互押式与平仄转换式的区别是：平仄互押式是同一韵部的平声韵和仄声韵的转换，这种转换是平仄通押的；而平仄转换式是不同韵部的平声韵和仄声韵的转换，这种转换是不能平仄通押的。一个是同一韵部，一个是不同韵部；一个是平仄通押，一个是平仄不通押。

平仄互押式的押韵形态是"平韵——（押平）——押侧声仄——（押仄）——（押平）……"。如果第一步是仄声韵，后几步的形态则相反。（括号中的一步可有可无。）

> 问讯湖边春色，
> 重来又是三年。◎
> 东风吹我过湖船。◎
> 杨柳丝丝拂面。△
>
> 世路如今已惯，△
> 此心到处悠然。◎
> 寒光亭下水如天。◎
> 飞起沙鸥一片。△
>
> ——张孝祥《西江月》

这首《西江月》词里的"面、惯、片"（仄声）与"年、船、然、天"（平声），同为第七部韵。也就是同一韵部的平仄通押。这种情况也叫作押侧声韵。

常见的平仄互押式有：

《西江月》《哨遍》《戚氏》《醉翁操》《渡江云》《曲玉管》等。

五、隔韵相押式

在一首词中，换韵之后再押换韵前的那个韵，叫作隔韵相押式。这种隔韵相押式，中间都是要换韵的。中间换韵的次数，隔几韵相押，隔押几次，都没有统一的规定。这些都要看具体词牌各自的词谱是怎么要求的。

　　它的押韵形态有两种。一种是换韵时平仄互换，它的押韵形态是："平韵 1——（押平 1）——换仄 1——（押仄 1）——押平韵 1——换仄 2……"。如果第一步是仄声韵，后几步的形态则相反。

> 雨洗娟娟嫩叶光。◎（平 1）
>
> 风吹细细绿筠香。◎（押平 1）
>
> 秀色乱侵书帙晚。△（换仄 1）
>
> 帘卷。　　　　　　△（押仄 1）
>
> 清阴微过酒尊凉。◎（押平 1）
>
>
>
> 人画竹身肥拥肿。△（换仄 2）
>
> 何用。　　　　　　△（押仄 2）
>
> 先生落笔胜萧郎。◎（押平 1）
>
> 记得小轩岑寂夜。△（换仄 3）
>
> 廊下。　　　　　　△（押仄 3）
>
> 月和疏影上东墙。◎（押平 1）
>
> 　　　　——苏　轼《定风波》

　　苏轼的这首《定风波》中，"凉""郎""墙"是隔着仄声韵"晚、卷""肿、用""夜、下"与首句"光、香"押韵的。

　　另一种隔韵相押式的押韵形态是同声换韵，即仄声韵还换仄声韵，只不过是换成不同韵部的仄声韵。它的押韵形态是："仄韵 1——（押仄 1）——换仄 2——（押仄 2）——押仄韵 1——（押仄 1）——押仄 2——……"。如果第一步是平声韵，后几步的形态则相反。

> 红酥手。△（仄 1）

黄滕酒。△

满城春色宫墙柳。△

东风恶。△（换仄2）

欢情薄。△

一怀愁绪，

几年离索。△

错。错。错。△（叠韵）

春如旧，△（押仄1）

人空瘦。△

泪痕红浥鲛绡透。△

桃花落。△（押仄2）

闲池阁。△

山盟虽在，

锦书难托。△

莫。莫。莫。△（叠韵）

——陆　游《钗头凤》

　　陆游的这首《钗头凤》，上片"手、酒、柳"为十二部仄声
韵（上声有韵），接下来换"恶、薄、索、错"为十四部入声药
韵（仄声）。下片的前三韵又押十二部仄声韵（去声宥韵），后四
韵又押换十四部仄声韵（入声药韵）。它们虽然同是仄声韵，但
一个是十二部，一个是十四部。

　　常见的隔韵相押式有：

　　《钗头凤》《诉衷情》《定风波》《定西番》《相见欢》《荷叶
杯》《上行杯》《酒泉子》《最高楼》等。

第八章　词的叠韵

　　在一首词中，后一句的韵脚用与前一句的韵脚相同的韵字去押韵，这样就形成了两个或多个韵脚的韵字连续相同的形态。这种形态就是叠韵。叠韵既可以叠一次，也可以叠多次。叠韵不能算作一种押韵的格式，它只是一种押韵的形态。

昨夜雨疏风骤，△

浓睡不消残酒。△

试问卷帘人，

却道海棠依旧。△

知否。△

知否。（叠）

应是绿肥红瘦。△

——李清照《如梦令》

　　《如梦令》是单调，五仄韵一叠韵，属仄韵到底。第六句用了与第五句相同的韵字"否"，形成了叠韵。

红满枝。◎

绿满枝。（叠）

宿雨厌厌睡起迟。◎

闲庭花影移。◎

忆归期。◎
数归期。（叠）
梦见虽多相见稀。◎
相逢知几时。◎

　　　　　　　　——冯延巳《长相思》

　　这首《长相思》是双调，上下片相同，属平韵到底。上片第二句用了叠韵，下片第二句也用了叠韵，一共有两处叠韵。

楼外屏山秀。△
凭阑新梦后。△
归云何许误心期，
候。候。候。（叠）
到陇梅花，
渡江桃叶，
断魂招手。△

楚制汗衫旧。△
啼妆曾枕袖。△
东阳咏罢不胜情，
瘦。瘦。瘦。（叠）
隋岸伤离，
渭城怀远，
一枝烟柳。△

　　　　　　　　——贺　铸《醉春风》

　　这首《醉春风》是双调，上下片句式相同，押韵也相同。上下片第四句分别连用了三个相同的韵字押韵，构成了叠韵的又一种形态。它是由三个韵字组成的叠韵。

　　常见的含有叠韵的词牌有：

　　《长相思》《如梦令》《忆秦娥》《醉花间》《醉春风》《调笑令》《钗头凤》等。

第九章　词的对仗

　　词在对仗上的要求与律诗不同。律诗对对仗的要求是统一的，也是固定的。律诗要求除首联和尾联之外，中间各联都要使用对仗。而词则不同。词在对仗上没有统一要求。词的对仗一般都是由于最初的那首词，或者是前人影响比较大的那首词，在词中某个位置使用了对仗，后人填词就会沿用下来照着也用对仗。这些位置上的对仗就成了约定俗成的规则。具体来说就是，如果词中的上下句在句式上符合了对仗的条件，那就可以使用对仗。当然，如果符合了对仗的条件，不用对仗也是允许的。所以，我们常常看到在同一词牌的同样位置上有的词作使用了对仗，有的词作则没有使用对仗。甚至同一作者同一词牌的不同词作的相同位置，有的用了对仗，有的也不用对仗。但是，有的词牌的词谱中，明确标注了某处"宜用对仗"，那就要按照词谱的要求去做了。

　　词中的对仗更接近于修辞手法。历代词家的许多优秀作品中都使用了对仗。而且许多对仗用得绝佳绝妙，甚至成为一首词的代表特色。虽然在词中使用对仗不是硬性规定，但是我们研究学习前人在使用对仗上的特点和规律，仍然是很必要的。

　　词中使用对仗，是比较宽松的。它的位置不固定，平仄不严格，可以同字相对，也可以同韵相对。

一、对仗的位置

词中对仗的位置是不固定的。每一个词牌的字数、句式都与另一个词牌不同。它们各自都有自己的格式。所以，它不可能像律诗那样把对仗固定在哪个位置上。在词中，是否使用对仗，要看有没有符合对仗条件的句式。具体到一个词牌中，只要上下句的字数相等，它就符合了对仗的条件。那么，这种情况就可以使用对仗了。

> 林断山明竹隐墙，
> 乱蝉衰草小池塘。
> 翻空白鸟时时见，
> 照水红蕖细细香。
>
> 村舍外，
> 古城旁，
> 杖藜徐步转斜阳。
> 殷勤昨夜三更雨，
> 又得浮生一日凉。
>
> ——苏　轼《鹧鸪天》

这是苏轼的一首《鹧鸪天》词，上下两片，上片四句，下片五句。一共有四组字数相同的句式。第一组是上片开头两句用了对仗。接下来的两句"翻空白鸟时时见，照水红蕖细细香"也用了对仗。下片开头两个三字句组成了一联，用了对仗。最后两个七言句也用了对仗。在这首词中，符合对仗条件的句式都用了对仗。

在词中，虽然两个相同的句型符合了对仗的要求，但是不使用对仗也是可以的。比如：

嫩绿重重看得成。
曲阑幽槛小红英。
醲醸架上蜂儿闹，
杨柳行间燕子轻。

春婉娩，
客飘零。
残花浅酒片时清。
一杯且买明朝事，
送了斜阳月又生。

——范成大《鹧鸪天》

这首范成大的词，也是《鹧鸪天》。词中四组相同的句式，只有两处用了对仗。上片开头两个七字句没有用对仗，后两句用了对仗。下片开头的两个三字句用了对仗。最后的两个七字句也没有用对仗。词中虽然有四组符合对仗条件，却只有两处用了对仗。《鹧鸪天》的词谱中并没有明确要求哪一联必须用对仗，哪一联可以不用对仗。但是，唐宋词人在填《鹧鸪天》时，绝大多数都在上片后两个七字句和下片开头的两个三字句中使用对仗。所以，我们现在填《鹧鸪天》时，也是按此填为好。

二、对仗的平仄

词中的对仗，在平仄上同样不像律诗那样严格。在词中，对使用对仗的两个句式，没有必须平仄相对的要求。它们的平仄既可以相对，也可以相同。以《钗头凤》为例：

> 红酥手。
> 黄滕酒。
> 满城春色宫墙柳。
> 东风恶。
> 欢情薄。
> 一怀愁绪，
> 几年离索。
> 错。错。错。
>
> 春如旧。
> 人空瘦。
> 泪痕红浥鲛绡透。
> 桃花落。
> 闲池阁。
> 山盟虽在，
> 锦书难托。
> 莫。莫。莫。

——陆 游《钗头凤》

陆游在这首《钗头凤》中，把符合对仗的句式都用了对仗。并且每一组对仗的上下句都不是平仄相对，而是平仄相同。如三字句的"红酥手，黄滕酒""东风恶，欢情薄""春如旧，人空瘦""桃花落，闲池阁（犄角对）"都是"——｜"对"——｜"。四字句的"一怀愁绪，几年离索""山盟虽在，锦书难托"则是"＋——｜"对"｜——｜"。这些对仗中，除"山""锦"二字平仄相对外，其他都是平仄相同。

在词中既可以使用律句，也可以使用拗句。所以，也就没有办法保证对仗中的平仄必须相对。这就使得我们在填词的时候，对词语的选用就更加宽松一些。在使用对仗时也是这样，我们不必刻意为了适应对仗而改变句式的平仄，而造成因律害意。只要符合词谱的要求，律句也好，拗句也好；平仄相对也好，平仄相同也好，这些都不影响对仗的使用，更不影响我们把语言组织成生动、美妙的佳对。从而来丰富和增强词中的语言表现力。

三、同字相对与同韵相对

1. 同字相对

同字相对是指，在对仗中，对句与出句的相同位置用了相同的字。这就叫作同字相对。同字相对在律诗的对仗中，是不允许的。但是，在词的对仗中不但可以同字相对，而且这样的例子还很多。这种同字相对可以起到强化表现内容的作用，还可以使词句更具韵味，更加突出了词的韵律美。

> 临高阁。
> 乱山平野烟光薄。
> 烟光薄。
> 栖鸦归后，
> 暮天闻角。
>
> 断香残酒情怀恶。
> 西风催衬梧桐落。
> 梧桐落。
> 又还秋色，

又还寂寞。

——李清照《忆秦娥》

李清照的这首《忆秦娥》，下片最后两个四言句对仗中，对句与出句都用了"又还"二字，构成了两个字的同字相对。

梅花节。
白头卧起餐毡雪。
餐毡雪。
上林雁断，
上林书绝。

伤心最是河梁别。
无人共拜天边月。
天边月。
一尊对影，
一编残发。

——刘辰翁《忆秦娥》

刘辰翁的这首《忆秦娥》，与前面李清照的那首不同的是，词的上下片最后两个四言句对仗中都用了同字相对。上片四字句的对仗中的"上林"二字，构成了两个字的同字相对。下片四字句的对仗中则有一个相同的字"一"，构成了一个同字的同字相对。也就是在这首词中有两处同字相对。

2. 同韵相对

同韵相对是指，在对仗中，对句和出句的韵脚押在了同一个韵上，这就叫作同韵相对。

构成同韵相对的条件有两种。

第一种，词谱中明确规定了上下两个字数相同的句子的末一字都要押韵。

这样的句子用了对仗，自然就会同韵相对了。

西塞山前白鹭飞。

桃花流水鳜鱼肥。

青箬笠，

绿蓑衣。

斜风细雨不须归。

　　　　——张志和《渔歌子》

张志和的这首《渔歌子》，开头两句用了对仗。谱中这两句都要求押韵。"飞"和"肥"都是第三部五微韵，所以构成了同韵相对。

第二种，字数相等的两个句子，对句的末一字和出句末一字的平仄相同，用了相同的字去押韵，这样既构成了同字相对，也是同韵相对。

这种既同字相对又同韵相对，也叫作叠韵。

剑倚青天笛倚楼。◎

云影悠悠。◎

鹤影悠悠。（叠）

好同携手上瀛洲。◎

身在阎浮。◎

业在阎浮。（叠）

一段红云绿树愁。◎

今也休休。◎

古也休休。（叠）

夕阳西去水东流。◎

富又何求。◎
贵又何求。(叠)

——葛长庚《一剪梅》

葛长庚的这首《一剪梅》是句句押韵体。双调，上下片相同。词中具备对仗条件处都用了对仗。对仗中都构成了同字、同韵相对，形成了叠韵。

同字相对和同韵相对只是词中的一种修辞手段，是表现词的内容的需要。在词的格律中并没有统一的具体要求。有的词牌的词谱中，具体明确了在某处要叠韵，那我们在填词时就要遵循。但有些词牌的词谱中没有这样的要求，前人有的词作在相应的位置使用了同字相对或同韵相对，有的词作就没有使用，当然也是可以的。所以，同字相对和同韵相对的使用与否，主要是由表现内容和韵律的需要决定的。

第十章 一字领

一、关于一字领

一字领也称领字、领格，也有叫一字豆的。它是词中对仗的一种特殊形态。它在句中最前面起到一个引领作用，带动后面的字词或句子以完成需要表达的完整意思。其中领字除了有一个字的，还有两个字的，三个字的。它们分别叫二字领、三字领或二字豆、三字豆。

> 问钱塘江上，西兴浦口，几度斜晖。
>
>   ——苏　轼《八声甘州·寄参寥子》句
>
> 有渔翁共醉，溪友为邻。
>
>   ——陆　游《沁园春》句
>
> 那堪片片飞花弄晚，蒙蒙残雨笼晴。
>
>   ——秦　观《八六子》句
>
> 更那堪鹧鸪声住，杜鹃声切。
>
>   ——辛弃疾《贺新郎》句

　　上面是一字领、二字领、三字领的例子。一字领的用字，多以去声字为宜，但也不排除其他声调。三字领的句子，有时也在这三个字的后面加上一个顿号，表示在这里要停顿一下。

二、一字领后面的对仗

　　如果领字后面是两个字数相同的句子，那么这两句就可以使用对仗。它与前面讲过的对仗从形态上看有所不同。这个对仗的前面有一个、两个或三个领字。是领字引导出来的对仗。所以我们把它叫作词的特殊对仗形态。领字后面是否用对仗，这要看后面的句子是否符合词中的对仗条件。如果领字后面的两个句子字数相等，那就可以使用对仗。

　　　　有三秋桂子，十里荷花。
　　　　　　　　　　　　——柳　永《望海潮》句

　　　　念前欢杳杳，后会悠悠。
　　　　　　　　　　　　——苏　轼《沁园春》句

　　　　把吴钩看了，栏杆拍遍。
　　　　　　　　　——辛弃疾《水龙吟·登建康赏心亭》句

　　　　当时暗水和云泛酒，空山留月听琴。
　　　　　　　　　　　　——王沂孙《八六子》句

　　　　想当年花遮柳护，凤楼龙阁。
　　　　　　　　　——岳飞《满江红·登黄鹤楼有感》

　　如果领字后面是四个句子，而后面的句式与前面两句的句式相同，它们则可以构成对仗中的扇面对。

　　扇面对即四个句子构成两联，后一联的出句对前一联的出句，后一联的对句对前一联的对句。也就是出句对出句，对句对对句。从这四句连续排列顺序上看，也就是隔句相对。所以也叫隔句对。

　　　　渐月华收练，晨霜耿耿；
　　　　　云山撷锦，朝露溥溥。
　　　　　　　　　　——苏　轼《沁园春》句

　　　　爱东西双涧，纵横水绕；
　　　　　两峰南北，高下云堆。
　　　　　　　　　　——刘　过《沁园春》句

　　　　纵小桃秾李，大都寂寞；
　　　　　紫薇红药，未到阑珊。
　　　　　　　　——陈人杰《沁园春·留春》句

　　苏轼《沁园春》中的"云山撷锦"与"月华收练"相对；"朝露溥溥"与"晨霜耿耿"相对。刘过《沁园春》中的"两峰南北"与"东西双涧"相对；"高下云堆"与"纵横水绕"相对。陈人杰的《沁园春·留春》中的"紫薇红药"与"小桃秾李"相对；"未到阑珊"与"大都寂寞"相对。

　　有的领字后面的句式虽然相同，具备了对仗的条件，但也可以不用对仗。

　　　　又不道流年，暗中偷换。
　　　　　　　　　　——苏　轼《洞仙歌》句

但倚楼极目，时见栖鸦。

　　　　　　　　——秦　观《望海潮》句

似东邻北里，都无贞淑。

　　　　　　　　——侯　寘《瑞鹤仙·咏含笑》句

　　上面所列的一字领后面的句子，都是字数相等，具备了对仗条件。它们却都没有使用对仗。可见领字后面使用对仗不是必须的。是否使用对仗，一要看是否具备对仗的条件；二要看表现的内容是否需要。

　　词中对对仗的要求是比较宽松的。是否使用对仗，没有硬性要求。如果使用对仗，其标准也不像格律诗中的对仗要求那样严谨。这就给词家在填词使用对仗时创造了更加广阔的自由空间。使词中对仗的形式显得更为丰富多彩。

附录：

诗 韵 精 选

　　本编以《诗韵合璧》为蓝本，去其生僻字，收入韵字6333个。其中《诗韵合璧》未收入的常用字，依据《集韵》《古今韵会举要》等典籍酌加增补。与其他各典不一致处则视具体情况，或依《诗韵合璧》收入，或依各典加以补正。韵目仍依106韵不变。为方便查阅，将两韵或两韵以上兼收的字称为双韵字，加方括号以示区别。

　　本编在《诗韵词韵速查手册》中标为《诗韵》。为与其他诗韵版本区别，故更名为《诗韵精选》。

一、上平声

【一东】

东铜桐筒峒酮童僮潼瞳曈朣忠衶忡盅虫螽融终戎绒狨棕崇嵩崧菘芎蒗洪烘弓躬苣穹穷宫崆隆窿癃风枫疯工讧红攻功蒙濛檬曚朦艨栊珑咙昽胧聋叾葱聪骢蓬篷通雄熊充彤鸿丛公翁嗡鬃沣酆[中][冲][衷][种][空][倥][悾][笼][崆][庞][朦][幪][鲖][恫][侗][同][衕][嘈][憁][梦][冯][渜][虹][总][逢][艟][丰][哄]

【二冬】

冬咚疼农侬浓哝脓秾醲宗踪琮悰容榕熔镕蓉龙茏龚舂蚣松忪淞枞峰蜂锋烽庸慵墉镛鳙佣痈噰饔凶讻匈胸邛筇蛩恭邕钟彤[冲][重]

[憧][橦][艟][从][纵][逢][缝][茸][供][淙][溶][汹][喁]
[雍][雝][凇][蹖][丰][封][葑]

【三江】

江茳扛杠矼缸豇泷龙邦梆桩逄双窗腔[降][泽][庞][撞][幢]
[橦][淙][悾][蹖]

【四支】

支吱枝岐歧肢之芝眵黟移稀垂陲卑碑裨脾郫陴奇埼崎琦畸欹猗漪
皮披疲知痴蜘踟驰池师狮螄筛基其箕綦骐期欺淇棋祺琪蜞旗麒斯
厮撕澌词祠颐姬宧谁惟椎帷雌雅锥维潍罹丝兹滋慈磁嵫鹚鸶鸥鸱
而洏鲕鲥鳍者蓍髻髭蚩疵赀资咨粢瓷姿茨炊坿时诗持隋随危卮栀
蓠篱漓缡蝙醨魑麾麋縻蘼醾麈肌脂厘狸眉湄嵋楣郿笞怡饴贻规窥
夷姨痍丕伾邳祁芪祇衹衹胝禧嘻嬉僖熹熙罴羁伊咿虒篪妫沩追逵
逶痿葳蕤夔葵荽绥虽蚩嗤媸鬌黎劙淄缁锱辎绹鰓嫘孜尸伲妮呢墀
宜仪悲辞疑亏羲曦私彝衰匙牺蟢嬴蜊娭貔枇纰毗蚍琵坯儿弥霉萧
[吹][噫][遗][迟][迤][弛][施][陂][医][累][锤][箠][委][倭]
[仔][孳][比][仳][伎][偲][思][尼][居][丽][鹂][骊][酾][台]
[治][眙][睢][推][唯][差][嵯][氏][坻][椅][锜][剞][骑][踦]
[剂][茞][莛][莳][薪][觯][槌][桦][厍][靡][氂][鋳][訾][觜]
[堕][机][饥][蛇][蠵][蠡][其][澌][涯][为][陂][离][璃][龟]
[司][嶷][馗][鳌][提][戏][褫][寅]

【五微】

微薇徽挥晖辉翚韦帏袆违闱围讥叽矶玑非霏扉绯腓圻沂祈顽旂肥
淝希晞稀威葳妃飞畿依巍归[菲][诽][蜚][痱][欷][狶][几]
[机][饥][衣][俟]

【六鱼】

鱼渔裾琚腒舒妤余徐狳蜍滁渠蕖诸猪潴储庐驴胪胥蔬梳虚墟歔璩
蘧掳蛆疽蒩趄雎锄闾椐樗初书舆祛袪[居][据][椐][屠][予]

[纾][且][苴][沮][狙][咀][如][茹][洳][于][淤][龉][衙]
[嘘][醵][车][誉][疏][除][与][欤][畲][胠][躇][湑][糈]

【七虞】

虞吴娱蜈禺愚嵎髃隅乌雏趋无芜巫诬于吁盱纡竽迂盂邘都欋衢瞿戳需儒濡嚅襦须婑朱侏诛洙姝珠株殊铢蛛邾茱胥渝愉瑜榆觎歈貐甗臾萸谀腴岖枢躯柎符符夫芙扶肤蚨趺麸厨蹰拘驹劬朐谟嫫模晡匍逋蒲敷辜沽姑菇枯蛄骷鸪胡湖猢瑚糊鹕葫醐酥酴途茶菰孤狐弧觚眔奴孥驽乎呼滹吾梧鼯徂殂租粗卢垆泸栌轳舻鲈鸬颅炉芦孚俘莩郛稃呜乌凫俱壶徒摹图毋苏叟雩涔刳[区][呕][驱][娄][溇][镂][蒌][芋][菟][莆][铺][酺][酤][俞][揄][喻][输][愈][龉][喁][呱][瓠][句][岣][枹][罦][桴][污][涂][屠][瞿][诹][禂][膜][瓿][于][帑][麌][懦][恶][阄][庑][跗]

【八齐】

蛴脐跻齑犁梨黎藜蔾萋凄圭奎畦闺邽堤低羝啼蹄绨梯秭鹈鸡奚傒溪蹊鼷倪猊蜺鲵嘶西栖牺醯暟睽笄篦砒嵇赍黄犀鼙迷携分刲[齐][挤][提][缇][醍][题][骊][鹂][嶲][蠡][傒][氐][诋][批][蠡][鹥][妻][璃][泥][缔][霓][渐][椑][稽]

【九佳】

佳淮鞋街睚崖牌阶皆偕谐喈揩俳排埋霾骸乖怀豺侪斋钗挨崴[娲][蜗][娃][哇][蛙][洼][涯][柴][差][楷][槐][荄]

【十灰】

灰诙恢盔偎隈煨回茴洄徊徘裴哀缞媒煤禖陪醅酶梅莓枚玫瑰魁雷罍堆崔催摧杯坯胚薹苔抬胎炱邰鲐鳃腮该陔孩垓赅咳唉埃才材财来莱崃桅哉灾猜皑开呆颓[思][偲][傀][隈][槐][崴][裁][栽][台][骀][推][悝][培][欸][脢][能][荄][颏][徕][俫]

【十一真】

真嗔祯瞋因茵姻洇驲裀氤辛莘新薪辰唇宸晨申伸神绅呻宾滨嫔缤

槟邻粼璘辚鳞麟匀旬荀询恂峋洵珣昀郇秦蓁溱榛蓁臻逡踆皴埻禋
钧均筠珍春椿频苹濒鼃银民珉岷筤缗伦沦轮驯肫窀纯淳醇鹑巡遵
旻斌赟贫臣人仁身巾彬尘陈津循纫闽豳黁[嶙][磷][瞵][潭]
[歆][甄][振][娠][抢][纶][屯][纯][垠][填][困][麇][亲][竣]
[寅][谆][惇][狺][泯][傧][鄞][琎][畛]

【十二文】
文纹蚊雯云芸妘纭耘焚棼芬棻汾纷鼢雾氛氲熅君裙群军荤羳勤勋
涢郧熏薰曛獯醺芹昕欣筋獯[董][鄞][坟][垠][龂][闻][分]
[颁][员][贲][斤][听][殷][缊][麇][狺][薪]

【十三元】
元芫沅园原源嫄袁猿辕蕃幡璠燔膰蹯翻藩萱喧暄浑裈祥温辒瘟痕
根跟轩尊樽蹲墩暾昏惛婚阍爰媛鹓鸳仑昆锟琨锟鹍鲲炖饨盆溢孙
狲荪门扪掀鼋冤言魂存豚村烦埙坤垣晅恩吞鼗矾樊飧髡臀鞬[屯]
[纯][囤][圈][溷][论][抢][湲][媛][援][闷][怨][鬠][宛][蜿]
[奔][贲][喷][洹][貆][缊][蕰][蕴][繁][敦][惇][反][番][垠]
[甗][犍][羱][阮]

【十四寒】
寒箪殚郸竿杆玕肝奸刊邗鼾安鞍兰拦栏丸纨汍芄峦栾滦鸾銮端湍
姗珊跚蹒瞒颟预官倌棺馒鳗盘槃磐瘢宽髋潘磻蟠完刓剜酸狻獾抟
桓檀丹韩餐残阑襕团欢摊[单][弹][瘅][曼][蔓][谩][墁][漫]
[镘][难][滩][谰][澜][洹][貆][乾][干][汗][奸][叹][观][翰]
[看][冠][钻][羱][胖][弁][莞][坛][般][敦][繁][鬠][娈][攒]
[揣]

【十五删】
删弯湾鬘鬟寰澴阛班斑环还闲娴鹇痫颁顽颜关蛮奸菅攀山鳏鳊艰
斓悭扳孱[孱][潺][般][殷][湲][潸][间][纶][擐][汕][患][颁]
[奸]

二、下平声

【一先】

前湔千芊阡迁跹戈笺玄弦舷舷船沿铅田畋坚贤阗滇颠癫巅颧肩捐
娟涓鹃妍岍骈胼焉蔫嫣然燃边笾延筵涎蜒连莲涟鲢廛澶躔婵蝉蠕
蜷鬈拳篇偏编翩编翩翾缂梗鞭鞯全荃筌诠佺拴栓铨痊专砖悛篅颛
遄鸢鹯澶膻鳣邅椽橼宣揎瑄仙籼骞搴璇悬悁绵棉权天胭烟怜年眠
渊蠲泉毡旃联镌川圆虔牵[先][佃][钿][单][禅][鄯][鲜][湮]
[甄][欻][楗][键][旋][漩][燕][煎][谝][扁][扇][煽][纯][缘]
[屏][潺][湲][浅][溅][钱][传][便][填][牵][研][员][穿][咽]
[零][平][卷][倦][蜎][搴][竣][纤][缠][阒][乾]

【二萧】

萧箫潇蟏蜩凋雕苕招怊弨昭轺貂韶韶岧髫迢超条枭撩獠寮尧荛哓
峣饶骁浇蛲跷翘宵霄绡消硝销逍魈朝潮焦蕉谯憔樵鹪乔荞侨桥骄
晁姚珧桃谣徭猺瑶鳐飙遥窑嫖嘌膘瓢藨飘飙苗描猫枵鸮辽邀聊喓
腰寥刁杓幺镳钊椒妖翛莜懆[肖][哨][蛸][摇][繇][鹞][佻]
[挑][洮][眺][铫][跳][侥][娆][桡][烧][娇][峤][轿][僚][嘹]
[潦][燎][镣][鹩][要][漂][摽][剽][劭][标][桥][夭][调][徼]
[嚣][髟][陶][鲦][料][憔][嘷][廖][蓼]

【三肴】

肴崤淆巢爻交茭浇蛟鲛郊包苞咆胞跑匏庖笍捎梢艄抄抓抛敲哮坳
硗铙茅蛑嘲虓虓聱硇胧凹[佼][咬][姣][胶][筊][蛸][鞘][鄗]
[敲][泡][枹][炮][刨][培][唠][嘲][教][聱][謷][尥][鸼]
[宎][钞][剿]

【四豪】

豪壕嚎濠毫毛蚝髦旄刀叨忉舠魛咷桃逃夔曹嘈槽螬糟遭艚艘高蒿

篙涛皋嗥槔翱遨敖嗷璈獒熬鳌螯慅搔骚羔糕萄掏绹淘酶醪慆滔韬
臊尻绦猱弢褒袍牢饕捞痨薅鏖[劳][涝][唠][鸳][警][洮][挑]
[挠][祸][绸][缲][缫][操][号]陶[膏][氂][嚣][昝][漕][潦]
[牦][梼][焘]

【五歌】
歌哥多罗啰锣萝箩苛疴何诃阿呵珂柯河菏莎桫挲摩魔瘭坡波禾科
蝌他佗陀驼柁跎酡讹靴莪俄哦娥蛾鹅骡螺嶓皤鄱窝埚涡锅挪搓傞
蹉蹉矬痤窠鼍蓑唆梭婆戈罳[茄][枷][迦][逻][过][瑳][嵯]
[磋][瘥][峨][硪][砢][轲][荷][和][磨][娑][沱][那][哪][颇]
[拖][傩][么][番][驮][献][倭][髁][陂]

【六麻】
麻纱沙砂鲨裟袈加珈跏笳嘉痂牙芽呀鸦邪琊耶椰挪挃瓜窊爬巴芭
笆琶吧耙疤葩夸奢拿佘赊嗟槎艖骅哗叉杈桠楂渣查虾蟆葭霞瑕遐
遮遮花茶家斜爷丫[娃][哇][洼][涯][蛙][蛇][蜗][娲][茄][枷]
[迦][衙][爹][哆][哑][咤][呱][华][桦][杷][畬][涂][污][溠]
[差][车][阇][苴][瘕][些][划]

【七阳】
阳场扬杨旸肠钖疡殇觞乡芗光洸胱香昌菖猖鲳阊章嫜樟漳獐璋彰
鄣方芳坊枋肪鲂邡房唐塘搪溏糖螗戕斨妆装尝常棠裳堂铛螳蹚
霜骦孀央殃秧鸯蔷墙嫱樯梁粱庄赃黄簧璜仓沧呛玱舱跄鸧疮皇篁
徨湟惶煌蝗艎隍遑凰囊襄骧禳镶瓢箱湘缃厢亡芒忙邙肓茫荒郎螂
廊狂汪康慷糠冈钢纲刚匡筐洭眶良茛娘狼琅稂粮踉杭航苀伉姜羌
蜣僵缰礓疆徜徉羊佯详洋祥翔庠床筜珖裆旁滂磅螃蛖锵浆桑伤商
昂帮臧[长][张][涨][苍][抢][枪][创][倘][趟][行][桁][桄]
[防][彷][妨][汤][炀][砀][飏][攘][穰][将][蒋][亢][吭][肮]
[颃][当][铛][锽][凉][决][浪][潢][王][相][忘][望][偿][倡]
[强][庆][量][榔][丧][障][彭][藏][慌][阆][膀]

【八庚】

庚鹒赓虻岷盲绷棚亨烹英瑛苹伻抨坪柸砰怦怔钲京惊琼勍明萌茎

莝莺萦潆营荣嵘蝾生笙牲甥鲸黥衡蘅宏纮翃闳泓茎硁罂婴缨嘤撄

璎樱鹦鸣争筝峥狰铮狞菁清情晴睛蜻精鲭祊旌盈楹赢嬴籯瀛贞桢

祯赪成城诚郕呈程醒桯蛏名洺浜兵枨栟妍拼撑瞠町粳羹舣荆兄卿

擎耕甍晶声倾饧黉伧珩铿轰訇橙薨澎膨蟛坑[平][评][正][征]

[行][桁][搒][榜][横][更][彭][盟][莹][檠][迎][盛][轻][令]

[并][枪][丁][侦][顷][裎][猩][狰][铛][锽][趟]

【九青】

青泾陉形邢刑硎铏型亭葶停婷淳聆吟仃汀叮玎厅疔星惺腥灵棂苓

笭伶泠玲铃聆蛉羚舲龄囹翎鸰瓴瓶帡冥螟荧荥萤萍坰扃馨霆醽酃

俜铭[廷][莛][蜓][庭][宁][丁][钉][町][溟][瞑][暝][蓂][经]

[猩][醒][零][听][屏][娉]

【十蒸】

蒸承丞症惩登簦澄菱陵凌绫崚鲮棱楞膺鹰绳蝇誊塍腾縢滕藤朋崩

髥鹏曾罾僧增缯嶒憎噌矰芿仍扔礽弘肱薨冰升兢矜灯姮恒层[胜]

[腾][冯][凝][烝][应][乘][兴][征][徵][称][能][堋][凭][曾]

[镫][蹭]

【十一尤】

尤优忧疣莸由抽油蚰鲉邮流琉旒硫鎏蝥缪璆樛瘳榴骝游蝣酋猷遒

辀鞧秋啾楸鳅愁鹙鸠仇修脩攸悠牛牟侔眸蛑蟊矛柔揉周惆稠州洲

酬舟俦辀筹俦踌休髤貅鸺麻囚泅求俅球赇裘逑浮蜉侯篌猴喉缑

糇讴抠鸥瓯喽搂楼蝼髅骰投耰鄾诌邹罘抔沟钩鉤兜篼刘羞雠丘邱

蚯虬谋陬偷头幽彪哀篝呦阄飕搜锼厦廑[区][呕][沤][欧][留]

[溜][馏][遛][瘤][娄][偻][溇][蒌][篓][调][绸][啁][裯][叟]

[溲][诹][鲰][揪][揄][缪][剹][蹂][鞣][罦][桴][枹][枸]

[句][售][噍][咻][涑][浏][湫][梼][帱][鲦][繇][犰][馗][收]

[不][驺][卣][龟][瞀][犹][髟][柚][妯][鸼]

【十二侵】

侵骎寻浔鲟林森霖淋琳郴今衿芩琴岑涔衾禽擒檎谌斟音愔歆壬淫霪箴忱砧心钦嵚襟金针阴琛[任][妊][椹][湛][沉][深][浸][祲][镡][蟫][吟][黔][临][禁][喑][参][簪][荫]

【十三覃】

覃潭谭昙骖毵含贪盦聃耽龛戡堪坍倓谈郯痰甘坩泔柑蚶酣邯苷褴蓝篮南男谙鹌庵涵岚蚕惭儋婪[镡][蟫][醰][淦][湛][澹][楠][函][参][眈][酖][三][担][探][坛][憨][颔][簪][弇]

【十四盐】

詹谵幨檐瞻襜蟾兼鬑谦嫌缣礛鳒鹣廉镰蠊拈沾鲇黏觇霑佥签蔹淹腌阉阎歼髯蚺忺恹恬湉甜钳钤尖奁潜添炎暹帘[盐][占] [苫][阽][痁][纤][锨][严][兼][砭][渐][黔][楠][崦]

【十五咸】

咸缄搀馋凡衫杉岩衔芟鹐喃[巉][镵][谗][函][监][嵌][掺][锹][严][帆][髟]

三、上声

【一董】

董懂蓊塕唪动孔汞捅桶蠓拢[侗][洞][幪][矇][总][笼][空][倥][偬][懵][玤]

【二肿】

肿宠陇垄奉捧拥甬俑涌蛹踊勇恿怂耸拱栱珙冗冢悚竦踵氄巩[溶][汹][种][壅][茸][重][恐][鲖]

【三讲】

讲港棒蚌项鲘耩[玤]

【四纸】

纸舐枳轵咫诡姽跪技妓庋麂庀匕妣秕止芷址沚祉耻趾齿此紫嘴倚
绮旖旎尔你玺迤耳弭旨指第姊秭宄氿轨匦市柿恃峙時痔己芑圮屺
杞纪已巳汜祀洧鲔籹籽子李梓矢雉癸揆以苡似拟姒史驶俚娌理鲤
士仕侈矣涘诔耜逦彼徙俾婢梓滓是毁髓蕙蕊豸豕捶视美兕水喜蟢
嚭痞鄙篚皆死履垒跊起芈舣[莅][屣][弛][迤][匜][氏][舐][抵]
[砥][底][靡][庳][髀][剞][掎][椅][锜][踦][跂][伎][仔][傀]
[使][俟][化][比][沘][觜][訾][里][悝][委][累][襹][篦][揣]
[企][否][蚁][始][蒍][哆][唯][被][峛][酾][几][机][珥][只]
[徵][沫]

【五尾】

尾娓扆苇伟玮炜趜悱棐斐匪篚榧鬼虮岂唏[菲][诽][蜚][蚁]
[旭][卉][几][豨][纬]

【六语】

圉圄敔吕侣稆旅薝苎伫绬贮抒杼序渚绪楮褚煮许杵巨苣拒炬钜
距阻俎龃举榉叙溆汝暑鼠黍醑虞所础屿墅[语][龉][御][予]
[纾][苴][诅][沮][咀][女][茹][著][与][欤][处][糈][湑][楚]
[去][御][讵][柜]

【七麌】

羽诩栩禹瑀踽龋抚妩怃庾腐腑俯府拊鼓瞽虏虎琥古罟估诂岵怙牯
祜股羖蛊簠土杜肚主拄柱麈普谱户沪扈午仵浒弩坞甫浦辅脯黼
溥组祖鲁橹堵赌睹五伍缕褛窶窳宇武鹉父斧釜滏伛侮舞卤乳补竖
妈姥部矩[麌][蒌][篓][偻][溇][嵝][数][苦][酤][枸][蒟][莽]
[雨][贾][吐][树][煦][莆][圃][呴][取][剖][愈][怒][炷][雇]
[迕][簿][庑][聚]

【八荠】

米澧鳢醴牴邸陛弟礼体启棨[荠][挤][济][氏][诋][坻][抵][柢]

[砥][底][娣][递][涕][悌][泥][洗][泚][蠡][髀][徯][缇][醍][眯][稽]

【九蟹】

蟹獬澥买荬骇奶摆拐矮锴[解][洒][楷][罢][夥]

【十贿】

贿蓓倍绐殆怠迨馁猥亥毐每海垲恺凯闿改浼儡待睬彩罪宰醢蕾璀乃腿磊[诒][骀][嵬][傀][隗][悔][采][在][载][铠][礌][鼐][欸][颏][汇][琲]

【十一轸】

轸胗疹敏允犹陨殒闵悯纼蚓尹窘肾膑尽忍愍准隼笋哂牝蠢紧簨缜稹楯菌[诊][畛][赈][蜃][引][盾][泯][纯][吮][朕][囷][黾][嶙]

【十二吻】

吻刎谨槿粉愤恽叠韫[坋][忿][坟][抆][揾][蕰][蕴][隐][听][近][堇][瑾][殷][龀]

【十三阮】

挽晚坂返偃蝘鼹郾忖悃捆阃绲混棍辊焜很恳垦撙鲧苑婉琬踠幰本笨损衮滚稳畚沌烜[阮][远][反][阪][饭][宛][菀][浣][畹][蜿][盾][遁][堰][鄢][蹇][囤][圈][绻][巘][龈][娩][懑][鳟]

【十四旱】

旱秆罕缓暖管琯坦袒满趱浣脘碗伞短款诞疃纂馓懒亶[馆][盥][卵][散][断][伴][但][侃][算][瓒][悍][懑]

【十五潸】

限板版钣眼盏刬产浐铲简赧柬皖[潸][拣][撰][绾][栈][莞][阪][羼]

【十六铣】

铣筅跣践典腆犬畎免冕勉辩辨辫篆觃岘泫铉碥褊匾湎缅勔狝茧葴

藓剪翦辇软沔演兖窞喘展显骞舛戬件琏墡鳝殄燹癣阐隽撚[善]
[遣][缱][转][辗][碾][选][洗][浅][饯][栈][钱][键][搴][蹇]
[宴][狷][蚬][蜎][蜓][衍][卷][眄][扁][谝][谶][巘][鲜][吮]
[齁][趼][黾][娩][变][瑑]

【十七筱】

筱沼绍杪秒眇渺缈缥鳔缭瞭皎皢育窈窕兆旐悄愀小表鸟茑袅了扰
晓杳舀矫嫐藐淼肇殍赵[侥][绕][娆][娇][佻][朓][挑][掉]
[摽][慓][少][蓼][湫][标][夭][僚][燎][缴][剿][薐]

【十八巧】

巧饱鲍卯昂泖狡绞铰爪搅吵炒[挠][拗][茆][佼][咬][姣][筊]

【十九皓】

皓浩皞皂澡藻璪早草枣考拷栲老栳恼脑瑙杲昊滈槁稿镐保葆褓堡
岛捣鸹宝道稻讨嫂颢灏袄蚤媪抱[缟][鄗][涝][潦][好][造][倒]
[祷][扫][埽][缲][缫][夭][燠]

【二十哿】

哿可砢舸婀娜果裸蜾颗裹朵垛舵椭火伙我琐锁妥蠃蓏叵左爸祸
脞萆[坷][轲][荷][砢][硪][峨][堕][惰][跛][颇][簸][哆]
[沱][傩][坐][那][哪][么][夥][瘅][卵][娑][爹][揣][拖]
[瑳]

【二十一马】

马玛者赭踝痄野寡剐社写冶也灺扯傻厦踝槚惹哆姐耍雅夏[假]
[瘕][哑][哆][泻][洒][下][夏][贾][舍][若][且][妊][髁][打]
[把][鲊][瓦]

【二十二养】

痒象像橡奖桨敞氅仿纺昉党说漭蟒曩滉幌网冈惘辋魍魉丈枉掌赏
嗓磉颡谎恍恍鞅朗昶沆驵响想爽享禳耷壤往厂莽飨[养][泱]
[快][慌][广][犷][挡][抢][苍][莽][蒋][仿][傥][倘][仰][仗]

[杖][榔][榜][膀][强][穰][荡][两][攘][盎][长][涨][上][吭][肮][脏][帑][晃][奘]

【二十三梗】

梗埂绠哽鲠景憬璟影冷岭领颈颍颖丙炳郢皿猛艋蜢靖静饼省眚境幸倖悻警永井骋逞整瘿杏秉耿荇矿冋[请][婧][靓][并][屏][顷][犷][狰][黾][檠][邴][裎][打][儆][阱]

【二十四迥】

迥泂炯侹挺梃珽铤艇颋酊酩茗到等鼎顶肯拯謦婞[町][泞][溟][醒][莛][并][诇][胫]

【二十五有】

酉酒口抖蚪苟笱狗久玖美丑扭纽忸钮偶耦藕薮擞莠诱肘纣绺纠赳陡手朽柳友受瞍牖阜九帚亩舅臼韭牡缶黝耇糗某母拇殴垢郈叩滫[有][右][后][否][咎][培][剖][瓿][掊][扣][篓][溇][嵝][走][取][掫][鲰][守][嗾][叟][溲][绶][首][厚][蹂][狃][卣][岣][枸][浏][茆][寿][斗][吼][欧][呕][妇][姆][负][灸][服]

【二十六寝】

寝锓锦蕈葚荏饪恁怎谂稔审婶禀廪懔凛沈品[噤][甚][椹][枕][衽][朕][饮]

【二十七感】

感撼揽览榄敢橄惨糁黪菡萏胆坎毯揜昝罯[椠][錾][澹][颔][喊][晻][眈][醰][嵌][赣]

【二十八俭】

俭捡检脸睑险陕奄俺掩罨冉苒芡谄玷点飐嗛琰剡染簟贬俨黡闪[猃][敛][潋][渐][歉][魇][忝][崦][晻][弇][焰]

【二十九豏】

豏减碱犯范槛舰斩黯[湛][掺][阚][喊][滥][歉][巉]

四、去声

【一送】
送弄哢冻栋凤讽众瓮贡痛仲粽恸控鞚䁌蕻[同][洞][恫][衕]
[梦][中][衷][空][哄][幪][翁][𧆓][偬][淞][赣][戆]

【二宋】
宋统综讼颂用诵俸疭共[供][从][纵][封][葑][重][种][缝]
[雍][恐]

【三绛】
绛巷[降][泽][淙][撞][憧][幢][𣈤][哄][虹][戆]

【四寘】
寘寄寐至轻致笥伺嗣饲饵刵馈匮帜炽备畀痹秘怶庇挚贽鸷四驷泗
利莉痢痣志忌恣恚意甚次恣懿弃异记试谊䛫寺侍义议位莅遂隧燧
邃鼻剿憓瑞臂避譬置萃翠悴粹醉瘁芰芰䀹翅愧魅谊缢稚穗概冀
骥季悸睡泪自洎字牸示祟啻瘁喂嗜肆肄员勚厕赐勘贰腻戴地事吏
器伪智类媚坠二詖帔觊渍精輢[诒][治][始][胎][眯][睢][眦]
[柴][晒][思][累][黄][箿][倚][骑][吹][咥][识][织][积][值]
[埴][植][柜][槌][迟][遗][跂][踬][眵][跛][陂][被][其][渐]
[刺][戏][使][易][帅][食][暨][比][觯][荔][莳][薏][彗][企]
[为][赍][译][屣][锤][岿][施][庳][司][里][瑟][泌][珥][出]
[欤][吼][孳]

【五未】
未味气饩讳畏胃谓渭猬狒费贵翡慰魏毅既[髴][沸][汇][溉]
[暨][尉][蔚][茀][诽][痱][卉][衣][忾][欷][纬]

【六御】
箸翥署薯曙倨锯踞豫预蓣澦遽觑絮恕庶虑瘀助驭饫[御][去]

[胏][女][如][茹][洳][沮][诅][狙][据][椐][淤][处][著][与]
[敔][疏][语][醵][除][楚][嘘][讵][誉]

【七遇】
遇寓赋赂辂路潞露璐鹭固痼锢铸镀渡库裤务雾布怖忤募墓暮慕蠹
蛀住注驻驸付附鲋阼胙袥裕捂悟晤寤捕哺傅赙措醋酗互冱柜鹜婺
婺姹妪妒护戽具飓惧愫嗉素屡屦澍溯塑腧谕误诉讣赴趣步兔故顾
戍绔孺[厝][怒][恶][胯][瓠][铺][酺][圃][瞿][雇][属][苦]
[酤][句][煦][蒟][吐][咮][喻][俞][输][足][仆][作][芋][获]
[菟][树][度][数][鹜][聚][污][驱][雨][炷][迕][妇][负][副]
[富][跗]

【八霁】
霁嚌岁刿制蓟薤艺呓蕙惠螕慧憩盼睨睥睇剃第逝势誓砌砺厉蛎励
疠敝蔽弊算羿翳帝蒂褅谛计诣谜髢髻悦税锐屉戾喷隶棣桂笫噬嚔
芮汭枘傺稀薛嫛踶鲲细继例俪袂褉滞濞世卫币际婿媲觊毙裔系替
脆睿毳曳赘瘗[齐][挤][济][剂][娣][涕][悌][递][说][蜕]
[泥][泄][赍][蹶][鳜][偈][揭][掭][丽][契][祭][闭][缀][缔]
[彗][柢][达][逮][掣][妻][眯][眦][题][粝][离][荔][轪][切]
[晢][褐][医]

【九泰】
泰会荟侩浍绘桧脍郐赖籁濑癞贝狈沛霈霭蔼太汰带外斾蔡害最艾
兑丐柰[大][奈][轪][盖][粝][蜕][醉][狯][哕]

【十卦】
卦挂诖懈廨邂迈劢虿戒诫械介芥玠疥瘵夬快拜湃债败呗哙喟嘬隘
卖派怪坏界薤蒯稗届愒砦寨聩[杀][铩][虿][箦][喝][噎][嗌]
[话][晒][眦][瘥][画][瀣][解][祭][狯][价][块][叐]

【十一队】
队内爱暖瑗碓倅淬碎晬晦诲溃愦辈代玳岱贷袋黛妹昧睐赍肺慨概

乂刘对耐戴襻裰吠喙碍碓佩退憨态秒菜废配埭焙背再赛郝[栽]
[载][裁][李][悖][忾][悔][脢][劾][欵][溉][濭][塞][逮][敦]
[铠][在][排][瑁][礚][酹][倈][采][北][译][唪][鼐][块][耒]

【十二震】

震闰润慎镇刃仞轫韧韧鬓摈殡殉徇晋缙搢瑨馑觐蔺躏俊峻骏浚
畯舜瞬荩烬赆遴讯汛迅进吝信印阵顺衅胤椫愁仅认衬疢趁[振]
[娠][赈][蜃][磷][瞵][诊][谆][傧][瑱][玢][瑾][引][亲]
[齔]

【十三问】

问运酝晕郓郡捃汶絭韵粪奋偾愠㷫靳训壣[分][坋][忿][斤]
[近][缊][蕰][蕴][扰][员][隐][闻]

【十四愿】

愿巽噢建健艮恨褪寸困宪劝券钝逊嫩贩畈垡楦诨[搵][远][遁]
[绻][圈][溷][论][闷][怨][蔿][饭][献][曼][蔓][喷][奔][敦]
[浣][畹][堰][媛][瑗][键][焌][鳟][万][顿]

【十五翰】

旰矸扞按案岸炭半泮绊畔鼾判叛遁涫瀚汉涣奂换唤焕赞灌璀罐鹳
粲璨埠捍焊惋腕窜擤段缎锻乱旦玩烂贯爨幔灿惮蒜嗲裸象[翰]
[干][汗][骭][悍][难][滩][谰][澜][谩][墁][漫][镘][缦][叹]
[观][断][散][算][冠][弹][看][钻][胖][伴][但][侃][馆][晏]
[盥][瓒][攒]

【十六谏】

谏涧铜裥襻涮汕疝扮盼嫚慢惯雁赝宦办豢串觅绽幻篹孱卯瓣[缦]
[谩][汕][栈][栅][患][间][晏][绾][骭][摄][羼]

【十七霰】

霰见现砚线线缮膳酁鄑练炼绚绢胃睄眩炫卞汴忭彦谚谴茜荐唁啭
颤擅嬗掾殿面县变箭战贱院电甸眷倦羡奠骗遍恋钏片淀靛楝嬿馔

[传][转][辗][碾][研][跰][先][选][煎][燕][咽][穿][宴][堰]
[弁][媛][瑗][援][拣][撰][佃][钿][遣][缱][畋][瞑][饯][溅]
[便][倩][璏][缘][缠][单][禅][扇][煽][蚬][狷][旋][漩][齻]
[牵][善][瑱][衍][卷][倦][谳]

【十八啸】
啸叫噭召诏邵照曜耀俏诮峭票骠俵裱庙疗笑窍妙钓眺尿枭醮[僬]
[噍][敫][徼][绕][烧][朓][铫][跳][嘹][镣][鹩][鹞][摇][掉]
[摽][剽][漂][僄][要][劭][调][吊][少][料][峤][轿][肖][哨]
[鞘][约][爝]

【十九效】
效佼校孝酵罩淖棹礽勒疱闹豹貌窖稍笊[较][胶][教][桡][爆]
[拗][乐][觉][敲][泡][炮][趵][刨][窍][钞]

【二十号】
噪燥躁诰郜靠糙耗耄到报菢帽导盗灶奥懊悼犒蹈傲嫪睾套臑[号]
[告][造][暴][瀑][劳][涝][潦][漕][噢][澳][燠][冒][瑁][帱]
[祷][焘][缟][膏][操][好][纛][鹜][倒][凿][扫][埽][毛][眊]

【二十一箇】
箇个莝挫锉座贺货做佐饿课糯唾播破卧剁[大][奈][驮][坷]
[轲][磋][磨][瘅][作][那][些][过][逻][和][簸][坐][惰][懦]
[髁][涴]

【二十二祃】
祃骂驾架谢榭嫁稼亚娅乍诈诧侘偌讶研迓灞柘靶化夜暇赦蔗罅跨
麝怕卸坝鹧汉嘎[妊][咤][价][假][借][蜡][藉][把][杷][华]
[桦][下][吓][罢][夏][霸][炙][舍][射][胯][贳][泻][溠][差]
[话][衩][帕][鲊][瓦]

【二十三漾】
漾恙样壮状帐胀怅怆恨酿圹纩旷旺放舫访让诳谅谤傍况贶嶂瘴伉

抗炕向饷唱畅葬匠尚酱罂亮妄宕[荡][汤][炀][砀][飏][长][张][涨][亢][吭][颃][防][妨][快][盎][行][桁][桄][相][杖][仗][仰][偿][傥][倡][当][挡][榜][掠][凉][阆][浪][潢][上][望][将][晃][量][障][藏][养][王][丧][两][忘][广][创][脏][奘]

【二十四敬】

敬政姓性泳咏净诤竟镜镜柄病郑迸摒命圣映晟劲竞孟聘硬帧夐[请][倩][婧][靓][盛][盟][榜][横][评][诃][正][证][令][行][庆][更][迎][轻][并][侦][儆][邴][檠][娉][阱][趟]

【二十五径】

径定碇锭嶝磴瞪凳蹭赠甑订钉磬馨塍邓孕滢剩佞亘[经][胫][廷][庭][应][听][胜][乘][称][莹][证][兴][宁][泞][醒][钉][镫][蹬][暝][烝][凭][凝][堋]

【二十六宥】

宥侑候堠就僦鹫秀绣锈透奏凑辏腠兽狩戊茂宙岫袖鼬胄臭嗅啾漱漏佑豆饳脰逗籀贸购构薅媾觏诟妁遘谬鹨疚枢绉皱瘘亥糅懋酎寇究窦篓篌授兽陋昼旧救幼瘦咒縠骤骜僽又鲐蔻厩耨[畜][留][溜][馏][遛][瘤][右][扣][后][售][柚][辐][副][富][复][覆][蹂][鞣][瞀][薮][嗾][咪][吼][狃][犹][守][宿][窍][仆][伏][绶][缪][廖][偻][镂][走][繇][首][句][伛][收][厚][读][寿][斗][有][囿][姆][灸]

【二十七沁】

沁渗潜谶鸩赁窨闯妗[枕][酰][沉][深][禁][噤][吟][暗][任][妊][衽][褙][浸][饮][临][甚][荫]

【二十八勘】

勘磡啖淡暂绀缆憾瞰暗[憨][阚][淦][錾][滥][澹][担][探][三][赣][参][醰][嵌]

【二十九艳】
艳滟念埝验殓赡韂垫堑站店俺偣窆酽揜厌餍[猃][剑][敛][潋]
[占][苫][阽][店][欠][桊][砭][盐][兼][忝][焰][焱]
【三十陷】
陷鉴梵忏赚蘸站泛[监][帆][剑][镵][阚][谗][欠]

五、入声

【一屋】
屋木沐霖竹竺筑簏簇族镞目苜腹蝮馥蝠福禄碌毂榖縠縠孰塾熟鹿
簏麓漉辘菊掬鞠麹逐轴舳牧犊渎椟牍黩粥鬻育淯叔菽淑卜扑蔌簌
速棘斛槲祝蘖茯沨濮蹼醭薁昱蓿缩穆秃谷肉陆肃骕鹔六哭蓄搐
滀独睦䀃矗蹴谡毓夙或倏儵曝[幅][辐][副][匐][暴][瀑][蓼]
[缪][戮][复][覆][澳][澳][燠][俶][伏][仆][朴][柚][妯][宿]
[读][畜][鹜][恧][蔟][菔][服][縠][郁][圅][涑][碡][啄][煜]
【二沃】
沃鋈烛触录菉箓绿渌逯醁酷誉梏牿鹄鸪欲俗浴峪辱蓐缛溽褥郦蜀
蠋躅踽局续赎玉曲粟狱束促嘱瞩旭项幞笃督瘃勖毒丁[足][属]
[矗][告][仆][碡]
【三觉】
角桷确浞捉娖卓倬逐琢啄椓学峃雹壳悫擢濯偓渥握幄喔龌齪嶽珏
璞榷岳朔槊搦搦斲剥趵驳浊镯荦肜邈[觉][乐][朴][数][爆]
[縠][较][药][趵][炮][督][眊][啄]
【四质】
质锧日驲鹭桎郅屋室窒实密蜜必铋镒谧溢漆膝疾蒺嫉悉蟋蟀率聿
律失佚帙泆秩栗溧溧篥毕荜筚笔吉佶诘姞恤怵秫术述逸逼鹬滭橘
栉七叱一乙壹黜弼虱戌昵佾鬐匹[出][苗][佺][咥][蛭][苾]

[瑟][泌][汩][踔][躓][卒][捽][啐][崒][轶][唧][帅][尼][拮]
[焌]

【五物】

物勿芴茀弗佛剃拂怫绋绂犮袚黻屈倔崛乞仡屹迄讫诎熨炊黦[尉]
[蔚][芾][菀][沸][翵][艴][掘][厥][郁][不][吃]

【六月】

月谒蝎羯歇没殁伐筏垡阀阙蕨撅橛蹶突窣猝饽脖鹁勃渤笏忽滒惚
纥矻兀杌扤屼窟堀曰骨发讷粤罚钺越[厥][蹶][鱖][孛][悖]
[汩][滑][讦][越][卒][捽][崒][鹘][哕][咄][掘][揭][猲][碣]
[竭][凸][刖][核][阂][艴][袜][顿]

【七曷】

曷葛渴褐鞨鹖遏末沫抹秣聒括活阔闼挞拶捋捺撮钹跋魃拨泼袚褐
笪妲怛割豁钵脱夺萨辣幹刺瘌[拔][掇][剌][喝][猲][獭][阏]
[越][鹘][适][袜][咄][达][粝][磕][蘖]

【八黠】

黠秸劼扎札轧戛嘎刮刹刷捌搳八叭枛听察菝猾狭辖瞎煞[杀][铩]
[滑][鹘][鹘][拔][刖][苗][獭][颉][帕]

【九屑】

屑节疖别列冽洌裂烈杰爇热亵结洁桔穴窃彻决诀抉玦缺觖撇瞥蹩
鳖楔锲挈絜垤绖耋悦阅阕捏涅陧铁跌迭蹩篾蔑蠛撷缬撤澈辙辍啜
惙绁媟揲渫薛孽蘖折浙哲蜇舌呐哳噎臬桀设谲雪绝血灭拽拙劣餮
孑铪截[偈][揭][碣][竭][侄][咥][蛭][掇][缀][剌][讦][说]
[谳][苗][茶][苾][蘖][颉][拮][批][疢][橇][泄][咽][切][掣]
[契][凸][闭][轶][晢][霓]

【十药】

博搏缚膊铸薄欂礴各骆洛络恪珞烙硌略酪貉落阁雒雀霍藿攉攉矍
氄爀攫镬蠖爵嚼郝椁郭廓勺芍妁灼酌铎萚箨箬诺郭蕚谔崿愕腭锷

鳄鄂鹗鹤鹊碏错粕泊箔绰烁铄跃蹳寞摸漠镆瘼怍昨酢连虐谑噱斫
柝壑垩噩弱蒻却脚幕扩托削橐钥龠瀹亳涸疟镢襫[药][约][莫]
[膜][昔][厝][作][柞][著][蹃][恶][乐][栎][轹][跞][若][凿]
[掠][度][获][格][醵][魄][鄗][敠][缴][拓][爝][簿][索]

【十一陌】

陌百貊客喀骼白伯拍柏珀舶帛迫赤赫亦奕弈迹役疫碧石祏跖骶碡
硕额译泽驿择绎怿峄释辟僻擗擘檗璧襞癖脊崝踖鹡瘠责赜啧帻碛
赜厄扼轭隔嗝槅膈翮舃潟掖液腋场蜴掴幅蝈摭蹠夕汐宅岁窄蚱舴
掷踯郄惜籍策逆脉席戟麦册尺隙屐剧益斥坼拆谪虢爽襫螫貘娨绤
蓦[昔][借][腊][藉][柞][栅][核][格][魄][积][画][易][适]
[摘][蹢][射][炙][翟][耆][鬲][鲫][吓][哑][嗌][划][刺][莫]
[霸][霹][获][只][筴][索][革]

【十二锡】

锡惕踢剔历沥呖枥疬苈雳劈壁甓绩嫡滴镝析淅晰蜥皙狄获逖的荻
砾阅阒觅觋汨涤溺幂寂击笛敌激檄籴鹢鹝戚迪郦倜[焱][摘]
[蹢][适][霹][霓][翟][鬲][耆][吊][吃][栎][轹][跞][褐][寞]
[俶]

【十三职】

职力仂肋勒黑默墨息熄则侧测恻弋式拭栻轼或域棫蜮惑阈敕棘匿
慝亿忆臆仄昃克翊翌翼殛啬濇穑饬饰蚀淴湜国色极得德贼刻直殖特
稷即陟抑愎愊湢逼蹠[值][埴][植][幅][副][匐][识][织][唧][鲫]
[食][北][塞][劾][冒][腾][嶷][菔][薏][恧][亟][万][革]

【十四缉】

缉揖辑葺戢湒立笠泣粒邑挹浥悒给册廿十什汁及芨芨伋级汲吸执
蛰絷翕熠褶霫湿涩集急入习袭隰[唈][笈][圾][歙][煜][拾][楫]

【十五合】

合蛤鸽颌塔搭褡嗒答盒盍溘嗑榼瞌阖塌蹋榻遢邋逻拉垃纳衲畓踏

跋靸飒杂匝漯卅耷[唈][喝][盖][磕][腊][蜡][圾][拓]

【十六叶】

叶帖贴谍堞牒蝶蹀鲽屟倢捷婕睫莢侠挟浃铗蛱颊页惬箧晔烨聂摄嗫渫慑镊蹑鬣躡躞燮妾接捻馜叠氎涉协勰厴辄猎奢[魇][霎][茶][笈][箧][篋][喋][歃][楫][拾]

【十七洽】

洽恰袷祫夹狭峡硖郏法怯劫蛺胁甲押狎呷胛柙鸭匣闸业邺插锸歃乏眨压掐劄[喝][喋][笈][篋][霎]

词林今韵(十七部)

一、为满足广大词家和爱好者的需要,依据《词林正韵》重新拣选,辑成本编,为与其他版本区别,故称《词林今韵(十七部)》。

二、《词林正韵》未收入的常用字,依据其他典籍酌加增补。与其他各典不一致处则视具体情况,或依《词林正韵》收入,或依各典加以补正。

三、本《词林今韵》分部改为十七部。将《词林正韵》第十三部合入第六部,第十四部合入第七部。平上去声共十二部。入声五部不变,但序号改为第十三部至第十七部。改为十七部之理由主要基于两点:一是所合并韵部内之各韵,在《词林正韵》十九部出现之前的宋人词中就已通用;二是所合并韵部内之各韵的韵母基本相同或相近,合并后更切合现今实际。相关内容,可参阅本编附录"关于《词林今韵(十七部)》的说明"。

四、为方便查阅,将两韵或两韵以上兼收的字称为双韵字,加方括号以示区别。

第一部

平声:一东二冬通用

【一东】东铜桐筒峒酮童僮潼瞳曈朣忠翀仲盅虫螽融终戎绒狨棕崇嵩崧菘芄蕻洪烘弓躬芎穹穷宫崆隆窿癃风枫疯工讧红攻功蒙濛檬

曚朦艨枞珑咙昽胧聋匆葱聪骢蓬篷通雄熊充彤鸿丛公翁嗡鬃沣酆
[中][冲][衷][种][空][倥][悾][笼][砻][庞][曚][幪][鮦]
[恫][侗][同][衕][蕾][懵][梦][冯][浲][虹][总][逄][幢]
[丰][哄]

【二冬】冬咚疼农侬浓哝脓秾醲宗踪琮棕容榕熔镕蓉龙茏龚舂蚣松
菘淞枞峰蜂锋烽庸慵墉镛鳙佣痈喁饔凶讻匈胸邛筇蚣恭邕钟彤
[冲][重][憧][橦][艟][从][纵][逢][缝][茸][供][淙][溶][汹]
[喁][雍][壅][淞][瞪][丰][封][葑]

仄声：上声一董二肿
　　　去声一送二宋通用

【一董】董懂蕫塎啌动孔汞捅桶蠓拢[侗][洞][幪][曚][总][笼]
[空][倥][偬][懵][珙]
【二肿】肿宠陇垄奉捧拥甬俑涌蛹踊勇恿怂耸拱栱珙冗冢悚竦踵氄
巩[溶][汹][种][壅][茸][重][恐][鮦]
【一送】送弄哢冻栋凤讽众瓮贡痛仲粽㛫控鞚赗羹[同][洞][恫]
[衕][梦][中][衷][空][哄][幪][砻][蕾][偬][淞][赣][戆]
【二宋】宋统综讼颂用诵俸疭共[供][从][纵][封][葑][重][种]
[缝][雍][恐]

第二部
平声：三江七阳通用

【三江】江茳扛杠矼缸豇浝尨邦梆桩逄双窗腔[降][浲][庞][撞]
[幢][橦][淙][悾][瞪]
【七阳】阳场扬杨旸肠钖疡殇觞乡芗光洸胱香昌菖猖鲳阊章嫜樟

漳獐璋彰鄣方芳坊枋肪钫鲂邡房唐塘搪溏糖螗戕斨妆装尝常棠
裳堂铛蟥蹚霜骦孀央殃秧鸯蔷墙嫱樯梁粱庄赃黄簧璜仓沧呛玱
舱跄鸧疮皇篁徨湟惶煌蝗艎隍遑凰囊襄骧禳镶瓢箱湘缃厢亡芒
忙邙肓茫荒郎螂廊狂汪康慷糠冈钢纲刚匡筐洭眶良莨娘狼琅粮
粮跟杭航伥姜羌蜣僵缰礓疆徜徉羊佯详洋祥翔庠床笪珰裆旁
滂磅螃蚌锵浆伤商昂帮臧[长][张][涨][苍][抢][枪][创]
[倘][趟][行][桁][桄][防][彷][妨][汤][炀][砀][飏][攘]
[穰][将][蒋][亢][吭][肮][颃][当][铛][锽][凉][泱][浪]
[潢][王][相][忘][望][偿][倡][强][庆][量][椰][丧][障]
[彭][藏][慌][阆][膀]

仄声：上声三讲二十二养
去声三绛二十三漾通用

【三讲】讲港棒蚌项缿耩[玤]
【二十二养】痒象像橡奖桨敞氅仿纺昉党谠漭蟒曩滉幌网罔惘辋魍
魉丈枉掌赏嗓磉颡谎怳恍鞅朗昶沉驵响想爽享禒鲞壤往厂莽飨
[养][泱][快][慌][广][犷][挡][抢][苍][莽][蒋][彷][傥][倘]
[仰][仗][杖][椰][榜][膀][强][穰][荡][两][攘][盎][长][涨]
[上][吭][肮][脏][帑][晃][奘]
【三绛】绛巷[降][泽][淙][撞][憧][幢][橦][哄][虹][戆]
【二十三漾】漾恙样壮状帐胀怅怆恨酿圹矿旷旺放舫访让诳谅谤傍
况贶嶂瘴伉抗炕向饷唱畅葬匠尚酱鬯亮妄宕[荡][汤][炀][砀]
[飏][长][张][涨][亢][吭][颃][防][妨][快][盎][行][桁][桄]
[相][杖][仗][仰][偿][傥][倡][当][挡][榜][掠][凉][阆][浪]
[潢][上][望][将][晃][量][障][藏][养][王][丧][两][忘][广]
[创][脏][奘]

第三部

平声：四支五微八齐十灰(半)通用

【四支】支吱枝岐歧肢之芝眵黟移簃垂陲卑碑裨脾郫陴奇埼崎琦畸
敧猗漪皮披疲知痴蜘踟驰池师狮螔筛基其箕綦骐期欺淇棋祺琪蜞
旗麒斯澌撕蟴词祠颐姬宦谁惟椎帷雌雅锥维潍罹丝兹滋慈磁嵫鹚
鸶鸥鸱而洏鲕鲋鲯者蓍鬐髭鮧疵赀资咨粢瓷姿茨炊坻时诗持隋随
危卮栀蓠篱漓缡螭醨魑麾縻糜蘼醾麋肌脂厘狸眉湄嵋楣郿笞怡饴
贻规窥夷姨痍丕伾邳祁芪祇衹泜胝禧嘻嬉僖熹熙罴羁伊咿虒篪妮
汭追逡逯痿萎葳夔葵姜绥虽蚩嗤娵麴麳鳌淄缁锱辎绲飔嫘孜尸怩
妮呢墀宜仪悲辞疑亏羲曦私彝衰匙牺蠵蠃蜊娭貔枇纰毗蚍琵圮儿
弥霉蘸[吹][噫][遗][迟][迤][弛][施][匜][医][累][锤][箠]
[委][倭][仔][掔][比][仳][伎][偲][思][尼][居][丽][鹂][骊]
[酾][台][治][眙][睢][推][唯][差][嵯][氏][坻][椅][锜][剞]
[骑][踦][剂][茾][莛][莳][蕲][觯][槌][桿][庳][靡][氂]
[氄][訾][觜][堕][机][饥][蛇][蟻][蠢][其][溮][涯][为][陂]
[离][璃][龟][司][嶷][馗][鳌][提][戏][襹][寅]

【五微】微薇徽挥晖辉翬韦帏袆违闱围讥叽矶玑非霏扉绯腓圻沂祈
颀旂肥淝希晞稀威葳妃飞畿依巍归[菲][诽][葽][痱][歂][狶]
[几][机][饥][衣][俟]

【八齐】蛴脐跻齑犁梨黎藜藜萋凄圭奎畦闺邦堤低羝啼蹄绨梯稊
鹈鸡奚傒溪蹊鼷倪猊蜺鲵嘶西栖栖醯暳睽笄篦砒嵇赍黀犀鼙迷
携兮氐[齐][挤][提][缇][醍][题][骊][鹂][巂][蟻][傒]
[氐][诋][批][蠢][鳌][妻][璃][泥][缔][霓][溮][桿][稽]

【十灰】灰诙恢傀隈煨回茴洄徊徘裴媒禖煤陪醅酶梅莓坯胚杯桅枚
玫瑰魁雷罍堆崔催摧盔颓缞[傀][隗][槐][嵬][推][培][悝]

[脢][咖]

仄声：上声四纸五尾八荠十贿(半)
去声四寘五未八霁九泰(半)
十一队(半)通用

【四纸】纸舐枳轵咫诡娓跪技妓庋麂庀匕姒秕止芷址沚祉耻趾齿此紫嘴倚绮旖旎尔你玺迤耳弭旨指第姊秭宄氿轨匦市柿恃峙畤痔己芑杞屺杞纪已巳汜祀洧鲔籹籽子李皋矢雉癸揆以苡似拟姒史驶俚娌理鲤士仕侈矢涘诔耔迤彼徙俾婢梓滓是毁髓葸蕊豸豕捶视美兕水喜螗嚣痞鄙篚晷死履垒跬起芈舣[莜][屣][弛][迆][匦][氏][坻][抵][砥][底][靡][庳][髀][剞][掎][椅][锜][踦][跂][伎][仔][傀][使][俟][仳][比][泚][觜][訾][里][悝][委][累][褫][箠][揣][企][否][蚁][始][蒍][哆][唯][被][廌][酾][几][机][珥][只][徵][未]

【五尾】尾娓扆苇伟玮炜韪诽棐斐匪篚榧鬼虮岂晞[菲][诽][蜚][蚁][咖][卉][几][豨][纬]

【八荠】米澧鳢醴牴邸陛弟礼体启棨[荠][挤][济][氐][诋][坻][抵][柢][砥][底][娣][递][涕][悌][泥][洗][泚][蠡][髀][溪][缇][醍][眯][稽]

【十贿】贿馁猥每磊傀罪倍蓓蕾璀腿浼[傀][隗][嵬][琲][悔][汇][磈][诒]

【四寘】寘寄寐至轾致笥伺嗣饲饵刵馈匮帜炽备畀痹秘毖庇挚贽鸷四骊泗利莉痢痣志忌忿恚意惎次恣懿弃异记试谊诿寺侍义议位苽遂隧燧邃鼻劓恓瑞臂避譬罟置萃翠悴粹醉瘁芰技庋翅愧魅谥缢稚穗概冀骥季悸睡泪自洎字牸示祟啻綼喂嗜肆肄员勰厕赐勘贰腻戴地事吏器伪智类媚坠二诐帔觊渍糒轊[诒][治][始][眙][眯]

［睢］［眦］［柴］［晒］［思］［累］［赍］［箦］［掎］［骑］［吹］［咥］［识］［织］
［积］［值］［埴］［植］［柜］［槌］［迟］［遗］［跂］［蹎］［踔］［跛］［陂］［被］
［其］［渐］［刺］［戏］［使］［易］［帅］［食］［暨］［比］［觯］［荔］［莳］［薏］
［彗］［企］［为］［赍］［译］［羼］［锤］［岿］［施］［庳］［司］［里］［瑟］［泌］
［珥］［出］［欸］［亟］［挚］

【五未】未味气饩讳畏胃谓渭猬狒费贵翡慰魏毅既［髴］［沸］［汇］
［溉］［暨］［尉］［蔚］［芾］［诽］［痱］［卉］［衣］［忾］［欷］［纬］

【八霁】霁唶岁刿制蓟薤艺吃蕙惠螮慧憩盼睨睥睇剃第逝势誓砌砺
厉蛎励疠敝蔽弊算羿翳帝蒂褅谛计诣谜髯髻悦税锐屉庋唳隶棣桂
筮噬嚏芮呐枘傺稯薛甓蹏鲲细继例俪袂褉滞漄世卫币际婿媲臲芘
裔系替脆睿毳曳赘瘗［齐］［挤］［济］［剂］［娣］［涕］［悌］［递］［说］
［蜕］［泥］［泄］［赍］［跻］［鳜］［偈］［揭］［掜］［丽］［契］［祭］［闭］［缀］
［缔］［彗］［柢］［达］［逮］［挈］［妻］［睐］［眦］［题］［粝］［离］［荔］［軑］
［切］［哲］［褪］［医］

【九泰】会荟侩绘桧脍贝狈沛霈旆外最兑［蜕］［粝］［啰］［狯］［酹］

【十一队】队内倅淬碎晬昧妹晦海溃愦辈肺乂刈对吠喙佩退秽废配
焙背碚憝郲［诨］［啐］［李］［悖］［悔］［脢］［琲］［琩］［敦］［北］［末］
［瀢］［碚］［酹］

第四部
平声：六鱼七虞通用

【六鱼】鱼渔裾琚腒舒纾余徐狳蜍滁渠蕖诸猪潴储庐驴胪胥蔬梳
虚墟歔瑜蕳摅蛆疽菹趄雎锄间桐橻初书舆祛祛［居］［据］［椐］
［屠］［予］［纾］［且］［苴］［沮］［狙］［咀］［如］［茹］［洳］［於］［淤］
［龉］［衙］［噓］［釀］［车］［誉］［疏］［除］［与］［欤］［畲］［胠］［踽］
［湑］［糈］

【七虞】虞吴娱蜈禹愚嵎髃隅刍雏趋无芜巫诬于吁盱纡竽迂盂邘都
榷衢氍戳需儒濡嚅襦须夒朱侏诛洙姝珠株殊铢蛛邾茱窬渝愉瑜榆
觎歈逾觎氍臾窬谀腴岖枢驱柎符符夫芙扶肤蚨趺麸厨蹰拘驹劬朐
谟嫫模晡甫逋蒲敷辜沽姑菇枯蛄骷鹕胡湖猢瑚糊鹕葫醐酥酴途
荼菰孤狐弧觚眔奴孥弩乎呼滹吾梧鼯徂殂租粗卢垆泸栌轳舻鲈
鸬颅炉芦孚俘莩郭稃呜乌岛俱壶徒摹图毋苏殳雩浮刳[区][呕]
[驱][娄][溇][镂][蒌][芋][菀][莆][铺][酺][酤][俞][揄]
[喻][输][愈][龉][喁][呱][瓠][句][岣][枹][罦][桴][污]
[涂][屠][瞿][诹][裯][膜][瓴][於][帑][麌][懦][恶][阇]
[庑][跗]

仄声：上声六语七虞通用
去声六御七遇通用

【六语】圄圉敔吕莒侣耝旅簪苧伫纻贮抒杼序渚绪楮褚煮许杵巨苣
拒炬钜距阻俎龃举榉叙溆汝暑鼠黍醑虡所础屿墅[语][龉][衙]
[予][纾][苴][诅][沮][咀][女][茹][著][与][欨][处][稰][湑]
[楚][去][御][讵][柜]

【七虞】羽诩栩禹瑀踽龋抚妩怃庾腐腑俯府拊鼓瞽虏虎琥古罟估诂
岵怙牯祜股羖蛊簏土杜肚主拄柱麈普谱户沪扈午仵浒努弩坞甫浦
辅脯黼溥组祖鲁橹堵赌睹五伍缕褛窭窳宇武鹉父斧釜滏伛侮舞卤
乳补竖妈姥部矩[麌][蒌][篓][偻][溇][嵝][数][苦][酤][枸]
[蒟][莽][雨][贾][吐][树][煦][莆][圃][咻][取][剖][愈][怒]
[炷][雇][迕][簿][庑][聚]

【六御】箸翥署薯曙倨锯踞豫预蓣澦遽觑絮恕庶虑瘀助驭饫[御]
[去][胠][女][如][茹][洳][沮][诅][狙][据][椐][淤][处][著]
[与][欨][疏][语][酿][除][楚][嘘][讵][誉]

【七遇】遇寓赋赂辂路潞露璐鹭固痼锢铸镀渡库裤务雾布怖忤募墓暮慕蠹蚱住注驻驸付附鲋阼胙祚裕捂悟晤窹捕哺傅赙措醋酤互冱枑骛婺娶姹妪妒护戽具飓惧愫嗉素屡缕澍溯塑腧谕误诉讪赴趣步兔故顾戍绔孺［厝］［怒］［恶］［胯］［瓠］［铺］［醄］［圃］［瞿］［雇］［属］［苦］［酤］［句］［煦］［蒟］［吐］［咮］［喻］［俞］［输］［足］［仆］［作］［芋］［获］［菀］［树］［度］［数］［鹜］［聚］［污］［驱］［雨］［炷］［连］［妇］［负］［副］［富］［跗］

第五部

平声：九佳(半)十灰(半)通用

【九佳】佳淮鞋街睚崖牌阶皆偕谐喈揩俳排埋霾骸乖怀豺侪斋钗挨崽［柴］［差］［涯］［楷］［槐］［荄］

【十灰】薹苔抬胎炱郃鲐腮鳃该孩垓陔赅咳唉埃才材财来崃莱哉灾猜哀皑开呆［裁］［栽］［台］［驸］［荄］［颏］［欸］［倈］［能］［思］［偲］

仄声：上声九蟹十贿(半)
　　　去声九泰(半)十卦(半)
　　　十一队(半)通用

【九蟹】蟹獬澥买荬骇奶摆拐矮锴［解］［洒］［楷］［罢］［夥］

【十贿】给殆怠迨恺垲凯闿睬彩亥海毒改待宰醢乃［欸］［颏］［采］［在］［载］［铠］［骀］［鼐］

【九泰】泰赖籁濑癞霭蔼蔡艾太汰浍郐带外害丐奈［大］［轪］［奈］［盖］

【十卦】懈廨邂戒诫械介芥玠界疥瘵夬快怪拜湃励迈虿债败呗喟哙

喝隘卖派坏薤稗届悫劖寨聩砦[夢][簣][杀][铩][喝][噎][嗌][晒][价][块][祭][解][瀣][眦][瘥][狯][衼]

【十一队】爱暖瑗碍代玳岱贷袋黛睐赍慨概耐戴襶襕碍态菜埭再赛[栽][裁][载][欸][勑][采][块][在][忾][溉][塞][逮][靅][铠][徕]

第六部
　　平声：十一真十二文十三元(半)
　　　　　十二侵通用

【十一真】真嗔禛瞋因茵姻洇駰裀氤辛莘新薪辰唇宸晨申伸神绅呻宾滨嫔缤槟邻粼璘辚鳞麟匀旬荀询恂峋洵珣昀郇秦蓁溱榛蓁臻逡逡皴埞禋钧均筠珍春椿频苹濒犨银民珉岷筤缗伦沦轮驯肫窀窀淳醇鹑巡遵旻斌赟贫臣人仁身巾彬尘陈津循纫闽閵黄[嶙][磷][瞵][湮][欸][甄][振][娠][抡][纶][屯][纯][垠][填][囷][麇][亲][竣][寅][谆][惇][狺][泯][傧][鄞][珅][畛]

【十二文】文纹蚊雯云芸妘纭耘棼棻芬棻汾纷馡雰氛氲煴君裙群军荤鞬勤勋涓郧熏薰曛獯醺芹昕欣筋獖[堇][鄞][坟][垠][龈][闻][分][颁][员][贲][斤][听][殷][缊][麇][狺][蕲]

【十三元】浑裈温辒瘟尊樽蹲墩暾昏惛婚阍昆琨锟鹍鲲鲲饨炖盆溢根跟痕孙荪狲门扪魂存豚村坤恩吞飧仑髡臀[屯][纯][囷][论][抡][贲][喷][缊][蕰][蕴][惇][敦][奔][垠][潩][闷]

【十二侵】侵骎寻浔鲟林森霖淋琳郴今衿芩琴岑涔衾禽擒檎谌斟音谙歆壬淫霪箴忱砧心钦嵚襟金针阴琛[任][妊][椹][湛][沉][深][浸][裣][镡][蟫][吟][黔][临][禁][暗][参][簪][荫]

仄声：上声十一轸十二吻
十三阮(半)二十六寝
去声十二震十三问十四愿(半)
二十七沁通用

【十一轸】轸胗疹敏允狁陨殒闵悯纼蚓尹窘肾膑尽忍愍准隼笋哂牝蠢紧簨缜稹楯菌[诊][畛][赈][蜃][引][盾][泯][纯][吮][朕][困][黾][嶙]
【十二吻】吻刎谨槿粉愤恽沯韫[坋][忿][坟][抆][揾][蕰][蕴][隐][听][近][堇][瑾][殷][龀]
【十三阮】悃捆阃混棍绲焜辊撙鲧很恳垦衮滚本笨沌忖损稳畚[囤][澐][盾][遁][龈][鳟]
【二十六寝】寝锓锦蕈葚荏饪恁怎谂稔亩婶禀廪懔凛沈品[噤][甚][椹][枕][衽][朕][饮]
【十二震】震闰润慎镇刃仞轫牣韧鬓摈殡殉徇晋缙搢瑨馑觐蔺躏俊峻骏浚畯舜瞬荩烬赆遴讯汛迅进吝信印阵顺衅胤榇慭仅认衬疢趁[振][娠][赈][蜃][磷][膦][诊][谆][傧][瑱][琎][瑾][引][亲][龀]
【十三问】问运酝晕郓郡捃汶紊韵粪奋偾愠焮靳训璺[分][坋][忿][斤][近][缊][蕰][蕴][抆][员][隐][闻]
【十四愿】巽噀艮恨裉寸困钝逊嫩坌诨[澐][喷][顿][遁][溷][论][敦][揾][奔][焌][闷][鳟]
【二十七沁】沁渗谮谶鸩赁窨闯妗[枕][酖][沉][深][禁][噤][吟][喑][任][妊][衽][祲][浸][饮][临][甚][荫]

第七部

平声：十三元(半)十四寒
　　　十五删一先十三覃
　　　十四盐十五咸通用

【十三元】元沅芫鼋园原源嫄袁猿辕蕃幡燔璠膰蹯翻藩萱喧暄轩爰
谖鸳鹓掀鼋言矾烦埙垣晅樊袢繁鞬[湲][媛][援][怨][謷][宛]
[蜿][洹][貆][阮][𪕉][繁][番][反][键][㟩][圈]

【十四寒】寒箪殚郸竿杆玕肝奸刊邗骭安鞍兰拦栏丸纨汍芄峦峦栾滦
鸾銮端湍姗珊跚蹒瞒颟颟顸官倌棺馒鳗盘槃磐瘢宽髋潘磻蟠完刓剜
酸狻獾抟桓檀丹韩餐残阑襕团欢摊[单][弹][瘅][曼][蔓][谩]
[墁][漫][镘][难][滩][谰][澜][洹][貆][乾][干][汗][奸][叹]
[观][翰][看][冠][钻][㟩][胖][弁][莞][坛][般][敦][繁][謷]
[娈][攒][揣]

【十五删】删弯湾鬟鬟寰澴阛班斑环还闲娴鹇痫颁顽颜关蛮奸菅攀
山鳏犏艰斓悭扳傆[屏][潺][般][殷][湲][潸][间][纶][擐]
[讪][患][颁][奸]

【一先】前湔千芊阡迁跹戈笺玄弦痃舷船沿铅田畋坚贤阗滇颠癫
巅颧肩捐娟涓鹃妍妍骈胼焉嫣嫣然燃边笾延筵涎蜒连莲涟鲢廛
瀍躔婵蝉蠕蜷髦拳篇偏编蹁鳊翩翾绠梗鞭鞯全荃筌诠佺拴栓铨
痊专砖悛篅颛谝鸢鹓澶膻鳣鳣遭椽椽宣揎瑄仙籼骞褰璇悬悁绵棉
权天胭烟怜年眠渊鬋泉毡斿联镌川圆虔挛[先][佃][钿][单]
[禅][鄢][鲜][湮][甄][猷][楗][键][旋][漩][燕][煎][谝]
[扁][扇][煽][纯][缘][屏][潺][湲][浅][溅][钱][传][便]
[填][牵][研][员][穿][咽][零][平][卷][惓][蜎][搴][竣]
[纤][缠][阋][乾]

【十三覃】覃潭谭昙骖甗含贪盦聃耽龛裁堪坍倓谈郯痰甘坩泔柑
蚶酣邯苷罧蓝篮南男谙鹌庵涵岚蚕惭儋婪[镡][蟫][醈][淦]
[湛][澹][楠][函][参][眈][酖][三][担][探][坛][憨][颔]
[簪][弇]

【十四盐】詹谵幨檐瞻襜蟾兼鬑谦嫌缣磏鹣鹣廉镰蠊拈沾鲇黏觇
霑金签箴淹腌阉阎歼髯蚺佥恹恬惉甜钳钤尖奁潜添炎暹帘[盐]
[占][苦][阽][店][纤][锹][严][兼][砭][渐][黔][楠][崦]

【十五咸】咸缄搀馋凡衫杉岩衔芟鹐喃[巉][镵][谗][函][监]
[嵌][掺][锹][严][帆][彡]

　　　　仄声：上声十三阮(半)十四旱
　　　　　　　十五潸十六铣二十七感
　　　　　　　二十八俭二十九豏
　　　　　　去声十四愿(半)十五翰
　　　　　　　十六谏十七霰二十八勘
　　　　　　　二十九艳三十陷通用

【十三阮】晚挽坂返偃蝘郾苑婉琬踠烜鳀鐞[阮][远][反][饭]
[阪][宛][菀][畹][蜿][浣][绻][圈][堰][鄢][娩][寋][㦎]

【十四旱】旱秆罕缓暖管琯坦袒满趱浣睆碗伞短款诞暵纂黪懒亶
[馆][盥][卵][散][断][伴][但][侃][算][瓒][悍][瀍]

【十五潸】限板版钣眼盏刬产浐铲简赧柬皖[潸][拣][撰][绾]
[栈][莞][阪][屟]

【十六铣】铣筅跣践典腆犬畎免冕勉辩辨辫篆笕岘泫铉碘褊匾湎缅
勔狝茧蕆藓剪翦辇软沔演兖鬳喘展显瘾舛戬件琏墡鳝珍瀽癣阐隽
撚[善][遣][缱][转][辗][碾][选][洗][浅][饯][栈][钱][键]
[搴][寋][宴][狷][蚬][蜎][蜓][衍][卷][眄][扁][谝][谳][㦎]

[鲜][吮][巏][跰][黾][娩][孌][瑑]

【二十七感】感撼揽览槛敢橄惨掺黪莒菡胆坎毯撜昝罱[椠][錾]
[澹][颔][喊][晻][眈][醓][嵌][赣]

【二十八俭】俭捡检脸睑险陕奄埯掩翟冉苒芡谄玷点飐嗛琰剡染
簟贬俨廲闪[猃][敛][激][渐][歉][魇][忝][崦][晻][弇]
[焰]

【二十九豏】豏减碱犯范槛舰斩黯[湛][掺][阚][喊][滥][歉]
[巉]

【十四愿】愿建健贩畈宪劝券楦[媛][瑗][远][圈][怨][饭][献]
[曼][蔓][绻][堰][键][浣][畹][万]

【十五翰】旰矸扞按案岸炭半泮绊畔鼾判叛逭涫瀚汉涣奂换唤焕赞
灌瓘罐鹳粲璨埠捍焊悗腕窜掸段缎锻乱旦玩烂贯爨幔灿惮蒜嗏裸
豢[翰][干][汗][骭][悍][难][滩][谰][澜][谩][墁][漫][镘]
[缦][叹][观][断][散][算][冠][弹][看][钻][胖][伴][但][侃]
[馆][晏][盥][瓒][攒]

【十六谏】谏涧铜裥襻涮汕疝扮盼嫚慢惯雁赝宦办豢串苋绽幻篡
孪卝瓣[缦][谩][汕][栈][栅][患][间][晏][绾][骭][擐]
[屟]

【十七霰】霰见现砚线线缮膳鄯鄄练炼绚绢胃眀眩炫卞汴忭彦谚谴
茜荐唁啭颤擅嬗掾殿面县变箭战贱院电甸眷倦羡奠骗遍恋钏片淀
靛楝嬿馔[传][转][辗][碾][研][跰][先][选][煎][燕][咽]
[穿][宴][堰][弁][媛][瑗][援][拣][撰][佃][钿][遣][缮][眄]
[瞑][钱][溅][便][倩][瑑][缘][缠][单][禅][扇][煽][蚬][狷]
[旋][漩][巏][牵][善][瑱][衍][卷][倦][谳]

【二十八勘】勘磡啖淡暂绀缆憾瞰暗[憨][阚][淦][錾][滥][澹]
[担][探][三][赣][参][醓][嵌]

【二十九艳】艳滟念埝验殓赡赡垫堑坫店俺僭窆酽掭厌餍[猃][剑]

[敛][潋][占][苫][阽][痁][欠][椠][砭][盐][兼][忝][焰][焱]

【三十陷】陷鉴梵忏赚蘸站泛[监][帆][剑][镵][阚][谗][欠]

第八部

平声：二萧三肴四豪通用

【二萧】萧箫潇蟏蜩凋雕苕招怊弨昭轺貂韶龆岧髫迢超条枭撩獠寮尧荛晓峣饶骁浇蛸跷翘宵霄绡消硝销道魈朝潮焦蕉谯憔樵鹪乔荞侨桥骄晅姚佻桃谣徭猺瑶鳐飘遥窑嫖缥膘瓢藻飘飙苗描猫枵鸮辽邀聊喓腰寥刁杓幺镳钊椒妖鞗菝幖[肖][哨][蛸][摇][繇][鹞][佻][挑][洮][朓][铫][跳][侥][娆][桡][烧][娇][峤][轿][僚][嘹][潦][燎][镣][鹩][要][漂][摽][剽][劭][标][橇][天][调][微][嚻][髟][陶][鲦][料][僬][嘹][廖][蘸]

【三肴】肴崤淆巢爻交茭洨蛟鲛郊包苞咆胞跑匏庖筲捎梢艄抄抓抛吵哮坳硗铙茅蛮嘲虓猇謷硇胕凹[佼][咬][姣][胶][笅][蛸][鞘][郣][敲][泡][枹][炮][砲][刨][培][唠][唰][教][犇][警][尢][鹋][窏][钞][勦]

【四豪】豪壕嚎濠毫毛蚝髦旄刀叨忉舠鲄咷桃逃鼛曹嘈槽蝤糟遭醩艘高蒿篙涛皋嗥橰翱遨嗷璈癸熬鳌螯慅搔骚羔糕萄掏绹淘醄醪慆滔韬膆尻绦猱羧褒袍牢饕捞痨薅鏖[劳][涝][唠][鹜][警][洮][挑][挠][襘][绸][缫][缲][操][号][陶][膏][氂][嚻][夿][漕][潦][髦][栲][憬]

仄声：上声十七筱十八巧十九皓
　　　去声十八啸十九效二十号通用

【十七筱】筱沼绍杪秒眇渺缈缥鳔缭瞭皎皦育窈窕兆旐悄愀小表鸟

茑袅了扰晓杳舀矫嬲藐淼肇殍赵[侥][绕][娆][娇][佻][朓]
[挑][掉][摽][慓][少][蓼][湫][标][夭][僚][燎][缴][剿][藨]

【十八巧】巧饱鲍卯昂泖狡绞铰爪搅吵炒[挠][拗][茆][佼][咬]
[姣][笅]

【十九皓】皓浩皞皂澡藻璪早草枣考拷栲老栳恼脑瑙杲昊滈槁稿镐
保葆褓堡岛捣鸨宝道稻讨嫂颢灏祆蚤媪抱[缟][鄗][涝][潦]
[好][造][倒][祷][扫][埽][缲][缫][夭][燠]

【十八啸】啸叫嗷召诏邵照曜耀俏诮峭票骠俵裱庙疗笑窍妙钓眺尿
祟醮[僬][噍][敫][徼][绕][烧][朓][铫][跳][嘹][镣][鹩]
[鹬][摇][掉][摽][剽][漂][慓][要][劲][调][吊][少][料][峤]
[轿][肖][哨][鞘][约][爝]

【十九效】效狡校孝酵罩淖棹衵勒疱闹豹貌窖稍笅[较][胶][教]
[桡][爆][拗][乐][觉][敲][泡][炮][趵][刨][窍][钞]

【二十号】噪燥躁诰部靠糙耗耄到报菢帽导盗灶奥懊悼犒蹈傲嫪暴
套臑[号][告][造][暴][瀑][劳][涝][潦][漕][隩][澳][燠]
[冒][珝][帱][祷][焘][缟][膏][操][好][纛][驽][倒][凿][扫]
[埽][芼][眊]

第九部

平声：五歌独用

【五歌】歌哥多罗啰锣萝箩苛疴何诃阿呵珂柯河菏莎挲挲摩魔瘯坡
波禾科蝌他佗陀驼柁跎酡讹靴莪俄哦娥蛾鹅骡螺嶓璠鄱窝堝涡锅
挪搓傞蹉踒矬痤猓鼍蓑唆梭婆戈囮[茄][柳][迦][逻][过][瑳]
[嵯][磋][瘥][峨][硪][砢][轲][荷][和][磨][娑][沱][那][哪]
[颇][拖][傩][么][番][驮][献][倭][髁][陂]

仄声：上声二十哿
去声二十一箇通用

【二十哿】哿可砢舸婀娜果裸蜾颗裹朵垛舵椭火伙我琐锁妥嬴蓏叵左爸祸脞弹[坷][轲][荷][砢][硪][峨][堕][惰][跛][颇][簸][哆][沱][傩][坐][那][哪][么][夥][瘅][卵][娑][爹][揣][拖][瑳]

【二十一箇】箇个莝挫锉座贺货做佐饿课糯唾播破卧剁[大][奈][驮][坷][轲][磋][磨][瘅][作][那][些][过][逻][和][簸][坐][惰][懦][髁][涴]

第十部

平声：九佳(半)六麻通用

【九佳】佳[娲][蜗][蛙][娃][哇][洼][涯]

【六麻】麻纱沙砂鲨裟袈加珈跏笳嘉痂牙芽呀鸦邪琊耶椰揶挝瓜窊爬巴芭笆琶吧耙疤葩夸奢拿佘赊嗟槎艖骅哗又权桠楂渣查虾蟆葭霞瑕遐煆遮花茶家斜爷丫[娃][哇][洼][涯][蛙][蛇][蜗][娲][茄][柳][迦][衙][爹][哆][哑][咤][呱][华][桦][杷][畲][涂][污][溠][差][车][阇][苴][瘕][些][划]

仄声：上声二十一马
去声十卦(半)二十二祃通用

【二十一马】马玛者赭跺痄野寡剐社写冶也她扯傻厦斝檟惹哆姐耍雅罖[假][瘕][哑][哆][泻][洒][下][夏][贾][舍][若][且][妲][髁][打][把][鲊][瓦]

【十卦】卦挂诖[话][画]

【二十二祃】祃骂驾架谢榭嫁稼亚娅乍诈诧侘偌讶砑迓灞柘靶化夜

暇赦蔗罅跨麝怕卸坝鹧汉嘎[妊][咤][价][假][借][蜡][藉]
[把][杷][华][桦][下][吓][罢][夏][霸][炙][舍][射][胯][贳]
[泻][溠][差][话][衩][帕][鲊][瓦]

第十一部

平声：八庚九青十蒸通用

【八庚】庚鹒赓虻氓盲绷棚亨烹英瑛苹伻抨坪枰砰怦怔钲京惊琼勍
明萌茎苿莺萦濙营荣嵘蛏生笙牲甥鲸鲸衡蘅宏纮翃闳泓茎硁罂
缨嘤撄璎樱鹦鸣争筝峥琤铮狞菁清情晴睛蜻精鲭祊旌盈楹赢嬴籯
瀛贞桢祯赪成城诚郕呈程酲柽蛏名洺浜兵枨柽妍拼撑瞠盯粳羹觥
荆兄卿擎耕甍晶声倾饧黉伧珩铿轰訇橙薨澎膨蟛坑[平][评]
[正][征][行][桁][撑][榜][横][更][彭][盟][莹][橧][迎][盛]
[轻][令][并][枪][丁][侦][顷][裎][猩][狰][铛][锃][趟]

【九青】青泾陉形邢刑硎铏型亭葶停婷渟苧咛仃汀叮玎厅疔星惺腥
灵棂苓笭伶泠玲铃聆蛉羚舲龄囹翎鸰瓴瓶帡冥螟茣荧萤萍坰扃馨
霆醽鄮侹铭[廷][莛][蜓][庭][宁][丁][钉][町][溟][暝][瞑]
[窦][经][猩][醒][零][听][屏][娉]

【十蒸】蒸承丞症惩登簦澄菱陵凌绫崚䔲棱楞膺鹰绳蝇誊塍腾滕滕
藤朋崩髆鹏曾罾僧增缯矰憎噌矰芿仍扔礽弘肱薨冰升兢矜灯姮恒
层[胜][賸][冯][凝][烝][应][乘][兴][征][徵][称][能][硼]
[凭][曹][镫][蹬]

仄声：上声二十三梗二十四迥
去声二十四敬二十五径通用

【二十三梗】梗埂绠哽鲠景憬璟影冷岭领颈颍颖丙炳郢皿猛艋蜢

靖静饼省眚境幸倖悖警永井骋逞整瘿杏秉耿荇矿囧[请][婧]
[靓][并][屏][颕][犷][狰][黾][檠][郱][裎][打][儆]
[阱]

【二十四迥】迥泂炯侹挺梃斑铤艇颋酊酩茗到等鼎顶肯拯謦婷[町]
[汀][溟][醒][莛][并][诇][胫]

【二十四敬】敬政姓性泳咏净诤竟獍镜柄病郑迸摒命圣映晟劲竞孟
聘硬帧复[请][倩][婧][靓][盛][盟][榜][横][评][诃][正]
[证][令][行][庆][更][迎][轻][并][侦][儆][郱][檠][娉][阱]
[趟]

【二十五径】径定碇锭嶝磴瞪凳蹭赠甋订饤磬馨塍邓孕澄剩佞亘
[经][胫][廷][庭][应][听][胜][乘][称][莹][证][兴][宁][泞]
[醒][钉][镫][蹬][暝][乘][凭][凝][堋]

第十二部

平声：十一尤独用

【十一尤】尤优忧疣莸由抽油蚰鲉邮流琉旒硫鎏鏊镠璆樛瘳榴骝游
蝣酋猷道鞧鞦秋啾楸鳅愁鹙鸠仇修脩攸悠牛牟侔眸蟱孟矛柔揉周
惆稠州洲酬舟俦辀筹俦畴踌休髹貅鸺庥囚泅求俅球赇裘述浮蜉侯
篌猴喉缑糇讴抠鸥瓯喽搂楼蝼髅殴投擞郰诌邹罘抔沟钩鞠兜篼刘
羞雠丘邱蚯虬谋陬偷头幽彪哀篝呦阄飕搜锼庹廋[区][呕][沤]
[欧][留][溜][馏][遛][瘤][娄][偻][溇][蒌][篓][调][绸][喝]
[裯][叟][溲][诹][鲰][揪][捂][揄][缪][戮][蹂][鞣][罦][桴]
[枹][枸][句][售][噍][咻][涑][浏][揫][梼][帱][鲦][鎏][芁]
[馗][收][不][驹][卣][龟][督][犹][髟][柚][妯][鸼]

仄声：上声二十五有
去声二十六宥通用

【二十五有】酉酒口抖蚪苟笱狗久玖羑丑扭纽忸钮偶耦藕薮擞莠诱
肘纣绺纠赳陡手朽柳友受瞍牖阜九罶亩舅臼韭牡缶黝者糗某母拇
殴垢郈叩潄[有][右][后][否][咎][培][剖][瓿][掊][扣][篓]
[楼][嵝][走][取][撒][鲰][守][嗾][叟][溲][绶][首][厚][蹂]
[狃][卣][岣][枸][浏][茆][寿][斗][吼][欧][呕][妇][姆][负]
[灸][服]

【二十六宥】宥侑候堠就僦鹫秀绣锈透奏凑辏腠狄狩戊茂宙岫袖鼬
胄臭嗅嗽漱漏佑豆饾脰逗籀贸购构菁媾觏遘诟姤遘谬鹨疚枢绉皱
瘦衰糅懋酎寇究窦笛籀授兽陋昼旧救幼瘦咒彀骤瞀愁又鲨蔻厩褥
[畜][留][溜][馏][遛][瘤][右][扣][后][售][柚][辐][副]
[富][复][覆][蹂][鞣][督][蔟][嗾][咮][吼][狃][犹][守][宿]
[宄][仆][伏][绥][缪][廖][偻][镂][走][飂][首][句][沤][收]
[厚][读][寿][斗][有][囿][姆][灸]

第十三部
入声：一屋二沃通用

【一屋】屋木沐霂竹竺筑簏簇族镞目苜腹蝮馥蝠福禄碌穀縠毂縠孰
塾熟鹿簏麓漉辘菊掬鞠麴逐轴舳牧牍渎椟牍黩粥鬻育淯叔菽淑卜
扑蓿簌速觫斛榖杌祝蹙茯洑濮蹼醭薁昱蓿缩穆秃谷肉陆肃骕鹔六
哭蓄搐滀独睦衄矗蹴谡毓凤或倏髑曝[幅][辐][副][匐][暴]
[瀑][蓼][缪][戮][复][覆][噢][澳][燠][俶][伏][仆][朴][柚]
[妯][宿][读][畜][鹜][恶][蔟][葴][服][縠][郁][囿][涑][碡]
[啄][煜]

【二沃】沃鋈烛触录菉箓绿渌逯醁酷喾梏牿鹄鹆欲俗浴峪辱蓐缛溽褥鄏蜀蠋躅踽局续赎玉曲粟狱束促嘱瞩旭顼幞笃督豖勖毒亍[足][属][纛][告][仆][碡]

第十四部

入声：三觉十药通用

【三觉】角桷确浞捉娖卓倬诼涿琢椓学峃雹壳悫擢濯偓渥握幄喔龌齱鷟珏璞榷岳朔槊搠搦斮剥趵驳浊镯荦皃邈[觉][乐] [朴][数][爆][觳][较][药][趵][飑][瞀][眊][啄]

【十药】博搏缚膊镈薄欂礴各骆洛络恪珞烙硌略酪貉落阁雒雀霍藿攉臛矍籰戄攫镬蠖爵嚼郝椁郭廓勺芍妁灼酌铎箨箨箬诺都萼谔崿愕腭锷鳄鄂鹗鹤鹊碏错粕泊箔绰烁铄跃踱寞摸漠镆瘼怍昨酢迮虐谑噱斫柝壑垩噩弱蒻却脚幕扩托削橐钥龠瀹亳涸痁镢禚[药][约][莫][膜][昔][厝][作][柞][著][躇][恶][乐][栎][轹][跞][若][凿][掠][度][获][格][醵][魄][鄗][敫][缴][拓][爝][簿][索]

第十五部

入声：四质十一陌十二锡
十三职十四缉通用

【四质】质锧日驲骘桎郅厔室窒实密蜜必铋镒谧溢漆膝疾蒺嫉悉蟋蟀率聿律失佚帙泆秩栗溧溧篥毕荜筚笔吉佶诘姞恤怵秫术述逸遹鹬潏橘桔七叱一乙壹黜弼虱戌昵佾觱匹[出][茁][侄][咥] [蛭][苾][瑟][泌][汩][跸][踬][卒][捽][啐][崒][轶][唧][帅][尼][拮][烪]

【十一陌】陌百貊客喀骼白伯拍柏珀舶帛迫赤赫亦奕弈迹役疫碧石

祏跖鼫磔硕额译泽驿择绎怿峄释辟僻擗擘檗璧襞癖脊嵴蹐鹡瘠责箦啧帻碛赜厄扼轭隔嗝槅膈翮舄潟掖液腋埸蜴掴帼蝈摭蹠夕汐宅穸窄蚱舴掷踯郤惜籍策逆脉席戟麦册尺隙屐剧益斥坼拆谪虢奭襫螫貘嫗绤蓦[昔][借][腊][藉][柞][栅][核][格][魄][积][画][易][适][摘][蹢][射][炙][翟][砉][鬲][鲫][吓][哑][嗌][划][刺][莫][霸][霹][获][只][筴][索][革]

【十二锡】锡惕踢剔历沥呖枥疬苈雳劈壁甓绩嫡滴镝析淅晰蜥皙狄荻逖的菂砾阋阒觅觌汨涤溺幂寂击笛敌激檄籴鹢鹝戚迪郦倜[焱][摘][蹢][适][霹][霓][翟][鬲][砉][吊][吃][栎][轹][跞][裼][蓂][俶]

【十三职】职力仂肋勒黑默墨息熄则侧测恻弋忒式拭栻轼或域棫蜮惑阈敕棘匿慝亿忆臆仄昃克翊翌翼殛啬濇穑饬饰蚀洫湜国色极得德贼刻直殖特稷即陟抑愎愊湢逼踣[值][埴][植][幅][副][匐][识][织][唧][鲫][食][北][塞][劾][冒][螣][嶷][葍][薏][恧][亟][万][革]

【十四缉】缉揖辑葺戢濈立笠泣粒邑挹浥悒给卌廿十什汁及岌芨伋级汲吸执蛰絷翕熠褶霫湿涩集急入习袭隰[唈][笈][圾] [歙][煜][拾][楫]

第十六部

入声：五物六月七曷八黠

九屑十六叶通用

【五物】物勿芴茀弗佛刜拂怫绋绂韨祓黻屈倔崛乞仡屹迄讫诎熨欻甗[尉][蔚][芾][菀][沸][鬅][艴][掘][厥][郁][不][吃]

【六月】月谒蝎羯歇没殁伐筏垡阀阙蕨撅橛劂突卒猝饽脖鹁勃渤笏忽淴惚纥矻兀杌扤屼窟堀曰骨发讷粤罚钺樾[厥][蹶][鳜] [孛]

[悖][汩][滑][讦][越][卒][捽][崒][鹘][唠][咄][掘][揭][猲][碣][竭][凸][刖][核][阏][軏][袜][顿]

【七曷】曷葛渴褐鞨鹖遏末沫抹秣聒括活阔闼挞捋捋捺撮钹跋魃拨泼袚褴笪妲怛割豁钵脱夺萨辣斡剌瘌[拔][掇][剟][喝][猲][獭][阏][越][鸹][适][袜][咄][达][粝][磕][蘖]

【八黠】黠秸劼扎札轧戛嘎刮刹刷捌揠八叭杌哳察菝猾猰辖瞎煞[杀][铩][滑][鹘][鸹][拔][刖][茁][獭][颉][帕]

【九屑】屑节疖别列冽洌裂烈杰爇热亵结洁桔穴窃彻决诀抉玦缺觖撇瞥蹩鳖楔锲挈絜垤绖耋悦阅阕捏涅陧铁跌迭瓞篾蔑蠛撷缬撤澈辙辍啜惙绁媟揲渫薛孽蘖折浙哲蜇舌呐啮噎臬桀设谲雪绝血灭拽拙劣餮孑锊截[偈][揭][碣][竭][侄][咥][蛭][掇][缀][剟][讦][说][谳][茁][茶][苾][蘖][颉][拮][批][捩][橇][泄][咽][切][掣][契][凸][闭][轶][哲][霓]

【十六叶】叶帖贴谍堞牒蝶蹀鲽屧倢捷婕睫荚侠挟浃铗蛱颊页惬箧晔烨聂摄嗫滠慑镊蹑鬣躐躞燮妾接捻馌叠氎涉协勰餍辄猎耆[魇][霎][苶][笈][筴][箑][喋][歙][楫][拾]

第十七部

入声：十五合十七洽通用

【十五合】合蛤鸽颌塔搭褡嗒答盒盍溘嗑榼瞌阖塌蹋榻遢邋逻拉垃纳衲沓踏趿靸飒杂匝漯卅耷[唈][喝][盖][磕][腊][蜡][圾][拓]

【十七洽】洽恰袷袷夹狭峡硖郏法怯劫蛱胁甲押狎呷胛柙鸭匣闸业邺插锸歃乏眨压掐劄[喝][喋][筴][箑][霎]

附：

关于《词林今韵(十七部)》的说明

　　本《词林今韵（十七部）》依据《词林正韵》重新拣选，并据其他典籍酌加增补，同时将韵部的划分，由原来的十九部改为十七部，即将原第十三部合入第六部，原第十四部合入第七部。平上去声共十二部。入声五部不变，但序号改为第十三部至第十七部。改为十七部之理由主要基于两点：一是所合并韵部内之各韵，在《词林正韵》十九部出现之前的宋人词中就已通用；二是所合并韵部内之各韵的韵母基本相同或相近，合并后更切合现今实际。现将笔者所著《诗词格律新讲》第232页"词韵的通押"部分附列于此，作为说明，以供参考。（其中个别文字略有改动）

词韵的通押

　　《词韵》把邻韵、侧声韵合为一部。除入声韵部外，其他各部都含平上去声及其邻韵。每一部中不同韵目的韵字都可通押。如果需要押侧声韵时，本部平仄即可通押。后五部是入声韵。入声韵也是在一个韵部中的不同韵目的韵字通押。这样，哪些可以通押，哪些不可以通押的问题就非常明确了。

　　我们举例来说明。比如：

分部	平声	上声	去声
第八部	萧肴豪	篠巧皓	啸效号
第九部	歌	哿	箇

　　第九部中平声以歌韵独用，上声以哿韵独用，去声以箇韵独用。歌韵、哿韵、箇韵没有邻韵，所以不存在邻韵通押问题。而这三个韵互为侧声韵，在词谱中如果要求押侧声韵的话，则可按要求通押。第八部中的平声萧韵、肴韵、豪韵互为邻韵，上声篠韵、巧韵、皓韵互为邻韵，去声啸韵、效韵、号韵互为邻韵。平上去各自的互押可以叫作通押。它们中的平、上、去声韵互为侧声韵，如果需要也可以通押。

　　严格意义上讲，在词韵中，抛开侧声韵通押外，每部之内同声不同韵目之互押，不能算作通押。因为它们都在一个韵部之内。虽然韵目与韵目是邻韵关系，这只是相当于诗韵中的邻韵通押，但在词韵中因为是以韵部为单位的，所以不能叫作通押。

　　词的真正意义上的通押，应该是两个不同韵部之间的通押。词韵的每一部都是相对独立的，一般都不主张通押。但是，戈载《词林正韵》"以唐宋诸名家为据"，"列平上去为十四部，入声为五部，共十九部，皆取古人之名词参酌而审定之"（引自《词林正韵发凡》）。这样就难免有所疏漏。有些唐宋名家之词的通押就没有完全为十九韵部所接纳。比如，一首词内按照十九部对照，同时用了第六部韵和第十三部韵，同时用了第七部韵和第十四部韵者都有。因为当时还没有十九部之说，所以不能把它们称为两个部之间的通押。为了指导现在的填词用韵，这里拿十九部来对照前人的词作，权且把它叫作通押，来举例分析。下面只以平声韵为例。

1. 第六部和第十三部的通押

　　在宋代词人中，秦观、朱敦儒、张元干、叶梦得、张才翁、赵构、薛梦桂、程武等都有现在所说的《词林正韵》第六部韵和第十三部韵通押的词作。

　　　　过秦淮旷望，

迥潇洒、绝纤尘。◎
爱清景风蜇。
吟鞭醉帽,
时度疏林。◎
秋来政情味淡,
更一重烟水一重云。◎
千古行人旧恨,
尽应分付今人。◎

渔村。◎
望断衡门。◎
芦荻浦、雁先闻。◎
对触目凄凉,
红凋岸蓼,
翠减汀苹。◎
凭高正千嶂黯,
便无情到此也销魂。◎
江月知人念远,
上楼来照黄昏。◎

————秦观《木兰花慢》

秦观的这首词中"尘、云、人、村、门、闻、苹、魂、昏"
都是《词林正韵》中的第六部韵,而第五句的"林"则是第十三
部韵。

红稀绿暗掩重门。◎
芳径罢追寻。◎
已是老于前岁,

那堪穷似他人。◎

一杯自劝，
江湖倦客，
风雨残春。◎
不是酴醾相伴，
如何过得黄昏。◎

——朱敦儒《朝中措》

《朝中措》是上片三平韵，下片两平韵。朱敦儒的这首词中"门、人、春、昏"都是现在的第六部韵，而前片第二句"寻"是现在的第十三部韵。

上面这两个例子，都属于现在所说的《词林正韵》第六部韵和第十三部韵的通押。

2. 第七部和第十四部的通押

宋代词人中，黄庭坚、辛弃疾、周邦彦、朱敦儒、周密等也都有现在所说的《词林正韵》中的第七部韵和第十四部韵通押的词作。

一叶扁舟卷画帘。◎
老妻学饮伴清谈。◎
人传诗句满江南。◎

林下猿垂窥涤砚，
岩前鹿卧看收帆。◎
杜鹃声乱水如环。◎

——黄庭坚《浣溪沙》

《浣溪沙》是上片三平韵，下片两平韵。黄庭坚的这首词中

"帘、谈、南、帆"都是现在的第十四部韵，最后一句的"环"则是现在的第七部韵。

> 绕床饥鼠，△
> 蝙蝠翻灯舞。△
> 屋上松风吹急雨，△
> 破纸窗间自语。△
>
> 平生塞北江南，◎
> 归来华发苍颜。◎
> 布被秋宵梦觉，
> 眼前万里江山。◎
>
> ——辛弃疾《清平乐·独宿北山王氏庵》

《清平乐》为平仄转换式，它的上片四仄韵，下片三平韵。辛弃疾的这首词的下片三平韵中，"颜、山"为现在的第七部韵，"南"字则是现在的第十四部韵。

这两个例子，都属于现在所说的《词林正韵》第七部韵和第十四部韵的通押。

从以上的例子来看，在没有十九部划分之前的宋代，上平声的十一真、十二文、十三元（部分）三韵与下平声的十二侵韵是通用的，也就是可以通押。上平声的十三元（部分）、十四寒、十五删三韵与下平声的十三覃、十四盐、十五咸三韵也是通用的，即可以通押。《词林正韵》按十九部划分之后，上平声的十一真、十二文、十三元（部分）三韵划为第六部；下平声的十二侵韵独用划为第十三部；上平声的十三元（部分）、十四寒、十五删三韵划为第七部；下平声的十三覃、十四盐、十五咸三韵划分为第十四部。虽然这些韵目没有划分在一个韵部，但是既有前人的用法作为参考，又有这些韵字的韵母相近或相同的特点，第六部韵和第十三部韵完全可以通押；第七部韵和第十四部韵也完全可以通押。据此，把第六部韵和第十三部韵划为同一部，把第七部韵和第十四部韵划为同一部，更加符合词韵的韵部划分原则。这样的划分，也更加切合实际，更加方便实用。这也是笔者在《诗韵词韵速查手册》中把第十三部合入第六部、第十四部合入第七部的具体原因。

在宋人词中还有把八庚、九青、十蒸韵与十一真、十二文、十三元及十二侵韵通押的，即《词林正韵》十九部中的第十一部、第六部和第十三部。但是，按照现在的读音，庚、青、蒸韵的韵母与真、文、元及侵韵的韵母并不能说是相近，所以不足为例，也就不做分析了。

中华新韵(十四韵)简表

一、麻　a,ia,ua

【阴平】啊腌扒叭巴芭岜笆粑犯嚓叉杈差咖瓜胍哈花哗加茄(又皆韵阳平)迦痂枷 笳珈袈嘉佳家傢葭猴咖夸姱啦妈摩嬷趴葩杉沙挲莎(又波韵阴平)痧鲨纱砂他她它哇洼蛙娲虾丫呀鸦哑桠查楂喳呱欻旮呵筇拉蓝吗蚂仨裟砂跶渣揸馇挝(又波韵阴平)

【派入阴平的入声字】阿(又波韵阴平)八捌擦插锸耷哒嗒鎝褡发(又去声入)夹嘎刮括栝鸹拉邋抹掐袷蒉撒杀刹铩煞(又去声入)刷趿塌溻褟踏挖呷瞎鸭压押扎匝呷拶吒咭浃聒撒答

【阳平】啊茶查搽嵖猹槎楂碴(米查)苴垞蛤华哗骅铧麻嘛蟆拿扒杷爬钯耙筢琶娃霞遐瑕暇(又去声)牙伢芽玡玘蚜崖涯睚衙

【派入阳平的入声字】拔茇菝跋魃察檫达鞑沓怛妲笪靼答跶乏伐筏垡砝阀罚嘎滑划猾夹浃郏荚铗蛱恝戛颊乬拉匣狎挟柙侠峡狭硖辖黠杂砸扎札轧炸闸铡喋(又读dié)劄

【上声】把靶礤叉衩(又去声)踏镲打剐寡哈贾假瘕卡佧咔咯侉城喇俩马吗玛码蚂哪卡洒傻耍瓦佤苴哑拃雅砟咋诈鲊爪

【派入上声的入声字】法磕甲钾岬胛撒鞁塔獭蝎眨

【去声】坝把弝爸粑罢霸灞汊衩(又上声)岔佗鲅诧差姹大尬卦诖挂絓褂罣化划华画话桦价驾骼架假嫁稼挎胯落跨蚂袜骂那娜怕下夏嘎厦(又音shà)罅暇亚讶迓娅咤咤蚱痄氬挜炸榨瓦砑

【派入去声的入声字】刹发（又阴平入）珐划剌腊蜡瘌辣镴呐纳肭衲钠捺帕恰洽祫卅飒萨嗒歃煞（又阴平入）箦霎拓眷跶挞闼嗒遢榻鳎漯踏鞳蹋袜腽吓轧压揠栅

二、波　　o, e, uo

【阴平】波播菠玻嶓搓磋蹉瑳多哆呙锅过埚涡坡颇陂莎唆娑梭挲睃嗦嘬蓑拖它挞莴倭唷涡窝蜗踒阿婀痾哥歌戈呵科蝌柯疴苛珂窠轲颗屙菏棵髁的了么呢车奢赊畬遮仂猞

【派入阴平的入声字】拨鲅豹钵般嶓饽剥趵踔戳撮咄剟掇裰郭啯聒蝈豁劐攉捋泊泼钹说缩托侂脱喔拙捉苟桌倬涿焯作喔鸽割搁喝磕瞌榼

【阳平】脖嵯痤矬铧醝罗萝啰逻脶猡锣椤箩骡螺谟无（又姑韵阳平）馍馍摹模么摩　磨嬷蘑磨魔那挪娜傩婆鄱繁（又寒韵阳平）皤驮佗陀坨驼柁砣鸵酡跎蛇祭鼍鹅蛾娥莪俄峨哦讹和禾何河荷阖膜婆皤沱菏哪授

【派入阳平的入声字】李荸伯驳帛瓝泊柏勃钹铂毫舶博鹁浡渤搏箔魄（又去声）膊踣薄（又去声）醇槾襮礴夺度（又姑韵去）铎踱怫佛掇咄裰剟国掴帼漍膕虢醎活彟灼彴苗踔卓斫浊酌浞诼着凿啄琢（又音 zúo）椓缴蠋擢濯镯蹰勺昨作笮阁葛（又上声入）蛤颌合涸盒膜拙帨捽貉曷盍阖壳德得额阁葛蛤盒合涸阖貉曷盍鹘则哲蜇革格鬲隔嗝槅膈漍塥镉骼纥劾阁核翮壳咳颏舌则责择咋泽喷帻舴簀赜折（又音 shé）哲辄蛰谪摺磔辙翟宅

【上声】跛簸（又去声）胜朵垛躲锤果菓蜾裹火伙夥裸瘰叵颇笸所唢锁琐妥椭我倭左佐坷可砢舸疴尺（又齐韵上声入）扯恶惹舍者赭觰岢嗜

【派入上声的入声字】椁抹索撮葛（又阳平入）渴庹

【去声】薄（又阳平入）簸（又上声）播措错剉厝挫铧堕剁舵惰跥垛过

货祸和磨蓦懦糯破偌些唾卧涴硪坐座阼怍柞胙做酢祚饿哦那个贺荷课驮社舍射赦麝这柘蔗鹧箇贺猓猞厍

【派入去声的入声字】檗擘错妮嚟惙婼婥亳绰辍踱歠或获惑霍濩豁嚄膜镬藿蠖嬳讝扩括栝适蛞笒阔廓鞟落泺荦酪烙抹袜蓦噻嗍喔凿怍酢柞洛骆络珞硌跞雒漯万(又寒韵去声)末没殁沫陌冒脉莫眜秣貊漠寞靺貘墨镆瘼默繣茉诺搦朴迫珀粕魄弱若箬蒻蘱偌勺妁烁铄朔硕蒴搠数槊芍蟀拓柝菥箨趹魄(又阳平入)沃偓握幄渥斡龌作恶垩鄂谔萼遏崿愕腭咄呐怪事锷噩鳄各喝齃鹤溢嗑属乐(又豪韵去声)圪熇赫策册测侧厕恻彻坼掣撤澈拆厄頡扼呃轭恶圪赫吓掘客刻克可绰勒肋泐讷热色瑟塞涩稽设涉摄慑特慝式忒螣仄昃浙跖侧坼褐郝榼垃嗻这剒

三、皆　ie,üe

【阴平】爹阶皆喈嗟街湝乜咩些靴耶倻椰楷偕掖

【派入阴平的入声字】瘪憋鳖趹节疖结接秸揭噎撅捏撒瞥切缺阙贴怗贴帖楔歇蝎削薛噎曰约

【阳平】瘸斜邪偕谐鞋携爷耶茄伽鲑蜇椰

【派入阳平的入声字】别蹩迭垤昳绖疐谍堞臷揲喋牒叠碟蝶艓蹀子节讦劫劼杰诘拮洁结桔桀捷偈玦觉倔桷掘崛脚觖厥闋谲猲蕨橛嗟爵蹶夔嚼熦攫钁协胁挟絜颉撷勰襭穴学噱(又音 jié)

【上声】瘪姐解(又去声)唧且写也冶野苤

【派入上声的入声字】噘唧撒血雪铁帖

【去声】界介届戒诫芥疥借卸藉解(xiè)械谢解(又上声)榭薤獬邂瀣灦曳夜蚧趄蟹懈炍

【派入去声的入声字】偰列劣冽圬捩烈鬣裂猎驾趔躐略掠灭蔑蠛陧聂臬涅啮嗫嵲镊颞蹑糵孽蘖虐疟切妾怯窃挈惬慊揭锲箧却悫雀确阕鹊阙榷饕帖泄泻绁屑亵渫燮媟契蹩血谑咽晔烨掖曳郯液谒腋

馌餍业页叶月乐刖轪抈玥岳栎钥说(又音 yùe)钺阅悦跃越粤龠瀹爤樾

四、开　ai，uai

【阴平】开哎哀埃挨娭唉欸掰偲钗差揣呆该陔垓荄赅乖揩腮毸鳃筛酾(又齐韵去声)衰(又微韵阴平)摔(又上声)苔(又阳平)台(又阳平)胎歪灾哉栽甾斋
【派入阴平的入声字】拍摘拆塞
【阳平】挨骏皑癌才财材裁侪柴豺还(又寒韵阳平)孩骸徊怀淮槐踝来莱崃徕涞埋霾俳排徘牌箄台(又阴平)郃苔(又阴平)抬骀炱鲐
【派入阳平的入声字】白宅翟(又齐韵入)
【上声】嗳矮蔼霭捭摆采彩睬踩揣逮歹傣改海醢剀凯塏闿恺铠慨楷锴蒯买乃艿奶氖迺甩摔(又阴平)崴载宰崽拐窄
【派入上声的入声字】百柏伯佰
【去声】艾(又齐韵去)爱僾隘碍嗳嗌瑷嫒暧败拜稗呗采菜蔡縩虿瘥踹膪嘬大代岱迨给骀玳带殆贷待怠埭袋逮碍戴黛丐芥钙盖溉概欬怪亥骇害坏忾会块快侩郐哙狯浍脍筷鲙徕赉睐赖濑癞籁劢迈卖奈佘荼耐鼐褦派湃塞赛晒帅率(又齐韵去入)太汰态泰钛外再在载债砦祭寨瘵拽
【派入去声的入声字】麦脉塞

五、微　ei，ui（uei）

【阴平】微欸陂杯卑背悲碑鹎衰(又开韵阴平)崔催摧缞吹榱炊堆敦诶飞妃非菲啡腓绯鲱蜚扉霏鲱归圭龟(又尤、文韵平声)妫规邦扳闺硅黑嘿傀瑰瑰鲑灰诙虺挥咴恢袆珲豗晖辉翚麾徽亏岿勣悝盔窥胚呸绥夊醅尿(又豪韵去声)虽荽睢濉忒推危委萎威逶偎隈葳桅

煨溦巍蝛薇佳追骓锥椎

【阳平】欤垂陲捶椎槌棰倕锤诶箠肥沘腓回茴徊洄蛔奎逵馗隗葵揆
骙暌魁戣睽蛲累雷嫘缧擂擂礌镭赢罍蠡玫枚眉莓脢梅嵋猸湄邳媒
楣煤酶锚霉糜陪培赔没裒蕤绥隋随遂谁颓韦为圩贼违围帏沩桅唯
帷惟薇维嵬巍潍闱

【上声】北欸璀诶匪悱棐菲诽榧斐篚翡蜚给轨匦氿宄庋佹垝诡鬼姽
癸晷悔虺毁傀跬累未诔垒磊蕾儡蠡痛美镁每浼馁蕊水髓腿伟纬苇
唯玮炜洧韪尾娓委诿萎痿痏猥嘴

【派入上声的入声字】北

【去声】欸贝狈钡邶吹备背褙被辈孛悖倍焙蓓血块燴鞁韛碚褙鐾臂
萃脺啐淬綷悴瘁粹翠脆毳对怼憝敦诶碓兑队苐肺沸狒痱废吠柜刽
桧刿贵桂跪鳜会惠哕秽诲晦慧蟪彗篲哕醻卉汇蕙阓讳恚贿喙烩绘
荟浍桧喟匮黄喟馈溃愦愧聩泪类累纇肋醉擂妹昧寐魅瑁痗袂媚内
沛霈帔佩配辔芮枘锐瑞睿蚋涗睡税说帨岁祟谇繐遂碎晬隧燧穗
邃退倪蜕未味胃谓猥熨畏喂渭尉蔚慰卫位遗(又齐韵阳平)魏为坠
缀惴缒赘酹最罪醉蕞晬樵

六、豪　ao,iao

【阴平】坳凹熬包苞胞孢剥齙煲褒标彪骠瘭飙操糙蘑镳漉膘杓焱
猋摽操抄怊钞超剿(又上声)刀叨忉刁汈蛁雕貂叼碉凋鲷高皋羔槔
睾膏篙糕蒿薅嚆交艽郊茭浇娇姣矣胶椒蛟焦蕉教跤僬鲛嶕礁噍鹪
盗艁尻捞撩(又阳平)猫喵孬抛脬泡剽漂慓飘缥螵僄悄(又上声)硗
硗锹剿敲雀橇缲搔骚缲臊捎烧梢稍筲艄蛸叨涛绦掏滔韬弢饕慆佻
桃肖枭桥哓骁嘹刁虓鸮消宵绡萧硝销削蟏蛸箫箫潇霄魈歊嚣哮幺
约夭吆妖要喓腰邀遭糟钊招照嘲啁着朝

【派入阴平的入声字】约剥削

【阳平】豪敖璈遨嗷廒獒熬隞嶅聱翱鳌鏖螯鼇薄雹曹槽螬漕嘈晃巢

朝嘲潮捡掏号嗥毫壕濠貉嚎蠔嚼劳崂痨牢捞唠醪聊辽疗撩(又阴平)僚潦寥嘹獠寮缭嫽燎憭髎毛矛茅牦旄酕锚髦蝥蟊苗描瞄饶挠饶蛲猱呶刨咆狍庖炮袍匏跑嫖朴瓢薸乔侨荞峤桥硚翘谯荍鞒憔樵瞧荛桡蛲饶娆桡蛲饶娆苕韶勺咷梼逃洮桃陶萄梼啕淘綯醄鼗条岧苕调笤龆蜩迢髫岧鲦崤淆洨爻尧侥肴淆轺峣陶姚窑谣摇徭遥猺瑶飖鳐鹞轺凿着

【上声】袄媪拗饱宝保鸨葆堡褓表俵婊裱草懆吵炒导岛捣倒祷梼蹈杲搞缟槁鄗镐稿藁好郝侥佼挢狡饺绞铰湫皎搅角脚剿(又阴平)儌徼缴考拷栲烤老佬姥栳潦了蓼燎憭卯峁泖昴铆核潜艇邈眇秒淼渺缈藐舀恼脑瑙鸟茑鳓袅跑殍漂摽缥瞟巧悄(又阴平)雀愀扰绕娆扫嫂少讨挑窕黈小晓筱杳舀咬夭窈早枣蚤澡璪藻爪找沼

【派入上声的入声字】邈

【去声】夼坳懊拗奡傲奥骜慠澳懊骜鳌报刨抱趵豹鲍暴瀑曝爆鳔操犇耖到悼祷倒盗帱道稻吊铞钓窎调掉铫窎藋告诰好号昊耗浩滈淏皓镐皞颢灏叫峤觉校轿罗教窖酵噍挢爝噭嚼徼藠铐犒靠涝唠络酪落烙耢嫪尥料燎撂廖炅钌镣茂冒贸耄袤帽帽媢瑁貌瞀懋妙庙缪闹淖尿(又微韵阴平)溺泡爆炮疱票僄漂剽骠俏诮峭窍翘撬鞘绕扫臊埽瘙少邵劭绍哨潲稍套跳朓粜孝哮肖笑效校啸要鹞钥瀹靿曜耀乐(又波韵去入)皂灶造慥糙噪簉燥唣躁召兆诏笊赵棹旐照罩召肇曌

七、尤 ou,iu(iou)

【阴平】抽搊紬瘳丢都兜蔸勾句佝沟枸(又上声)钩缑篝鞲齁匈纠鸠究赳阄湫揪啾蝤鞧芤抠眍溜熘搂喽哞妞区讴沤瓯欧殴呕鸥丘邱龟(又微、文韵平声)秋蚯湫楸鹙鳅鞦收搜嗖锼馊廋溲飕艘偷修脩休咻文件柜羞鸺貅馐髹优攸忧悠呦幽麀舟州诌侜周洲粥啁赒辀诪邹郰緅驺诹陬鲰

【派入阴平的入声字】粥

【阳平】俦帱畴筹踌惆绸稠裯仇愁雠侯喉猴篌瘊猴流留榴骝刘浏瘤琉硫旒鹠遛镏飀瘤鎏娄楼偻蒌喽耧蝼髅牟眸谋蛑缪鍪牛抔掊裒囚仇犰求虬泅俅璆酋逑球逎赇裘璆蜩柔揉糅煣蹂鞣头投骰尤犹疣鱿莸铀由邮油柚游猷繇蝣

【派入阳平的入声字】妯轴(又姑韵阳平入)

【上声】丑瞅斗抖蚪陡枓否缶苟岣狗枸(又阴平)吼笱犼九久玖韭灸酒口柳绺搂嵝篓某纽钮扭忸杻狃偶呕藕掊糗手首守叟瞍薮擞嗾朽宿(又去声)友有酉卤莠牖黝羑帚肘走

【去声】臭凑辏腠豆逗痘读窦斗胨垢构购勾彀诟够媾逅后候厚堠臼柏舅就僦鹫疚旧咎救廐枢叩扣筘寇蔻溜馏遛陋镂瘘漏露谬缪拗耨沤怄受授寿狩售绶瘦擞嗽透秀绣锈岫袖臭嗅溴宿(又上声)又右幼有佑侑柚囿宥诱釉蚴鼬咒纣宙绉胄昼皱甃骤籀酎奏揍

【派入去声的入声字】肉兽六(又姑韵去入)

八、寒　an,ian,uan,üan

【阴平】安氨俺桉庵谙鹌鞍盒扳班颁斑攽般搬瘢癍参骖餐觇搀幨襜川穿伞搀镩丹担单眈酖耽郸聃禅儃殚瘅箪端帆番蕃幡藩翻干(又去声)甘杆玕肝柑竿疳尴关观(又去声)纶官冠矜(又文韵阴平)倌棺瘝鳏预酣憨鼾欢讙貛骦骟刊看勘龛堪戡宽髋颟囡番潘攀三叁山芟杉删衫姗珊栅舢扇珊煽潸膻门拴栓酸坍贪摊滩瘫湍弯剜湾蜿豌糌簪占沾毡旃粘詹谵澶瞻专砖颛钻(又去声)躜边砭萹笾编煸蝙鳊笾鞭参(又文韵阴平)骖餐掂傎癫滇颠巅戋尖奸歼坚间肩艰监兼菅笺渐溅犍湔缄兼煎缣鹣搛燔鞬鲣机鞯捐涓娟朘圈鹃镌蠲拈蔫片扁偏篇犏翩千仟阡芊扦迁佥钎牵铅悭谦签愆鹐骞搴磏鼾褰圈悛棬卷天添黇仙先纤氙忺籼掀铦酰班锨鲜暹骞轩宣谖萱揎喧瑄煖襓暄偓嬛咽恹殷胭烟焉嵃阉阏奄淹腌湮鄢嫣燕鸢胬鸳冤渊鹓箢

【阳平】寒残蚕惭单鋋馋逭婵禅孱缠蝉㕇偬潺澶镡蟾镵巉躔传船遄
椽攒凡矾烦墦蕃攀樊璠燔繁(又波韵阳平)繁邗汗邯含函琀焓晗涵
韩还(又开韵阳平)环桓圜阛寰缳鬟郇萱洹貆澴轘兰岚拦栏婪阑蓝
谰澜褴篮斓镧峦娈孪挛鸾脔滦銮蛮谩蔓馒瞒鞔鳗鬘男南难喃楠爿
胖(又唐韵去声)般盘磐磐蹒蟠蚺然燃髯坛县倓郯谈弹(又去声)覃
谭痰潭檀团抟咱丸纨完玩顽刓汍抚烷奁连怜帘莲涟联裢鲢廉濂镰
鬏磏眠绵棉年粘黏鲇便(又去声)骈胼蹁铃前虔钱钳乾捐潜黔犍权
全佺诠荃泉轻拳铨痊惓筌蜷醛鰁鬈颧田佃畋恬钿甜湉填阗闲贤弦
咸挦涎娴衔舷痫鹇嫌玄悬旋漩璇延蜒严言芫妍岩炎沿铅研盐阎筵
颜檐元园员(又文韵阳平)沅垣湲袁原圆鼋援媛(又去声)缘猿塬嫄
源猭辕橼

【上声】俺铵揞埯揞坂板版钣蝂舨惨黪产划浐啴谄铲阐舛喘胆亶疸
掸短反返杆秆赶敢感橄擀澉鳡莞琯筦管罕喊𠴥缓坎侃砍欲莰槛
顑款窾览缆榄罱溇壈懒卵满螨赧腩蝻暖冉苒染阮软朊伞散糁馓
闪陕掺志坦钽䄻毯瞳宛莞挽娩菀晚脘惋婉绾琬皖碗捥旮嘈攒趱斩
飐盏展崭辗转纂贬窆扁匾藊碥褊典点碘踮拣茧柬俭检捡笕研减剪
睑锏简趼谫戬碱翦謇謇卷锩脔敛脸免丏免汅黾勉娩冕偭㳽湎缅腼
腼捻辇碾撵浅遣谴缱犬畎绻忝殄淟餂觍腆舔洗显险蚬崄毨猃笕跣
铣鲜藓燹选呟烜癣奄兖俨衍弇掩剡廨鄢蝘缘眼埮演偃鼹远

【去声】犴岸按胺案赣暗黯办半扮伴拌绊湴瓣灿掺粲孱忏颤串钏
窜篡爨石(又齐韵阳平入)旦担但诞菪啖淡惮弹(又阳平)氮蛋髧瞫
禫瘅澹段断塅缎椴煅碫锻蔪犯饭范贩梵泛畈干(又阴平)旰绀淦骭
赣惯观(又阴平)贯冠掼涫祼盥灌瓘鹳罐汉扞汗旱垾捍菡颔翰撼憾
悍焊瀚幻换奂宦涣唤浣患焕痪豢擐缳漶皖看崁嵌墈阚瞰烂滥曼漫
蔓幔墁漫慢嫚缦熳镘乱难判拚泮盼叛畔袢銮散讪汕苫钐疝单赸剡
掸扇掞善禅骟鄯墡缮擅膳嬗赡蟮鳝涮蒜算叹炭探碳豙万忋腕蔓馔
暂錾赞占栈战站绽湛颤(又音 chàn)蘸传钻(又阴平)转(又上声)
啭赚(又音 zuàu)撰篆馔撰下弁昪抃汴忭苄变便(又阳平)遍辨辩

辫缏电佃甸阽店玷垫钿淀恬奠殿靛簟癜见件间饯建荐健牮贱剑涧监舰渐楗睊谏践铜毽腱溅鉴键槛僭箭卷隽倦狷绢㭰鄄圈眷练炼恋殓链楝潋面眄廿念埝片骗欠纤綪棶茜茜倩堑嵌慊歉劝券揞县岘现宪苋限线陷馅羡綫献腺霰券泫昡炫绚眩旋渲楦碹厌砚咽彦艳晏唁宴验谚堰雁焰焱滟釅餍鶠谳燕赝嬿苑怨院垸媛(又阴平)椽瑗愿

九、文　en,in(ien),un(uen),ün (üen)

【阴平】奔(又去声)赉锛玢宾彬傧斌滨缤槟濒豳参(又寒韵阴平)抻郴伧琛嗔瞋春椿蝽村皴竣惇吨墩礅敦蹲恩分芬吩纷玢氛菜雰根跟昏劳阍惛婚巾斤今衿矜(又寒韵阴平)筋禁襟军均龟(又微、尤韵平)君钧鲧麇坤昆崑裈堃焜琨髡鹍锟鲲抡拎闷喷拼妍钦侵亲衾骎嵚困逡森申伸身呻砷优侁参绅珅莘娠深糁燊孙荪狲飧吞暾温瘟心芯辛忻昕欣炘锌新歆薪馨鑫勋埙熏薰獯曛醺窨(又去声)因阴茵洇絪荫音姻氤殷垔暗闉愔禋晕缊氲煴赟贞针侦浈珍帧朕真桢砧祯蓁斟甄臻溱榛箴臻迍肫窀谆尊遵樽鳟

【阳平】岑涔臣橙尘辰沉忱陈宸晨谌纯莼唇淳鹑滑醇存蹲坟汾棼焚濆痕贲贲浑珲馄混哏魂邻林临淋琳鄰磷潾嶙遴霖辚瞵鳞麟仑伦论抡沦纶轮门扪们民忞旻岷缗您盆溢贫频嫔颦芹苓矜秦琴覃禽勤懃擒噙螓裙麇人壬仁任神什屯囤饨豚臀文纹炆闻蚊雯旬郇寻巡询洵荀荨峋当恂鲟循吟垠龈狺阍銎银淫寅蟫鄞贇闄霪云匀芸员(又寒韵阴平)沄纭昀畇筠耘赟

【上声】本苯畚碜踸蠢刌忖盹趸粉衮绲滚磙鲧很狠仅尽夿紧堇锦谨馑瑾槿肯垦恳唪捆阃悃壸凛廪懔檀皿闵抿黾泯闽悯敏潣愍品榀锿寝忍荏稔笋隼榫沈审婶哂矧吮囵抆紊稳尹引饮蚓殷隐瘾允狁欢陨殒怎诊枕畛轸疹袗缜准墩撙

【去声】奔(又阴平)坋笨俸摈殡膑有空摁衬疢龀称趁榇讥寸囤沌钝

炖盾顿遁分份奋愤忿偾粪瀵亘艮棍恨诨囷混溷恩仅溷妗尽进近劲
荩晋焮烬浸琎唚褛靳禁缙觐殣噤俊菌郡峻馂浚骏焌竣裉困吝赁淋
蔺躏闷焖懑恁嫩论喷牝(又齐韵上声)聘吣沁亲刃认仞任纫韧饪妊
纤裈润闰肾甚渗椹葚蜃慎顺舜瞬问汶璺搵凶信衅训迅汛讯驯徇逊
殉浚巽蕈噀印饮荫胤窨孕运郓晕酝愠缊韫韵蕴熨潞圳阵鸩振朕赈
揕震镇

十、唐　ang，iang，uang

【阴平】肮邦帮梆浜仓耸苍沧鸧舱昌倡菖猖阊娼伥创疮窗当珰铛
(又音 chēng)裆筜方坊芳枋邡钫冈岗(又上声)找刚杠矼肛纲钢缸
矼罡堽光咣桃胱夯育埪慌肓埪江将姜豇浆僵螿缰疆康慷糠匡劻诓恇
筐忙乓雱滂膀枪戗戕将跄腔蜣铰锵嚷丧桑伤汤殇商艚塙熵双泷
霜孀嫦骦鹴汤锡穤噇铛蹚汪乡芗相香厢湘缃箱襄骧镶央湍殃鸳身鞅
赃脏臧张章獐彰嫜璋樟蟑妆庄桩装
【阳平】印昂藏长场(又上声)苌肠尝常偿徜裳嫦床幢防坊忍肪鲂房
行(又庚韵阳平)吭远杭绗航颃皇黄凰隍喤遑徨湟惶粕锽潢璜蝗篁
磺蟥簧鳇扛狂诳鸢郎狼阆琅榔根稂廊娜榔磄银稂鎯螂良俍莨凉梁
椋量粮粱踉邝芒忙杧盲氓茫硭铓牻囊馕娘彷庞逢旁蒡膀磅螃强
(又上声)墙蔷嫱樯襄瀼禳瓢唐堂棠塘搪糖溏瑭樘膛赯螗螳廊亡王
(又去声)详降庠祥翔扬阳羊场飏炀杨旸佯疡徉洋
【上声】绑榜膀厂场昶惝敞鼍闯挡党谠仿访彷纺昉舫岗(又阴平)港
广犷恍恍晃谎幌讲奖桨蒋耩㬒良朗两俩魉莽蟒漭曩攘抢强(又阳
平)锵襁壤攘嚷嗓搡磉颡垧晌赏爽塽帑倘淌惝傥躺网枉罔往惘魍
享响饷飨想鲞仰养氧痒蛘长涨(又去声)掌奘(又去声)
【去声】盎蚌棒傍谤蒡搒镑磅稖怅畅唱创怆当宕荡凼挡砀档莌放杠
筻戆逛沆巷晃滉桄匠降虹将学徒工张弶强酱犟糨亢伉抗闶炕圹纩
旷况邝矿觇框眶浪莨阆凉悢谅辆靓量晾喨踉攘酿胖(又寒韵阳平)

呛戗籽跄让攮丧上(又上声)尚绱烫趟忘王妄望量向项巷相象像橡
怏样恙烊漾(又音 shàng)脏奘(又上声)葬藏丈仗杖账帐涨胀障幛
嶂瘴壮状僮撞幢

十一、庚　eng, ing(ieng), ong(ueng), iong(üeng)

【阴平】庚并伻崩祊绷嘣冰兵槟(又音 bīn)屏桱玎称蛏铛赪撑噌瞠
灯登噔蹬镫丁仃叮玎盯钉疔酊靪丰风封枫疯峰烽葑锋蜂更庚耕赓
鹒羹亨哼精茎惊京经晴泾荆菁旌晶粳兢鲸坑吭硁铿蒙抨怦砰烹嘭
乒俜娉青轻氢倾卿圊清蜻鲭扔僧升生声牲胜(又去声)笙甥甡厅汀
听翁嗡兴星狌悸腥应英莺婴撄嘤罂缨璎樱鹦媖瑛膺鹰曾增憎缯罾
正(又去声)争征怔挣峥狰钲症烝眳铮稳东冬充忡翀舂憧艟匆苁囱
枞葱骢璁聪熜冬咚鸫工弓公功攻供肱宫恭蚣躬龚觥哼轰哄叿烘薨
垌峒扃空倥崆屄箜忪松淞菘嵩漆恫通(又去声)啴瘑凶兄芎匈汹恟
胸佣痈拥邕鄜雍塘鳙壅臃鳙中忪忠终钟盅衷螽宗综棕踪鬃
【阳平】层曾嶒成丞呈枨诚承城宬乘盛程惩裎塍梧澄(又去声)橙冯
逢缝(又去声)恒姮桁珩横衡蘅楞棱伶灵苓蛉图泠玲令(又上去声)
瓴铃鸰凌陵聆菱棂暹舲翎羚绫棱零龄鲮鄮呡虹萌蒙盟薨菁懞濛曚
矇朦艨樣名茗明鸣冥铭洺蓂溟瞑暝螟能棕拧咛狞柠凝芃朋膨堋澎
彭棚蓬硼鹏篷髼平冯评坪苹凭枰洴骈屏瓶萍勍情晴檠擎黥绳渑疼
腾誊螣藤廷亭放过停蜓婷霆弄行(又唐韵阴平)形邢陉型荥盈萤莹
营萦楹滢蝇漾赢赢瀛虫重崇从丛尝悰琮弘吰闳宏泓荭虹闳洪翃
鸿黉龙茏咙泷珑眬胧昽聋笼隆癃窿农侬哝傩浓脓秾邛穷茕穹蛩筇
琼蜱叠戎茸荣绒容嵘蓉溶瑢榕融同彤侗峒峒桐砼垌佟烔鲷岭樟憧
铜童潼瞳膧疃幢雄熊喁颙
【上声】蓁臻绷丙秉柄饼炳屏稟鞞逞骋等戥顶酊鼎讽唪埂耿哽绠梗
鲠井阱到颈景儆憬璟警冷令(又阳、去)岭领猛蜢艋蒙獴锰懵蠓酩
捧颃请綮馨少眚町侹挺艇菨瀞醒撄影郢颍颖拯整宠董懂巩汞拱珙

棋哄喷炅迥洞炯煛颍窘孔恐倥陇垄拢笼冗怂耸悚竦统捅桶筒永咏
泳勇涌俑恿蛹踊肿种冢踵总偬（又去声）去声泵迸绷（又上声）蚌蹦
并病摒蹦秤掌邓凳嶝澄磴瞪镫蹬订钉定碇锭凤奉俸缝更横哼劲径
净胫痉竞竟婧敬靖静净境獍镜另令（又阳、上）愣孟梦命宁佞拧泞
椪碰庆清箐磬馨圣胜晟乘盛剩瓮蕹兴杏幸性姓荇悻建兰应映硬媵
综铿赠甑正（又阴平）证郑怔净政挣症铮冲铳动冻侗栋洞恫胴胨垌
硐共贡供讧哄溈空控鞚弄讼宋送诵颂通（又阴平）用佣中仲众种重
纵粽

十二、齐　i,er,ü

【阴平】氏低羝堤提几（又上声）讥叽饥玑机乩肌矶鸡奇屐（又入
声）剞笄姬基期赍犄稽畸跻箕稽斋幾羁咪眯妮丕邳批纰坯披砒秕
妻栖萋期敧梯蹊欺兮西溪希茜郗稀熙牺唏悕晞㑶豨僖嬉熹
犄羲蹊粞犀曦醯蠨鼷伊铱医衣依祎咿猗漪噫絷居车且苴拘驹俱
狙罝疽据琚趄睢裾区岖佉驱祛蛆躯焌趋駿呈圩盱须虚嘘墟胥湑
谞訏迂纡淤
【派入阴平的入声字】逼嘀滴圾芨唧积发动（又阴平）击缉激迹唧禝
劈噼霹七柒戚缉喊漆剔踢夕吸汐昔析矽夕息悉蟋晰淅惜翁蜇锡晰
熄噏膝螅歆螅腊寨蟋一壹揖曲屈掬鞠铜离蛐欻戌
【阳平】厘狸离骊梨犁鹂喱藜漓缡璃嫠挈藜黎鲡罹篱鹂蠡弥迷眯
猕谜糜麋靡（又上声）蘼醾尼泥坭呢妮輗怩倪霓猊鲵麑皮陂疲枇芘
狓毗蚍陴埤啤琵脾裨蜱罴貔鼙齐祈圻芪岐荠祁其奇跂祈衹俟耆顾
脐斿萁畦跂崎淇颀骑琪琦棋蛴祺錡綦旗蕲鳍麒鬐黇绨提啼鹈鶗缇
稊题醍蹄仪圯夷痍匜迤饴怡宜黄贻沂诒眙姼姨胰廖蛇移遗（又微
韵去声）颐椸疑嶷彝儿而驴闾桐劬渠蕖瞿蕖氍癯衢蘧鸲徐于予好
玙余欤盂舆鱼竽舁俞谀娱萸雩渔隅揄喁逾腴渝愉瑜榆虞愚觎舆
歈䗩

【派入阳平的入声字】荸鼻锹迪的获敌涤微嫡翟(又开韵阳平入)镝及伋吉炭汲级极即舍诘丞革苆急疾棘殛蔵集蒺楫辑崹踏瘠藉脊习席觋袭媳嶍隰檄熄锡局桔菊焗鹇蹢橘曲(又上声入)

【上声】匕牝(又文韵去声)比沘姃秕彼醴俾鄙氏邸诋坻抵砥骶几已虮掎挤麂礼李里俚逦悝澧鲤理娌蠡米芈弭敉靡(又阳平)拟你旎妃仳否吡痞屺岂企启杞起绮棨棨稽体洗铣玺徙喜葸徙屉禧蟢已以苡尾矣苣迤蚁倚椅旖踦尔耳迩饵珥柜咀沮苣枸矩举榉龃踽蒟吕侣铝旅屡偻缕膂褛履女取娶龋许诩栩湑稰醑与予屿伛宇羽雨俣禹语圄龉圉庾瘐窳瑀偶

【派入上声的入声字】笔给戟脊匹癖擗劈乞乙曲(又阴平入)

【去声】币闭庇诐閟泌驷柲陛毙猘庳敝婢睥薜蓖秘箆蔽脾裨痹弊髀避劈臂比费地弟的娣茅第帝谤蒂棣睇缔递计记伎纪芰技系忌际妓季剂坍荠洎济既觊继倚祭偈悸寄惎蓟跽骑髻霁鲚溧暨冀阋骥厉吏丽励利例疠砺猁欐隶戾唳荔俪俐疠莉苈栃罾痢泥昵腻睨屁睥媲气弃妻契砌器憩汽剃屉涕绨替悌褅嚏戏(又齐韵阴平)饩系细盼褉亿义艺呓刈忆艾(又开韵去声)议衣(又阴平)羿易率兵羿谊翌肄裔翊意臆毅薏劓翳翼癔懿瘗缢殪二贰巨句聚犋讵苣拒具炬沮钜俱倨据距惧飓锯踞屦遽瞿酿虑滤女趣支觑序叙酗淑絮煦婿与玉驭芋呈妪寸语预喻御寓裕愈豫谕澦遇誉饫

【派入去声的入声字】必嬖毕苾荜哗筚泋湢愊弼愎膈煏辟碧祕壁躄觱襞璧薜的迹寂绩稷鲫髻力历立呖沥枥栗砾砾疠笠雳溧踯傈篥汩觅宓密蜜幂谧匿溺擗僻澼甓譬讫汔泣葺碛個遨惕趯却阅舄隙瀹瀉一壹弋仡屹亦杙抑邑佚役译逆易峄佾泆怿驿绎枻轶疫弈奕挹悒逸益嗌熠溢镒埸蝎剧律绿率氯(又开韵去声)恧衄阒旭畜蓄恤续蓿勖泏玉郁育昱狱钰浴域欲阈尉煜蜮毓鹆鹬燠鬻熨潏峪

十三、支（-i）零韵母

【阴平】哧蚩鸱絺眵笞茬摛嗤痴媸螭魑呲差疵趾骶尸师诗鸤絁狮蓰

施著酾（又开韵阴平）司丝私唑鸷仍斯蛳幼飔厮罳溮撕嘶之知支氏芝吱枝肢栀胝祇脂蜘仔吱孜咨姿兹赀资訾（又上声）氿嗞缁辎赠给粢挲滋趑觜锱鲻有些笛鲻

【派入阴平的入声字】吃失虱湿只汗织

【阳平】池弛驰迟坻持匙藜墀路篪词苼茨祠瓷辞慈磁雌慈母糍时

【派入阳平的入声字】拾十石（又寒韵去声）实识食蚀仁澌执直倏值职填植殖絷跖摭踯

【上声】齿侈哆耻豉礼制此泚史使矢豕始驶屎死止直芷沚沚只枳咫问供旨指枉费抵纸轵咔徵子仔籽姊秭芷紫訾（又阴平）籽梓滓

【派入上声的入声字】尺（又波韵上声）

【去声】炽翅眙啻从未次伺刺赐士氏示世仁市式似事势侍试视赀柿拭是恃莳逝誓筮舐弑谥啫噬已四寺似祀氾児伺铜粔祀四俟食笥碎嗣至层识帜制轾治峙致智痣滞觑置雉稚踬自豸挚贽志质字瓷眦渍

【派入去声的入声字】彳叱斥赤饬敕拭饰适室释螫式轼郅帙质栉陟桎赘挚轻秩掷骛炙蛭日

十四、姑 u

【阴平】逋铺初粗都阇嘟夫肤玞桧郦孵敷估姑咕沽孤轱畈鸪罛菇菰蛄辜酤呱觚箍乎呼戏（又齐韵去声）糊刳砒枯骷撸噜铺痛殳书抒纾枢姝殊梳舒摴樗摅觚输疏蔬苏稣栈乌圬邬污呜于钨巫恶（又去声）朱洙侏诛茱珠株诸铢猪蛛橥潴橥租菹

【派入阴平的入声字】出督忽惚唿滠哭窟仆扑噗叔倏菽淑窣突秃葵屋

【阳平】刍除厨锄滁蛉橱篨躇蹰雏徂殂凫扶孚罦符荸俘浮蚨桴符涪蜉鞭郛狐弧和壶葫猢瑚糊蝴糊醐湖瓠鹕卢芦庐垆炉泸栌轳胪鸬颅舻鲈模奴孥驽匍莆燕脯葡酺蒲如茹儒薷嚅濡孺襦蠕图荼徒途涂菟屠酴无（又波韵阳平）毋芜吾吴捂唔梧蜈鼯

【派入阳平的入声字】醭毒独顿读渎椟犊默犊髑顿弗佛舶苚幅袱斛拂彿氟绋苚怫苧伏狀茯绂袯服菔匐福蝠辐幞襆囫斛觳鹘醭璞濮孰赎塾熟秫俗竹术(zhu)竺逐烛舳瘃躅足卒崒族镞

【上声】补捕哺堡(又豪韵上声)处杵础楮储楚褚肚堵赌睹父甫抚拊斧府俯釜辅脯颡腑腐簠古诂股牯贾罟蛄蛊鼓瞽瞽虎浒唬苦鲁橹鲁瞄掳卤母牡亩拇姆姥努弩胬埔圃浦溥普谱镨汝乳暑黍署鼠数薯曙土吐午五伍仵庑忤忏妩武侮捂牾鹉舞主拄渚煮褚麈诅阻组俎祖

【派入上声的入声字】卜笃谷骨鹘觳(又阴平入)穀鹘汩榾朴蹼属(又音 zhǔ)辱蜀嘱瞩属

【去声】布怖步埠部埠蔀箁簿处醋杜肚妒妨度渡镀蠹父讣付负妇附咐阜驸赴服副蠖赋傅富鲋缚赙固故顾堌崮雇锢痼户护沪戽扈互冱岵怙瓠库裤绔路赂璐露鹭辂暮幕募墓慕怒铺戍树竖怒塑庶数墅漱澍腧素嗉愫诉溯愬兔吐块唾菟务杌悟误晤雾恶坞骛鹜戊痼婺焐伫苎助住绰缪贮杼注驻柱炷著蛀铸鬻箸

【派入去声的入声字】不丁畜矗触髑黜俶绌誠怵搐滀黜促簇蔟蹙蹴卒猝复腹蝮覆缚馥鳆笏梏喾酷六(又尤韵去入)陆录菉鹿渌绿琭禄碌睩蓼蓼辘漉麓戮簏箓醁酴木目沐苜牧睦幕穆霂瀑曝入蓐缛褥溽沐怵术束述夙肃速宿骕粟谡薮鹔觫缩簌物勿兀朏筑祝

常用词谱精选

　　本《常用词谱精选》是从唐宋词人优秀词作中精选出常用词牌 130 个。其谱以《全宋词》所载词作为准。《全宋词》所载词作明显有误者，则依他籍。每一词牌有一谱者，又有多谱者。多谱者一般以出现较早、影响较大者作为正体，列于前。其他则作为又一体，列于后。另有个别字句、平仄、押韵略有不同者，不作为又一体。而是在该体之后加以说明，并列出例词，以供参考。

　　谱中符号"—"代表平声，"｜"代表仄声，"＋"代表可平可仄；括号中"韵"字代表押韵，"叠"字代表叠韵。排列以词牌第一字笔画为序。

一　画

一丛花

　　双调，七十八字。前后段各七句，四平韵。

　　＋—＋｜｜——（韵）—｜｜——（韵）——｜｜——｜，｜＋＋、＋｜——（韵）＋＋｜＋，＋—＋｜，—｜｜——（韵）

　　＋—＋｜｜——（韵）＋｜｜——（韵）＋—＋｜——｜，｜＋＋、＋｜——（韵）＋＋＋＋，＋—＋｜，＋｜｜——（韵）

　　伤春时候一凭阑。何况别离难。东风只解催人去，也不
道、莺老花残。青笺未约，红绡忍泪，无计锁征鞍。

　　宝钗瑶钿一时闲。此恨苦天悭。如今直恁抛人去，也不
念、人瘦衣宽。归来忍见，重楼淡月，依旧五更寒。

——程　垓

一斛珠

　　又名《醉落魄》《章台月》《怨春风》《醉落拓》等。

　　双调，五十七字。前后段各五句，四仄韵。

　　＋－＋｜（韵）＋－＋｜－－｜（韵）＋＋＋＋－－｜
（韵）＋｜－－，＋｜＋－｜（韵）

　　＋＋＋＋－＋｜（韵）＋－＋｜－－｜（韵）＋－＋｜
－－｜（韵）＋｜－－，＋｜＋－｜（韵）

　　晚妆初过。沉檀轻注些儿个。向人微露丁香颗。一曲清
歌，暂引樱桃破。

　　罗袖裛残殷色可。杯深旋被香醪污。绣床斜凭娇无那。
烂嚼红茸，笑向檀郎唾。

——李　煜

　　又有前段第二句作上三下四句法者，如周邦彦、高观国词。
此处列一例。

　　钩帘翠湿。寒江上、雨晴风急。乱峰低处明残日。雁字
成行，写破暮天碧。

　　故人天外长为客。倚阑一望情何极。新来得个归消息。
去棹回舟，数过几千只。

——高观国

一剪梅

又名《腊梅香》《玉簟秋》。

双调，六十字。前后段各六句，三平韵。

　　＋＋－＋＋｜－（韵）＋＋＋＋，＋｜－－（韵）＋－
＋｜＋－－，＋｜－－，＋｜－－（韵）
　　＋＋＋＋＋＋（韵）＋＋－＋，＋｜－－（韵）＋－
＋｜｜－－，＋｜－－，＋｜－－（韵）

　　无限江山无限愁。两岸斜阳，人上扁舟。阑干吹浪不多
时，酒在离尊，情满沧洲。
　　早是霜华两鬓秋。目送飞鸿，那更难留。问君尺素几时
来，莫道长江，不解西流。

　　　　　　　　　　　　　　　　　　　　——周紫芝

又有后段第五句亦押韵者，如李清照"红藕香残玉簟秋"。

　　红藕香残玉簟秋。轻解罗裳，独上兰舟。云中谁寄锦书
来，雁字回时，月满西楼。
　　花自飘零水自流。一种相思，两处闲愁。此情无计可消
除，才下眉头。却上心头。

　　　　　　　　　　　　　　　　　　　　——李清照

又有前后段第四句亦押韵者，如吴文英"远目伤心楼上山"
词；前后段第四句、第五句亦押韵者，如卢炳"灯火楼台万斛
莲"词。此处列一例。

　　远目伤心楼上山。愁里长眉，别后峨鬟。暮云低压小阑
干。教问孤鸿，因甚先还。

瘦倚溪桥梅夜寒。雪欲消时，泪不禁弹。剪成钗胜待归看。春在西窗，灯火更阑。

——吴文英

又有句句押韵者，如蒋捷"一片春愁待酒浇"词。

一片春愁待酒浇。江上舟摇。楼上帘招。秋娘渡与泰娘桥。风又飘飘。雨又萧萧。

何日归家洗客袍。银字笙调。心字香烧。流光容易把人抛。红了樱桃。绿了芭蕉。

——蒋　捷

又有前段第五、六句作七言一句者，如赵长卿"霁霭迷空晓未收"词；又有前段第五、六句作七言一句，后段第二、三句亦作七言一句者，如周邦彦"一剪梅花万样娇"词；又有前后段第二、三句俱作七言一句者，如曹勋"不占前村占宝阶"词。此处列一例。

一剪梅花万样娇。斜插梅枝，略点眉梢。轻盈微笑舞低回，何事尊前拍误招。

夜渐寒深酒渐消。袖里时闻玉钏敲。城头谁恁促残更，银漏何如，且慢明朝。

——周邦彦

二　画

十六字令

又名《归字谣》《苍梧谣》。

单调，十六字。四句，三平韵。

—（韵）＋｜——＋｜—（韵）——｜，＋｜｜——
（韵）

天。休使圆蟾照客眠。人何在，桂影自婵娟。

——蔡　伸

人月圆

又名《青衫湿》。

双调，四十八字。前段五句，两平韵；后段六句，两平韵。

＋—＋｜——｜，＋｜｜——（韵）＋—＋｜，——＋
｜，＋｜——（韵）

＋—＋｜，＋—＋｜，＋｜——（韵）——＋｜，＋—
＋｜，＋｜——（韵）

连环宝瑟深深愿，结尽一生愁。人间天上，佳期胜赏，
今夜中秋。

雅歌妍态，嫦娥见了，应羡风流。芳尊美酒，年年岁
岁，月满高楼。

——赵　鼎

又有后段与前段相同者，如张纲"封人祝望尧云了"词。

封人祝望尧云了，归路蔼欢声。何妨明日，开筵笑语，
聊庆初生。

官闲岁晚身犹健，兰玉更盈庭。持杯为寿，从教夜醉，
谁怕参横。

——张　纲

又一体（平韵）

双调，四十八字。前后段各五句，两平韵。

　　一一｜｜一一｜，｜｜｜一一（韵）一一｜｜，一一｜
｜，｜｜一一（韵）

　　｜一｜｜，一一一｜，｜｜一一（韵）｜一一｜｜｜
｜，｜一｜一一（韵）

　　风和日薄余烟嫩，测测透鲛绡。相逢且喜，人圆玳席，
月满丹霄。

　　烂游胜赏，高低灯火，鼎沸笙箫。一年三百六十日，愿
长似今宵。

——杨无咎

又一体（仄韵）

双调，四十八字。前段五句，三仄韵。后段五句，两仄韵。

　　｜一一｜一一｜（韵）一｜一一｜（韵）｜一一｜，一
一｜｜，一｜一｜（韵）

　　｜一一｜，一一｜｜，一｜一｜（韵）｜一一｜｜一
｜，｜一一一｜（韵）

　　月华灯影光相射。还是元宵也。绮罗如画，笙歌递响，
无限风雅。

　　闹蛾斜插，轻衫乍试，闲趁尖耍。百年三万六千夜，愿
长如今夜。

——杨无咎

八声甘州

又名《甘州》《潇潇雨》等。

双调，九十七字。前后段各九句，四平韵。

　　｜＋－＋｜｜－－，＋＋｜－－（韵）｜＋－＋｜，＋
－＋｜，＋｜－－（韵）＋｜＋－＋｜，＋｜｜－－（韵）
＋｜＋－｜，＋｜－－（韵）

　　＋｜＋－＋｜，｜＋－＋｜，＋｜－－（韵）｜＋－＋
｜，＋｜｜－－（韵）｜＋＋、＋－＋｜，｜＋－、＋｜｜
－－（韵）－－｜、＋－＋｜，＋｜－－（韵）

　　对潇潇暮雨洒江天，一番洗清秋。渐霜风凄紧，关河冷
落，残照当楼。是处红衰绿减，苒苒物华休。唯有长江水，
无语东流。

　　不忍登高临远，望故乡渺邈，归思难收。叹年来踪迹，
何事苦淹留。想佳人、妆楼颙望，误几回、天际识归舟。争
知我、倚栏杆处，正恁凝愁。

　　　　　　　　　　　　　　　　　　　　——柳　永

　　又有前段起句用韵者，如张炎"记玉关踏雪事清游"词。又
有个别句子字数略有增减者，此处不列。

卜算子

　　又名《缺月挂疏桐》《百尺楼》《楚天遥》《眉峰碧》等。
　　双调，四十四字。前后段各四句，两仄韵。

　　＋＋＋＋－，＋｜－－｜（韵）＋｜－－＋＋＋，＋｜
－－｜（韵）

　　＋＋＋＋－，＋｜－－｜（韵）＋｜－－＋＋＋，＋｜
－－｜（韵）

蜀客到江南，长忆吴山好。吴蜀风流自古同，归去应须早。

还与去年人，共藉西湖草。莫惜尊前仔细看，应是容颜老。

——苏　轼

又有前段结句作六言、或六言折腰句法者，如黄童、黄公度词。又有后段结句作六言者，如李之仪"我住长江头"词。此处列一例。

我住长江头，君住长江尾。日日思君不见君，共饮长江水。

此水几时休，此恨何时已。只愿君心似我心，定不负相思意。

——李之仪

又有前后段起句俱入韵者，如石孝友词。又有后段起句入韵者，或同时结句又作六言折腰句法者，如徐俯诸词。又有前后段结句俱作六言折腰句法者，如黄庭坚词。又有前后段结句俱作六言折腰句法，且后段起句入韵、或前后段起句俱入韵者，如张先、欧阳修、杜安世诸词。此处列一例。

梦断寒夜长，坐待清霜晓。临镜无人为整妆，但自学、孤鸾照。

楼台红树杪。风月依前好。江水东流郎在西，问尺素、何由到。

——张　先

卜算子慢

双调，八十九字。前段八句，四仄韵；后段八句，五仄韵。

　　－－｜｜，－｜｜－，｜｜｜－－｜（韵）＋｜－－，
＋｜｜－－｜（韵）｜－－、｜｜｜－－｜（韵）｜＋＋、－
－｜｜，－－｜＋－｜（韵）

　　｜｜－－｜（韵）｜｜｜－－，｜－－｜（韵）｜｜－｜
－，｜＋＋｜－＋｜（韵）＋－－、＋｜｜－－｜（韵）｜｜
＋、－－｜｜，｜｜－－＋｜（韵）

　　桃花院落，烟重露寒，寂寞禁烟晴昼。风拂珠帘，还记
去年时候。惜春心、不喜闲窗绣。倚屏山、和衣睡觉，醺醺
暗消残酒。

　　独倚危阑久。把玉笋偷弹，黛蛾轻斗。一点相思，万般
自家甘受。抽金钗、欲买丹青手。写别来、容颜寄与，使知
人清瘦。

——钟　辐

　　又有张先"溪山别意"词，各版本在个别字词及断句上略有
不同。今依《全宋词》列入。

　　溪山别意，烟树去程，日落采苹春晚。欲上征鞍，更掩
翠帘相盼。惜弯弯浅黛长长眼。奈画阁欢游，也学狂花乱絮
轻散。

　　水影横池馆。对静夜无人，月高云远。一饷凝思，两袖
泪痕还满。恨私书、又逐东风断。纵西北层楼万尺，望重城
那见。

——张　先

三　画

三字令

双调，四十八字。前后段各八句，四平韵。

　　－｜｜，｜－－（韵）｜－－（韵）－｜｜，｜－－（韵）｜－－，－｜｜，｜－－（韵）

　　－｜｜，｜－－（韵）｜－－（韵）－｜｜，｜－－（韵）｜－－，－｜｜，｜－－（韵）

　　春欲尽，日迟迟。牡丹时。罗幌卷，翠帘垂。彩笺书，红粉泪，两心知。

　　人不在，燕空归。负佳期。香烬落，枕函欹。月分明，花澹薄，惹相思。

——欧阳炯

又一体

双调，五十四字。前后段各九句，四平韵。

　　－｜｜，｜－－（韵）－｜｜，｜－－（韵）－｜｜，｜－－（韵）－－｜，－｜｜，｜－－（韵）

　　－－｜，｜－－（韵）－｜｜，｜－－（韵）－｜｜，｜－－（韵）－｜｜，－｜｜，｜－－（韵）

　　春尽日，雨余时。红蔌蔌，绿漪漪。花满地，水平池。烟光里，云影上，画船移。

　　纹鸳并，白鸥飞。歌韵响，酒行迟。将我意，入新诗。春欲去，留且住，莫教归。

——向子諲

山花子

又名《摊破浣溪沙》《添字浣溪沙》《感恩多令》等。《花间集》中毛文锡词又名《浣沙溪》。

双调，四十八字。前段四句，三平韵；后段四句，两平韵。

　　＋｜－－｜｜－（韵）＋－＋｜｜－－（韵）＋｜＋－＋＋｜，｜－－（韵）

　　＋｜＋－－｜｜，＋－＋｜｜－－（韵）＋｜＋－－｜｜，｜－－（韵）

　　菡萏香销翠叶残。西风愁起绿波间。还与韶光共憔悴，不堪看。

　　细雨梦回鸡塞远，小楼吹彻玉笙寒。多少泪珠何限恨，倚阑干。

——李　璟

小重山

又名《小重山令》《小冲山》《柳色新》。

双调，五十八字。前后段各四句，四平韵。

　　＋｜－－＋｜－（韵）＋－－｜｜、｜－－（韵）＋－＋｜｜－－（韵）－＋｜、＋｜｜－－（韵）

　　＋｜｜－－（韵）＋－－｜｜、｜－－（韵）＋－＋｜｜－－（韵）－＋｜、＋｜｜－－（韵）

　　春到长门春草青。玉阶华露滴、月胧明。东风吹断紫箫声。宫漏促、帘外晓啼莺。

愁极梦难成。红妆流宿泪、不胜情。手接裙带绕阶行。
思君切、罗幌暗尘生。

——薛绍蕴

又有前段起句不入韵者如李清照"春到长门春草青"词。又
有后段第三句不押韵者，如岳飞"昨夜寒蛩不住鸣"词。此处列
一例。

昨夜寒蛩不住鸣。惊回千里梦、已三更。起来独自绕阶
行。人悄悄、帘外月胧明。

白首为功名。旧山松竹老、阻归程。欲将心事付瑶琴，
知音少、弦断有谁听。

——岳　飞

又一体 （仄韵体）

双调，五十八字。前后段各四句，四仄韵。

　｜｜－－｜｜（韵）｜－－｜｜、｜－｜（韵）－－
－｜｜－｜（韵）｜－－、－｜｜－｜（韵）

　－｜｜－｜（韵）－－－｜｜、｜－｜（韵）－－－｜
｜－｜（韵）｜－－、－｜｜－｜（韵）

一点斜阳红欲滴。白鸥飞不尽、楚天碧。渔歌声断晚风
急。揽芦花、飞雪满林湿。

孤馆百忧集。家山千里远、梦难觅。江湖风月好收拾。
故溪云、深处著蓑笠。

——黄子行

四　画

天仙子

单调，三十四字。六句，五仄韵。

　　＋｜＋－－｜｜（韵）＋－－｜－－｜（韵）－－＋｜
｜－－，－｜｜（韵）｜－｜（韵）｜｜｜＋－－｜｜（韵）

　　踯躅花开红照水。鹧鸪飞绕青山觜。行人经岁始归来，
千万里。错相倚。懊恼天仙应有以。

——皇甫松

又有第四句不押韵者，如和凝"洞口春红飞薜薜"词。

　　洞口春红飞薜薜。仙子含愁眉黛绿。阮郎何事不归来，
懒烧金，慵篆玉。流水桃花空断续。

——和　凝

又一体（平韵体）

单调，三十四字。六句，五平韵。

　　＋｜－－＋｜－（韵）＋＋＋＋＋＋－（韵）＋－＋｜
｜－－（韵）＋｜｜，｜－－（韵）＋｜＋－＋｜－（韵）

　　梦觉银屏依旧空。杜鹃声咽隔帘栊。玉郎薄幸去无踪。
一日日，恨重重。泪界莲腮两线红。

——韦　庄

又一体（换韵体）

单调，三十四字。六句，两仄韵、三平韵。

—｜－－－｜｜（仄韵）　－｜－－－｜｜（韵）　－－｜

｜｜－－（换平韵）　－｜｜，｜－－（韵）　－｜－－－｜－
（韵）

深夜归来长酩酊。扶入流苏犹未醒。醺醺酒气麝兰和。
惊睡觉，笑呵呵。长道人生能几何。

——韦　庄

又一体

双调，六十八字。前后段同，各六句，五仄韵。

＋｜＋－－｜｜（韵）　＋｜＋－－｜｜（韵）　＋－＋｜
｜－－，－｜｜（韵）　－＋｜（韵）　＋｜＋－－｜｜（韵）
　＋｜＋－－｜｜（韵）　＋｜＋－－｜｜（韵）　＋－＋｜
｜－－，－＋｜（韵）　－＋｜（韵）　＋｜＋－－｜｜（韵）

水调数声持酒听。午醉醒来愁未醒。送春春去几时回，
临晚镜。伤流景。往事后期空记省。

沙上并禽池上暝。云破月来花弄影。重重帘幕密遮灯，
风不定。人初静。明日落红应满径。

——张　先

天门谣

双调，四十五字。前后段各四句，四仄韵。

—｜－－｜（韵）　｜＋｜、｜－－｜（韵）　－｜｜
（韵）　｜－－－｜（韵）

　　｜＋｜－－－｜｜（韵）｜｜－－－＋｜（韵）－｜｜
（韵）｜｜｜、－－＋｜（韵）

　　牛渚天门险。限南北、七雄豪占。清雾敛。与闲人登
览。
　　待月上潮平波滟滟。塞管轻吹新阿滥。风满槛。历历
数、西州更点。

——贺　铸

太常引

　　又名《太清引》《腊前梅》。
　　双调，四十九字。前段四句，四平韵；后段五句，三平韵。

　　＋－＋｜｜－－（韵）＋｜｜－－（韵）＋｜｜－－
（韵）｜＋｜、－－｜－（韵）
　　＋－＋｜，＋－＋｜，＋｜｜－－（韵）＋｜｜－－
（韵）＋＋｜、－－｜－（韵）

　　一轮秋影转金波。飞镜又重磨。把酒问姮娥。被白发、
欺人奈何。
　　乘风好去，长空万里，直下看山河。斫去桂婆娑。人道
是、清光更多。

——辛弃疾

　　又有前段第二句多一字，作六字折腰句式者，如韩玉"荒山
连水水连天"词。

　　荒山连水水连天。忆曾上、桂江船。风雨过吴川。又却

在、潇湘岸边。

　　不堪追念，浪萍踪迹，虚度夜如年。风外晓钟传。尚独
对、残灯未眠。

——韩　玉

长相思

　　又名《长相思令》《相思令》《吴山青》《双红豆》《山渐青》
《忆多娇》等。

　　双调，三十六字。前后段各四句，三平韵，一叠韵。

　　＋＋－（韵）＋＋－（叠）＋｜－－＋｜－（韵）＋－
＋｜－（韵）

　　＋＋－（韵）＋＋－（叠）＋｜－－＋｜－（韵）＋－
＋｜－（韵）

　　汴水流。泗水流。流到瓜洲古渡头。吴山点点愁。
　　思悠悠。恨悠悠。恨到归时方始休。月明人倚楼。

——白居易

又有叠韵处整句相叠者，如晏几道词。

　　长相思。长相思。若问相思甚了期。除非相见时。
　　长相思。长相思。欲把相思说与谁。浅情人不知。

——晏几道

　　又有前段叠韵，后段不叠韵者，如欧阳修、万俟咏、蔡伸、
陆游等人词。又有前段不叠韵，后段叠韵者，如朱敦儒、蔡伸、
王之道、陆游、周密等人词。又有前后段俱不叠韵者，如李煜、
张先、欧阳修、周邦彦、万俟咏、向子諲、蔡伸、王之道、曾

觌、袁去华、陆游、张孝祥等人词。此处列一例。

小楼重。下帘栊。万点芳心绿间红。秋千图画中。
草茸茸。柳松松。细卷玻璃水面风。春寒依旧浓。

——张孝祥

又有后段起句不入韵者，如白居易、李煜、欧阳修、王之
道、赵长卿等人词。

吴江枫。吴江风。索索秋声飞乱红。晚来归兴浓。
淮山西，淮山东。明月今宵何处同。相寻魂梦中。

——王之道

又有用韵略有不同者，如前段首句不入韵，或前段第三句不押
韵，或后段第三句不押韵，或前段第二句不押韵等等。此处不列。

又一体（换韵体）

双调，三十六字。前段四句，三平韵，一叠韵；后段四句，
另换三平韵。

＋－－（平韵）｜－－（叠）＋｜－－＋｜－（韵）－
－＋｜－（韵）
｜－－（另换平韵）｜－－（韵）｜｜－－＋｜－
（韵）－－－｜－（韵）

心悠悠。恨悠悠。谁剪青山两点愁。笙寒燕子楼。
晓星稀。暮云飞。织就回文不下机。花飞人未归。

——续雪谷

又有后段起句不入韵者，如刘光祖"玉尊凉"词。此处不列。

又一体

又名《长相思慢》。

双调，一百零三字。前段十一句，六平韵；后段十句，四平韵。

　　｜｜－－，－－｜｜，｜｜－｜－－（韵）－－｜｜｜
｜，－－－｜，｜｜－－（韵）｜｜－－（韵）｜－－｜
｜，｜｜－－（韵）｜｜－－（韵）｜－－、｜｜－－
（韵）

　　｜－｜－－，｜｜－－｜｜，｜｜－－（韵）－－｜
｜－－，｜｜－－（韵）－－｜｜，｜－－、－｜－｜
－（韵）｜｜－、－｜－｜，－－｜｜－－（韵）

　　画鼓喧街，兰灯满市，皎月初照严城。清都绛阙夜景，
风传银箭，露暖金茎。巷陌纵横。过平康款辔，缓听歌声。
凤烛荧荧。那人家、未掩香屏。

　　向罗绮丛中，认得依稀旧日，雅态轻盈。娇波艳冶，巧
笑依然，有意相迎。墙头马上，漫迟留、难写深诚。又岂
知、名宦拘检，年来减尽风情。

　　　　　　　　　　　　　　　　　　　　——柳　永

又有个别处断句略异者，如秦观、周邦彦、杨无咎、袁去
华、刘埙词。此处不列。可平可仄亦不作参考。

乌夜啼

又名《锦堂春》《圣无忧》。另《相见欢》又名《乌夜啼》与
此调不同。

双调，四十七字。前后段各四句，两平韵。

＋｜－－｜，＋－｜｜－－（韵）＋－＋｜－－｜，＋
｜｜－－（韵）

＋｜＋－＋｜，＋－＋｜－－（韵）＋－＋｜－－｜，
＋｜｜－－（韵）

　　昨夜风兼雨，帘帏飒飒秋声。烛残漏断频敧枕，起坐不
能平。

　　世事漫随流水，算来一梦浮生。醉乡路稳宜频到，此外
不堪行。

　　　　　　　　　　　　　　　　　　　——李　　煜

　　又有前段起句多一字作六言者，如苏轼、陆游、赵令畤、程
垓、魏了翁等人词。此处列一例。

　　楼上紫帘弱絮，墙头碍月低花。年年春事关心事，肠断
欲栖鸦。

　　舞镜鸾衾翠减，啼珠凤蜡红斜。重门不锁相思梦，随意
绕天涯。

　　　　　　　　　　　　　　　　　　　——赵令畤

　　又有前段起句作六言，前后段结句俱作六言折腰句法者，如
程垓词。

　　墙外雨肥梅子，阶前水绕荷花。阴阴庭户熏风满，水纹
簟、怯菱芽。

　　春尽难凭燕语，日长惟有蜂衙。沈香火冷珠帘暮，个人
在、碧窗纱。

　　　　　　　　　　　　　　　　　　　——程　　垓

风光好

双调，三十六字。前段四句，四平韵；后段四句，两仄韵，两平韵。

　　｜－－（韵）｜－－（韵）＋｜－－｜｜－（韵）｜－
－（韵）

　　－－＋｜－－｜（换仄韵）－－｜（韵）＋｜－－｜｜
－（归平韵）｜－－（韵）

　　柳阴阴。水沉沉。风约双凫立不禁。碧波心。
　　孤村桥断人迷路。舟横渡。旋买村醪浅浅斟。更微吟。

　　　　　　　　　　　　　　　　　　　　　　——欧　良

风入松

又名《远山横》。

双调，七十四字。前后段各六句，四平韵。

　　＋－＋｜｜－－（韵）＋｜－－（韵）＋－＋｜－－
｜，＋＋＋、＋｜－－（韵）＋｜＋－＋｜，＋－＋｜－－
（韵）

　　＋－＋｜｜－－（韵）＋｜－－（韵）＋－＋｜－－
｜，＋－＋、＋｜－－（韵）＋｜＋－＋｜，＋－＋｜－－
（韵）

　　心心念念忆相逢。别恨谁浓。就中懊恼难拼处，是擘
钗、分钿匆匆。却似桃源路失，落花空记前踪。
　　彩笺书尽浣溪红。深意难通。强欢斝酒图消遣，到醒

来、愁闷还重。若是初心未改，多应此意须同。

——晏几道

又有前后段第二句皆五字者，如吴文英"听风听雨过清明"词；前后段第四句少一字各作六字句者，如赵彦端"传闻天上有星榆"词。此处列一例。

听风听雨过清明。愁草瘗花铭。楼前绿暗分携路，一丝柳、一寸柔情。料峭春寒中酒，交加晓梦啼莺。

西园日日扫林亭。依旧赏新晴。黄蜂频扑秋千索，有当时、纤手香凝。惆怅双鸳不到，幽阶一夜苔生。

——吴文英

凤楼春

双调，七十七字。前段八句，六平韵；后段九句，五平韵。

　｜｜｜——（韵）—｜——（韵）｜——（韵）｜——
｜｜——（韵）—｜｜，｜——（韵）—｜｜｜——｜｜，｜
｜｜——（韵）

　｜——（韵）—｜——（韵）｜——｜，｜——｜，｜
——｜——（韵）—｜｜—，—｜—｜｜——（韵）｜——
｜，—｜——（韵）

凤髻绿云丛。深掩房栊。锦书通。梦中相见觉来慵。匀面泪，脸珠融。因想玉郎何处去，对淑景谁同。

小楼中。春思无穷。倚阑颙望，暗牵愁绪，柳花飞起东风。斜日照帘，罗幌香冷粉屏空。海棠零落，莺语残红。

——欧阳炯

凤池吟

双调，九十九字。前一段十一句，四平韵；后一段十句，四平韵。

丨丨——，丨——丨，丨丨丨丨——（韵）丨——丨
丨，———丨丨，丨丨——（韵）丨丨——，丨—丨丨丨——
（韵）———丨丨，———丨，丨丨——（韵）
———丨丨丨—丨，丨丨丨—丨，丨丨——（韵）丨丨丨—丨
丨，丨——丨，丨丨——（韵）丨丨——，丨——丨——
（韵）——丨，丨——、丨丨——（韵）

万丈巍台，碧罘罳外，衮衮野马游尘。旧文书几阁，昏朝醉暮，覆雨翻云。忽变清明，紫垣敕使下星辰。经年事静，公门如水，帝甸阳春。

长安父老相语，几百年见此，独驾冰轮。又凤鸣黄幕，玉霄平溯，鹊锦新恩。画省中书，半红梅子荐盐新。归来晚，待赓吟、殿阁南薰。

——吴文英

凤凰阁

又名《数花风》。

双调，六十八字。前后段各六句，四仄韵。

十—一丨，十丨丨——丨丨（韵）十—十丨十—丨（韵）
十丨——十，十十—丨（韵）丨丨丨、——丨丨（韵）
十—一丨，十丨丨—丨丨（韵）十——丨十—丨（韵）
—丨丨十—丨，十十—丨（韵）丨丨丨、——丨丨（韵）

匆匆相见，懊恼恩情太薄。霎时云雨人抛却。教我行思坐想，肌肤如削。恨只恨、相违旧约。

相思成病，那更潇潇雨落。断肠人在阑干角。山远水远人远，音信难托。这滋味、黄昏又恶。

——柳　永

凤凰台上忆吹箫

又名《忆吹箫》。

双调，九十七字。前段十句，四平韵；后段九句，四平韵。

＋｜－－，＋－＋｜，＋－＋｜－－（韵）＋｜｜、＋－＋｜，＋｜－－（韵）＋｜－－｜，－｜｜、＋｜－－（韵）＋－｜，＋＋＋＋，＋｜－－（韵）

－＋＋＋＋｜，－｜｜、－－｜｜－－（韵）＋＋｜、－－｜｜，＋｜－－（韵）＋＋＋＋＋｜，－＋｜、＋｜－－（韵）－－｜，＋＋｜｜－－（韵）

千里相思，况无百里，何妨暮往朝还。又正是、梅初淡伫，禽未绵蛮。陌上相逢缓辔，风细细、云日斑斑。新晴好，得意未妨，行尽青山。

应携后房小妓，来为我，盈盈对舞花间。便挤了、松醪翠满，蜜炬红残。谁信轻鞍射虎，清世里、曾有人闲。都休说，帘外夜久春寒。

——晁补之

又有后段第二句五言，第三句四言，或第四句又少一字作六言者。如曹勋、彭履道、张炎词。又有前段第四句少一字作六言；后段二句五言，第三句四言者。如吴元可词。此处列一例。

　　劝客新楼，鸣筝上酒，夜凉人爱秋深。何似过、赏心佳处，依约湖阴。东望寒光缥缈，烟水阔、短笛销沈。阑干近，胜时种柳，清到如今。

　　凌波又成误约，自佩环飞去，暗想遗音。重省江城倦客，醉拥秋衾。谁家一掬红泪，孤雁远、湿逗罗襟。石城晓，数声又递寒砧。

——彭履道

又一体

　　双调，九十五字。前段十句，四平韵；后段十一句，五平韵。

　　＋｜－－，＋－＋｜，＋－＋｜－－（韵）｜＋－－｜，｜｜－－（韵）＋｜－－｜｜，－｜｜、｜｜－－（韵）－＋｜，－＋｜＋，＋｜－－（韵）

　　－－（韵）｜－｜｜，＋＋｜－－，＋｜－－（韵）｜＋－＋｜，－｜－－（韵）－｜＋－－｜，－｜｜、＋｜－－（韵）－＋｜，－－｜－，＋｜－－（韵）

　　香冷金猊，被翻红浪，起来慵自梳头。任宝奁尘满，日上帘钩。生怕离怀别苦，多少事，欲说还休。新来瘦，非干病酒，不是悲秋。

　　休休。这回去也，千万遍阳关，也则难留。念武陵人远，烟锁秦楼。唯有楼前流水，应念我，终日凝眸。凝眸处、从今更添，一段新愁。

——李清照

　　又有前段第四句作七言上三下四句法；后段第五句作七言上三下四句法，结尾两句作三言一句，六言一句者。如曹勋词。此处不列。

水调歌头

又名《元会曲》《凯歌》。

双调，九十五字。前段九句，四平韵；后段十句，四平韵。

　　＋＋＋＋｜，＋｜｜－－（韵）＋－－｜，＋＋－｜｜
－－（韵）＋｜＋－＋｜，＋｜＋－＋｜，＋｜｜－－
（韵）＋＋＋－｜，＋｜｜－－（韵）

　　＋＋＋，＋＋｜，｜＋－（韵）＋－＋｜，＋｜＋｜｜
－－（韵）＋｜＋－＋｜，＋｜＋－＋｜，｜｜｜－－
（韵）＋｜＋－｜，＋｜｜－－（韵）

　　落日绣帘卷，亭下水连空。知君为我，新作窗户湿青
红。长记平山堂上，欹枕江南烟雨，渺渺没孤鸿。认得醉翁
语，山色有无中。

　　一千顷，都镜净，倒碧峰。忽然浪起，掀舞一叶白头
翁。堪笑兰台公子，未解庄生天籁，刚道有雌雄。一点浩然
气，千里快哉风。

——苏　轼

又有前段第三句、第四句，后段第四句、第五句作六字、五
字句式者，如周紫芝"岁晚念行役"词。

　　岁晚念行役，江阔渺风烟。六朝文物何在，回首更凄
然。倚尽危楼杰观，暗想琼枝璧月，罗袜步承莲。桃叶山前
鹭，无语下寒滩。

　　潮寂寞，浸孤垒，涨平川。莫愁艇子何处，烟树杳无
边。王谢堂前双燕，空绕乌衣门巷，斜日草连天。只有台城
月，千古照婵娟。

——周紫芝

又一体

双调，九十五字。前段九句，四平韵、两仄韵；后段十句，四平韵、两仄韵。

　　＋＋＋＋｜，＋｜｜－－（韵）＋－－｜＋＋，－｜｜
－－（韵）＋｜＋－＋｜（换仄韵）＋｜＋－＋｜（韵）＋
｜｜－－（归平韵）＋＋＋－｜，＋｜｜－－（韵）

　　＋＋＋，＋＋｜，｜＋－（韵）＋－－｜，＋｜＋｜｜
－－（韵）＋｜＋－＋｜（另换仄韵）＋｜＋－＋｜（韵）
＋｜｜－－（归平韵）＋｜＋－｜，＋｜｜－－（韵）

　　明月几时有，把酒问清天。不知天上宫阙，今夕是何
年。我欲乘风归去。惟恐琼楼玉宇。高处不胜寒。起舞弄清
影，何似在人间。

　　转朱阁，低绮户，照无眠。不应有恨，何事长向别时
圆。人有悲欢离合。月有阴晴圆缺。此事古难全。但愿人长
久，千里共婵娟。

——苏　轼

　　又有除后段首句外，其余句句用韵者，且在同一韵部平仄韵
通押。如贺铸"南国本潇洒"词。

　　南国本潇洒。六代浸豪奢。台城游冶。擘笺能赋属宫
娃。云观登临清夏。璧月留连长夜。吟醉送年华。回首飞鸳
瓦。却羡井中蛙。

　　访乌衣，成白社。不容车。旧时王谢。堂前双燕过谁
家。楼外河横斗挂。淮上潮平霜下。墙影落寒沙。商女篷窗
罅。犹唱后庭花。

——贺　铸

此调句式略异者颇多，此处不一一列出。

少年游

又名《玉腊梅枝》《小阑干》。

双调，五十字。前段五句，三平韵；后段五句，两平韵。

　＋－＋｜｜－－（韵）＋｜｜－－（韵）＋＋＋＋，＋
－＋｜，＋｜｜－－（韵）

　＋－＋｜－－｜，＋｜｜－－（韵）＋＋＋＋，＋－＋
｜，＋｜｜－－（韵）

芙蓉花发去年枝。双燕欲归飞。兰堂风软，金炉香暖，
新曲动帘帷。

家人拜上千春寿，深意满琼卮。绿鬓朱颜，道家装束，
长似少年时。

——晏　殊

此调句式、用韵不同者颇多，不多列举。仅列一例前后段第
二句添一字，作六字折腰句法者，如柳永"一生赢得是凄凉"
词。

一生赢得是凄凉。追前事、暗心伤。好天良夜，深屏香
被，争忍便相忘。

王孙动是经年去，贪迷恋、有何长。万种千般，把伊情
分，颠倒尽猜量。

——柳　永

又一体

双调，五十一字。前段六句，两平韵；后段四句，两平韵。

此谱另有晁补之词可参考。

｜—｜，———｜，—｜｜——（韵）———｜，—
—｜｜，—｜｜——（韵）

｜｜｜———｜，—｜｜——（韵）｜｜｜————｜，
——｜、｜——（韵）

去年相送，余杭门外，飞雪似杨花。今年春尽，杨花似
雪，犹不见还家。

对酒卷帘邀明月，风露透窗纱。恰似姮娥怜双燕，分明
照、画梁斜。

——苏 轼

又一体 （仄韵）

双调，四十七字。前段五句，两仄韵；后段四句，三仄韵。

｜—｜，——｜｜，———｜（韵）——｜—｜，｜
———｜（韵）

｜｜｜、——｜｜（韵）｜——、｜｜—｜（韵）—
—｜—｜，｜———｜（韵）

雨晴云敛，烟花澹荡，遥山凝碧。驱车问征路，赏春风
南陌。

正雨后、梨花幽艳白。悔匆匆、过了寒食。归家渐春
暮，探酴醾消息。

——孙道绚

又一体 （仄韵体）

双调，四十九字。前段五句，两仄韵；后段五句，两仄韵。

－－－｜，｜｜－－，－－｜｜（韵）｜｜｜、｜－
｜，｜｜｜、－－｜｜（韵）

｜－－｜，｜－－｜，－－－｜（韵）｜｜｜、｜－－
｜，｜｜｜－｜｜（韵）

当年携手，是处成双，无人不美。自间阻、五年也，一
梦拥、娇娇粉面。

柳眉轻扫，杏腮微拂，依前双靥。盛睡里、起来寻觅，
却眼前不见。

——晁补之

少年游慢

双调，八十四字。前后段各九句，五仄韵。

－－－｜｜（韵）｜｜｜－－｜｜（韵）－｜－－，－－
－｜，－－｜（韵）－｜－－｜（韵）｜｜｜－｜（韵）－
｜－－，｜－｜｜｜－｜（韵）

｜｜－－｜（韵）－｜－－｜（韵）｜｜－－，－－
－｜，－－｜（韵）－｜－－｜，｜｜－－｜（韵）｜｜－
－，－－｜｜－－｜（韵）

春城三二月。禁柳飘绵未歇。仙簰生香，轻云凝紫，临
层阙。歌掌明珠滑。酒脸红霞发。华省名高，少年得意时
节。

画刻三题彻。梯汉同登蟾窟。玉殿初宣，银袍齐脱，生
仙骨。花探都门晓，马跃芳衢阔。宴罢东风，鞭梢一行飞
雪。

——张　先

忆王孙

又名《豆叶黄》《画蛾眉》《阑干万里心》等。

单调，三十一字。五句，五平韵。

　　＋－＋｜｜－－（韵）＋｜－－＋｜－（韵）＋｜－－
＋｜－（韵）｜－－（韵）＋｜－－＋｜－（韵）

　　芰荷香外一声蝉。风撼琅玕惊昼眠。刻烛题诗花满笺。
小神仙。对倚阑干月正圆。

——吕渭老

又一体（仄韵体）

双调，五十四字。前后段各四句，三仄韵。

　　－｜－－｜｜（韵）－｜｜、＋－－｜（韵）｜－－
｜｜－－，｜｜｜、－－｜（韵）
　　－＋＋＋－＋｜（韵）－｜｜、＋－＋｜（韵）＋－＋
｜｜－－，｜｜｜、－－｜（韵）

　　梅子生时春渐老。红满地、落花谁扫。旧年池馆不归
来，又绿尽、今年草。
　　思量千里乡关道。山共水、几时得到。杜鹃只解怨残
春，也不管、人烦恼。

——周紫芝

又有前段起句少一字、结句多一字者，如刘学箕“淑景韶光
晴昼”词。此处不列。

又一体 （换韵体）

双调，五十三字。前后段各六句，三仄韵、两平韵。

　　｜｜－｜（仄韵）－－－｜（韵）＋｜－－，｜－｜｜
（韵）－｜｜｜－－（换平韵）｜－－（韵）

　　－－｜＋－－｜（另换仄韵）－－｜（韵）｜｜－－｜
（韵）－－＋｜，－｜＋｜－－（另换平韵）｜－－（韵）

　　霁雨天迥。平林烟暝。灯闪沙汀，水生钓艇。楼外柳暗
谁家。乱昏鸦。

　　相思怪得今番甚。寒食近。小研鱼笺信。屏山交掩，微
醉独倚栏干。恨春寒。

　　　　　　　　　　　　　　　　　　　　——张元干

忆秦娥

又名《秦楼月》《双荷叶》等。

双调，四十六字。前后段各五句，三仄韵，一叠韵。此体多
用入声韵。

　　＋＋｜（韵）＋－＋｜－－｜（韵）－－｜（叠）＋－
＋｜，＋－－｜（韵）

　　＋＋＋＋－＋｜（韵）＋－＋｜＋＋｜（韵）＋＋｜
（叠）＋－＋｜，＋－＋｜（韵）

　　箫声咽。秦娥梦断秦楼月。秦楼月。年年柳色，灞陵伤
别。

　　乐游原上清秋节。咸阳古道音尘绝。音尘绝。西风残
照，汉家陵阙。

　　　　　　　　　　　　　　　　　　　　——李　白

另有后段起句不入韵者，如石孝友"秦楼月"词。又有前后段第三句皆不作叠句者，如晁补之"牵人意"词。此处不列。

又一体（平韵体）

双调，四十六字。前后段各五句，三平韵，一叠韵。

　　＋－－（韵）＋－＋｜－－－（韵）－－－（叠）＋－＋｜，＋｜－－（韵）

　　＋－＋｜－－－（韵）－－＋｜－－－（韵）－－－（叠）＋－＋｜，＋｜－－（韵）

　　晓朦胧。前溪百鸟啼匆匆。啼匆匆。凌波人去，拜月楼空。

　　去年今日东门东。鲜妆辉映桃花红。桃花红。吹开吹落，一任东风。

——贺　铸

又一体

双调，三十七字。前后段各四句，两仄韵、两平韵。

　　｜｜（仄韵）｜｜－－｜（韵）－－（换平韵）＋｜－－｜｜－（韵）

　　＋－＋｜－－｜（另换仄韵）＋｜－－｜（韵）－－（另换平韵）｜｜－－｜｜－（韵）

　　夜夜。夜了花朝也。连忙。指点银瓶索酒尝。

　　明朝花落知多少。莫把残红扫。愁人。一片花飞减却春。

——毛　滂

又有前段起句多一字，且前后段俱押同一仄声韵者，如冯延巳"风淅淅"词。又有前段起句、第三句各多一字，后段起句多一字且作上三下五句法，前后段俱押同一仄声韵者，如张先"参差竹"词。此处列一例。

参差竹。吹断相思曲。情不足。西北有楼穷远目。

忆苕溪、寒影透清玉。秋雁南飞速。菰草绿。应下溪头沙上宿。

——张　先

忆少年

又名《陇首山》《十二时》等。

双调，四十六字。前段五句，两仄韵；后段四句，三仄韵。前段前三句首字，多用相同字起。

＋－＋｜，＋－＋｜，＋－－｜（韵）－－｜＋｜，｜＋－－｜（韵）

｜｜－－｜｜（韵）＋＋＋、＋＋－｜（韵）＋－｜＋｜，｜－－＋｜（韵）

无穷官柳，无情画舸，无根行客。南山尚相送，只高城人隔。

卷画园林溪绀碧。算重来、尽成陈迹。刘郎鬓如此，况桃花颜色。

——晁补之

又有后段首句添一字作三五句式者，如万俟咏、曹组词。此处列一例。

年时酒伴，年时去处，年时春色。清明又近也，却天涯为客。

念过眼、光阴难再得。想前欢、尽成陈迹。登临恨无语，把阑干暗拍。

——曹　组

忆江南

又名《谢秋娘》《江南好》《望江南》《望江梅》《梦江南》《梦江口》《归塞北》《春去也》等。

单调，二十七字。五句，三平韵。中间两句七言宜用对仗。

－＋｜，＋｜｜－－（韵）＋｜＋－－｜｜，＋－＋｜｜－－（韵）＋｜｜－－（韵）

江南好，风景旧曾谙。日出江花红胜火，春来江水绿如蓝。能不忆江南。

——白居易

又一体

双调，五十四字。前后段各五句，三平韵。此即单调词加一叠，其平仄、用韵与单调同。

此谱参考张先、欧阳修、苏轼、周邦彦、朱敦儒、张孝祥、赵师侠、吴文英、刘辰翁词。

－＋｜，＋｜｜－－（韵）＋｜＋－－｜｜，＋－＋｜｜－－（韵）＋｜｜－－（韵）

－＋｜，＋｜｜－－（韵）＋｜＋－－｜｜，＋－＋｜｜－－（韵）＋｜｜－－（韵）

江南蝶，斜日一双双。身似何郎全傅粉，心如韩寿爱偷香。天赋与轻狂。

微雨后，薄翅腻烟光。才伴游蜂来小院，又随飞絮过东墙。长是为花忙。

——欧阳修

又一体（换韵体）

双调，五十九字。前后段各五句，两仄韵、两平韵。

＋｜－－｜｜（仄韵）｜｜＋－，｜－－｜（韵）＋－＋｜｜－－（换平韵）｜－－｜＋－－（韵）

－－＋｜－－｜（另换仄韵）｜｜－－，＋｜－－｜（韵）＋－＋｜＋－－（另换平韵）－－＋｜｜－－（韵）

今日相逢花未发。正是去年，别离时节。东风次第有花开。恁时须约却重来。

重来不怕花堪折。只怕明年，花发人离别。别离若向百花时。东风弹泪有谁知。

——冯延巳

又一体

双调，四十字。前段四句，四平韵；后段四句，三平韵。

｜｜－－－｜－（韵）｜－－（韵）－－｜｜－－（韵）｜－－（韵）

｜｜－－－｜｜，｜－－（韵）－－－｜｜－－（韵）｜－－（韵）

九曲池头三月三。柳毵毵。香尘扑马喷金衔。涴春衫。

苦笋鲥鱼乡味美，梦江南。阊门烟水晚风恬。落归帆。

——贺　铸

五　画

玉簟凉

双调，九十七字。前后段各十句，五平韵。

　　—｜——（韵）｜｜｜｜—，｜｜——（韵）———｜
｜，｜｜｜｜——（韵）———｜｜，｜｜｜、｜｜——
（韵）—｜｜，｜｜——｜，—｜——（韵）

　　——（韵）——｜｜，—｜｜—，—｜｜｜——（韵）
———｜｜，｜｜｜——（韵）——｜｜—，｜｜｜、｜
｜——（韵）—｜｜，｜｜—、—｜——（韵）

　　秋是愁乡。自锦瑟断弦，有泪如江。平生花里活，奈旧
梦难忘。蓝桥云树正绿，料抱月、几夜眠香。河汉阻，但凤
音传恨，阑影敲凉。

　　新妆。莲娇试晓，梅瘦破春，因甚却扇临窗。红巾衔翠
翼，早弱水茫茫。柔情各自未翦，问此去、莫负王昌。芳信
准，更敢寻、红杏西厢。

——史达祖

玉蝴蝶

双调，四十一字。前段四句，四平韵；后段四句，三平韵。

　　———｜——（韵）—｜｜——（韵）｜｜｜｜—

（韵）－－｜｜－（韵）

　　－－－｜｜，－｜｜－－（韵）－｜｜－－（韵）｜－
－｜－（韵）

　　秋风凄切伤离。行客未归时。塞外草先衰。江南雁到
迟。

　　芙蓉凋嫩脸，杨柳堕新眉。摇落使人悲。断肠谁得知。

——温庭筠

又一体

　　双调，四十二字。前段五句，四平韵；后段五句，两仄韵、
三平韵。

　　－｜｜，｜－－（平韵）｜－－｜－（韵）｜｜｜－－
（韵）－－｜｜－（韵）

　　－－｜（换仄韵）－－｜（韵）－｜｜－－（归平韵）
－｜｜－－（韵）｜－－｜－（韵）

　　春欲尽，景仍长。满园花正黄。粉翅两悠飏。翩翩过
短墙。

　　鲜飙暖。牵游伴。飞去立残芳。无语对萧娘。舞衫沉
麝香。

——孙光宪

又一体

　　双调，九十九字。前段十句，五平韵；后段十一句，六平
韵。

　　｜｜＋－－｜，＋－＋｜，＋｜－－（韵）｜｜－－，
－｜＋｜－－（韵）｜－＋、＋－＋｜，＋｜｜、－｜－－

（韵）｜－－（韵）｜－－｜，＋｜－－（韵）
　　－－（韵）＋－＋｜，＋－＋｜，＋｜－－（韵）｜｜
－－，｜＋－｜｜－－（韵）｜＋＋、＋－＋｜，＋＋＋、
＋｜－－（韵）｜－－（韵）｜－＋｜，＋｜－－（韵）

　　望处雨收云断，凭栏悄悄，目送秋光。晚景萧疏，堪动
宋玉悲凉。水风轻、苹花渐老，月露冷、梧叶飘黄。遣情
伤。故人何在，烟水茫茫。
　　难忘。文期酒会，几孤风月，屡变星霜。海阔山遥，未
知何处是潇湘。念双燕、难凭远信，指暮天、空识归航。黯
相望。断鸿声里，立尽斜阳。

——柳　永

　　又有前段起句作四言，第二句作六言者，如辛弃疾词。前段
第四句作六言，第五句作四言者，如赵长卿词。前段第一、二句
作上三下四七言一句，第四句作六言，第五句作四言者，如晁补
之词。前段第四句作六言，第五句作四言；后段第五句作六言，
第六句作五言者，如柳永词。前段第四句作六言，第五句作四
言；后段第六句少一字作六言者，如李之仪词。后段起句与第二
句作六言一句者，如张炎词。此处列一例。

　　留得一团和气，此花开尽，春已规圆。虚白窗深，恍讶
碧落星悬。扬芳丛、低翻雪羽，凝素艳、争簇冰蝉。向西
园。几回错认，明月秋千。
　　欲觅生香何处，盈盈一水，空对娟娟。待折归来，倩谁
偷解玉连环。试结取、鸳鸯锦带，好移傍、鹦鹉珠帘。晚阶
前。落梅无数，因甚啼鹃。

——张　炎

玉漏迟

双调，九十四字。前段十句，五仄韵；后段九句，五仄韵。

　　＋－－｜｜，＋－＋｜，＋－－｜（韵）＋｜＋－，＋｜＋－－｜（韵）＋｜－－＋｜，＋＋＋、＋－－｜（韵）－｜｜（韵）＋＋＋＋，＋－－｜（韵）

　　＋＋＋｜－－，＋＋｜－－，｜－－｜（韵）＋｜＋－，＋｜＋－－｜（韵）＋｜＋－＋｜，＋＋｜、＋－－｜（韵）－｜｜（韵）＋＋｜－－｜（韵）

　　杏香飘禁苑，须知自昔，皇都春早。燕子来时，绣陌渐薰芳草。蕙圃妖桃过雨，弄碎影、红筛清沼。深院悄。绿杨巷陌，莺声争巧。

　　早是赋得多情，更遇酒临花，镇辜欢笑。数曲阑干，故国漫劳登眺。汉外微云尽处，乱峰锁、一竿斜照。归路杳。东风泪零多少。

——宋　祁

　　又有前段第四句作六言、第五句作四言；后段结句作八字折腰者，如程垓"一春浑不见"词；后段第五句少一字作五言者，如史深"绿树深庭院"词；前段起句用韵者，如刘子寰、赵闻礼、张炎、蒋捷、林表民词；前段起句用韵，后段起句分作二言、四言两句，且二言起句用韵者，如蒋捷词。此处列一例。

　　翠草侵园径。阴阴夏木，鸣鸠相应。纵目江天，窈窈雨昏烟暝。屋角黄梅乍熟，听落颗、时敲金井。深院静。闲阶自长，花砖苔晕。

楼居簟枕清凉，尽永日阑于，与谁同凭。旧社鸥盟，零落断无音信。辽鹤追思旧事，向华表、空吟遣恨。萦念损。休怪暮年多病。

——刘子寰

又有前段起句少一字，作四言；第二、三句加一字，作上三下六句法一句者，如何梦桂词。

青衫华发，对风霜、倚遍危楼孤啸。恶浪平波，看尽世间多少。忘却金闺故步，都付与、野花啼鸟。只自笑。悠悠心事，无人知道。

扰扰世路红尘，看销尽英雄，青山亦老。宇宙无穷，事业到头谁了。高楼一声画角，把千古、梦中吹觉。天欲晓。起看蕊梅春小。

——何梦桂

甘草子

双调，四十七字。前段五句，四仄韵；后段四句，四仄韵。

　　－｜（韵）｜＋－＋，＋｜－－｜（韵）｜｜＋－＋（韵）＋｜－－｜（韵）

　　－｜｜－＋－｜（韵）｜＋｜、＋－＋｜（韵）＋｜－＋＋｜（韵）｜｜－－｜（韵）

春早。柳丝无力，低拂青门道。暖日笼啼鸟。初坼桃花小。

遥望碧天净如扫。曳一缕、轻烟缥缈。堪惜流年谢芳草。任玉壶倾倒。

——寇　准

又有前段第四句不押韵者，如柳永、杨无咎词。此处列一例。

秋尽。叶翦红绡，砌菊遗金粉。雁字一行来，还有边庭信。

飘散露华清风紧。动翠幕、晓寒犹嫩，中酒残妆慵整顿。聚两眉离恨。

——柳　永

甘州令

双调，七十八字。前段十句，四仄韵；后段九句，四仄韵。

　｜－－，｜｜｜｜，－－｜｜（韵）－｜｜、｜－－｜（韵）｜－－，｜－｜，｜－－｜（韵）｜－－，｜－｜，｜｜｜、｜－－｜（韵）

　｜－｜｜，｜－－｜（韵）｜－｜、｜－－｜（韵）｜－－，｜｜｜，｜－－｜（韵）｜－－，｜－｜，｜－｜、｜－－｜（韵）

冻云深，淑气浅，寒欺绿野。轻雪伴、早梅飘谢。艳阳天，正明媚，却成潇洒。玉人歌，画楼酒，对此景、骤增高价。

卖花巷陌，放灯台榭。好时节、怎生轻舍。赖和风，荡霁霭，廓清良夜。玉尘铺，桂华满，素光里、更堪游冶。

——柳　永

甘州遍

双调，六十三字。前段六句，三平韵；后段八句，五平韵。

　　－－｜，－｜｜－－（韵）｜－－（韵）－－｜｜，－
－｜｜，－－｜｜｜－－（韵）

　　－｜｜，｜－－（韵）－－｜｜－｜，＋｜｜－－
（韵）｜－｜、｜｜｜－－（韵）｜－－（韵）＋｜－｜｜，
｜｜｜－－（韵）

　　秋风紧，平碛雁行低。阵云齐。萧萧飒飒，边声四起，
愁闻戍角与征鼙。

　　青冢北，黑山西。沙飞聚散无定，往往路人迷。铁衣
冷、战马血沾蹄。破蕃奚。凤皇诏下，步步蹑丹梯。

——毛文锡

古调笑

　　单调，三十二字。八句，四仄韵，两平韵，两叠韵。第六、
七句为第五句末二字颠倒而成。

　　－｜（韵）－｜（叠）＋＋＋－＋｜（韵）＋－＋｜＋
－（换平韵）＋＋＋＋｜－（韵）－｜（另换仄韵）－｜
（叠）＋＋＋－＋｜（韵）

　　蝴蝶。蝴蝶。飞上金枝玉叶。君前对舞春风。百叶桃花
树红。红树。红树。燕语莺啼日暮。

——王　建

归去来

　　因柳永词中有"且归去""好归去"句，故名。

　　双调，四十九字。前后段各四句，四仄韵。

　　一｜－－｜（韵）－｜－－｜（韵）－｜－－－－｜
（韵）－－｜、｜－｜（韵）

　　一｜－－｜（韵）－－｜、｜－－｜（韵）－－｜｜－
－｜（韵）－－｜、｜－｜（韵）

　　初过元宵三五。慵困春情绪。灯月阑珊嬉游处。游人
尽、厌欢聚。

　　凭仗如花女。持杯谢、酒朋诗侣。余醒更不禁香醑。歌
筵罢、且归去。

——柳　永

又一体

双调，五十二字。前后段各四句，四仄韵。

　　｜｜－－｜（韵）－－｜、｜－－｜（韵）－－｜｜－
－｜（韵）｜－－、－｜｜（韵）

　　｜－－｜－｜（韵）｜－｜、｜－－｜（韵）－－｜
｜－－｜（韵）－－｜、｜－｜（韵）

　　一夜狂风雨。花英坠、碎红无数。垂杨漫结黄金缕。尽
春残、萦不住。

　　蝶稀蜂散知何处。觕尊酒、转添愁绪。多情不惯相思
苦。休惆怅、好归去。

——柳　永

永遇乐

双调。一百零四字。前后段各十一句，四仄韵。

　　＋｜－－，＋－＋｜，＋＋－｜（韵）＋｜－－，＋－

＋｜，＋｜－－｜（韵）＋－＋｜，＋－－＋｜，＋｜＋－＋
｜（韵）＋－＋、－－＋｜，＋＋｜＋－｜（韵）

　　＋－＋｜，＋－＋｜，＋｜＋－＋｜（韵）＋｜－－，
＋＋＋｜，＋｜－－｜（韵）＋－－＋｜，＋－－＋｜，＋｜＋
－＋｜（韵）＋－＋、＋－＋｜，＋＋｜｜（韵）

　　明月如霜，好风如水，清景无限。曲港跳鱼，圆荷泻
露，寂寞无人见。紞如三鼓，铿然一叶，黯黯梦云惊断。夜
茫茫、重寻无处，觉来小园行遍。

　　天涯倦客，山中归路，望断故园心眼。燕子楼空，佳人
何在，空锁楼中燕。古今如梦，何曾梦觉，但有旧欢新怨。
异时对、黄楼夜景，为余浩叹。

——苏　轼

　　又有后段第二句押韵者，如张元干词。又有后段第二句六
言，第三句四言者，如柳永词。又有前段结尾两句，作五言、四
言、四言三句。后段第七句作六言，第九句作四言者，如柳永
词。此处列一例。

　　飞观横空，众山绕甸，江面相照。曲槛披风，虚檐挂
月，据尽登临要。有时巾屦，访公良夜，坐我半天林杪。揽
浮丘、飘飘衣袂，相与似游蓬岛。

　　主人胜度，文章英妙。合住北扉西沼。何事十年，风洒
露沐，不厌江山好。曲屏端有，吹箫人在，同倚暮云清晓。
乘除了、人间宠辱，付之一笑。

——张元干

又一体（平韵体）

双调。一百零四字。前后段各十二句，四平韵。

　　｜｜——，｜——｜，————（韵）｜｜——，——
｜｜，—｜｜｜—（韵）———｜，———｜，｜—｜｜—
—（韵）——｜，——｜｜，｜—｜｜—（韵）

　　——｜｜，——｜｜，｜——｜——（韵）｜｜——，
——｜｜，—｜｜—（韵）———｜，｜——｜，｜—｜
｜——（韵）——｜，——｜｜，｜—｜—（韵）

　　玉腕笼寒，翠阑凭晓，莺调新簧。暗水穿苔，游丝度
柳，人静芳昼长。云南归雁，楼西飞燕，去来惯认炎凉。王
孙远，青青草色，几回望断柔肠。

　　蔷薇旧约，尊前一笑，等闲孤负年光。斗草庭空，抛梭
架冷，帘外风絮香。伤春情绪，惜花时候，日斜尚未成妆。
闻嬉笑，谁家女伴，又还采桑。

　　　　　　　　　　　　　　　　——陈允平

六　画

西地锦

　　双调，四十六字。前后段各五句，三仄韵。

　　　＋｜＋——｜（韵）｜＋—＋｜（韵）——｜｜，＋—
｜｜，＋——｜（韵）

　　　｜｜＋——｜（韵）＋＋＋——｜（韵）——｜｜，——
｜｜，———｜（韵）

　　寂寞悲秋怀抱。掩重门悄悄。清风皓月，朱阑画阁，双
鸳池沼。

　　不忍今宵重到。惹离愁多少。蓬山路杳，蓝桥信阻，黄
花空老。

——蔡　伸

　　又有前后段结句多一字作五言者，如石孝友"回望玉楼金
阙"词。又有后段最后三句作七言、五言两句者，如周紫芝"雨
细欲收还滴"词。此处列一例。

　　雨细欲收还滴。满一庭秋色。阑干独倚，无人共说，这
些愁寂。
　　手把玉郎书迹。怎不教人忆。看看又是黄昏也，敛眉峰
轻碧。

——周紫芝

西江月

　　又名《白苹香》《步虚词》《江月令》。
　　双调，五十字。前后段各四句，两平韵，一仄韵。

　　＋｜＋－＋｜，＋－＋｜－－（韵）＋－＋｜｜－－
（韵）＋｜＋－＋｜（押同部仄韵）
　　＋｜＋－＋｜，＋－＋｜－－（韵）＋－＋｜｜－－
（韵）＋｜＋－＋｜（押同部仄韵）

　　凤额绣帘高卷，兽环朱户频摇。两竿红日上花梢。春睡
厌厌难觉。
　　好梦狂随飞絮，闲愁浓胜香醪。不成雨暮与云朝。又是
韶光过了。

——柳　永

又有前后段起句与结句俱押同部仄韵者，如苏轼"点点楼头细雨"、辛弃疾"贪数明朝重九"等词。(此体亦可表述为前后段起句仄韵，第二、三句俱同部平韵，结句归仄韵。)

点点楼头细雨。重重江外平湖。当年戏马会东徐。今日凄凉南浦。

莫恨黄花未吐。且教红粉相扶。酒阑不必看茱萸。俯仰人间今古。

——苏　轼

又有后段换另部韵者，如吴文英"枝袅一痕雪在"词。

枝袅一痕雪在，叶藏几豆春浓。玉奴最晚嫁东风。来结梨花幽梦。

香力添熏罗被，瘦肌犹怯冰绡。绿阴青子老溪桥。羞见东邻娇小。

——吴文英

又一体

双调，五十六字。前后段各四句，三平韵。

　　｜｜－－｜，｜－－｜－－（韵）｜－－｜｜－－
（韵）｜｜－－、－｜｜－－（韵）

　　｜｜－－｜｜，｜－｜｜－－（韵）｜－－｜｜－－
（韵）｜｜｜－、－｜｜－－（韵）

夜半河痕依约，雨余天气冥濛。起行微月遍池东。水影浮花、花影动帘栊。

量减难追醉白，恨长莫尽题红。雁声能到画楼中。也要玉人、知道有秋风。

——赵与仁

西江月慢

双调，一百零三字。前段十句，四仄韵；后段八句，五仄韵。

- - | |，- | |、| - - |（韵）- | | - -，- -
- |，| - - |（韵）| | -、| | - -，| - - |，| -
- |（韵）| | -、| | - -，- | | - |（韵）

　| | |、- - - | |（韵）| | |、- - | |（韵）-
| - - | | |，| | - - |（韵）| | |、| | - -，- -
- |，| - - |（韵）| | |、- | | - - | |（韵）

春风淡淡，清昼永、落英千尺。桃杏散平郊，晴蜂来往，妙香飘掷。傍画桥、煮酒青帘，绿杨风外，数声长笛。记去年、紫陌朱门，花下旧相识。

向宝帕、裁书凭燕翼。望翠阁、烟林似织。闻道春衣犹未整，过禁烟寒食。但记取、角枕情题，东窗休误，这些端的。更莫待、青子绿阴春事寂。

——吕渭老

行香子

双调，六十六字。前段八句，四平韵；后段八句，三平韵。

　+ | - -，+ | - -（韵）+ + +、+ | - -（韵）+
- + |，+ | - -（韵）| + - +，+ + |，| - -（韵）

　+ - + |，- - + |，| + - 、+ | - -（韵）+ - +
|，+ | - -（韵）| + - +，+ + |，| - -（韵）

　　前岁栽桃，今岁成蹊。更黄鹂、久住相知。微行清露，
细履斜晖。对林中侣，闲中我，醉中谁。

　　何妨到老，常闲常醉，任功名、生事俱非。衰颜难强，
拙语多迟。但酒同行，月同坐，影同归。

——晁补之

　　又有前段第一句押韵者，如李清照词；或后段第二句押韵
者，如晁补之词；或前段第一句、后段第二句俱押韵者如苏轼
词。此处列一例。

　　一叶舟轻。双桨鸿惊。水天清、影湛波平。鱼翻藻鉴，
鹭点烟汀。过沙溪急，霜溪冷，月溪明。

　　重重似画，曲曲如屏。算当年、虚老严陵。君臣一梦，
今古虚名。但远山长，云山乱，晓山青。

——苏　轼

　　亦有后段第一、二句押韵者；前段第一句、后段第一、二句
俱押韵者，如秦观、韩玉词等；亦有添字、减字者，如杜安世、
赵长卿词等。此处不列。

华清引

　　双调，四十五字。前后段各四句，三平韵。

　　——｜｜｜——（韵）｜｜——（韵）｜——｜—｜，
——｜｜—（韵）

　　｜—｜｜｜——（韵）｜——｜——（韵）｜——｜
｜，——｜｜—（韵）

　　平时十月幸兰汤。玉甃琼梁。五家车马如水，珠玑满路旁。

　　翠华一去掩方床。独留烟树苍苍。至今清夜月，依前过缭墙。

——苏　轼

后庭花

　　又名《玉树后庭花》。

　　双调，四十四字。前后段各四句，四仄韵。

　　＋－＋｜－－｜（韵）｜－－｜（韵）＋＋－＋－＋｜（韵）｜＋－｜（韵）

　　＋－＋｜－－｜（韵）｜－－｜（韵）＋＋＋＋－＋｜（韵）｜＋－｜（韵）

　　轻盈舞伎含芳艳。竞妆新脸。步摇珠翠修蛾敛。腻鬓云染。

　　歌声慢发开檀点。绣衫斜掩。时将纤手匀红脸。笑拈金靥。

——毛熙震

　　又有后段起句作八言上五下三句法者，或后段起句作八言上五下三句法，第二句多一字作五言者。俱见孙光宪词。又有前后段第三句俱六言，不押韵；结句俱五言者。如张先词。此处列一例。

　　华灯火树红相斗。往来如昼。桥河水白天青，讶别生星斗。

落梅秾李还依旧。宝钗沽酒。晓蟾残漏心情，恨雕鞍归后。

——张　先

如梦令

又名《忆仙姿》《如意令》《无梦令》。

单调，三十三字。七句，五仄韵，一叠韵。

　　＋｜＋－＋｜（韵）＋｜＋－＋｜（韵）＋｜｜－－，＋｜＋－＋｜（韵）＋｜（韵）＋｜（叠）＋｜＋－＋｜（韵）

曾宴桃源深洞。一曲舞鸾歌凤。长记别伊时，和泪出门相送。如梦。如梦。残月落花烟重。

——李存勖

又一体（平韵体）

单调，三十三字。七句，五平韵，一叠韵。

　　－－－｜｜－（韵）－｜｜｜－－（韵）－｜｜－｜，｜－｜｜－－（韵）－－（韵）－－（叠）｜｜｜｜－－（韵）

秋千争闹粉墙。闲看燕紫莺黄。啼到绿阴处，唤回浪子闲忙。春光。春光。正是拾翠寻芳。

——吴文英

好事近

又名《钓船笛》《倚秋千》《翠圆枝》。

双调，四十五字。前后段各四句，两仄韵。

＋｜｜－－，＋｜＋－－｜（韵）＋｜＋－＋｜，｜＋－＋｜（韵）

＋－＋｜＋－＋，＋＋＋－｜（韵）＋｜＋－＋｜，｜＋－＋｜（韵）

睡起玉屏风，吹去乱红犹落。天气骤生轻暖，衬沈香帷箔。

珠帘约住海棠风，愁拖两眉角。昨夜一庭明月，冷秋千红索。

——宋　祁

又有前段结句作六言者，如李清照"风定落花深"词。又有前段第三句亦押韵者，如张先词。又有前后段第三句亦押韵者，如陆游"客路苦思归"词。此处列一例。

客路苦思归，愁似茧丝千绪。梦里镜湖烟雨。看山无重数。

尊前消尽少年狂，慵著送春语。花落燕飞庭户。叹年光如许。

——陆　游

曲玉管

双调，一百零五字。前段十二句，两仄韵，四平韵；后段十句，三平韵。

｜｜－－，－－｜｜，－－｜｜－－｜（仄韵）｜｜－－－｜，－｜＋－－（押同部平韵）｜－－（韵）｜｜－－，

－－－｜，｜－｜｜－－｜（押同部仄韵）｜｜－－，｜｜
－｜－－（押同部平韵）｜－－（韵）

　　｜｜－－，｜－｜、－－－｜，｜－｜｜－－，－－｜
｜－－（韵）｜－－（韵）｜－－－｜，｜｜－－｜，｜
－－｜，｜｜－－，｜｜－－（韵）

　　陇首云飞，江边日晚，烟波满目凭阑久。立望关河萧
索，千里清秋。忍凝眸。杳杳神京，盈盈仙子，别来锦字终
难偶。断雁无凭，冉冉飞下汀洲。思悠悠。

　　暗想当初，有多少、幽欢佳会，岂知聚散难期，翻成雨
恨云愁。阻追游。每登山临水，惹起平生心事，一场消黯，
永日无言，却下层楼。

——柳　永

阮郎归

　　又名《碧桃春》《醉桃源》《宴桃源》《濯缨曲》。
　　双调，四十七字，前段四句，四平韵；后段五句，四平韵。

　　＋－－｜｜－－（韵）＋－＋｜－（韵）＋－＋｜｜－
－（韵）＋－＋｜－（韵）

　　＋＋｜，｜－－（韵）＋－＋｜－（韵）＋－＋｜｜－
－（韵）＋－＋｜－（韵）

　　东风吹水日衔山。春来长是闲。落花狼藉酒阑珊。笙歌
醉梦间。

　　春睡觉，晚妆残。无人整翠鬟。留连光景惜朱颜。黄昏
独倚阑。

——李　煜

齐天乐

又名《台城路》《五福降中天》《如此江山》等。

双调，一百零二字。前段十句，五仄韵；后段十一句，五仄韵。

　　＋－＋｜－－｜，－＋｜－＋｜（韵）＋｜－－，＋－
＋｜，＋｜＋－＋｜（韵）＋－＋｜（韵）｜＋｜－－，＋－
－｜（韵）＋｜－－，＋－＋｜｜－｜（韵）

　　＋－＋｜＋｜，｜－－｜｜，＋＋－｜（韵）＋｜－
－，＋－＋｜，＋｜－＋－｜（韵）＋－＋｜（韵）｜＋｜
－－，｜－－｜（韵）＋｜－－，｜－－｜｜（韵）

　　绿芜凋尽台城路，殊乡又逢秋晚。暮雨生寒，鸣蛩劝
织，深阁时闻裁剪。云窗静掩。叹重拂罗裀，顿疏花簟。尚
有练囊，露萤清夜照书卷。

　　荆江留滞最久，故人相望处，离思何限。渭水西风，长
安乱叶，空忆诗情宛转。凭高眺远。正玉液新篘，蟹螯初
荐。醉倒山翁，但愁斜照敛。

——周邦彦

　　又有前段起句也用韵者，如杨无咎、周密、张炎等人词；后
段起句也用韵者，如吴文英、张炎等人词；前后段起句俱用韵
者，如姜夔、张炎、张辑等人词。此处列一例。

　　春风不暖垂杨树，吹却絮云多少。燕子人家，夕阳巷
陌，行入野畦深窈。篝花斗草。记小舫寻芳，断桥初晓。那
日心情，几人同向近来老。

　　消忧何处最好。夜深频秉烛，犹是迟了。南浦歌阑，东
林社冷，赢得如今怀抱。吟惊暗恼。待醉也慵听，劝归啼

鸟。怕搅离愁，乱红休去扫。

——张　炎

又有后段第二句四言，第三句六言者，或同时后段起句又用韵者，如陆游诸词。又有后段第二句七言者，如吕渭老词；又有后段第三句六言者，如方千里词。此处列一例。

香红飘没明春水，寒食万家游舫。整整斜斜，疏疏密密，帘缬旗红相望。江波荡漾。称彩舰龙舟，绣衣霞桨。舞楫争先，歌笑箫鼓乱清唱。

重来刘郎又老，对故园桃红春晚，尽成惆怅。泪雨难晴，愁眉又结，翻覆十年手掌。如今怎向。念舞板歌尘，远如天上。斜日回舟，醉魂空舞飐。

——吕渭老

江城子

又名《江神子》《村意远》。

单调，三十五字。八句，五平韵。

＋＋－＋＋＋－（韵）｜－－（韵）＋＋－（韵）＋＋＋＋，＋｜｜－－（韵）＋｜＋－＋｜｜，＋＋｜，｜－－（韵）

髻鬟狼藉黛眉长。出兰房。别檀郎。角声呜咽，星斗渐微茫。露冷月残人未起，留不住，泪千行。

——韦　庄

又有起句不入韵者，或第四句押韵者，皆见和凝词。又有第二句多二字作五言者，如牛峤、张泌词。第七句多一字作四言者，如欧阳炯词。又有起句作三言两句，第二句多二字作五言者，如尹鹗词。此处列一例。

　　裙拖碧，步飘香。织腰束素长。鬓云光。拂面珑璁，腻玉碎凝妆。宝柱秦筝弹向晚，弦促雁，更思量。

——尹　鹗

又一体（双调体）

　　双调，七十字。前后段各七句，五平韵。

　　　＋－＋｜｜－－（韵）｜－－（韵）｜－－（韵）＋｜＋－、＋｜｜－－（韵）＋｜＋－－｜｜，－＋｜，｜－－（韵）

　　　＋－＋｜｜－－（韵）｜－－（韵）｜－－（韵）＋｜＋－、＋｜｜－－（韵）＋｜＋－－｜｜，－＋｜，｜－－（韵）

　　老夫聊发少年狂。左牵黄。右擎苍。锦帽貂裘、千骑卷平冈。为报倾城随太守，亲射虎，看孙郎。

　　酒酣胸胆尚开张。鬓微霜。又何妨。持节云中、何日遣冯唐。会挽雕弓如满月，西北望，射天狼。

——苏　轼

江城子慢

　　又名《江神子慢》。

　　双调，一百零九字。前段九句，七仄韵；后段十句，六仄韵。

　　　＋－｜｜－｜（韵）－｜｜、＋＋｜－｜（韵）＋－｜（韵）－＋｜、｜｜＋－－｜（韵）｜－｜（韵）－｜－－

—｜｜，＋—｜、———｜｜（韵）｜｜｜｜——，＋—｜
｜—｜（韵）

　　———｜｜，｜———｜，—｜—｜（韵）｜—｜
（韵）——｜、＋｜———｜（韵）＋＋｜（韵）＋｜——
—｜｜，——｜、———｜｜（韵）｜—｜——，｜——
｜（韵）

　　玉台挂秋月。铅素浅、梅花傅香雪。冰姿洁。金莲衬、小小凌波罗袜。雨初歇。楼外孤鸿声渐远，远山外、行人音信绝。此恨对语犹难，那堪更寄书说。

　　教人红销翠减，觉衣宽金缕，都为轻别。太情切。销魂处、画角黄昏时节。声呜咽。落尽庭花春去也，银蟾迥、无情圆又缺。恨伊不似余香，惹鸳鸯结。

——田　为

　　又有后段结尾两句作九言一句者。如吕渭老"新枝媚斜日"词。此处不列。

七　画

巫山一段云

　　双调，四十四字。前后段各四句，三平韵。

　　＋｜——｜，——＋｜｜—（韵）＋＋＋｜｜——（韵）
＋｜｜——（韵）

　　＋｜——｜，——＋｜｜—（韵）＋＋＋｜｜——（韵）
＋｜｜——（韵）

雨霁巫山上，云轻映碧天。远风吹散又相连。十二晚峰前。

暗湿啼猿树，高笼过客船。朝朝暮暮楚江边。几度降神仙。

——毛文锡

又一体

双调，四十六字。前段四句，三平韵；后段四句，两仄韵，两平韵。

　＋｜——｜，——＋｜—（韵）＋——｜｜——（韵）
＋＋＋＋—（韵）

　＋｜＋—＋｜（换仄韵）＋｜＋—＋｜（韵）＋—＋｜
｜——（换平韵）＋—｜＋—（韵）

蝶舞梨园雪，莺啼柳带烟。小池残日艳阳天。芦萝山又山。

青鸟不来愁绝。忍看鸳鸯双结。春风一等少年心。闲情恨不禁。

——李　晔

又有后段最后两句不换平韵而归平韵者，如李晔"缥缈云间质"词。

缥缈云间质，盈盈波上身。袖罗斜举动埃尘。明艳不胜春。

翠鬟晚妆烟重。寂寂阳台一梦。冰眸莲脸见长新。巫峡更何人。

——李　晔

更漏子

　　双调，四十六字。前段六句，两仄韵、两平韵；后段六句，三仄韵、两平韵。

　　｜－－，－｜｜（韵）＋｜＋－＋｜（韵）＋｜｜，｜－－（换平韵）＋－＋｜－（韵）
　　－＋｜（另换仄韵）＋＋｜（韵）＋｜＋－＋｜（韵）＋＋｜，｜－－（另换平韵）＋－＋｜－（韵）

　　背江楼，临海月。城上角声呜咽。堤柳动，岛烟昏。两行征雁分。
　　京口路。归帆渡。正是芳菲欲度。银烛尽，玉绳低。一声村落鸡。

　　　　　　　　　　　　　　　　　　——温庭筠

　　又有后段起句不用韵者，如韦庄"钟鼓寒"词。又有后段最后两句不换平韵而归平韵者，或后段起句又不入韵，或又作二言者，如温庭筠、孙光宪、贺铸等人词。此处列一例。

　　钟鼓寒，楼阁暝。月照古桐金井。深院闭，小庭空。落花香露红。
　　烟柳重，春雾薄。灯背水窗高阁。闲倚户，暗沾衣。待郎郎不归。

　　　　　　　　　　　　　　　　　　——韦　庄

　　又有不换韵，且前段第一、二句作七言一句者，如欧阳炯"三十六宫秋夜永"词。

　　三十六宫秋夜永，露华点滴高梧。丁丁玉漏咽铜壶。明月上金铺。

　　红线毯，博山炉。香风暗触流苏。羊车一去长青芜。镜尘鸾影孤。

——欧阳炯

又一体

　　双调，一百零四字。前后段各十一句，五平韵。

　　　　－｜－－（韵）｜｜｜－－，｜｜－－（韵）｜｜－
－，｜｜－｜，－｜｜｜－－（韵）｜｜｜｜－－，－｜｜
｜－（韵）｜－｜－－，｜｜｜｜，｜｜－－（韵）

　　　　－｜｜｜－（韵）｜｜｜－－，｜｜－－（韵）｜｜
－－，｜｜－｜，－－－｜－（韵）－｜｜｜－｜，｜－
｜｜－（韵）｜－－－｜，｜－－－，｜｜－－（韵）

　　遥远途程。算万水千山，路入神京。暖日春郊，绿柳红
杏，香迳舞燕流莺。客馆悄悄闲庭，堪惹旧恨深。有多少驰
驱，蓦岭涉水，枉废身心。

　　思想厚利高名。漫惹得忧烦，枉度浮生。幸有青松，白
云深洞，清闲且乐升平。长是宦游羁思，别离泪满襟。望江
乡踪迹，旧游题书，尚自分明。

——杜安世

　　又有后段起句与第六句各少一字，俱作五言者，如贺铸词。
此处不列。

杏园芳

　　双调，四十五字。前段四句，四平韵；后段四句，三平韵。

　　——｜｜——（韵）——｜｜——（韵）——｜｜—
—（韵）｜——（韵）

　　——｜｜——｜，——｜｜——（韵）———｜｜——
（韵）｜——（韵）

　　严妆嫩脸花明。教人见了关情。含羞举步越罗轻。称婷
婷。

　　终朝咫尺窥香阁，迢遥似隔层城。何时休遣梦相萦。入
云屏。

　　　　　　　　　　　　　　　　　　　——尹　　鹗

花非花

　　单调，二十六字。六句，三仄韵。

　　———，｜—｜（韵）｜｜—，——｜（韵）———｜
｜——，｜｜———｜｜（韵）

　　花非花，雾非雾。夜半来，天明去。来如春梦不多时，
去似朝云无觅处。

　　　　　　　　　　　　　　　　　　　——白居易

芭蕉雨

　　双调，六十五字。前段五句，四仄韵；后段六句，四仄韵。

　　｜｜——｜｜（韵）｜——｜｜、——｜（韵）｜｜｜
——｜（韵）｜｜｜｜｜——，——｜｜（韵）

　　｜——｜｜｜（韵）—｜｜—｜（韵）—｜｜｜—、—
—｜（韵）｜｜｜、｜——，—｜｜——，——｜｜

（韵）

雨过凉生藕叶。晚庭消尽暑、浑无热。枕簟不胜香滑。
怎奈宝帐情生，金尊意惬。

玉人何处梦蝶。思一见冰雪。须写个帖儿、丁宁说。试
问道、肯来么，今夜小院无人，重楼有月。

——程 垓

苏幕遮

又名《鬓云松令》。

双调，六十二字。前后段各七句，四仄韵。

|－－，－｜｜（韵）＋｜－－，＋｜－－｜（韵）＋
｜＋－－｜｜（韵）＋｜－－，＋｜－－｜（韵）

|－－，－｜｜（韵）＋｜－－，＋｜－－｜（韵）＋
｜＋－－｜｜（韵）＋｜＋－，＋｜－－｜（韵）

碧云天，黄叶地。秋色连波，波上寒烟翠。山映斜阳天
接水。芳草无情，更在斜阳外。

黯乡魂，追旅思。夜夜除非，好梦留人睡。明月楼高休
独倚。酒入愁肠，化作相思泪。

——范仲淹

声声慢

又名《胜胜慢》《人在楼上》《凤求凰》。

双调，九十九字。前后段各九句，四平韵。

－－－｜，｜｜－－，－－｜｜－－（韵）｜－－｜，

　　一｜｜｜一一（韵）一一一｜｜｜，｜一一、一｜一一
（韵）｜｜｜、｜一一一｜，一｜一一（韵）
　　　一｜一一｜｜，｜｜｜一一，｜一一（韵）｜｜一一
一｜，｜｜一一（韵）一一｜一｜｜，｜一一、一｜一一
（韵）｜一｜、｜一一一｜，｜｜一一（韵）

　　朱门深掩，摆荡春风，无情镇欲轻飞。断肠如雪，撩乱
去点人衣。朝来半和细雨，向谁家、东馆西池。算未肯、似
桃含红蕊，留待郎归。
　　还记章台往事，别后纵青青，似旧时垂。灞岸行人多
少，竟折柔支。而今恨啼露叶，镇香街、抛掷因谁。又争
可、妒郎夸春草，步步相随。

——晁补之

　　又有后段第四句四言，第五句六言，第八句作三言，结句作
七言上三下四句法。宋人依此体填者较多，如赵长卿、辛弃疾、
吴文英、周密、王沂孙、蒋捷、张炎等等。此处列一例。

　　燕泥沾粉，鱼浪吹香，芳堤十里新晴。静蔫游丝，花边
袅袅扶春。多情最怜飘泊，记章台、曾绾青青。堪爱处，是
扑帘娇软，随马轻盈。
　　长是河桥三月，做一番晴雪，恼乱诗魂。带雨沾衣，罗
襟点点离痕。休缀潘郎鬓影，怕绿窗、年少人惊。卷春去，
翦东风、千缕碎云。

——周　密

　　又有前段第四句六言，第五句四言，第八句作四言两句；后
段第二句三言，第三句六言，第八句四言，结句作六言者，如贺
铸"园林幂翠"词。又有前段第七句不作上三下四句法，第八句

作前三言后四言两句；后段第四句四言，第五句六言，第八句作前三言后四言两句，如曹勋"素商吹景"词。又有后段第二、三句作九言一句上三下六句法，第四句四言，第五句六言，第八句作三言，结句作七言上三下四句法者，如石孝友、吴文英、周密等人词。又有后段第四句四言，第五句六言者，如周密"琼壶歌月"词。此处列一例。

> 素商吹景，西真赋巧，桂子秋借蟾光。层层翠葆，深隐幽艳清香。占得秀岩分种，天教薇露染娇黄。珍庭晓，透肌破鼻，细细芬芳。
>
> 应是月中倒影，喜余叶婆娑，灏色迎凉。移根上苑，雅称曲槛回廊。趁取蕊珠密缀，与收花雾著宫裳。帘栊静，好围四坐，对赏瑶觞。
>
> ——曹　勋

又有前段第四句六言，第五句四言，第八句作四言两句；后段第八句作三言，结句作七言上三下四句法者，如曹组"重檐飞峻"词。又有前段第八句作前三言后四言两句；后段第二句三言，第三句六言，第四句四言，第五句六言，第七句六言者，如吴则礼"林塘朱夏"词。又有后段第二句六言，第四句四言，第五句六言者，如王之道"凌云气节"词。又有后段第二句四言，第四句四言，第五句六言，第八句作三言，结句作七言上三下四句法者，如王之道"菊团封绿"词。此处列一例。

> 重檐飞峻，丽采横空，繁华壮观都城。云母屏开八面，人在青冥。凭阑瑞烟深处，望皇居、遥识蓬瀛。回环阁道，五花相斗，压尽旗亭。
>
> 歌酒长春不夜，金翠照罗绮，笑语盈盈。陆海人山辐

辕，万国欢声。登临四时总好，况花朝、月白风清。丰年
乐，岁熙熙、且醉太平。

——曹　　组

又一体（仄韵体）

双调，九十七字。前段九句，五仄韵；后段八句，五仄韵。

　　——｜｜（韵）｜｜——，——｜｜｜｜（韵）｜｜——
——｜，｜——｜（韵）——｜｜｜｜，｜｜—、｜——｜
（韵）｜｜｜｜，｜——、｜｜｜——｜（韵）

　　｜｜———｜（韵）—｜｜、——｜——｜（韵）｜｜｜
——，｜｜｜｜（韵）—｜｜｜，｜——、｜｜｜
｜（韵）｜｜｜，｜｜｜、—｜｜｜（韵）

　　寻寻觅觅。冷冷清清，凄凄惨惨戚戚。乍暖还寒时候，
最难将息。三杯两盏淡酒，怎敌他、晚来风急。雁过也，最
伤心、却是旧时相识。

　　满地黄花堆积。憔悴损、如今有谁忺摘。守着窗儿，独
自怎生得黑。梧桐更兼细雨，到黄昏、点点滴滴。这次第，
怎一个、愁字了得。

——李清照

　　又有前段第二句六言，第三句四言，第四句四言，第五句六
言，结句作前五言后四言两句；后段第二句作七言上三下四句法
者。如何梦桂"人间六月"词。又有前段首句不入韵，第四句四
言，第五句六言，结句作前五言后四言两句；后段起句不入韵，
第二句作前五言后四言两句，结句作前五言后四言两句者。如赵
长卿"金风玉露"词。又有前段首句不入韵，第四句四言，第五
句六言，结句作前五言后四言两句；后段起句不入韵者。如高观

国"壶天不夜"词。此处列一例。

壶天不夜,宝炷生香,光风荡摇金碧。月滟冰痕,花外峭寒无力。歌传翠帘尽卷,误惊回、瑶台仙迹。禁漏促,拼千金一刻,未酬佳夕。

卷地香尘不断,最得意、输他五陵狂客。楚柳吴梅,无限眼边春色。鲛绡暗中寄与,待重寻、行云消息。乍醉醒,怕南楼、吹断晓笛。

——高观国

沁园春

又名《寿星明》《东仙》。

双调,一百一十四字。前段十三句,四平韵;后段十二句,五平韵。

＋＋－－,＋＋＋＋,＋＋＋－(韵)｜＋－＋｜,＋－＋｜,＋－＋｜,＋｜－－(韵)＋｜－－,＋－＋｜,＋｜－－＋｜－(韵)＋－｜,＋＋＋－｜,＋｜－－(韵)

＋－＋｜－－(韵)＋＋｜、＋－＋｜－(韵)｜＋－＋｜,＋－＋｜,＋－＋｜,＋｜－－(韵)－｜－－,＋－＋｜,＋｜－－＋｜－(韵)＋＋｜,｜＋－＋｜,＋｜－－(韵)

孤馆灯青,野店鸡号,旅枕梦残。渐月华收练,晨霜耿耿,云山摛锦,朝露漙漙。世路无穷,劳生有限,似此区区长鲜欢。微吟罢,凭征鞍无语,往事千端。

当时共客长安。似二陆、初来俱少年。有笔头千字,胸

中万卷，致君尧舜，此事何难。用舍由时，行藏在我，袖手
何妨闲处看。身长健，但优游卒岁，且斗尊前。

——苏　轼

又一体

又名《洞庭春》。

双调，一百一十五字。前后段各十二句，四平韵。

　　｜｜＋－，｜－－｜，｜｜｜｜－（韵）｜＋－－｜，－
－｜｜，＋－－｜，＋｜｜－－（韵）｜｜－－＋｜｜，｜＋
｜－－－｜－（韵）－＋｜，｜－－＋｜，－｜－｜（韵）
－－｜｜｜，｜－－｜｜，－｜－－（韵）｜｜｜－＋
｜，＋－＋｜，＋－－｜，＋｜｜－－（韵）｜｜｜－－｜
｜，｜＋＋－－－｜－（韵）－＋｜，｜－－｜｜，＋｜｜－
－（韵）

　　宿霭迷空，腻云笼日，昼景渐长。正兰皋泥润，谁家燕
喜，蜜脾香少，触处蜂忙。尽日无人帘幕挂，更风递游丝时
过墙。微雨后，有桃愁杏怨，红泪淋浪。

　　风流寸心易感，但依依伫立，回尽柔肠。念小奁瑶鉴，
重匀绛蜡，玉笼金斗，时熨沈香。柳下相将游冶处，便回首
青楼成异乡。相忆事，纵蛮笺万叠，难写微茫。

——秦　观

又有后段第二、三句作七言一句上三下四句法者，如陆游、
京镗词。又有后段第二、三句作七言一句上三下四句法，第八句
又作七言者，如程垓词。此处列一例。

　　壮岁文章，暮年勋业，自昔误人。算英雄成败，轩裳得
失，难如人意，空丧天真。请看邯郸当日梦，待炊罢黄粱徐

欠伸。方知道，许多时富贵，何处关身。

人间定无可意，怎换得、玉鲙丝莼。且钓竿渔艇，笔床
茶灶，闲听荷雨，一洗衣尘。洛水秦关千古后，尚棘暗铜驼
空怆神。何须更，慕封侯定远，图像麒麟。

——陆　游

又一体

双调，一百一十四字。前段十三句，四平韵；后段十三句，
六平韵。

　　　　－｜－－，｜－－｜，｜｜｜｜－（韵）｜＋－－｜，－
－｜｜，＋－－｜，＋｜－－（韵）｜｜－－，－－－｜，
＋｜－－－｜－（韵）－－｜，｜－－＋｜，－｜－｜
（韵）

　　　　－－（韵）＋｜－－（韵）＋＋｜＋－＋｜－（韵）｜
＋－＋｜，＋－｜｜，－－＋｜，＋｜－－（韵）＋｜－
－，＋－＋｜，｜｜｜＋－＋｜＋（韵）－－｜，｜＋－＋
｜，＋｜－－（韵）

　　　更漏迢迢，乍寒天气，画烛对床。正井梧飘砌，边鸿度
月，故人何处，水远山长。老去功名，年来情绪，宽尽寒衣
销旧香。除非是，仗蛮笺象管，时伴吟窗。

　　　词章。莫话行藏。且喜见捷书来帝乡。看锐师云合，妖
氛电扫，随堤宫柳，依旧成行。梦绕他年，青门紫陌，对酒
花前歌正当。空成恨，奈潘郎两鬓，新点吴霜。

——曾　觌

又有前段第六句作五言，第十句八言；后段第十二句作四言
者，如苏轼词。又有前段第十句八言，或前后段第十句俱八言者，

如张先、葛长庚词。又有前段第十二句四言，或第十一、十二句皆四言者，如吕渭老、毛滂词。又有前段第四、五句作八言一句上三下五句法，第六句作五言者，如晁端礼词。此处列一例。

　　黄鹤楼前，吹笛之时，先生朗吟。想剑光飞过，朝游南岳，墨篮放下，夜醉东邻。铛煮山川，粟藏世界，有明月清风知此音。呵呵笑，笑酿成白酒，散尽黄金。

　　知音。自有相寻。休踏破葫芦折断琴。唱白苹红蓼，庐山日暮，西风黄叶，渭水秋深。三入岳阳，再游溆浦，自一去优游直至今。桃源路，尽不妨来往，时共登临。

　　　　　　　　　　　　　　　　　　——葛长庚

诉衷情

　　又名《桃花水》。双调亦称《诉衷情令》，又名《渔父家风》《一丝风》。

　　单调，三十三字。十一句，五仄韵，六平韵。

　　—｜（韵）—｜（韵）—｜｜（韵）｜——（换平韵）—｜｜（换仄韵）—｜（韵）｜——（归平韵）＋｜｜——（韵）——（韵）———｜—（韵）｜——（韵）

　　莺语。花舞。春昼午。雨霏微。金带枕。宫锦帷。柳弱燕交飞。依依。辽阳音信稀。梦中归。

　　　　　　　　　　　　　　　　　　——温庭筠

又一体

　　单调，三十三字。九句，两仄韵，六平韵。

　　＋｜———｜｜，｜——（韵）—｜｜（换仄韵）—｜

（韵）｜－－（归平韵）－｜｜－－（韵）－－（韵）｜－
－｜－（韵）｜－－（韵）

烛烬香残帘未卷，梦初惊。花欲谢。深夜。月胧明。何
处按歌声。轻轻。舞衣尘暗生。负春情。

————韦　庄

又一体

单调，三十七字。九句，两仄韵，六平韵。

｜｜－－－｜｜，｜－－（韵）－｜｜（换仄韵）－｜
（韵）｜－－（归平韵）－｜｜－－（韵）｜－－（韵）｜
｜－｜｜－（韵）｜－－｜－（韵）

永夜抛人何处去，绝来音。香阁掩。眉敛。月将沉。争
忍不相寻。怨孤衾。换我心为你心。始知相忆深。

————顾　夐

又一体（平韵体）

双调，四十一字。前段五句，四平韵；后段四句，四平韵。

－＋＋＋｜＋－（韵）＋＋｜＋－（韵）－＋｜，｜－
－（韵）＋｜｜－－（韵）

＋｜｜－－（韵）｜－－（韵）＋－＋｜｜－－（韵）
｜－－（韵）

桃花流水漾纵横。春昼彩霞明。刘郎去，阮郎行。惆怅
恨难平。

愁坐对云屏。算归程。何时携手洞边迎。诉衷情。

————毛文锡

又一体（平韵体）

双调，四十四字。前段四句，三平韵；后段六句，三平韵。

　　＋－＋｜｜－－（韵）＋｜｜－－（韵）＋＋＋＋－
｜，＋｜｜－－（韵）

　　－｜｜，｜－－（韵）｜－－（韵）＋－－｜，＋｜－
－，＋｜－－（韵）

　　青梅煮酒斗时新。天气欲残春。东城南陌花下，逢著意
中人。

　　回绣袂，展香茵。叙情亲。此情拼作，千尺游丝，惹住
朝云。

——晏　殊

　　又有前段末句多一字，作六言（或用折腰句法）者，如赵长
卿、吴潜、王千秋等人词。又有前段第三句作折腰句法，或多一
字作七言者，如欧阳修、严仁词。此处列一例。

　　歌时眉黛舞时腰。无处不妖娆。初剪菊、欲登高。天气
怯鲛绡。

　　紫丝障，绿杨桥。路迢迢。酒阑歌罢，一度归时，一度
魂消。

——欧阳修

诉衷情近

双调，七十五字。前段七句，三仄韵；后段九句，六仄韵。

　　｜－｜｜，｜｜－－｜｜（韵）－－＋｜－－，－｜｜
－｜｜（韵）－｜｜－－｜，＋｜－－，｜｜－－｜（韵）

——｜（韵）｜｜——｜｜（韵）｜——｜，｜｜——
｜（韵）——｜（韵）｜—｜｜，——｜｜，｜——｜
（韵）｜｜——｜（韵）

雨晴气爽，伫立江楼望处。澄明远水生光，重叠暮山耸翠。遥认断桥幽径，隐隐渔村，向晚孤烟起。

残阳里。脉脉朱阑静倚。黯然情绪，未饮先如醉。愁无际。暮云过了，秋光老尽，故人千里。竟日空凝睇。

——柳　永

又有前段第二句不入韵者，如柳永"景阑昼永"词。又有前段第五句四言，第七句七言者，如晁补之"小园过午"词。此处列一例。

小园过午，便觉凉生翠柏。戎葵闲出墙红，萱草静依径绿。还是去年，浮瓜沈李，追凉故绕池边竹。

小筵促。忽忆杨梅正熟。下山南畔，画舸笙歌逐。愁凝目。使君彩笔，佳人锦字，断弦怎续。尽日栏干曲。

——晁补之

八　画

雨霖铃

双调，一百零三字。前段十句，五仄韵；后段九句，五仄韵。

——＋｜（韵）｜——｜，｜｜—｜（韵）——＋＋＋
｜，——｜｜，———｜（韵）｜｜——＋｜，｜—＋—｜
（韵）｜｜｜＋、—｜｜——，｜｜——｜—｜（韵）

＋－｜｜－－｜（韵）｜－－、｜｜－－｜（韵）－－
｜＋＋｜，＋｜｜、｜－－｜（韵）｜｜－－，－｜－－，
｜＋－｜（韵）｜｜｜、＋｜－－，｜｜－－｜（韵）

寒蝉凄切。对长亭晚，骤雨初歇。都门帐饮无绪，方留
恋处，兰舟催发。执手相看泪眼，竟无语凝咽。念去去、千
里烟波，暮霭沉沉楚天阔。

多情自古伤离别。更那堪、冷落清秋节。今宵酒醒何
处，杨柳岸、晓风残月。此去经年，应是良辰，好景虚设。
便纵有、千种风情，更与何人说。

——柳　永

又有前段第二句多一字作五言者，如李纲词。又有前段第
五、六句作六言一句，折腰句法，第七句五言者，如晁端礼词。
又有前段第二、三句作八言一句，上三下五句法，第七句四言，
第八句作七言上三下四句法者，如黄裳词。又有后段第五、六、
七句作六言两句，第八句作六言者，如王庭珪词。此处列一例。

天南游客。甚而今、却送君南国。薰风万里无限，吟蝉
暗续，离情如织。秣马脂车，去即去、多少人惜。为惠爱、
烟惨云山，送两城愁作行色。

飞帆过、浙西封域。到秋深、且舣荷花泽。就船买得鲈
鳜，新谷破、雪堆香粒。此兴谁同，须记东秦，有客相忆。
愿听了、一阕歌声，醉倒拼今日。

——黄　裳

画堂春

又名：王诜词名《画堂春令》。

双调，四十七字。前段四句，四平韵；后段四句，三平韵。

　　＋－＋｜｜－－（韵）＋－＋｜－－（韵）｜－－｜｜
－－（韵）＋｜－－（韵）

　　＋｜＋－＋｜，＋－＋｜－－（韵）＋－＋｜｜－－
（韵）＋｜－－（韵）

　　落红铺径水平池。弄晴小雨霏霏。杏园憔悴杜鹃啼。无
奈春归。

　　柳外画楼独上，凭阑手捻花枝。放花无语对斜晖。此恨
谁知。

——秦　观

　　另有前后段结句各添一字作五言者，如张先、王诜、苏轼、
黄庭坚词。此处列一例。

　　柳花飞处麦摇波。晚湖净鉴新磨。小舟飞棹去如梭。齐
唱采菱歌。

　　平野水云溶漾，小楼风日晴和。济南何在暮云多。归去
奈愁何。

——苏　轼

　　又有前段第二句少两字作四言者，如姜特立词。又有前段第
二句少一字作五言者，如谢懋词。又有后段第二句作七言者，如
赵长卿词。又有前后段第二句俱作七言，前段结句多一字作五言
者，如赵长卿词。

　　湖光乘雨碧连天。绕堤映、草色芊芊。舞风杨柳欲撕
绵。依依起翠烟。

　　还是春风客路，对花时、空负婵娟。暮寒楼阁碧云间。

罗袖成斑。

——赵长卿

又有前段起句少一字作六言，后段第二句多一字作七言，前后段结句俱作五言者，如史浩词。又有句句押韵，后段第一二句俱作七言者，如赵长卿词。

当时巧笑记相逢。玉梅枝上玲珑。酒杯流处已愁浓。寒雁横空。

去程无记更从容。到归来好事匆匆。一时分付不言中。此恨难穷。

——赵长卿

武陵春

又名《武林春》。

双调，四十八字。前后段各四句，三平韵。

＋｜＋一一｜｜，＋｜｜一一（韵）＋｜一一＋｜一（韵）＋｜｜一一（韵）

＋＋＋＋一＋｜，＋｜｜一一（韵）＋｜一一＋｜一（韵）＋｜｜一一（韵）

风过冰檐环佩响，宿雾在华茵。剩落瑶花衬月明。嫌怕有纤尘。

凤口衔灯金炫转，人醉觉寒轻。但得清光解照人。不负五更春。

——毛　滂

又有后段末句添一字为六字折腰句法者，如李清照、赵师侠、吴潜词。此处列一例。

　　风住尘香花已尽，日晚倦梳头。物是人非事事休，欲语
泪先流。
　　闻说双溪春尚好，也拟泛轻舟。只恐双溪舴艋舟，载不
动、许多愁。

——李清照

　　又有前后段第二、三、四句各多一字，且前段第二句、前后
段结句俱作折腰句法，后段第三句作上三下五句法者，如万俟
咏词。

　　燕子飞来花在否，微雨退、掩重门。正满院梨花雪照
人。独自个、怯黄昏。
　　轻风淡月总消魂。罗衣暗惹啼痕。谩觑著、秋千腰褪
裙。可煞是、不宜春。

——万俟咏

青玉案

　　又名《西湖路》《横塘路》。
　　双调，六十七字。前后段各六句，五仄韵。

　　＋－＋｜－－｜（韵）｜＋｜、－－｜（韵）＋｜＋－
－｜｜（韵）＋－＋｜，＋－＋｜（韵）＋｜－－｜（韵）
　　＋－＋｜－－｜（韵）＋｜－－｜－｜（韵）＋｜＋－
－｜｜（韵）＋－＋｜，＋－＋｜（韵）＋｜－－｜（韵）

　　凌波不过横塘路。但目送、芳尘去。锦瑟华年谁与度。
月桥花院，琐窗朱户。只有春知处。

飞云冉冉蘅皋暮。彩笔新题断肠句。若问闲情都几许。一川烟草，满城风絮。梅子黄时雨。

——贺　铸

另有前后段第五句俱不押韵者，如陆游、辛弃疾、韩淲词。又有前段第四句押韵，第五句不押韵者，或前后段第五句俱不押韵者，如张元干、苏轼词。此处列一例。

东风夜放花千树。更吹落、星如雨。宝马雕车香满路。凤箫声动，玉壶光转，一夜鱼龙舞。

蛾儿雪柳黄金缕。笑语盈盈暗香去。众里寻他千百度。蓦然回首，那人却在，灯火阑珊处。

——辛弃疾

又有后段第二句作八言，或前段第五句不押韵，或后段第五句不押韵，或前后段第五句俱不押韵者，如晁补之、曹组、李弥逊、胡铨、曹勋、王之道、张榘等人词。又有前段第二句作七言，后段第二句作八言，前后段第五句俱不押韵者，如史浩词。此处列一例。

尘埃踏遍长安道。念云水、归来好。趁得梅花先春到。冷云疏雨，暗香寒艳，万玉明清晓。

青鞋黄帽从渠笑。粲十里、冰姿步时绕。正怕和风都过了。已输高士，锦囊翻句，醉后先倾倒。

——曹　勋

又有前段第二句作五言，后段第二句作六言折腰句法，前后段第五句俱不押韵者，如倪翼周词。又有前后段第五句俱不押韵，结句俱作六言折腰句法者，如向滈词。又有前后段第四、五句俱作七言一句，结句俱作六言折腰句法，后段第二句作八言者，如毛滂词。此处列一例。

今宵月好来同看。月未落、人还散。把手留连帘儿畔。含羞和恨转娇盼。恁花映、春风面。

相思不用宽金钏。也不用、多情似玉燕。问取婵娟学长远。不必清光夜夜见。但莫负、团圆愿。

——毛　滂

又一体

双调，六十八字。前后段各六句，四仄韵。

　　＋－＋｜－－｜（韵）＋｜｜－－＋｜（韵）＋｜＋－
－｜｜（韵）＋－＋｜，＋－＋｜，＋｜－－｜（韵）
　　＋－＋｜－－｜（韵）＋｜｜－－＋｜（韵）＋｜＋－
－｜｜（韵）＋－＋｜，｜－＋｜，＋｜－－｜（韵）

人生南北如歧路。惆怅方回断肠句。四野碧云秋日暮。苇汀芦岸，落霞残照，时有鸥来去。

一杯渺渺怀今古。万事悠悠付寒暑。青箬绿蓑便野处。有山堪采，有溪堪钓，归计聊如许。

——吴　潜

又有前段第二句作五言者，或前后段第五句又俱押韵者，如王质、蔡伸、赵长卿等人词。又有前段第四、五句俱押韵者，如陈著"青山流水"词。此处列一例。

青山流水迢迢去。总是东风往回路。送得春来春又暮。莺如何诉。燕如何语。只有春知处。

时光渐渐春如许。何用怜春怕红雨。到处空飞无实据。

花开也好，花飞也好，此意须双悟。

———陈　著

又一体

双调，六十六字。前后段各六句，四仄韵。

　　＋－＋｜－－｜（韵）＋＋｜、－－｜（韵）＋｜＋－
－｜｜（韵）＋－－＋｜，＋－＋｜，＋｜－－｜（韵）

　　＋－＋｜－－｜（韵）＋＋｜、－－｜（韵）＋｜＋－
－｜｜（韵）＋－－＋｜，＋－＋｜，＋｜－－｜（韵）

　　马头双鹊飞来喜。惜凝望、音书至。一掬离怀千万事。
绿窗深夜，短笺封就，应也寻人寄。

　　春风夔畔疏梅蕊。映妆艳、清如洗。苦恨眼边常忆记。
楚宫行路，倚桥攀驿，供尽梅花泪。

———刘一止

又有后段第五句押韵者，或前后段第五句俱押韵者。如侯
寘、贺铸词。又有前后段第四句俱押韵，第五句俱叠韵者。如张
炎词。

　　万红梅里幽深处。甚杖屦、来何暮。草带湘香穿水树。
尘留不住。云留却住。壶内藏今古。

　　独清懒入终南去。有忙事、修花谱。骑省不须重作赋。
园中成趣。琴中得趣。酒醒听风雨。

———张　炎

采莲令

双调，九十一字。前后段各八句，四仄韵。

　　｜－－，－｜－－｜（韵）－－｜、｜－－｜（韵）｜
－｜｜｜－－，｜｜－－｜（韵）－－｜、－－｜｜，－－
｜｜，｜－－｜－｜（韵）

　　｜｜－－，｜｜｜｜－－｜（韵）－－｜、｜－－｜
（韵）｜－－｜，－｜｜、｜｜－－｜（韵）｜－｜、－－
｜｜，－－－｜，｜｜｜－－｜（韵）

　　月华收，云淡霜天曙。西征客、此时情苦。翠娥执手送
临歧，轧轧开朱户。千娇面、盈盈伫立，无言有泪，断肠争
忍回顾。

　　一叶兰舟，便恁急桨凌波去。贪行色、岂知离绪。万般
方寸，但饮恨、脉脉同谁语。更回首、重城不见，寒江天
外，隐隐两三烟树。

——柳　永

采明珠

　　双调，九十七字。前段九句，四仄韵；后段十一句，七仄韵。

　　｜｜－、｜｜－－，－｜－－｜｜（韵）｜｜｜－－，
｜｜－－｜（韵）｜｜－－｜（韵）｜－－、｜｜－－，｜
｜｜－，｜｜－－，－－｜｜－｜（韵）

　　－｜｜（韵）－－｜（韵）｜｜｜－｜（韵）－｜｜
（韵）｜｜｜｜－，｜－－｜（韵）－｜－－｜（韵）｜－－、
｜｜－－，｜｜－－｜，－－－｜，｜－－｜（韵）

　　雨乍收、小院尘消，云淡天高露冷。坐看月华生，射玉
楼清莹。蟋蟀鸣金井。下帘帏、悄悄空阶，败叶坠风，惹动
闲愁，千端万绪难整。

秋夜永。凉天迥。可不念光景。嗟薄命。倏忽少年，忍教孤另。灯闪红窗影。步回廊、懒入香闺，暗落泪珠满面，谁人知我，为伊成病。

——杜安世

采桑子

又名《丑奴儿》《罗敷媚》等。

双调，四十四字。前后段同，各四句，三平韵。

　　＋－＋｜－－｜，＋｜－－（韵）＋｜－－（韵）＋｜－－＋｜－（韵）

　　＋－＋｜－－｜，＋｜－－（韵）＋｜－－（韵）＋｜－－＋｜－（韵）

　　群芳过后西湖好，狼藉残红。飞絮濛濛。垂柳阑干尽日风。

　　笙歌散尽游人去，始觉春空。垂下帘栊。双燕归来细雨中。

——欧阳修

又一体

双调，四十八字。前后段各四句，三平韵。

　　＋－＋｜－－｜，＋｜－－（韵）＋｜－－（韵）＋｜－－、－｜｜－－（韵）

　　－＋｜｜－－｜，＋｜－－（韵）＋｜－－（韵）＋｜－－、＋｜｜－－（韵）

　　中吴茂苑繁华地，冠盖如林。桃李成阴。若个芳心、真个会琴心。

　　高秋霁色清于水，月榭风襟。且伴登临。留与他年、尊酒话而今。

——贺　铸

　　又有前后段第三句叠前句者，如李清照"窗前谁种芭蕉树"词。

　　窗前谁种芭蕉树，阴满中庭。阴满中庭。叶叶心心、舒卷有余情。
　　伤心枕上三更雨，点滴凄清。点滴凄清。愁损离人、不惯起来听。

——李清照

采桑子慢

　　又名《丑奴儿慢》《丑奴儿近》《愁春未醒》。
　　双调，九十字。前段九句，三仄韵、一平韵；后段十句，一仄韵、四平韵。

　　－－｜｜，｜｜－－－｜（仄韵）｜｜｜－－，｜｜｜｜－－（换同部平韵）｜｜｜－－，｜－－｜－－｜（归仄韵）－－－｜，－－｜｜，－－－｜（韵）
　　－｜｜－，｜－－｜（韵）｜－｜、－－｜，｜－－－（归平韵）－｜－－（韵）－－－｜｜｜－－（韵）－－｜｜，｜－｜｜，－｜－－（韵）

　　明眸秀色，别是天真潇洒。更鬓发堆云，玉脸淡拂轻霞。醉里精神，众中标格谁能画。当时携手，花笼淡月，重门深亚。

巫峡梦回，已成陈事，岂堪重话。漫赢得、罗襟清泪，鬓边霜华。怀念伤嗟。凭阑烟水渺无涯。秦源目断，碧云暮合，难认仙家。

——蔡　伸

又有前段第三句作七言，第四句作四言，自前段第四句起换同部平韵后，至后段结句俱押平韵者，如潘汾、吴文英词。因用韵不同，故平仄不作参考。此处不列。

又一体（平韵格）

双调，九十字。前后段各九句，五平韵。

　－－｜｜，｜｜｜｜－－（韵）｜－｜、－－－｜，｜｜－－（韵）｜｜｜－－（韵）｜－－｜｜－－（韵）｜－－｜，－－｜｜，｜｜－－（韵）

　－｜｜－－｜，－－－｜｜－－（韵）｜－｜、－－－｜，｜｜－－（韵）－－｜－－（韵）｜－｜｜｜－－（韵）｜－－｜，｜｜｜｜，｜｜－－（韵）

　金风飐叶，那更饯别江楼。听凄切、阳关声断，楚馆云收。去也难留。万重烟水一扁舟。锦屏罗幌，多应换得，蓼岸苹洲。

　凝想恁时欢笑，伤今萍梗悠悠。漫回首、妖娆何处，眷恋无由。先自悲秋。眼前景物只供愁。寂寥情绪，也恨分浅，也悔风流。

——吴礼之

钗头凤

程垓词名《折红英》，刘辰翁、赵汝茪词名《摘红英》，曾觌词名《清商怨》（与四十三字《清商怨》不同）。又名《撷芳词》。

双调，六十字。前后段各十句，七仄韵，两叠韵。此调前三句例用上去仄声，换韵例用入声，前后段同。

　　－－｜（首仄韵）－＋｜（韵）｜－＋｜－－｜（韵）
－＋｜（换二仄韵）＋－｜（韵）｜＋－＋，｜－－｜
（韵）｜（韵）｜（叠）｜（叠）
　　－－｜（押首仄韵）－－｜（韵）｜－＋｜－－｜
（韵）－－｜（押二仄韵）－－｜（韵）＋＋－＋，｜－－
｜（韵）｜（韵）｜（叠）｜（叠）

　　红酥手。黄滕酒。满城春色宫墙柳。东风恶。欢情薄。一怀愁绪，几年离索。错。错。错。
　　春如旧。人空瘦。泪痕红浥鲛绡透。桃花落。闲池阁。山盟虽在，锦书难托。莫。莫。莫。

——陆　游

又有前后段结句处三字无者，如刘辰翁、赵汝芜词。此处列一例。

　　东风冽。红梅折。画帘几片飞来雪。银屏悄。罗裙小。一点相思，满塘春草。
　　空愁切。何年彻。不归也合分明说。长安道。箫声闹。去时骢马，谁家系了。

——赵汝芜

又一体

吕渭老词名《惜分钗》。

双调，六十字。前后段各十句，三仄韵，四平韵，两叠韵。

　｜－｜（仄韵）－－｜（韵）｜＋＋＋－＋｜（韵）｜
－－（换平韵）｜－－（韵）｜＋－＋，＋｜－－（韵）－
（韵）－（叠）－（叠）

　－－｜（归仄韵）－－｜（韵）｜－＋｜－－｜（韵）
｜－－（归平韵）｜－－（韵）｜＋＋＋，＋｜－－（韵）
－（韵）－（叠）－（叠）

　世情薄。人情恶。雨送黄昏花易落。晓风干。泪痕残。
欲笺心事，独语斜阑。难。难。难。

　人成各。今非昨。病魂尝似秋千索。角声寒。夜阑珊。
怕人寻问，咽泪装欢。瞒。瞒。瞒。

——唐　婉

　又有前后段结句处少一叠韵者，如吕渭老词。

　春将半。莺声乱。柳丝拂马花迎面。小堂风。暮楼钟。
草色连云，暝色连空。重。重。

　秋千畔。何人见。宝钗斜照春妆浅。酒霞红。与谁同。
试问别来，近日情悰。忡。忡。

——吕渭老

念奴娇

　又名《大江东去》《酹江月》《千秋岁》《杏花天》《百字令》
等。

　双调，一百字。前后段各十句，四仄韵。

　＋－＋｜，｜＋－＋｜，＋＋－｜（韵）＋｜＋－－｜
｜，＋｜＋－－｜（韵）＋｜－－，＋－＋｜，＋｜－－｜
（韵）＋－－｜，｜－－｜＋｜（韵）

+｜+｜－－，+－+｜，++－－｜（韵）+｜+－
－｜｜，+｜+－－｜（韵）+｜－－，+－+｜，+｜－
－｜（韵）+－－｜，+－－｜－｜（韵）

　　凭空眺远，见长空万里，云无留迹。桂魄飞来光射处，
冷浸一天秋碧。玉宇琼楼，乘鸾来去，人在清凉国。江山如
画，望中烟树历历。

　　我醉拍手狂歌，举杯邀月，对影成三客。起舞徘徊风露
下，今夕不知何夕。便欲乘风，翻然归去，何用骑鹏翼。水
晶宫里，一声吹断横笛。

——苏　轼

　　又有前段起句入韵，或起句与第二句俱入韵者，如赵长卿、
赵师侠、张炎、方岳等人词。此处列一例。

　　花风初逗。喜边亭依旧。春闲营柳。烟草隋宫歌舞地，
谁遣万红围绣。结酒因缘，装春富贵，也要经纶手。笙箫声
里，一江晴绿吹绉。

　　是处羽箭如飞，那知鹤府，花压阑干昼。油幕文书谈笑
了，余事尽堪茶酒。报答东风，流连西日，绿外沈吟久。与
春无负，醉归香满襟袖。

——方　岳

　　又有前段第二、三句作九言一句，前三后六句法者，同时后
段第二句五言，第三句四言者，如赵师侠、刘克庄、辛弃疾、张
元干等人词。此处列一例。

　　倘来轩冕，问还是、今古人间何物。旧日重城愁万里，
风月而今坚壁。药笼功名，酒垆身世，可惜蒙头雪。浩歌一

曲，坐中人物之杰。

　　堪叹黄菊凋零，孤标应也有，梅花争发。醉里重揩西望眼，惟有孤鸿明灭。世事从教，浮云来去，枉了冲冠发。故人何在，长歌应伴残月。

——辛弃疾

　　又有前段第二、三句作九言一句，前三后六句法；后段起句作二言、四言两句，且起句用韵者，如姜夔词。

　　闹红一舸，记来时、尝与鸳鸯为侣。三十六陂人未到，水佩风裳无数。翠叶吹凉，玉容销酒，更洒菰蒲雨。嫣然摇动，冷香飞上诗句。

　　日暮。青盖亭亭，情人不见，争忍凌波去。只恐舞衣寒易落，愁入西风南浦。高柳垂阴，老鱼吹浪，留我花间住。田田多少，几回沙际归路。

——姜　夔

　　又有前段起句六言，第二句七言，或起句七言，第二句六言者，如刘克庄、辛弃疾词。又有前段第二句三言，第三句六言，第四句作四言、三言两句者，如黄庭坚词。又有后段第四句作四言，第五句作九言上三下六句法，或同时又前段第四句作四言，第五句作九言上三下六句法者，如周邦彦、姜夔词。又有前段第二、三句作九言一句，前三后六句法，结句做四言两句；后段第四句作四言，第五句作九言上三下六句法者，如赵长卿词。此处列一例。

　　银蟾光满，弄余辉、冷浸江梅无力。缓引柔条浮素蕊，横在闲窗虚壁。染纸挥毫，粉涂墨晕，不似今端的。天然造化，别是一般，清瘦踪迹。

今夜翠葆堂深，梦回风定，因月才相识。先自离愁，那更被、晓角残更催逼。曙色将分，轻阴移尽，过眼难寻觅。江南图上，画工应为描得。

——赵长卿

又一体

双调，一百字。前段九句，四仄韵；后段十句，四仄韵。

此体平仄仅参考张元干"蕊香深处"词。其他词例因更靠近苏轼"凭空远眺"体，则未作参考。故其可平可仄与他本出入较大。

　　｜－－｜，＋＋｜、－｜｜－｜（韵）｜｜－－，－
｜｜、－｜｜－｜｜（韵）＋｜－－，－－｜｜，｜｜－－
｜（韵）－－－｜，｜－－｜－｜（韵）

　　－｜－｜－－，＋－－｜｜、－－－｜（韵）｜｜－
－，－｜｜、＋＋－－－｜（韵）｜｜－－，－－－｜｜，
｜－－｜（韵）－－－｜，｜－＋｜－｜（韵）

大江东去，浪淘尽、千古风流人物。故垒西边，人道是、三国周郎赤壁。乱石穿空，惊涛拍岸，卷起千堆雪。江山如画，一时多少豪杰。

遥想公瑾当年，小乔初嫁了，雄姿英发。羽扇纶巾，谈笑处、樯橹灰飞烟灭。故国神游，多情应笑我，早生华发。人间如梦，一尊还酹江月。

——苏　轼

又有前段第三句七言，第四句六言；后段第七句四言，第八句五言者，如张元干词。

蕊香深处，逢上巳、生怕花飞红雨。万点胭脂遮翠袖，

谁识黄昏凝伫。烧烛呈妆，传杯绕槛，莫放春归去。垂丝无语，见人浑似羞妒。

修禊当日兰亭，群贤弦管里，英姿如许。宝靥罗衣，应未有、许多阳台神女。气涌三山，醉听五鼓，休更分今古。壶中天地，大家著意留住。

——张元干

又一体（平韵体）

双调，一百字。前后段各十句，四平韵。

　　＋－＋｜，｜－－－｜，＋＋－－（韵）＋｜－－－｜｜，＋＋－｜－－（韵）＋｜－－，＋－＋｜，＋｜｜－－（韵）＋－＋｜，＋＋＋｜－－（韵）

　　－＋＋－－，－－＋｜，＋＋｜－－（韵）＋｜－－－｜｜，＋｜－｜－－（韵）＋｜－－，＋－＋｜，＋｜｜－－（韵）＋－－｜，｜－＋｜－－（韵）

　　霁空虹雨，傍啼螀莎草，宿鹭汀洲。隔岸人家砧杵急，微寒先到帘钩。步幄尘高，征衫酒润，谁暖玉香篝。风灯微暗，夜长频换更筹。

　　应是雁柱调筝，鸳梭织锦，付与两眉愁。不似尊前今夜月，几度同上南楼。红叶无情，黄花有恨，孤负十分秋。归心如醉，梦魂飞趁东流。

——陈允平《酹江月》

又有后段第二句五言，第三句四言者，如叶梦得、张元干词。又有前段第八句四言，第九句六言，结句四言者，如仲殊词。此处列一例。

　　云峰横起，障吴关三面，真成尤物。倒卷回潮目尽处，秋水黏天无壁。绿鬓人归，如今虽在，空有千茎雪。追寻如梦，漫余诗句犹杰。

　　闻道尊酒登临，孙郎终古恨，长歌时发。万里云屯瓜步晚，落日旌旗明灭。鼓吹风高，画船遥想，一笑吞穷发。当时曾照，更谁重问山月。

　　　　　　　　　　　　　　　　　　——叶梦得

又一体（平韵体）

　　双调，一百字。前段九句，五平韵；后段十句，六平韵。

　　　｜－｜｜，｜－－、－｜－｜－－（韵）｜｜－－，－
｜｜、－｜｜｜－－（韵）－｜－－（韵）－｜｜｜，｜｜
｜－－（韵）－－－｜，｜－｜｜－－（韵）

　　　－｜｜｜－（韵）－－－｜，｜－｜－｜（韵）｜｜
－－，－｜｜、－｜－｜－－（韵）｜｜－－（韵）－－－
｜，｜｜｜－－（韵）｜－｜，｜－－｜－－（韵）

　　半阴未雨，洞房深、门掩清润芳晨。古鼎金炉，烟细细、飞起一缕轻云。罗绮娇春。争拢翠袖，笑语蕙兰芬。歌筵初罢，最宜斗帐黄昏。

　　楼上念远佳人。心随沈水，学兰炷俱焚。事与人非，争似此、些子香气常存。记得临分。罗巾余赠，尽日把浓熏。一回开看，一回肠断重闻。

　　　　　　　　　　　　　　　　　　——曹　勋

定西番

　　双调，三十五字。前段四句，一仄韵，两平韵；后段四句，两仄韵，两平韵。

｜｜｜－－｜（仄韵）－｜｜，｜－－（换平韵）｜－
－（韵）

－｜｜－－｜（归仄韵）｜－－｜－（归平韵）－｜｜
－－｜（归仄韵）｜－－（归平韵）

汉使昔年离别。攀弱柳，折寒梅。上高台。
千里玉关春雪。雁来人不来。羌笛一声愁绝。月徘徊。

——温庭筠

又有前段首句不入韵者，如韦庄、牛峤词。又有后段第三句
不用韵者，如温庭筠"细雨晓莺春晚"词。此处列一例。

细雨晓莺春晚。人似玉，柳如眉。正相思。
罗幕翠帘初卷。镜中花一枝。肠断塞门消息，雁来稀。

——温庭筠

又一体 （平韵体）

双调，三十五字。前后段各四句，两平韵。

＋｜＋－＋｜，－｜｜，｜－－（韵）｜－－（韵）
＋｜＋－＋｜，＋－＋｜－（韵）＋｜＋－＋｜，｜－
－（韵）

苍翠浓阴满院，莺对语，蝶交飞。戏蔷薇。
斜日倚阑风好，余香出绣衣。未得玉郎消息，几时归。

——毛熙震

又一体 （平韵体）

双调，四十一字。前段五句，两平韵；后段四句，两平韵。

　　＋｜＋－－｜，－｜｜，｜－－（韵）＋｜＋－－｜，
｜－－（韵）

　　＋｜｜－－｜，｜－－｜－（韵）＋｜＋－－｜，｜－
－（韵）

　　年少登瀛词客，飘逸气，拂晴霓。尽带江南春色、过长
淮。

　　一曲艳歌留别，翠蝉摇宝钗。此后吴姬难见、且徘徊。

——张　先

定风波

　　又名《定风流》《定风波令》。

　　双调，六十二字。前段五句，三平韵，两仄韵；后段六句，
四仄韵，两平韵。

　　＋｜－－＋｜－（平韵）＋－＋｜｜－－（韵）＋｜＋
－－｜｜（换仄韵）＋｜（韵）＋－＋｜｜－－（归平韵）

　　＋｜＋－－｜｜（换仄韵）＋｜（韵）＋－＋｜｜－
（归平韵）＋｜＋－－｜｜（换仄韵）＋｜（韵）＋－＋｜
｜－－（归平韵）

　　暖日闲窗映碧纱。小池春水浸明霞。数树海棠红欲尽。
争忍。玉闺深掩过年华。

　　独凭绣床方寸乱。肠断。泪珠穿破脸边花。邻舍女郎相
借问。音信。教人羞道未还家。

——欧阳炯

　　张先词名《定风波令》，与本体同，与周紫芝《定风波令》
不同。

又有后段结句多一字，作八言者，如孙光宪"帘拂疏香"词。又有前段第三、四句不用韵者，如黄庭坚、辛弃疾词。又有后段第一、二句不用韵者，如辛弃疾词。此处列一例。

少日春怀似酒浓。插花走马醉千钟。老去逢春如病酒。唯有。茶瓯香篆小帘栊。

卷尽残花风未定，休恨，花开元自要春风。试问春归谁得见。飞燕。来时相遇夕阳中。

——辛弃疾

又有前段起句入韵或不入韵；后段起句不用韵，起句后无二言句，直接接七言句者，如周邦彦、李泳、黄机、曾觌、张孝祥、仲殊、蔡伸、曹冠等人词。

莫倚能歌敛黛眉。此歌能有几人知。他日相逢花月底。重理。好声须记得来时。

苦恨城头更漏永，无情岂解惜分飞。休诉金尊推玉臂。从醉。明朝有酒遣谁持。

——周邦彦

又一体

双调，六十二字。前段五句，三平韵；后段六句，两平韵。

│ │ － － │ │ － （韵） │ － － │ │ － － （韵） │ │ │ －
－ │ │，－ │，│ － － │ │ － － （韵）

－ │ － － │ │，－ │，│ － － │ │ － － （韵） － │ │
－ － │ │，－ │，│ － │ │ │ － － （韵）

好睡慵开莫厌迟。自怜冰脸不时宜。偶作小红桃杏色，闲雅，尚馀孤瘦雪霜姿。

休把闲心随物态，何事，酒生微晕沁瑶肌。诗老不知梅格在，吟咏，更看绿叶与青枝。

——苏　轼

又一体

双调，六十二字。前段五句，三平韵；后段六句，两平韵。

－｜－－｜｜－（韵）｜－｜｜｜－－（韵）＋｜－－
－｜｜，＋｜＋－，＋｜｜－－（韵）

｜｜＋－－｜｜，－｜－－，｜｜｜－－（韵）｜｜＋
－－｜｜，｜｜－－，＋｜｜－－（韵）

休卧元龙百尺楼。眼高照破古今愁。若不擎天为八柱，且学鸱夷，归泛五湖舟。

万里西南天一角，骑气乘风，也作等闲游。莫道玉关人老矣，壮志凌云，依旧不惊秋。

——京　镗

又有后段第二句二言，第三句七言者，如京镗“何必穿针”词。又有后段第二、三句作七言一句者，如陈允平“慵拂妆台懒画眉”词。此处列一例。

慵拂妆台懒画眉。此情惟有落花知。流水悠悠春脉脉，闲倚绣屏，犹自立多时。

有约莫教莺解语，多愁却妒燕于飞。一笑蔷薇孤旧约，载酒寻欢，因甚懒支持。

——陈允平

又一体

双调，六十二字。前后段各五句，三平韵。

｜｜｜－－｜，－－－｜－－（韵）｜｜｜－－｜｜，

－｜－－｜｜－（韵）－－｜｜－（韵）

｜｜｜－－｜，－－｜｜－（韵）－｜｜｜－－｜｜，

｜｜－－｜｜－（韵）－－｜｜－（韵）

　　槛外雨波新涨，门前烟柳浑青。寂寞文园淹卧久，推枕援琴涕自零。无人著意听。

　　绪绪风披芸幌，骎骎月到萱庭。长记合欢东馆夜，与解香罗掩绣屏。琼枝半醉醒。

——贺　铸

又一体（仄韵）

　　双调，九十九字。前段十一句，六仄韵；后段十句，七仄韵。

｜－－、｜｜－－，－－｜｜｜｜（韵）｜｜－－，－

－｜｜，－｜－－｜（韵）｜－－，｜－｜（韵）－｜｜｜

｜－｜（韵）－｜（韵）｜｜－｜｜，－－－｜（韵）

｜－｜｜（韵）｜－－、｜｜－－｜（韵）｜－－、｜

｜－｜｜，－｜－－｜（韵）｜－－，｜－｜（韵）－｜

－－｜－｜（韵）－｜（韵）｜｜－｜，－－－｜（韵）

　　自春来、惨绿愁红，芳心是事可可。日上花梢，莺穿柳带，犹压香衾卧。暖酥消，腻云亸。终日厌厌倦梳裹。无那。恨薄情一去，音书无个。

　　早知恁么。悔当初、不把雕鞍锁。向鸡窗、只与蛮笺象管，拘束教吟课。镇相随，莫抛躲。针线闲拈伴伊坐。和我。免使年少，光阴虚过。

——柳　永

又一体 （仄韵）

双调，一百零五字。前段九句，四仄韵；后段十二句，五仄韵。

　　｜｜－－，｜｜｜｜－｜（韵）｜｜｜、｜｜－－，｜｜
｜－，｜｜｜｜－－｜（韵）｜－－｜｜，－－｜－｜｜
（韵）｜｜｜、－｜－－，－｜－－｜－｜（韵）
　　－｜（韵）｜｜－－，｜｜－－，｜－｜｜（韵）｜｜
｜｜｜，｜｜｜｜｜，｜－－｜，｜－－｜（韵）｜｜－－、｜
｜－－，－－｜｜｜（韵）｜｜｜－、－｜－｜｜，｜｜－－｜
（韵）

　　伫立长堤，淡荡晚风起。骤雨歇、极目萧疏，塞柳万
株，掩映箭波千里。走舟车向此，人人奔名竞利。念荡子、
终日驱驱，争觉乡关转迢递。

　　何意。绣阁轻抛，锦字难逢，等闲度岁。奈泛泛旅迹，
厌厌病绪，迩来谙尽，宦游滋味。此情怀、纵写香笺，凭谁
与寄。算孟光、争得知我，继日添憔悴。

——柳　永

河满子

又名《何满子》。

单调，三十六字。六句，三平韵。

　　＋｜＋－＋｜，＋－＋｜－－（韵）＋｜＋－－｜，＋
－－｜－－（韵）＋｜＋－＋｜，＋－＋｜－－（韵）

　　写得鱼笺无限，其如花锁春晖。目断巫山云雨，空教残
梦依依。却爱熏香小鸭，羡他长在屏帏。

——和　凝

又有第三句多一字为七字句者，如和凝、孙光宪词。此处列一例。

冠剑不随君去，江河还共恩深。歌袖半遮眉黛惨，泪珠旋滴衣襟。惆怅云愁雨怨，断魂何处相寻。

——孙光宪

又一体

双调，七十四字。前后段各六句，三平韵。

　　＋｜＋－＋｜，＋－＋｜－－（韵）＋＋＋＋－＋｜，
＋－＋｜－－（韵）＋｜＋－＋｜，＋－＋｜－－（韵）

　　＋｜＋－＋｜，＋－＋｜－－（韵）＋＋＋＋－＋｜，
＋－＋｜－－（韵）＋＋＋－＋｜，＋－＋｜－－（韵）

怅望浮生急景，凄凉宝瑟余音。楚客多情偏怨别，碧山远水登临。目送连天衰草，夜阑几处疏砧。

黄叶无风自落，秋云不雨常阴。天若有情天亦老，摇摇幽恨难禁。惆怅旧欢如梦，觉来无处追寻。

——孙　洙

又有前段第三句少一字作六言者，如尹鹗词。此处不列。

又一体（仄韵）

双调，七十四字。前后段各六句，四仄韵。

　　｜｜－－－｜（韵）－－－｜－｜（韵）｜－－｜｜－
｜，－｜｜｜－－｜（韵）－－｜－－－，－｜｜－－｜
（韵）

　　｜｜－－｜｜（韵）｜｜－－｜｜（韵）－－｜｜｜－

｜，｜｜｜－－｜（韵）－｜－－｜｜，｜｜－－｜｜
（韵）

　　急雨初收珠点。云峰巉绝天半。辘轳金井卷甘冽，帘外翠阴遮遍。波翻水精重帘，秋在琉璃双簟。

　　漏永流花缓缓。未放崦嵫晼晚。红荷绿芰暮天好，小宴水亭风馆。云乱香喷宝鸭，月冷钗横玉燕。

——毛　滂

九　画

相见欢

　　又名《上西楼》《西楼子》《忆真妃》《月上瓜州》《乌夜啼》（四十七字、四十八字《乌夜啼》与此不同，其另作一调单列，不作此调之另体）等。

　　双调，三十六字。前段三句，三平韵；后段四句，两仄韵，两平韵。

　　＋－＋＋－－（韵）｜－－（韵）＋｜＋－＋｜、｜－
－（韵）

　　＋＋｜（换仄韵）＋＋｜（韵）｜－－（归平韵）＋｜
＋－＋｜、｜－－（韵）

　　无言独上西楼。月如钩。寂寞梧桐深院、锁清秋。
　　剪不断。理还乱。是离愁。别是一般滋味、在心头。

——李　煜

又有后段起句、第二句俱押同部仄韵者，或第二句作叠韵者，如陆游、杨无咎、黄机词。后段起句、第二句俱不押韵者，如蔡伸、辛弃疾、刘辰翁、张辑、李处全词。

> 不禁枕簟新凉。夜初长。又是惊回好梦、叶敲窗。
> 江南望。江北望。水茫茫。赢得一襟清泪、伴余香。
> ——杨无咎

又有后段起句与第二句合作一句六言，不用韵者，如张镃词。后段起句不押韵，第二句押平韵者，如吴文英、刘辰翁词。前段起句多一字作七言；后段起句、第二句俱押同部仄韵者，如许棐词。此处列一例。

> 晓来闲立回塘。一襟香。玉颱云松风外、数枝凉。
> 相并浑如私语，恼人肠。飞去方知白鹭、在花旁。
> ——张　镃

柳梢青

又名《云淡秋空》《雨洗元宵》《玉水明沙》《早春怨》。

双调，四十九字。前段六句，三平韵；后段五句，三平韵。

　　＋｜－－（韵）＋－＋｜，＋｜－－（韵）＋｜－－，＋－＋｜，＋｜－－（韵）
　　＋－＋｜－－（韵）＋＋｜、－－｜－（韵）＋｜－－，＋－＋｜，＋｜－－（韵）

> 云淡秋空。一江流水，烟雨濛濛。岸转溪回，野平山远，几点征鸿。

　　行人独倚孤篷。算此景、如图画中。莫问功名，且寻诗
酒，一棹西风。

　　　　　　　　　　　　　　　　　　　　——韩　淲

　　另有前段起句不用韵者，如赵长卿词。又有前段一、二、三
句作六言两句；后段第二句少一字作六言者，如张孝祥词。又有
后段第二句少一字作六言，第三、四句作七言一句，上三下四句
法者，如张任国词。此处不列。

又一体 （仄韵体）

　　又名《陇头月》。

　　双调，四十九字。前段六句，三仄韵；后段五句，两仄韵。

　　＋＋＋｜（韵）＋＋＋｜，＋＋－｜（韵）＋｜＋－，
＋－＋｜，＋－－｜（韵）

　　＋－＋｜－＋，｜＋｜、＋－＋｜（韵）＋＋＋－，＋
－＋｜，＋－－｜（韵）

　　狂踪怪迹。谁料年老，天涯为客。帆展霜风，船随江
月，山寒波碧。

　　如今著处添愁，怎忍看、参西雁北。洛浦莺花，伊川云
水，何时归得。

　　　　　　　　　　　　　　　　　　　　——朱敦儒

　　又有前段起句不用韵者，如蔡伸、杨无咎词。又有后段起句
押韵者，如赵彦端词。此处列一例。

　　衰翁自谪。堪笑忘了，山林闲适。一岁花黄，一秋酒
绿，一番头白。

　　浮生似醉如客。问底事、归来未得。但愿长年，故人相

与，春朝秋夕。

——赵彦端

柳含烟

双调，四十五字。前段五句，三平韵；后段四句，两仄韵、两平韵。

　　＋－｜，｜－－（韵）＋｜＋－＋｜，＋－＋｜｜－－（韵）｜－－（韵）

　　｜｜＋－－｜｜（换仄韵）＋｜＋－＋｜（韵）＋－＋｜｜－－（归平韵）｜－－（韵）

　　河桥柳，占芳春。映水含烟拂露，几回攀折赠行人。暗伤神。

　　乐府吹为横笛曲。能使离肠断续。不如移植在金门。近天恩。

——毛文锡

此调后段最后两句亦可换平韵（不必归平韵），如毛文锡词别首。

贺新郎

又名《金缕曲》《金缕歌》《金缕词》《乳燕飞》《风敲竹》《貂裘换酒》等。

双调，一百一十六字。前后段各十句，六仄韵。

　　＋｜－－｜（韵）｜－－、＋－＋｜，＋－－｜（韵）－｜－－－－｜，＋｜＋－＋｜（韵）＋＋｜、＋－＋｜

（韵）＋｜＋－－｜｜，｜＋－、＋｜－－｜（韵）＋｜｜，
＋－｜（韵）

　　＋－＋｜－－｜（韵）｜＋＋、＋＋＋｜，＋－＋｜
（韵）－｜－－－｜，＋｜＋－＋｜（韵）｜＋｜、＋－
＋｜（韵）＋｜＋－－＋｜，｜＋－、＋｜－－｜（韵）＋
｜｜，＋－｜（韵）

　　　睡起啼莺语。掩青苔、房栊向晚，乱红无数。吹尽残花
无人见，惟有垂杨自舞。渐暖霭、初回轻暑。宝扇重寻明月
影，暗尘侵、尚有乘鸾女。惊旧恨，遽如许。

　　　江南梦断横江渚。浪黏天、葡萄涨绿，半空烟雨。无限
楼前沧波意，谁采苹花寄取。但怅望、兰舟容与。万里云帆
何时到，送孤鸿、目断千山阻。谁为我，唱金缕。

——叶梦得

　　又有前段第二句六言，第三句五言者；前段第二句五言，第
三句六言者；前后段第二句五言，第三句六言者，如李南金、刘
过、史达祖等人词。

　　　花落台池静。自春衫闲来，老了旧香荀令。酒既相违诗
亦可，此外云沈梦冷。又催唤、官河兰艇。匝岸烟霏吹不
断，望楼阴、欲带朱桥影。和草色，入轻暝。

　　　裙边竹叶多应剩。怪南溪见后，无个再来芳信。胡蝶一
生花里活，难制窃香心性。便有段、新愁随定。落日年年宫
树绿，堕新声、玉笛西风劲。谁伴我，月中听。

——史达祖

　　又有后段第二句五言者；后段第二句五言，第三句六言者；
后段第五句作七言上三下四句法者；后段第七句五言者；后段第

一句、第七句俱六言者；后段第八句七言者，如赵以夫、史达祖、戴复古、辛弃疾、周紫芝、赵长卿、苏轼等人词。

乳燕飞华屋。悄无人、桐阴转午，晚凉新浴。手弄生绡白团扇，扇手一时似玉。渐困倚、孤眠清熟。帘外谁来推绣户，枉教人、梦断瑶台曲。又却是，风敲竹。

石榴半吐红巾蹙。待浮花、浪蕊都尽，伴君幽独。秾艳一枝细看取，芳心千重似束。又恐被、秋风惊绿。若待得君来向此，花前对酒不忍触。共粉泪，两簌簌。

——苏　轼

后段第二、三句作九言一句上三下六句法，第七句作六言折腰句法，第八句作前五言后四言两句者，如吕渭老词。

斜日封残雪。记别时、檀槽按舞，霓裳初彻。唱煞阳关留不住，桃花面皮似热。渐点点、珍珠承睫。门外潮平风席正，指佳期、共约花同折。情未忍，带双结。

钗金未断肠先结。下扁舟、更有暮山千叠。别后武陵无好梦，春山子规更切。但孤坐、一宵明月。蚕共茧、花同蒂，甚人生要见，底多离别。谁念我，泪如血。

——吕渭老

又有前后段第四句、第七句俱押韵者，如辛弃疾词。

瑞气笼清晓。卷珠帘、次第笙歌。一时齐奏。无限神仙离蓬岛。凤驾鸾车初到。见拥个、仙娥窈窕。玉佩玎珰风缥缈。望娇姿、一似垂杨袅。天上有，世间少。

刘郎正是当年少。更那堪、天教付与，最多才貌。玉树琼枝相映耀。谁与安排态好。有多少、风流欢笑。直待来春成名了。马如龙、绿绶欺芳草。同富贵，又偕老。

——辛弃疾

促拍采桑子

又名《促拍丑奴儿》。

双调，五十字。前段五句，三平韵；后段五句，两平韵。

  —｜｜——（韵）｜——、—｜——（韵）——｜｜，
——— ｜，—｜——（韵）

  ｜｜——— ｜｜，｜——、—｜——（韵）——｜｜，
——｜｜，｜｜——（韵）

  清露湿幽香。想瑶台、无语凄凉。飘然欲去，依然如梦，云渡银潢。

  又是天风吹澹月，佩丁东、携手西厢。泠泠玉磬，沉沉素瑟，舞遍霓裳。

——朱敦儒

剑器近

双调，九十六字。前段八句，八仄韵；后段十一句，七仄韵。

  ｜—｜（韵）｜｜｜、———｜（韵）｜—｜——｜
（韵）｜—｜（韵）｜—｜（韵）｜｜｜、——｜｜（韵）
——｜——｜（韵）｜—｜（韵）

  —｜（韵）——｜｜（韵）——｜｜，｜｜｜、——
——｜（韵）———｜｜——，｜——｜—，｜——｜—｜
（韵）｜——（韵）｜｜——，｜｜——｜｜（韵）｜—

｜｜－－｜（韵）

　　夜来雨，赖倩得、东风吹住。海棠正妖娆处。且留取。悄庭户。试细听、莺啼燕语。分明共人愁绪。怕春去。

　　佳树。翠阴初转午。重帘未卷，乍睡起、寂寞看风絮。偷弹清泪寄烟波，见江头故人，为言憔悴如许。彩笺无数。去却寒暄，到了浑无定据。断肠落日千山暮。

——袁去华

昭君怨

又名《宴西园》《一痕沙》《洛妃怨》等。

双调，四十字。前后段各四句，两仄韵，两平韵。

　　＋｜＋－＋｜（韵）＋｜＋－＋｜（韵）＋｜｜－－（换平韵）｜－－（韵）

　　＋｜＋－＋｜（换仄韵）＋｜＋－＋｜（韵）＋｜｜－－（换平韵）｜－－（韵）

　　谁作桓伊三弄。惊破绿窗幽梦。新月与愁烟。满江天。
　　欲去又还不去。明日落花飞絮。飞絮送行舟。水东流。

——苏　轼

又有后段起句作三言两句，俱入韵者，如周紫芝词。又有后段起句少一字，作五言者，如万俟咏、蔡伸词。此处列一例。

　　满院融融花气。红绣一帘垂地。往事忆年时。只春知。
　　风又暖。花渐满。人似行云不见。无计奈离情。恶销凝。

——周紫芝

点绛唇

又名《点樱桃》《十八香》《南浦月》《沙头雨》《寻瑶草》
等。

双调,四十一字。前段四句,三仄韵;后段五句,四仄韵。

+ | — —,+ — + | — — | (韵) + — + | (韵) + |
— — | (韵)

+ | + —,+ | — — | (韵) + + | (韵) + — + |
(韵) + | — — | (韵)

寂寞深闺,柔肠一寸愁千缕。惜春春去。几点催花雨。
倚遍阑干,只是无情绪。人何处。连天衰草,望断归
来路。

——李清照

临江仙

又名《谢新恩》《雁后归》《画屏春》《庭院深深》等。
双调,五十四字。前后段各四句,三平韵。

+ — + | — — | ,+ + + | — — (韵) | — — | | — —
(韵) | — — | | — — (韵)

+ | + — — | | ,| — — | — — (韵) — — + | | — —
(韵) + — — | | — — (韵)

海棠香老春江晚,小楼雾縠空濛。翠鬟初出绣帘中。麝
烟鸾佩惹萍风。
碾玉钗摇鸂鶒战,雪肌云鬓将融。含情遥指碧波东。越

王台殿蓼花红。

——和　凝

又一体

双调，五十八字。前后段各五句，三平韵。

＋＋＋＋＋｜，＋－＋｜－－（韵）＋－＋｜｜－－
（韵）＋－＋｜，＋｜｜－－（韵）

＋＋＋＋－｜｜，＋－＋｜－－（韵）＋－＋｜｜－－
（韵）＋－＋｜，＋｜｜－－（韵）

烟收湘渚秋江静，蕉花露泣愁红。五云双鹤去无踪。几
回魂断，凝望向长空。

翠竹暗留珠泪怨，闲调宝瑟波中。花鬟月鬓绿云重。古
祠深殿，香冷雨和风。

——张　泌

又有前段起句入韵者，如牛希济词。又有前后段起句各少一
字，作六言者，如向子諲、赵长卿等人词。又有前后段起句俱作
六言。第四句俱作五言者，如徐昌图、晏几道、陈师道、陆游、
赵长卿、史达祖、高观国等人词。又有前后段结句俱作三言两句
者，如顾夐词。此处列一例。

鸠雨催成新绿，燕泥收尽残红。春光还与美人同。论心
空眷眷，分袂却匆匆。

只道真情易写，那知怨句难工。水流云散各西东。半廊
花院月，一帽柳桥风。

——陆　游

又有前段第四句多一字，作五言者，如冯延巳、王观词。又

有前后段第二句俱作七言，第四句俱作五言者，如晏几道词。又有前后段第四句俱作五言者，如苏轼、秦观、贺铸、李清照、辛弃疾、晁补之、叶梦得、朱敦儒、张元干、赵长卿、刘克庄等人词。此处列一例。

尊酒何人怀李白，草堂遥指江东。珠帘十里卷香风。花开又花谢，离恨几千重。

轻舸渡江连夜到，一时惊笑衰容。语音犹自带吴侬。夜阑对酒处，依旧梦魂中。

——苏　轼

又一体

双调，五十八字。前段五句，三平韵；后段五句，另换三平韵。

　　＋－＋｜－－｜，＋－｜｜－－（韵）－－＋｜｜－－（韵）｜－－｜，＋｜｜－－（韵）

　　＋－＋｜－－｜，－－＋｜－－（另换平韵）－－＋｜｜－－（韵）｜－－｜，－｜｜－－（韵）

冷红飘起桃花片，青春意绪阑珊。高楼帘幕卷轻寒。酒余人散，独自倚阑干。

夕阳千里连芳草，风光愁杀王孙。徘徊飞尽碧天云。凤城何处，明月照黄昏。

——冯延巳

临江仙引

双调，七十四字。前段十句，四平韵；后段六句，三平韵。

　　｜｜，｜｜，－＋｜，｜＋－（韵）－－｜｜－－
（韵）＋｜－－｜，｜＋｜－－（韵）＋－＋｜，｜｜｜＋，
－｜｜－－（韵）

　　＋＋＋－－｜｜，＋－｜｜－－（韵）｜｜－－｜，｜
＋｜－－（韵）－－｜｜｜｜，｜＋｜｜－－（韵）

　　渡口，向晚，乘瘦马，陟平冈。西郊又送秋光。对暮山
横翠，衬残叶飘黄。凭高念远，素景楚天，无处不凄凉。
　　香闺别来无信息，云愁雨恨难忘。指帝城归路，但烟水
茫茫。凝情望断泪眼，尽日独立斜阳。

　　　　　　　　　　　　　　　　　　　　　　——柳　永

　　又有前段第一、二句俱用仄韵者，如柳永"上国"词，或前
段最后三句作六言、七言两句者，如柳永"画舸"词。此处列一
例。

　　上国。去客。停飞盖，促离筵。长安古道绵绵。见岸花
啼露，对堤柳愁烟。物情人意，向此触目，无处不凄然。
　　醉拥征骖犹伫立，盈盈泪眼相看。况绣帏人静，更山馆
春寒。今宵怎向漏永，顿成两处孤眠。

　　　　　　　　　　　　　　　　　　　　　　——柳　永

临江仙慢

　　双调，九十三字。前段十一句，五平韵；后段十一句，六平
韵。

　　｜｜｜－｜，｜－｜｜，－｜－－（韵）｜－｜、－－
｜｜－－（韵）－－（韵）｜－｜｜，－－｜，｜｜－－
（韵）－－｜，｜｜－－｜，－｜－－（韵）

ーー（韵）ーー｜｜，ー｜ー｜ーー（韵）｜ーー、ー
｜｜｜ーー（韵）ーー（韵）｜ーー｜，ーー｜，｜｜ーー
（韵）ーー｜，｜｜ーー｜，ー｜ーー（韵）

　　梦觉小庭院，冷风渐渐，疏雨潇潇。绮窗外、秋声败叶
狂飘。心摇。奈寒漏永，孤帏悄，泪烛空烧。无端处，是绣
衾鸳枕，闲过清宵。

　　萧条。牵情系恨，争向年少偏饶。觉新来、憔悴旧日风
标。魂消。念欢娱事，烟波阻，后约方遥。还经岁，问怎生
禁得，如许无聊。

——柳　永

祝英台近

又名《宝钗分》《月底修箫谱》《燕莺语》《寒食词》。

双调，七十七字。前段八句，三仄韵；后段八句，四仄韵。

｜ーー，＋＋｜，＋｜＋ー｜（韵）＋｜ーー，＋＋＋
＋｜（韵）＋＋＋｜ーー，＋ー＋｜，＋＋｜、＋ー＋｜
（韵）

｜＋｜（韵）＋＋＋｜ーー，＋＋＋＋｜（韵）＋｜ー
ー，＋＋＋ー｜（韵）｜＋＋｜ーー，＋ー＋｜，＋＋＋、
＋ー＋｜（韵）

　　坠红轻，浓绿润，深院又春晚。睡起恹恹，无语小妆
懒。可堪三月风光，五更魂梦，又都被、杜鹃催趱。

　　怎消遣。人道愁与春归，春归愁未断。闲倚银屏，羞怕
泪痕满。断肠沉水重熏，瑶琴闲理，奈依旧、夜寒人远。

——程　垓

又有前段第七句押韵者，或后段第七句押韵者，或前后段第七句俱押韵者，如史达祖、高观国、李彭老、韩淲、张炎、张榘等人词；亦有前段第二句押韵者，或前段第二句、后段第七句俱押韵者，或前段第二句、前后段第七句俱押韵者，如史达祖、吴文英、蒋捷、张炎、刘过、辛弃疾、张元干、赵长卿、张辑等人词。此处列一例。

　　水纵横，山远近。拄杖占千顷。老眼羞将，水底看山影。试教水动山摇，吾生堪笑，似此个、青山无定。

　　一瓢饮。人问翁爱飞泉，来寻个中静。绕屋声喧，怎做静中境。我眠君且归休，维摩方丈，待天女、散花时问。

——辛弃疾

又一体（平韵体）

双调，七十七字。前段八句，三平韵；后段八句，四平韵。

　　｜——，—｜｜，—｜｜——（韵）—｜——，—｜｜——（韵）｜—｜｜——，——｜｜，——｜、—｜———（韵）

　　｜——（韵）—｜—｜——，｜——｜—（韵）—｜——，—｜｜——（韵）｜——｜——，———｜，——｜、—｜——（韵）

　　待春来，春又到，花底自徘徊。春浅花迟，携酒为春催。可堪碧小红微，黄轻紫艳，东风外、妆点池台。

　　且衔杯。无奈年少心情，看花能几回。春自年年，花自为春开。是他春为花愁，花因春瘦，花残后、人未归来。

——陈允平

又有前后段第四句俱入韵者，如苏茂一"结垂杨"词。此处不列。

洞天春

双调，四十八字。前段四句，四仄韵；后段五句，三仄韵。

－－｜｜－｜（韵）｜｜－－｜｜（韵）｜｜－－｜
｜（韵）｜－－－｜（韵）

－－｜｜｜－｜（韵）｜｜－－｜｜（韵）｜｜－－，｜
－－｜，－－－｜（韵）

莺啼绿树声早。槛外残红未扫。露点真珠遍芳草。正帘帏清晓。

秋千宅院悄悄。又是清明过了。燕蝶轻狂，柳丝撩乱，春心多少。

——欧阳修

洞仙歌

又名《洞仙歌令》《羽仙歌》《洞中仙》《洞仙词》《洞仙歌慢》等。

双调，八十三字。前段六句，三仄韵；后段九句，三仄韵。

＋－＋｜，｜＋－－｜（韵）＋｜－－｜－｜（韵）｜
－－、＋｜－｜－－，－＋｜，－｜－－＋｜（韵）

＋－－｜｜，＋｜－－，＋｜－－｜－｜（韵）｜｜｜
－－，＋｜－－，－＋｜、＋－＋｜（韵）｜｜｜、－－｜
－－，｜｜｜－－，｜－－｜（韵）

　　冰肌玉骨，自清凉无汗。水殿风来暗香满。绣帘开、一点明月窥人，人未寝，敧枕钗横鬓乱。

　　起来携素手，庭户无声，时见疏星度河汉。试问夜如何，夜已三更，金波淡、玉绳低转。但屈指、西风几时来，又不道流年，暗中偷换。

——苏　轼

　　此调多一字、少一字，或断句不同者颇多。此处不一一列出。仅列前段第四句作前五后四两句，后段第四句作六言折腰句法者，辛弃疾词一例。

　　飞流万壑，共千岩争秀。孤负平生弄泉手。叹轻衫短帽，几许红尘，还自喜，濯发沧浪依旧。

　　人生行乐耳，身后虚名，何似生前一杯酒。便此地、结吾庐，待学渊明，更手种、门前五柳。且归去、父老约重来，问如此青山，定重来否。

——辛弃疾

又一体

　　双调，一百二十三字。前段十一句，四仄韵；后段十四句，八仄韵。

　　－｜，－｜－，｜｜－－－｜（韵）｜｜｜－－，｜｜－－｜（韵）｜－－｜，－－－｜，｜｜－－，｜｜｜、－－｜（韵）－｜｜，｜｜｜－－｜（韵）

　　－｜（韵）｜｜－－｜，｜－－｜（韵）－｜｜｜－，－｜－｜｜－－｜（韵）｜－｜｜￣－，－－－｜｜－，－－｜、－－｜（韵）－｜｜－－，－｜－｜（韵）－－｜｜（韵）｜｜｜、￣－－｜（韵）－－｜，｜｜｜、｜

－－｜（韵）

乘兴，闲泛兰舟，渺渺烟波东去。淑气散幽香，满蕙兰江渚。绿芜平畹，和风轻暖，曲岸垂杨，隐隐隔、桃花坞。芳树外，闪闪酒旗遥举。

羁旅。渐入三吴风景，水村渔浦。闲思更绕神京，抛掷幽会小欢何处。不堪独倚危楼，凝情西望日边，繁华地、归程阻。空自叹当时，言约无据。伤心最苦。伫立对、碧云将暮。关河远，怎奈向、此时情绪。

　　　　　　　　　　　　　　　　——柳　永

十　画

破阵子

又名《十拍子》。

双调，六十二字。前后段各五句，三平韵。

　　　　＋｜＋－＋｜，＋－＋｜－－（韵）＋｜＋－－｜｜，
＋｜－－＋｜－（韵）＋－＋｜－（韵）

　　　　＋｜＋－＋｜，＋＋＋｜－－（韵）＋｜＋－－｜｜，
＋｜－－＋｜－（韵）＋－＋｜－（韵）

燕子来时新社，梨花落后清明。池上碧苔三四点，叶底黄鹂一两声。日长飞絮轻。

巧笑东邻女伴，采桑径里逢迎。疑怪昨宵春梦好，原是今朝斗草赢。笑从双脸生。

　　　　　　　　　　　　　　　　——晏　殊

荷叶杯

单调，二十三字。六句，四仄韵，两平韵。

｜｜｜－－｜（仄韵）－｜（韵）｜－－（换平韵）｜
－－｜｜－｜（另换仄韵）－｜（韵）｜－－（归平韵）

一点露珠凝冷。波影。满池塘。绿茎红艳两相乱。肠
断。水风凉。

——温庭筠

又一体

单调，二十六字。六句，两仄韵，三平韵，一叠韵。

＋｜｜＋－＋｜（仄韵）＋｜（韵）＋｜｜－－（换平
韵）＋－＋｜｜－－（韵）－｜－（韵）－｜－（叠韵）

我忆君诗最苦。知否。字字尽关心。红笺写寄表情深。
吟摩吟。吟摩吟。

——顾　敻

又一体

双调，五十字。前后段各五句，两仄韵，三平韵。

｜｜＋－－｜（仄韵）－｜（韵）－｜｜－－（换平
韵）＋－－｜｜－－（韵）＋｜｜－－（韵）

＋｜｜－－｜（另换仄韵）－｜（韵）＋｜｜－－（另
换平韵）＋－－｜｜－－（韵）－｜｜－－（韵）

记得那年花下。深夜。初识谢娘时。水堂西面画帘垂。
携手暗相期。

惆怅晓莺残月。相别。从此隔音尘。如今俱是异乡人。相见更无因。

　　　　　　　　　　　　　　——韦　庄

捣练子

又名《深院月》。

单调，二十七字。五句，三平韵。

　　－｜｜，｜－－（韵）＋｜｜－－｜｜－（韵）＋｜＋－－｜｜，｜－－｜｜－－（韵）

砧面莹，杵声齐。捣就征衣泪墨题。寄到玉关应万里，戍人犹在玉关西。

　　　　　　　　　　　　　　——贺　铸

又一体

双调，三十八字。前后段各五句，三平韵。

　　－｜｜，｜－－（韵）＋－＋｜｜－－（韵）｜＋－，＋｜－（韵）

　　－｜｜，｜－－（韵）＋－＋｜｜－－（韵）｜＋－，＋｜－（韵）

斟别酒，问东君。一年一度一回新。看百花，飘舞茵。
斟别酒，问行人。莫将别泪裛罗巾。早归来，依旧春。

　　　　　　　　　　　　　　——李　石

唐多令

又名《糖多令》《南楼令》《箜篌曲》。

双调，六十字。前后段各五句，四平韵。

　　＋｜｜－－（韵）＋－＋｜－（韵）｜＋－、＋｜－－
（韵）＋｜＋－－｜｜，＋＋｜、｜－－（韵）

　　＋｜｜－－（韵）＋－＋｜－（韵）｜＋－、＋｜－－
（韵）＋｜＋－－｜｜，＋＋｜、｜－－（韵）

　　雨过水明霞。潮回岸带沙。叶声寒、飞透窗纱。堪恨西
风吹世换，更吹我、落天涯。

　　寂寞古豪华。乌衣日又斜。说兴亡、燕入谁家。惟有南
来无数雁，和明月、宿芦花。

——邓　剡

　　又有前段第三句多一字者，如吴文英词。前后段第三句各多
一字者，如周密词。此处列一例。

　　何处合成愁。离人心上秋。纵芭蕉、不雨也飕飕。都道
晚凉天气好，有明月，怕登楼。

　　年事梦中休，花空烟水流。燕辞归，客尚淹留。垂柳不
萦裙带住，漫长是、系行舟。

——吴文英

烛影摇红

　　又名《忆故人》《归去曲》等。
　　双调，五十字。前段五句，两仄韵；后段五句，三仄韵。

　　｜｜－－，｜｜－，｜｜－、－－｜（韵）－－－｜｜
－－，－｜｜－－｜（韵）

　　－｜－－｜｜（韵）｜－－、－－｜｜（韵）｜－－

｜，｜｜－－，－－－｜（韵）

　　烛影摇红，向夜阑、乍酒醒、心情懒。尊前谁为唱《阳关》，离恨天涯远。

　　无奈云沉雨散。凭阑干、东风泪眼。海棠开后，燕子来时，黄昏庭院。

——王　诜

又一体

　　双调，四十八字。前段四句，两仄韵；后段五句，三仄韵。

　　　　＋｜－－，｜－＋｜－－｜（韵）＋－－｜｜－－，＋｜－－｜（韵）

　　　　＋｜＋－＋｜（韵）｜－－、＋－｜｜（韵）＋－＋｜，｜＋＋＋，＋－＋｜（韵）

　　老景萧条，送君归去添凄断。赠君明月满前溪，直到西湖畔。

　　门掩绿苔应遍。为黄花、频开醉眼。橘奴无恙，蝶子相迎，寒窗日短。

——毛　滂

又一体

　　双调，九十六字。前后段各九句，五仄韵。

　　　　＋｜－－，＋－＋｜－－｜（韵）＋－＋｜｜－－，＋｜－－｜（韵）＋｜＋－＋｜（韵）｜＋＋、－－＋｜（韵）＋－＋｜，＋｜－－，＋－＋｜（韵）

　　　　＋｜－－，｜－＋｜－－｜（韵）＋－＋｜｜－－，＋｜－－｜（韵）＋｜＋－＋｜（韵）｜＋＋、－－＋｜

（韵）＋－＋｜，＋｜－－，＋－＋｜（韵）

香脸轻匀，黛眉巧画宫妆浅。风流天付与精神，全在娇波转。早是萦心可惯。更那堪、频频顾盼。几回相见，见了还休，争如不见。

烛影摇红，夜阑饮散春宵短。当时谁解唱阳关，离恨天涯远。无奈云收雨散。凭阑干、东风泪眼。海棠开后，燕子来时，黄昏庭院。

——周邦彦

浣溪沙

又名《浣溪纱》《减字浣溪沙》《浣纱溪》《小庭花》《满院春》《东风寒》《广寒枝》等。

双调，四十二字。前段三句，三平韵；后段三句，两平韵。

＋｜＋－＋｜－（韵）＋－＋｜｜－－（韵）＋－＋｜｜－－（韵）

＋｜＋－－｜｜，＋－＋｜｜－－（韵）＋－＋｜｜－－（韵）

一曲新词酒一杯。去年天气旧亭台。夕阳西下几时回。

无可奈何花落去，似曾相识燕归来。小园香径独徘徊。

——晏　殊

又有前段起句不入韵者，如薛绍蕴、刘辰翁词。后段结句作三言三句者，如孙光宪词。此处列一例。

风撼芳菲满院香。四帘慵卷日初长。鬶云垂枕响微锽。

春梦未成愁寂寂，佳期难会信茫茫。万般心，千点泪，泣兰堂。

——孙光宪

又一体（仄韵体）

双调，四十二字。前后段各三句，三仄韵。

　　－｜｜－－｜｜（韵）－－｜｜－－｜（韵）－｜｜－
－｜｜｜（韵）

　　－－｜｜－－｜（韵）｜｜－－－｜｜（韵）｜｜－－
－｜｜｜（韵）

　　红日已高三丈透，金炉次第添香兽。红锦地衣随步皱。
佳人舞点金钗溜，酒恶时拈花蕊嗅。别殿遥闻箫鼓奏。

——李　煜

海棠春

又名《海棠春令》《海棠花》。

双调，四十八字。前后段各四句，三仄韵。

　　＋－＋｜－－｜（韵）｜＋｜、＋－＋｜（韵）｜｜｜
－－，＋｜－－｜（韵）

　　＋－＋｜－－｜（韵）｜＋｜、－－＋｜（韵）＋｜｜
－－，＋｜－－｜（韵）

　　似红如白含芳意。锦宫外、烟轻雨细。燕子不知愁，惊
堕黄昏泪。

　　烛花偏在红帘底。想人怕、春寒正睡。梦著玉环娇，又
被东风醉。

——史达祖

又有后段起句作四言两句，第二句作六言者，如吴潜、柴元彪词。前后段第二句俱作六言者，如马子严词。

　　柳腰暗怯花风弱。红映秋千院落。归逐燕儿飞，斜撼真珠箔。

　　满林翠叶胭脂萼。不忍频频觑着。护取一庭春，莫弹花间鹊。

——马子严

浪淘沙

　　即《浪淘沙令》，又名《卖花声》《过龙门》等。

　　《浪淘沙》有七言绝句体，此处不录。

　　双调，五十四字。前后段各五句，四平韵。

　　＋｜｜－－（韵）＋｜－－（韵）＋－＋｜｜－－（韵）＋｜＋－－｜｜，＋｜－－（韵）

　　＋｜｜－－（韵）＋｜－－（韵）＋－＋｜｜－－（韵）＋｜＋－－｜｜，＋｜－－（韵）

　　帘外雨潺潺。春意阑珊。罗衾不耐五更寒。梦里不知身是客，一晌贪欢。

　　独自莫凭栏。无限江山。别时容易见时难。流水落花春去也，天上人间。

——李　煜

又有前后段起句俱作四言者，如柳永词。前段起句少一字作四言；后段结句多一字作五言者，或前段第四句又作四言两句者，皆见杜安世词。前段起句少一字作四言，第三、四句俱作八言；后段第三、四句俱作九言者，如史浩词。此处不列。

又一体（仄韵体）

宋祁词名《浪淘沙近》。

双调，五十四字。前后段各五句，四仄韵。

此调以宋祁"少年不管"词为例。其中前结句三个"满"字，后结句三个"远"字皆上声，不可用去声。"满"字、"远"字之后，只作句中停顿，不作叠韵。

  ｜—｜｜（韵）———｜（韵）——｜｜｜——｜（韵）
｜——，｜｜｜｜、—｜、｜｜（韵）
  ——｜｜——｜（韵）｜——｜（韵）｜——｜——｜
（韵）｜——，｜｜｜、—｜、—｜（韵）

  少年不管。流光如箭。因循不觉韶光换。至如今，始惜月满、花满、酒满。

  扁舟欲解垂杨岸。尚同欢宴。日斜歌阕将分散。倚兰桡，望水远、天远、人远。

——宋 祁

又一体（仄韵体）

双调，五十五字。前段六句，三仄韵；后段五句，四仄韵。

  ｜｜—｜（韵）｜——｜（韵）｜——｜｜——，——
—｜，——｜｜，｜——｜（韵）
  ｜｜——｜（韵）｜——｜（韵）｜——｜｜——，——
——｜——｜（韵）｜———｜（韵）

  又是春暮。落花飞絮。子规啼尽断肠声，秋千庭院，红旗彩索，淡烟疏雨。

念念相思苦。黛眉长聚。碧池惊散睡鸳鸯，当初容易分飞去。恨孤儿欢侣。

——杜安世

十一画

黄莺儿

双调，九十六字。前段十句，四仄韵；后段十句，五仄韵。

　　＋｜—｜——｜（韵）＋｜——，—｜——，＋＋—
—，＋＋—｜（韵）—｜｜｜——，｜｜——｜（韵）｜—
—｜——，｜｜——，—｜—｜（韵）

　　—｜（韵）｜｜｜｜——，｜｜——｜（韵）｜——＋，
｜｜——，——＋＋—｜（韵）—｜｜｜——，｜｜——｜
（韵）｜＋＋｜——，＋｜——｜（韵）

　　园林晴昼春谁主。暖律潜催，幽谷暄和，黄鹂翩翩，乍迁芳树。观露湿缕金衣，叶映如簧语。晓来枝上绵蛮，似把芳心，深意低诉。

　　无据。乍出暖烟来，又趁游蜂去。恣狂踪迹，两两相呼，终朝雾吟风舞。当上苑柳秾时，别馆花深处。此际海燕偏饶，都把韶光与。

——柳　永

又有前段起句不入韵者，如陈允平词。前段第二、三、四、五句作六言三句者，如晁补之词。此处不列。

菩萨蛮

又名《重叠金》《子夜歌》《花间意》等。

双调，四十四字。前后段各四句，两仄韵，两平韵。

＋－＋｜－－｜（仄韵）＋－＋｜－－｜（韵）＋｜｜－－（换平韵）＋－＋｜－（韵）

＋－－｜｜（另换仄韵）＋｜｜－｜（韵）＋｜｜－－（另换平韵）＋－＋｜－（韵）

平林漠漠烟如织。寒山一带伤心碧。暝色入高楼。有人楼上愁。

玉阶空伫立。宿鸟归飞急。何处是归程。长亭更短亭。

——李　白

又一体

双调，四十四字。前后段各四句，两仄韵，两平韵。

｜－－｜－－｜（仄韵）｜－｜｜－－｜（韵）－｜｜－－（换平韵）｜－－｜－（韵）

｜－－｜｜（另换仄韵）－｜｜－｜（韵）－｜｜－－（归平韵）｜－－｜－（韵）

蕊黄无限当山额。宿妆隐笑纱窗隔。相见牡丹时。暂来还别离。

翠钗金作股。钗上蝶双舞。心事竟谁知。月明花满枝。

——温庭筠

又一体

双调，四十四字。前后段各四句，两仄韵，两平韵。

　　｜－－｜－－｜（仄韵）｜－｜｜－－｜（韵）｜｜｜
－－（换平韵）－－｜｜－（韵）

　　｜－－｜｜（归仄韵）｜｜－－｜（韵）｜｜｜－－
（归平韵）－－｜｜－（韵）

　　老人谙尽人间苦。近来恰似心头悟。九九是重阳。重阳
菊散芳。

　　出门何处去。对面谁相语。枕臂卧南窗。铜炉柏子香。

——朱敦儒

偷声木兰花

　　双调，五十字。前后段各四句，两仄韵，两平韵。

　　＋－＋｜－－｜（仄韵）＋｜－－－｜｜（韵）＋｜－
－（换平韵）＋｜－－＋｜－（韵）

　　＋－＋｜－－｜（另换仄韵）＋｜＋－－｜｜（韵）＋
｜－－（另换平韵）＋｜＋－＋｜－（韵）

　　画桥浅映横塘路。流水滔滔春共去。目送残晖。燕子双
高蝶对飞。

　　风花将尽持杯送。往事只成清夜梦。莫更登楼。坐想行
思已是愁。

——张　先

眼儿媚

　　又名《小阑干》《东风寒》《秋波媚》。

　　双调，四十八字。前段五句，三平韵；后段五句，两平韵。

　　＋＋＋＋｜－－（韵）＋｜｜－－（韵）＋－＋｜，＋
－＋｜，＋｜－－（韵）

　　＋－＋｜－－｜，＋｜｜－－（韵）＋－＋｜，＋－＋
｜，＋｜－－（韵）

　　晓来江上荻花秋。做弄个离愁。半竿残日，两行珠泪，
一叶扁舟。

　　须知此去应难遇，直待醉方休。如今眼底，明朝心上，
后日眉头。

——张孝祥

　　又有后段起句入韵者，如赵长卿"南枝消息杳然间"词。

　　南枝消息杳然间。寂寞倚雕栏。紫腰艳艳，青腰袅袅，
风月俱闲。

　　佳人环佩玉珊珊。作恶探花还。玉纤捻粟，樱唇呵粉，
愁点眉弯。

——赵长卿

望梅花

　　又名《望梅花令》

　　单调，三十八字。六句，六仄韵。

　　－｜－－－｜（韵）｜｜－－－｜（韵）｜｜－－－
｜（韵）｜｜－－－｜（韵）－｜｜－－｜｜（韵）－｜－
－－｜（韵）

　　春草全无消息。腊雪犹余踪迹。越岭寒枝香自折。冷艳

奇芳堪惜。何事寿阳无处觅。吹入谁家横笛。

——和　凝

又一体

双调，三十八字。前段三句，两平韵。后段三句，三平韵。

　　｜——｜｜——（韵）｜｜｜、———｜，｜｜——｜
｜—（韵）
　　—｜｜——（韵）—｜——｜｜—（韵）—｜｜——
（韵）

　　数枝开与短墙平。见雪萼、红趺相映，引起谁人边塞
情。
　　帘外欲三更。吹断离愁月正明。空听隔江声。

——孙光宪

又一体

双调，七十二字。前后段各六句，四仄韵。

　　｜——｜（韵）｜｜｜｜——｜（韵）—｜｜——｜｜，
｜｜——｜｜（韵）—｜｜——｜，｜｜——｜｜（韵）
　　｜——｜（韵）｜｜｜｜——｜（韵）｜｜｜——｜，
｜｜——｜｜（韵）—｜｜——｜，｜｜——｜（韵）

　　一阳初起。暖力未胜寒气。堪赏素华长独秀，不并开红
抽紫。青帝只应怜洁白，不使雷同众卉。
　　淡然难比。粉蝶岂知芳蕊。半夜卷帘如乍失，只在银蟾
影里。残雪枝头君认取，自有清香旖旎。

——蒲宗孟

望仙门

双调，四十六字。前段四句，四平韵；后段五句，三平韵，一叠韵。

　　｜——｜｜——（韵）｜——（韵）＋—＋｜｜——
（韵）｜——（韵）
　　＋｜——｜，——｜｜——（韵）｜——｜｜——
（韵）｜——（叠）—｜｜——（韵）

　　紫薇枝上露华浓。起秋风。管弦声细出帘栊。象筵中。
仙酒斟云液，仙歌转绕梁虹。此时佳会庆相逢。庆相
逢。欢醉且从容。

——晏　殊

望江东

双调，五十二字。前后段各四句，四仄韵。

　　—｜——｜—｜（韵）｜｜｜、——｜（韵）——｜｜
｜—｜（韵）｜｜｜、——｜（韵）
　　——｜｜——｜（韵）｜｜｜、——｜（韵）｜——｜
｜—｜（韵）｜—｜、——｜（韵）

　　江水西头隔烟树。望不见、江东路。思量只有梦来去。
更不怕、江阑住。
　　灯前写了书无数。算没个、人传与。直饶寻得雁分付。
又还是、秋将暮。

——黄庭坚

望江怨

单调，三十五字。七句，六仄韵。

　　－－｜（韵）｜｜－－｜－｜（韵）－－－｜｜（韵）
｜－－｜－－｜（韵）｜－｜（韵）｜｜｜－－，｜－－｜
｜（韵）

　　东风急。惜别花时手频执。罗帏愁独入。马嘶残雨春芜
湿。倚门立。寄语薄情郎，粉香和泪泣。

——牛　峤

望海潮

双调，一百零七字。前段十一句，五平韵；后段十一句，六
平韵。

　　＋－－｜，－－＋｜，＋－＋｜－－（韵）－｜｜－，
－－｜｜，＋－＋｜－－（韵）＋｜｜－－（韵）｜＋＋＋
｜，＋｜－－（韵）＋｜－－，＋＋＋｜｜－－（韵）
　　＋－＋｜－－（韵）｜＋－｜｜，＋｜－－（韵）－｜
｜－，－－｜｜，＋－＋｜－－（韵）＋｜｜－－（韵）＋＋
－＋｜，＋｜－－（韵）＋｜－－＋｜，＋｜｜－－（韵）

　　东南形胜，三吴都会，钱塘自古繁华。烟柳画桥，风帘
翠幕，参差十万人家。云树绕堤沙。怒涛卷霜雪，天堑无
涯。市列珠玑，户盈罗绮竞豪奢。
　　重湖叠巘清嘉。有三秋桂子，十里荷花。羌管弄晴，菱
歌泛夜，嬉嬉钓叟莲娃。千骑拥高牙。乘醉听萧鼓，吟赏烟

霞。异日图将好景，归去凤池夸。

——柳　永

又有后段结尾处作四言一句、七言一句者，如秦观、晁补之、吕渭老等人词。此处列一例。

梅英疏淡，冰澌溶泄，东风暗换年华。金谷俊游，铜驼巷陌，新晴细履平沙。长记误随车。正絮翻蝶舞，芳思交加。柳下桃蹊，乱分春色到人家。

西园夜饮鸣笳。有华灯碍月，飞盖妨花。兰苑未空，行人渐老，重来是事堪嗟。烟暝酒旗斜。但倚楼极目，时见栖鸦。无奈归心，暗随流水到天涯。

——秦　观

谒金门

又名《空相忆》《花自落》《垂杨碧》《杨花落》《山塞》《东风吹酒面》《不怕醉》《醉花春》《春早湖山》等。

双调，四十五字。前后段各四句，四仄韵。

＋＋｜（韵）＋｜＋－＋｜（韵）＋｜＋－－｜｜（韵）＋＋－＋｜（韵）

＋｜＋－＋｜（韵）＋｜＋－＋｜（韵）＋｜＋－－｜｜（韵）＋＋－＋｜（韵）

空相忆。无计得传消息。天上嫦娥人不识。寄书何处觅。

新睡觉来无力。不忍把伊书迹。满院落花春寂寂。断肠芳草碧。

——韦　庄

　　又有前后段第二句俱作折腰句法者，如周必大词。后段起句作三言两句者，如孙光宪词。后段起句多一字作七言者，如王安石、朱子厚等人词。此处列一例。

　　春又老。南陌酒香梅小。遍地落花浑不扫。梦回情意悄。

　　红笺寄与添烦恼。细写相思多少。醉后几行书字小。泪痕都揾了。

——王安石

减字木兰花

　　又名《木兰香》。

　　双调，四十四字。前后段各四句，两仄韵，两平韵。

　　此调换韵时，可不必拘于另换，亦可换同部侧韵，即"换同部仄韵"或"换同部平韵"。

　　＋－＋｜（仄韵）＋｜＋－－｜｜（韵）＋｜－－（换平韵）＋｜－－＋｜－（韵）

　　＋－＋｜（另换仄韵）＋｜＋－－｜｜（韵）＋｜－－（另换平韵）＋｜－－＋｜－（韵）

　　天涯旧恨。独自凄凉人不问。欲见回肠。断尽金炉小篆香。

　　黛蛾长敛。任是春风吹不展。困倚危楼。过尽飞鸿字字愁。

——秦　观

清平乐

又名《忆萝月》《醉东风》。

双调，四十六字。前段四句，四仄韵；后段四句，三平韵。

　　＋＋＋｜（韵）＋｜－－｜（韵）＋｜＋－－＋｜（韵）＋＋＋－＋｜（韵）

　　＋＋＋｜－－（换平韵）＋＋＋｜＋－（韵）＋｜＋－＋｜，＋＋＋｜－－（韵）

　　春归何处。寂寞无行路。若有人知春去处。唤取归来同住。

　　春无踪迹谁知。除非问取黄鹂。百啭无人能解，因风飞过蔷薇。

——黄庭坚

又一体

双调，四十六字。前段四句，四仄韵；后段四句，三仄韵。

　　｜－－｜（韵）－｜｜｜－｜（韵）－｜｜－－｜－｜（韵）｜｜｜－－｜（韵）

　　｜｜－｜－－，｜｜－－｜｜（韵）－｜｜－－｜（韵）｜｜｜－－｜（韵）

　　画堂晨起。来报雪花坠。高卷帘栊看佳瑞。皓色远迷庭砌。

　　盛气光引炉烟，素草寒生玉佩。应是天仙狂醉。乱把白云揉碎。

——李　白

渔歌子

又名《渔父》《渔父乐》。

单调，二十七字。五句，四平韵。

　　＋｜－－｜｜－（韵）＋－＋｜｜－－（韵）－｜｜，
｜－－（韵）＋－＋｜｜－－（韵）

　　西塞山前白鹭飞。桃花流水鳜鱼肥。青箬笠，绿蓑衣。
斜风细雨不须归。

——张志和

又有起句不入韵者，如李煜"浪花有意千里雪"词。

　　浪花有意千里雪，桃花无言一队春。一壶酒，一竿身。
快活如侬有几人。

——李　煜

又一体

单调，二十五字。五句，三仄韵。

　　－｜｜，－－｜（韵）＋｜｜－－｜（韵）＋－＋｜｜
－－，｜｜＋－－｜（韵）

　　渔父饮，谁家去。鱼蟹一时分付。酒无多少醉为期，彼
此不论钱数。

——苏　轼

又一体

双调，五十字。前后段各六句，四仄韵。

｜－－，－＋｜（韵）＋－＋｜－＋｜（韵）＋＋＋，
＋＋｜（韵）＋｜＋－＋｜（韵）

｜＋－，－｜｜｜（韵）＋－＋｜－－｜（韵）＋＋＋，
＋＋｜（韵）＋｜＋－＋｜（韵）

晓风清，幽沼绿。倚栏凝望珍禽浴。画帘垂，翠屏曲。
满袖荷香馥郁。

好撂怀，堪寓目。身闲心静平生足。酒杯深，光影促。
名利无心较逐。

——顾　敻

又有前后段第五句俱不押韵者，如孙光宪词。

草芊芊，波漾漾。湖边草色连波涨。沿蓼岸，泊枫汀，
天际玉轮初上。

扣舷歌，联极望。桨声伊轧知何向。黄鹄叫，白鸥眠，
谁似侬家疏旷。

——孙光宪

渔家傲

双调，六十二字。前后段各五句，五仄韵。

＋｜＋－－＋｜（韵）＋－＋｜＋－（韵）＋｜＋－
－｜｜（韵）－＋｜（韵）＋＋＋＋－－｜（韵）

＋｜＋－－｜｜（韵）＋－＋＋－－｜（韵）＋｜＋－
－＋｜（韵）＋＋｜（韵）＋－＋｜－－｜（韵）

画鼓声中昏又晓。时光只解催人老。求得浅欢风日好。
齐揭调。神仙一曲渔家傲。

绿水悠悠天杳杳。浮生岂得长年少。莫惜醉来开口笑。
须信道。人间万事何时了。

——晏　殊

又有前后段第二句七字句作四言、五言两句者，如蔡伸"烟
锁池塘秋欲暮"词。又有前后段第四句作叠韵者，如周紫芝"遇
坎乘流随分了"词。此处列一例。

遇坎乘流随分了。鸡虫得失能多少。儿辈雌黄堪一笑。
堪一笑。鹤长凫短从他道。
几度秋风吹梦到。花姑溪上人空老。唤取扁舟归去好。
归去好。孤篷一枕秋江晓。

——周紫芝

又一体

双调，六十二字。前后段各五句，两平韵、三仄韵。

　　－｜－－｜｜－（韵）－－｜｜｜｜－－（韵）－｜｜－
－｜｜（押同部仄韵）－＋｜（韵）｜－＋｜－－（韵）

　　－｜－－｜｜（归平韵）＋－＋｜｜－－（韵）＋｜
＋－－｜｜（归仄韵）－－｜（韵）｜－－｜－－｜（韵）

疏雨才收淡净天。微云绽处月婵娟。寒雁一声人正远。
添幽怨。那堪往事思量遍。
谁道绸缪两意坚。水萍风絮不相缘。舞鉴鸾肠虚寸断。
芳容变。好将憔悴教伊见。

——杜安世

十二画

朝中措

又名《照江梅》《芙蓉曲》《梅月圆》。

双调，四十八字。前段四句，三平韵；后段五句，两平韵。

　　＋－＋｜｜－－（韵）＋｜｜－－（韵）＋｜＋－＋
｜，＋－＋｜－－（韵）

　　＋－＋｜，＋－＋｜，＋｜－－（韵）＋｜＋－＋｜，
＋－＋｜－－（韵）

　　平山阑槛倚晴空。山色有无中。手种堂前垂柳，别来几
度春风。

　　文章太守，挥毫万字，一饮千钟。行乐直须年少，尊前
看取衰翁。

——欧阳修

又有后段起句添一字作五言者，如蔡伸"章台杨柳自依依"
词。又有前后段结句俱作七言且后段结句又作上三下四句法者，
如贾逸祖词。此处列一例。

　　青山隐隐水斜斜。修竹两三家。又是水寒山瘦，依然行
客遍天涯。

　　天教流落，东西南北，不恨年华。只恨夜来风雨，投明
月、老却梅花。

——贾逸祖

又有后段第一、二、三句作七言一句、五言一句，两句俱押韵者，如辛弃疾、倪偁词。后段第一、二、三句作七言一句，五言一句，起句不押韵者，如赵长卿、韩淲、洪咨夔词。后段第一、二、三句作六言两句，起句不押韵者，如石孝友词。此处列一例。

　　年年金蕊艳西风。人与菊花同。霜鬓经春重绿，仙姿不饮长虹。

　　焚香度日尽从容。笑语调儿童。一岁一杯为寿，从今更数千钟。

——辛弃疾

喝火令

　　双调，六十五字。前段五句，三平韵；后段七句，四平韵。

　　｜｜－－｜，－－｜｜－（韵）｜－－｜｜－－（韵）－｜｜－－｜，－｜｜－－（韵）

　　｜｜－－｜，－－｜｜－（韵）｜－－｜｜－－（韵）｜｜－－，｜｜｜－－（韵）｜｜｜－－｜，｜｜｜－－（韵）

　　见晚情如旧，交疏分已深。舞时歌处动人心。烟水数年魂梦，无处可追寻。

　　昨夜灯前见，重题汉上襟。便愁云雨又难禁。晓也星稀，晓也月西沉。晓也雁行低度，不会寄芳音。

——黄庭坚

晴偏好

　　单调，二十四字。四句，四仄韵。

———｜——｜（韵）——｜｜——｜（韵）——｜
（韵）——｜｜——｜（韵）

平湖千顷生芳草。芙蓉不照红颠倒。东坡道。波光潋滟
晴偏好。

——李霜崖

谢池春

又名《风中柳》《玉莲花》。

双调，六十六字。前后段各六句，四仄韵。

＋｜——，＋｜｜——｜（韵）｜——、——｜｜
（韵）——＋｜，｜———｜（韵）｜＋—、｜——｜（韵）
——＋｜，｜｜＋——｜（韵）｜——、——｜｜
（韵）＋—＋｜，｜———｜（韵）｜——、｜——｜（韵）

壮岁从戎，曾是气吞残虏。阵云高、狼烽夜举。朱颜青
鬓，拥雕戈西戍。笑儒冠、自来多误。

功名梦断，却泛扁舟吴楚。漫悲歌、伤怀吊古。烟波无
际，望秦关何处。叹流年、又成虚度。

——陆　游

谢池春慢

双调，九十字。前后段各十句，五仄韵。此调前后段第三四
句、第五六句例作对偶。

＋——｜，—＋｜、——｜（韵）＋｜｜——，＋｜—
—｜（韵）＋｜——｜，—｜——｜（韵）｜——，—｜｜

（韵）｜－－｜，－｜－－｜（韵）

　　－－｜｜，－｜｜、－－｜（韵）｜｜｜－＋，＋｜－－｜（韵）｜｜｜－－｜，＋｜－－｜（韵）－＋｜，－｜｜（韵）＋－＋｜，－｜－－｜（韵）

　　缭墙重院，时闻有、啼莺到。绣被掩余寒，画阁明新晓。朱槛连空阔，飞絮无多少。径莎平，池水渺。日长风静，花影闲相照。

　　尘香拂马，逢谢女、城南道。秀艳过施粉，多媚生轻笑。斗色鲜衣薄，碾玉双蝉小。欢难偶，春过了。琵琶流韵，都入相思调。

——张　先

遍地锦

　　双调，五十六字。前段四句，三仄韵；后段四句，两仄韵。

　　｜｜－－｜－｜（韵）｜－－、｜－－｜（韵）｜－－、｜｜－－，｜｜｜、－－｜｜（韵）

　　｜－－、｜｜－－，｜－－、｜－－｜（韵）｜｜－、－｜－－，｜｜｜、－－｜｜（韵）

　　白玉栏边自凝伫。满枝头、彩云雕雾。甚芳菲、绣得成团。砌合出、韶华好处。

　　暖风前、一笑盈盈。吐檀心、向谁分付。莫与他、西子精神。不枉了、东君雨露。

——毛　滂

十三画

鹊桥仙

又名《鹊桥仙令》《忆人人》《金风玉露相逢曲》《广寒秋》等。双调，五十六字。前后段各五句，两仄韵。

　　＋－＋｜，＋－＋｜，＋｜＋－＋｜（韵）＋－＋｜｜
－－，｜＋｜、－－＋｜（韵）
　　＋－＋｜，＋－＋｜，＋｜＋－＋｜（韵）＋－＋｜｜
－－，｜＋｜、－－＋｜（韵）

　　纤云弄巧，飞星传恨，银汉迢迢暗度。金风玉露一相逢，便胜却、人间无数。

　　柔情似水，佳期如梦，忍顾鹊桥归路。两情若是久长时，又岂在、朝朝暮暮。

——秦　观

又有前后段第二句亦押韵者，如卢炳、方岳词。前后段第一、二句俱押韵者，如辛弃疾"溪边白鹭"词。有前段第三句多一字者，如黄庭坚"八年不见"词。有前后段第二句亦押韵，第三句各多一字者，如方岳词。此处列一例。

　　溪边白鹭。来吾告汝。溪里鱼儿堪数。主人怜汝汝怜鱼，要物我、欣然一处。

　　白沙远浦。青泥别渚。剩有虾跳鳅舞。任君飞去饱时来，看头上、风吹一缕。

——辛弃疾

又一体

双调，八十八字。前段十句，四仄韵；后段八句，七仄韵。

　　｜－－，－－｜，－－｜｜－－｜（韵）｜－－，－｜
－｜－－｜（韵）－－－｜｜｜，｜｜－－｜（韵）－｜
｜，｜｜｜－－，｜－－｜（韵）

　　｜｜｜－｜｜（韵）｜－－，｜－－｜（韵）－｜｜、
｜－｜－－｜（韵）－－｜｜－｜（韵）｜｜－－｜（韵）
｜－－｜（韵）｜－－－｜（韵）

　　届征途，携书剑，迢迢匹马东归去。惨离怀，嗟少年易
分难聚。佳人方恁缱绻，便忍分鸳侣。当媚景，算密意幽
欢，尽成轻负。

　　此际寸肠万绪。惨愁颜、断魂无语。和泪眼、片时几番
回顾。伤心脉脉谁诉。但黯然凝伫。暮烟寒雨。望秦楼
何处。

——柳　永

感恩多

双调，三十九字。前段四句，两仄韵，两平韵；后段五句，
两平韵，一叠韵。

　　｜－－｜｜（仄韵）－｜－－｜（韵）｜－－｜－（换
平韵）｜－－（韵）

　　｜｜－－｜｜，｜－－（韵）｜－－（叠）｜｜－－，
｜－－｜－（韵）

　　两条红粉泪。多少香闺意。强攀桃李枝。敛愁眉。

陌上莺啼蝶舞，柳花飞。柳花飞。愿得郎心，忆家还早归。

——牛　峤

又有后段起句为七字句者。如牛峤"自从南浦别"词。

自从南浦别。愁见丁香结。近来情转深。忆鸳衾。

几度将书托烟雁，泪盈襟。泪盈襟。礼月求天，愿君知我心。

——牛　峤

虞美人

又名《玉壶冰》《忆柳曲》《一江春水》等。

双调，五十六字。前后段各四句，两仄韵，两平韵。

　　＋－＋｜－－｜（仄韵）＋｜－－｜（韵）＋－＋｜｜－－（换平韵）＋｜＋－－｜｜－－（韵）

　　＋－＋｜－－｜（另换仄韵）＋｜－－｜（韵）＋－＋｜｜－－（另换平韵）＋｜＋－－｜｜－－（韵）

春花秋月何时了。往事知多少。小楼昨夜又东风。故国不堪回首月明中。

雕栏玉砌应犹在。只是朱颜改。问君能有几多愁。恰似一江春水向东流。

——李　煜

此体前后段结句九字可一语贯之，亦可上六下三、上四下五句法。

又有后段前两句另换仄韵，后两句不另换平韵，而归前段平韵者，如张炎词。有后段前两句不另换仄韵，而归前段仄韵，后两句另换平韵者，如冯延巳、周邦彦等人词。有后段前两句归前段仄韵，后两句归前段平韵者，如张炎词。此处列一例。

　　黄金谁解教歌舞。留得当时谱。断情残意落人间。汉上行云迷却、旧巫山。

　　妆楼何处寻樊素。空误周郎顾。一帘秋雨翳灯看。无限羁愁分付、玉箫寒。

——张　炎

又一体

　　双调，五十八字。前后段各五句，两仄韵，三平韵。

　　＋－＋｜－－｜（仄韵）＋｜－－｜（韵）＋－＋｜｜－－（换平韵）＋－＋｜｜－－（韵）｜－－（韵）

　　＋－＋｜－－｜（另换仄韵）＋｜－－｜（韵）＋－＋｜｜－－（另换平韵）＋－＋｜｜－－（韵）｜－－（韵）

　　宝檀金缕鸳鸯枕。绶带盘官锦。夕阳低映小窗明。南园绿树语莺莺。梦难成。

　　玉炉香暖频添炷。满地飘轻絮。珠帘不卷度沉烟。庭前闲立画秋千。艳阳天。

——毛文锡

　　又有前段押同一平韵，后段另换平韵者，如顾夐词。有前段押同一平韵，后段前两句换仄韵，后三句另换平韵者，如顾夐词。有后段前两句归前段仄韵，后三句归前段平韵者，如晁补之之词。此处列一例。

　　触帘风送景阳钟。鸳被绣花重。晓帏初卷冷烟浓。翠匀粉黛好仪容。思娇慵。

　　起来无语理朝妆。宝匣镜凝光。绿荷相倚满池塘。露清枕簟藕花香。恨悠扬。

——顾　夐

满庭芳

　　又名《满庭霜》《满庭花》《潇湘夜雨》《话桐乡》等。

　　双调，九十五字。前后段各十句，四平韵。

　　＋｜－－，＋－＋｜，＋－＋｜－－（韵）＋－＋｜，＋｜｜－－（韵）＋｜＋－＋｜，＋＋｜、＋｜－－（韵）＋－｜，＋－＋｜，＋｜｜－－（韵）

　　＋－－｜｜，＋－＋｜，＋｜｜－－（韵）｜＋＋，＋＋＋｜－－（韵）＋｜＋－＋｜，＋＋｜、＋｜－－（韵）－－｜，＋－＋｜，＋｜｜－－（韵）

　　南苑吹花，西楼题叶，故园欢事重重。凭阑秋思，闲记旧相逢。几处歌云梦雨，可怜便、流水西东。别来久，浅情未有，锦字系征鸿。

　　年光还少味，开残槛菊，落尽溪桐。漫留得，尊前淡月西风。此恨谁堪共说，清愁付、绿酒杯中。佳期在，归时待把，香袖看啼红。

——晏几道

　　又有后段第四句五言，第五句四言者，如李弥逊、沈瀛、方岳词。后段起句作二言、三言两句且起句入韵者，如苏轼、黄庭坚、秦观等人词。后段起句作二言、三言两句，起句不入韵者，如陈允平词。后段起句作二言、三言两句，起句入韵；第四句五

言，第五句四言者，如苏轼、周邦彦词。后段起句作二言、三言
两句，起句不入韵；第四句五言，第五句四言者，如苏轼、黄庭
坚、李清照、程垓、韩淲、杨泽民等人词。前后段第七句各少一
字，俱作六言；后段起句作二言、三言两句，且起句入韵者，如
黄公度词。

　　风老莺雏，雨肥梅子，午阴嘉树清圆。地卑山近，衣润
费炉烟。人静乌鸢自乐，小桥外、新渌溅溅。凭阑久，黄芦
苦竹，疑泛九江船。
　　年年。如社燕，飘流瀚海，来寄修椽。且莫思身外，长
近尊前。憔悴江南倦客，不堪听、急管繁弦。歌筵畔，先安
枕簟，容我醉时眠。

——周邦彦

又一体（仄韵体）

　　双调，九十五字。前段十句，四仄韵；后段八句，四仄韵。

　　　－｜－－，－－－｜，｜－－｜－｜（韵）｜－｜｜，
｜－｜－｜（韵）｜｜－－｜｜，｜｜｜－－｜（韵）－
－｜，－－｜｜，－｜｜－｜（韵）

　　　－－－｜｜，－｜｜、｜－｜｜－｜（韵）｜－－｜，
－｜－｜（韵）｜｜－－｜｜，－－｜、｜｜－｜（韵）－
－｜、－－｜｜，－｜｜－｜（韵）

　　风急霜浓，天低云淡，过来孤雁声切。雁儿且住，略听
自家说。你是离群到此，我共那人才相别。松江岸，黄芦影
里，天更待飞雪。
　　声声肠欲断，和我也、泪珠点点成血。一江流水，流也
呜咽。告你高飞远举，前程事、永没磨折。须知道、飘零聚

散，终有见时节。

——刘　焘

满江红

双调，九十三字。前段八句，四仄韵；后段十句，五仄韵。

　　＋｜－－，＋＋｜、＋－＋｜（韵）＋＋＋、＋－＋
｜，＋－＋｜（韵）＋｜＋－－｜｜，＋－＋｜－－｜
（韵）｜＋＋、＋｜｜－－，－－｜（韵）

　　＋＋｜，－＋｜（韵）－＋｜，－－｜（韵）＋－＋＋
｜，＋＋－｜（韵）＋｜＋－－｜｜，＋－＋｜－－｜
（韵）＋＋＋、＋｜｜－－，－－｜（韵）

　　怒发冲冠，凭栏处、潇潇雨歇。抬望眼、仰天长啸，壮
怀激烈。三十功名尘与土，八千里路云和月。莫等闲、白了
少年头，空悲切。

　　靖康耻，犹未雪。臣子恨，何时灭。驾长车踏破，贺兰
山缺。壮志饥餐胡虏肉，笑谈渴饮匈奴血。待从头、收拾旧
山河，朝天阙。

——岳　飞

　　又有前段第五句、后段第七句俱押韵者，如张元干"春水迷
天"词。前段第二句作四言两句者，如张昇"无利无名"词。前
段第三句作五言者，如叶梦得"一朵黄花"词。又有前段第三、
四句作七言一句，上三下四句法者，如吕渭老"晚浴新凉"词。
前段第三句作三言、第四句作六言者，如叶梦得、吕渭老词。前
段第三句作八言，上三下五句法者，如辛弃疾"点火樱桃"词。
此处列一例。

　　点火樱桃，照一架、荼蘼如雪。春正好、见龙孙穿破，紫苔苍壁。乳燕引雏飞力弱，流莺唤友娇声怯。问春归、不肯带愁归，肠千结。

　　层楼望，春山叠。家何在。烟波隔。把古今遗恨，向他谁说。蝴蝶不传千里梦，子规叫断三更月。听声声、枕上劝人归，归难得。

——辛弃疾

　　又有后段第七句多一字作八言者，如苏轼"忧喜相寻"等词。后段第七、八句俱作八言者，如赵鼎"惨结秋阴"词。后段第五句作三言，第六句作六言者，如戴复古"赤壁矶头"词。

　　赤壁矶头，一番过、一番怀古。想当时、周郎年少，气吞区宇。万骑临江貔虎噪，千艘列炬鱼龙怒。卷长波、一鼓困曹瞒，今如许。

　　江上渡，江边路。形胜地，兴亡处。览遗踪，胜读史书言语。几度东风吹世换，千年往事随潮去。问道傍、杨柳为谁春，摇金缕。

——戴复古

又一体（平韵体）

　　双调，九十三字。前段八句，四平韵；后段十句，五平韵。

　　—｜——，｜｜｜、—｜｜—（韵）——｜、｜——｜，—｜——（韵）｜｜｜——｜｜，———｜｜—（韵）｜｜—、—｜｜——，—｜—（韵）

　　——｜，—｜—（韵）｜—｜，｜——（韵）｜｜｜——｜，｜｜——（韵）｜｜｜——｜｜，｜——｜——

（韵）｜｜—、—｜｜——，—｜—（韵）

　　仙姥来时，正一望、千顷翠澜。旌旗共、乱云俱下，依约前山。命驾群龙金作轭，相从诸娣玉为冠。向夜深、风定悄无人，闻佩环。

　　神奇处，君试看。莫淮右，阻江南。遣六丁雷电，别守东关。却笑英雄无好手，一篙春水走曹瞒。又怎知、人在小红楼，帘影间。

——姜　夔

十四画

潇湘神

　　单调，二十七字。五句，三平韵，一叠韵。

　　—｜—（韵）—｜—（叠）｜—＋｜｜——（韵）＋｜｜——｜｜，———｜｜——（韵）

　　斑竹枝。斑竹枝。泪痕点点寄相思。楚客欲听瑶瑟怨，潇湘深夜月明时。

——刘禹锡

十五画

醉太平

　　又名《凌波曲》《醉思凡》《四字令》等。
　　双调，三十八字。前后段同，各四句，四平韵。

　　—＋｜—（韵）—＋｜—（韵）＋—＋｜——（韵）｜
——｜—（韵）

　　＋—｜—（韵）＋—｜—（韵）＋—＋｜——（韵）｜
＋—｜—（韵）

　　情高意真。眉长鬓青。小楼明月调筝。写春风数声。
思君忆君。魂牵梦萦。翠绡香暖云屏。更那堪酒醒。

　　　　　　　　　　　　　　　　　　　——刘　过

又一体（仄韵体）

　　双调，四十六字。前后段各四句，四仄韵。

　　｜—｜｜（韵）——｜｜（韵）｜——｜｜—｜（韵）
｜——｜｜（韵）

　　———｜——｜（韵）——｜｜——｜（韵）｜｜——
｜—｜（韵）｜——｜｜（韵）

　　态浓意远。眉颦笑浅。薄罗衣窄絮风软。鬓云欺翠卷。
南园花树春光暖。红香径里榆钱满。欲上秋千又惊懒。
且归休怕晚。

　　　　　　　　　　　　　　　　——辛弃疾《春晚》

醉春风

　　又名《怨东风》。

　　双调，六十四字。前后段各九句，四仄韵，两叠韵。

　　＋｜——｜（韵）———｜｜（韵）＋——｜｜——，
｜（韵）｜（叠）｜（叠）＋｜——，＋——｜，｜——｜
（韵）

｜｜＋－｜（韵）＋＋－＋｜（韵）＋－＋｜｜－－，｜（韵）｜（叠）｜（叠）＋｜＋－，＋－＋｜，｜－－｜（韵）

楼外屏山秀。凭阑新梦后。归云何许误心期，候。候。候。到陇梅花，渡江桃叶，断魂招手。

楚制汗衫旧。啼妆曾枕袖。东阳咏罢不胜情，瘦。瘦。瘦。隋岸伤离，渭城怀远，一枝烟柳。

——贺　铸

又有前后段第三句俱押同部平韵者，如朱敦儒、陈德武词。

推枕床羞下。临鸾眉不画。妒深谁复白圭瑕。怕。怕。怕。飞燕班姬，昭君延寿，孰知淫雅。

背倚荼蘼架。泪满鲛绡帕。白头吟断怨琵琶。罢。罢。罢。采柏卖珠，牵萝补屋，顺天生化。

——陈德武

醉花间

双调，四十一字。前段五句，三仄韵，一叠韵；后段四句，三仄韵。

－－｜（韵）｜－｜（叠）－｜－－｜（韵）－｜｜－－，｜｜－－｜（韵）

－－－｜｜（韵）｜｜｜－－｜（韵）－－｜｜－，－｜－－｜（韵）

深相忆。莫相忆。相忆情难极。银汉是红墙，一带遥相隔。

金盘珠露滴。两岸榆花白。风摇玉佩清，今夕为何夕。

——毛文锡

又有后段起句不入韵者，如毛文锡"休相问"词。

休相问。怕相问。相问还添恨。春水满塘生，鹦鹉还相趁。

昨夜雨霏霏，临明寒一阵。偏忆戍楼人，久绝边庭信。

——毛文锡

又一体（仄韵体）

双调，五十字。前段四句，三仄韵；后段六句，三仄韵。

+｜+－－｜｜（韵）+－－｜｜（韵）－｜｜－－，
－｜－－｜（韵）

+－－｜｜，+｜－－｜（韵）+－+｜｜（韵）+－
+｜+－－，｜－－，－｜｜（韵）

独立阶前星又月。帘栊偏皎洁。霜树尽空枝，肠断丁香结。

夜深寒不寐，疑恨何曾歇。凭阑干欲折。两条玉箸为君垂，此宵情，谁共说。

——冯延巳

又有后段起句入韵者，如冯延巳词别首。此处不列。

醉花阴

双调，五十二字。前后段各五句，三仄韵。

+++｜-+｜（韵）++-+｜（韵）+｜｜--,
+｜--,+｜--｜（韵）

+-+｜--｜（韵）+｜-+｜（韵）+｜｜--,
+｜--,+｜+-｜（韵）

薄雾浓云愁永昼。瑞脑销金兽。佳节又重阳,玉枕纱
厨,半夜凉初透。

东篱把酒黄昏后。有暗香盈袖。莫道不消魂,帘卷西
风,人比黄花瘦。

——李清照

踏莎行

又名《柳长春》《踏雪行》等。

双调,五十八字。前后段各五句,三仄韵。

+｜--,+-+｜（韵）+-+｜--｜（韵）+-
+｜｜--,+-+｜--｜（韵）

+｜--,+-+｜（韵）+-+｜--｜（韵）+-
+｜｜--,+-+｜--｜（韵）

细草愁烟,幽花怯露。凭栏总是销魂处。日高深院静无
人,时时海燕双飞去。

带缓罗衣,香残蕙炷。天长不禁迢迢路。垂杨只解惹春
风,何曾系得行人住。

——晏　殊

又一体

双调,六十六字。前后段各六句,四仄韵。

||——，——＋|（韵）|——||、＋—|（韵）

——＋|，|——||（韵）——||||、——|（韵）

||——，——＋|（韵）＋＋＋＋|、|—|（韵）

——＋|，|＋—＋|（韵）＋|||||、＋—|（韵）

　　翠幄成阴，谁家帘幕。绮罗香拥处、觥筹错。清和将近，奈春寒更薄。高歌看簌簌、梁尘落。

　　好景良辰，人生行乐。金杯无奈是、苦相虐。残红飞尽，褭垂杨轻弱。来岁断不负、莺花约。

——曾　觌

　　又有前后段第五句各少一字，作四言，结句俱作折腰句法者，如陈亮"洛浦尘生"词。

　　洛浦尘生，巫山梦断。旗亭烟草里、春深浅。梨花落尽，酴醾又绽。天气也似、寻常庭院。

　　向晚情怀，十分恼乱。水边佳丽地、近前细看。娉婷笑语，流觞美满。意思不到、夕阳孤馆。

——陈　亮

蝶恋花

　　又名《鹊踏枝》《黄金缕》《卷珠帘》《明月生南浦》《凤栖梧》。

　　双调，六十字。前后段各五句，四仄韵。

　　＋|＋——||（韵）＋|——，＋|——|（韵）＋|＋——||（韵）＋—＋|——|（韵）

　　＋|＋——||（韵）＋|——，＋|——|（韵）＋

｜＋－－｜｜（韵）＋－＋｜－－｜（韵）

　　庭院深深深几许。杨柳堆烟，帘幕无重数。玉勒雕鞍游冶处。楼高不见章台路。

　　雨横风狂三月暮。门掩黄昏，无计留春住。泪眼问花花不语。乱红飞过秋千去。

——欧阳修

十六画

鹧鸪天

　　又名《思佳客》《思越人》《翦朝霞》《醉梅花》《骊歌一叠》等。

　　双调，五十五字。前段四句，三平韵；后段五句，三平韵。

　　＋＋＋＋＋＋－（韵）＋－＋｜｜－－（韵）＋－＋｜＋－｜，＋｜－－＋｜－（韵）

　　＋＋｜，｜－－（韵）＋－＋｜｜－－（韵）＋－＋｜－－｜，＋｜－－＋｜－（韵）

　　扑面征尘去路遥。香篝渐觉水沉销。山无重数周遭碧，花不知名分外娇。

　　人历历，马萧萧。旌旗又过小红桥。愁边剩有相思句，摇断吟鞭碧玉梢。

——辛弃疾

十七画

霜天晓角

又名《月当窗》《踏月》《长桥月》。

双调，四十三字。前段四句，三仄韵；后段五句，四仄韵。

　　＋－＋｜（韵）＋＋－＋｜（韵）＋｜＋－＋｜，＋＋｜、＋＋｜（韵）

　　＋｜（韵）＋｜｜（韵）＋＋＋＋｜（韵）＋｜＋－＋｜，＋＋｜、＋＋｜（韵）

　　冰清霜洁。昨夜梅花发。甚处玉龙三弄，声摇动、枝头月。

　　梦绝。金兽爇。晓寒兰烬灭。要卷珠帘清赏，且莫扫、阶前雪。

——林　逋

又有前段起句多一字作五言者，如吴文英"香莓幽径滑"词。

　　香莓幽径滑。萦绕秋曲折。帘额红摇波影，鱼惊坠、暗吹沫。

　　浪阔。轻棹拨。武陵曾话别。一点烟红春小，桃花梦、半林月。

——吴文英

又一体

双调，四十三字。前后段各四句，三仄韵。

+－+｜（韵）+｜－－｜（韵）+｜+－－｜，++
｜、+－｜（韵）

++－+｜（韵）++－+｜（韵）+｜+－+｜，+
+｜、+－｜（韵）

吴头楚尾。一棹人千里。休说旧愁新恨，长亭树、今如
此。

宦游吾倦矣。玉人留我醉。明日落花寒食，得且住、为
佳耳。

$\qquad$——辛弃疾

又有前后段第三句俱押韵者，如赵师侠词。前后段结句各作
三言两句，且前句押韵，结句叠韵者，如葛长庚词。前段起句多
一字作五言者，如程垓词。此处列一例。

五羊安在。城市何曾改。十万人家阛阓，东亦海。西亦
海。

年年蒲涧会。地接蓬莱界。老树知他一剑，千山外。万
山外。

$\qquad$——葛长庚

又一体

双调，四十三字。前段四句，三平韵；后段五句，四平韵。

+｜－－（韵）+－+｜－（韵）+｜+－+｜，++
｜、｜－－（韵）

－－（韵）－｜－（韵）+++｜－（韵）+｜+－+

｜，＋＋｜、｜－－（韵）

人影窗纱。是谁来折花。折则从他折去，知折去、向谁家。

檐牙。枝最佳。折时高折些。说与折花人道，须插向、鬓边斜。

——蒋　捷

又有后段起句与第二句合为一句五言者，如曹冠、楼槃、黄机、陈允平等人词。又有前后段起句俱作五言不入韵者，如赵长卿"阁儿幽静处"词。此处列一例。

小雨濛濛。轻烟舞曳风。林樾高低疏密，依浅濑、媚遥峰。

浴鹭水溶溶。晴霞映晚红。拟向玉堂举似，摹写入、画图中。

——曹　冠